Samantha Watkins
ou
Les chroniques d'un quotidien extraordinaire

Tome 4 : Guerre

(1ère partie)

Aurélie Venem

ISBN: 978-2-9543721-6-7
ISBN-13: 978-2954372167 (Aurelie Venem)

Pour Gaëlle...

Prologue

*

L'apparition, vêtue d'une longue robe rouge qui lui conférait une beauté à couper le souffle, venait de se tourner vers lui, ses cheveux laissés libres cascadant sur ses épaules nues à la douceur incomparable.

Face à cette vision souriante et enchanteresse, une seule pensée s'imposa à lui : pourquoi avait-il si longtemps refusé de voir l'évidence ?

Tout cela paraissait si puéril aujourd'hui !

Deux ans auparavant, sa vie si bien réglée, si bien contrôlée, si bien maîtrisée, et si…vide de sens, avait connu un virage à cent quatre-vingt degrés de par sa rencontre avec un ange…

Mais pas un ange comme lui.

Dans le vocable de son espèce, un « ange » était bien loin des gardiens du Paradis si tant est qu'on puisse considérer que faire respecter la loi d'en-haut soit un point commun entre eux. Disons qu'ils servaient des maîtres différents.

Là où les anges divins étaient supposés préserver l'innocence et la pureté en répandant de la joie et de la bonté parmi les hommes, les anges de la nuit n'hésitaient pas à tuer quiconque mettait en danger le Secret de l'existence des vampires, du fait que oui, les créatures surnaturelles n'étaient pas qu'une simple légende distribuée en salles de cinéma pour faire peur à des ados pré-pubères en manque de sensations fortes.

En effet, plus de six ou sept mille ans plus tôt, bien avant l'aube des premières civilisations, Léthalée, une humaine lasse de la futilité de son existence, avait voué son âme à la Lune qui l'en récompensa en lui donnant un fils, le premier d'une lignée qui formerait, dans les siècles à venir, l'espèce la plus puissante sur Terre. Elle était morte pour que son enfant survive et pour veiller sur ses descendants, elle avait rejoint sa protectrice lunaire qui la rebaptisa « Nuit ». Ainsi, de là-haut, elle put assister à l'évolution de sa race à côté de celle des hommes, qui, bien que moins puissante, n'en restait pas moins menaçante en raison de sa croissance démographique fulgurante et de sa curiosité toujours plus vive pour le monde qui l'entourait.

Les années, les siècles défilèrent et Léthalée devint un mythe, mais son souhait de tenir l'existence des vampires secrète s'était transformé en la première et la plus importante des lois régissant cette société nouvelle, dirigée de main de fer par un groupe de dix sages que tous appelaient « les Grands ». Unis dans la même volonté de préserver leur espèce du chaos, ces chefs aux pouvoirs hors du commun gagnés au fil d'une existence d'au moins mille ans, avaient édicté des lois que tous devaient respecter, et afin que ces lois soient correctement appliquées, chaque continent, chaque État, chaque région habitée du globe s'était vu attribuer des chefs de secteur dont l'autorité s'exerçait parallèlement à l'autorité civile émanant des gouvernements humains.

Dire que depuis l'aube des temps, les hommes étaient trop occupés à s'entre-tuer ou à concurrencer leurs voisins pour voir ce qui se passait sous leur nez : tous les jours pendant des périodes entières de l'Histoire, des gens avaient été enlevés et tués sans que personne ne fasse le lien avec des créatures reléguées au statut de légende.

Tss !

On avait quand même plusieurs fois frôlé la catastrophe, et nombre des personnes accusées d'être des suppôts de Satan, qui s'étaient retrouvées sur le bûcher, l'avaient été à juste titre.

Toutefois, le Secret avait perduré, la peur du vampire s'était dissipée dans le folklore humain. Les Grands, qui avaient plusieurs fois retenu leur souffle, furent intensément soulagés mais n'oublièrent jamais la leçon tirée de ce temps où la peur de l'autre autorisa tous les massacres.

C'est pourquoi ils firent l'impensable au début du XXe siècle.

Le Secret avait failli être révélé après la mort d'une jeune fille en 1905. Sa riche famille négociante, qui faisait partie des rares humains informés de l'existence des vampires, avait noué des relations commerciales avec le chef du secteur de Springfield, voisin de celui de Kerington. Ce dernier ayant refusé de lui accorder justice contre l'assassin vampire de la malheureuse Mellindra Malovitch, une guerre avait éclaté entre les deux espèces, si meurtrière qu'un compromis avait dû être trouvé afin d'éviter un engrenage fatal pour tout le monde.

Les Grands décidèrent que l'heure était venue de revoir leur manière de consommer le sang dans les pays suffisamment éclairés pour mettre en danger la pérennité du Secret. Désormais, les prérogatives des chefs de secteur comprenaient la nécessité d'empêcher leurs pairs de s'abreuver à la source du nectar détenu dans les veines des hommes, les aiguillant vers des hôpitaux ou des banques du sang où ils pourraient se procurer des poches plus impersonnelles mais tout aussi nourrissantes. Ceux qui n'arrivaient pas à s'y faire se voyaient invités à partir vers un pays n'appliquant pas ce « Grand Changement ». Dans l'éventualité où leur viendrait l'idée de rester pour continuer à profiter d'un train de vie luxueux tout en se remplissant la panse en laissant traîner leurs crocs là où il ne fallait pas, les « anges », les bras-droits de ces gouverneurs vampiriques, se chargeaient d'éradiquer le problème de manière définitive.

Les Grands étaient connus pour être sans pitié avec les contrevenants.

Phoenix était connu pour être le meilleur des anges.

Depuis cinq cents ans qu'il foulait cette terre, il n'avait encore jamais eu le sentiment d'accomplir quelque chose, jusqu'à ce que Talanus, un général romain à la réputation d'être impitoyable quoique juste, lui propose d'entrer à son service un demi-siècle plus tôt. La nature de vampire de Phoenix l'avait poussé à commettre des actes terribles, à commencer par la mise à mort de celui qui avait été à l'origine de l'annihilation de sa famille en Irlande.

Lord Carson…

Il avait pris son temps avec lui, appliquant avec soin toutes les leçons que son mentor, Finn, le plus vieux vampire existant, qui l'avait choisi pour fils, lui avait enseignées sur les différentes méthodes de torture. Une part de lui n'arrivait pas à regretter ce qu'il avait fait cette nuit-là. Une autre, celle de sa conscience, lui rappelait que les atrocités qu'il avait commises par la suite de par sa nature monstrueuse, ne pourraient jamais être pardonnées.

Ce n'était pas non plus ce qu'il cherchait. Parce qu'il savait ce qu'il était, il savait aussi qu'aucun pardon ne lui serait accordé. Alors il avait mené son existence en solitaire, ne nouant que peu de relations avec les uns et les autres, à l'exception de Karl et surtout de François, dont il était le plus proche. Cette existence avait enfin trouvé un peu de sens quand il était devenu l'ange du comté de Kerington, purgeant sans aucun état d'âme celui-ci de tous ceux qui s'essayaient à bafouer la loi de leur espèce. Soutenu par des maîtres justes bien qu'un peu excentriques (après tout, ils éprouvaient de l'amour l'un pour l'autre), il s'était acquitté de sa tâche avec ferveur, ce qui lui avait valu de nombreux ennemis qui rêvaient en secret de lui arracher la tête, mais également de nombreux admirateurs chez les autres chefs de secteur qui ne se gênaient pas pour lui proposer du travail dans leur propre espace de contrôle.

Il n'avait jamais donné suite. D'une part par loyauté envers deux des rares personnes qu'il respectait dans ce monde, d'autre part parce qu'au fond, il n'en avait rien à faire d'être honoré ; parce que pour lui, tout ça n'avait pas de sens hormis celui de l'aider à supporter une éternité sans couleur ni saveur, éternité qui pourrait être écourtée par la hache d'un bourreau en cas de faute ou par celle d'un vampire indélicat plus malin que les autres pour déjouer ses défenses. Cela ne l'inquiétait pas, car comment avoir peur de la mort quand la vie ne présente aucun intérêt ?

Il avait suffi d'une seconde dans ses siècles d'existence pour balayer toutes ses certitudes et ébranler tout ce qui faisait de lui ce qu'il était.

Une seconde.

Une rencontre.

Elle.

*

Léthalée avait tout prévu depuis le début et lui, il n'avait pu faire autrement qu'arpenter la voie qu'elle lui avait choisie. Pourquoi ? C'était simple. Il lui aurait été impossible de se détourner de la femme qu'elle lui avait destinée.

Cette femme.

Samantha Watkins.

Jetée sur lui autant par le Destin que par la main d'un assassin voulant l'empêcher de le poursuivre, elle l'avait regardé ce soir-là comme jamais personne ne l'avait fait auparavant. Il avait eu l'impression qu'elle pouvait lire dans son cœur et son âme, perçant tous ses secrets et les aspirant dans ses prunelles aussi noires que la nuit qui les entourait, prunelles au pouvoir hypnotique inégalé s'il les comparait à celles de tous les gens qu'il avait croisés depuis un demi-millénaire. Dire qu'elle n'avait aucune conscience de l'effet qu'elle avait eu sur lui à cet instant !

Il était vrai qu'elle s'était évanouie juste après et n'avait gardé aucun souvenir de ce qui l'avait ébranlé au plus profond de son être, au point qu'il avait fait quelque chose d'insensé : abandonner la poursuite de ses ennemis pour la ramener dans son château à Scarborough, lieu de résidence tenu secret hormis pour quelques rares privilégiés et dans lequel il n'avait jamais autorisé aucun humain à pénétrer.

Pour une première, c'était une première ! Et une première impression qui l'avait horrifié autant qu'elle l'avait désarçonné. D'une part parce qu'il ne savait pas quoi faire de sa jeune protégée, d'autre part parce qu'elle lui avait volé dans les plumes après avoir volé, ou plutôt après s'être crashée en-dehors des draps. Il était passé par tant d'émotions différentes : envie de rire, incrédulité, rage, et... désir.

S'il était parti aussi rapidement de cette chambre, c'était non seulement pour ne pas se laisser aller à lui tordre le cou pour l'avoir traité de pervers, mais aussi, et ça il n'avait jamais voulu l'admettre sur le moment, pour juguler une brusque montée de désir qui l'avait pris lorsqu'elle s'était dressée devant lui dans des sous-vêtements blancs informes mais qu'il s'était imaginé en un éclair lui arracher.

Samantha Watkins était une femme hors du commun, il l'avait su à l'instant où ses yeux s'étaient posés sur elle, et son intuition s'était révélée juste. Passée l'étape d'adaptation à sa nouvelle vie d'assistante de l'ange vampire du comté de Kerington, le plus puissant des États-Unis, elle avait mis toute son énergie dans une tâche qu'elle avait fini par accepter sans pour autant renier ses origines humaines.

Elle n'avait jamais cessé de le stupéfier, y compris en se sacrifiant pour lui sauver la vie, le contraignant à la transformer en vampire ; et il n'avait jamais cessé de l'aimer.

Il avait bien fallu l'admettre au bout d'un moment.

Il sentit un sourire se dessiner sur ses lèvres en se souvenant d'elle dans cette robe de soie crème qui lui descendait jusqu'aux chevilles, juste avant qu'elle lui annonce de but en blanc qu'elle l'aimait et que ce serait lui et personne d'autre pour l'éternité.

Comme il s'était senti idiot !

Son sourire s'élargit, une douce chaleur l'envahit.

Il comprenait beaucoup de choses la concernant désormais : pourquoi ses yeux se coloraient de rouge chaque fois qu'ils entreprenaient un corps un corps dans la salle d'entraînement, pourquoi elle lui rappelait sans arrêt qu'il était un homme de bien, pourquoi ce qu'il avait pris au début pour de l'arythmie ou un quelconque syndrome cardiaque n'était en fait que les symptômes désordonnés d'un cœur battant pour nul autre que lui, pourquoi ses joues s'enflammaient à la simple vue de son col de chemise dont il aimait déboutonner le premier bouton…

Il avait fini par laisser tomber ses barrières pour se laisser emporter par la vague de ses émotions. C'était le cas de le dire.

Jamais son corps ne s'était autant embrasé sous la caresse d'une femme, jamais son âme qu'il croyait perdue ne s'était rappelée à lui avant qu'elle apparaisse dans sa vie pour en emprisonner l'essence, faisant ainsi de lui le plus heureux des hommes.

Il n'aurait pas cru possible, après avoir rompu avec cette folle d'Engara, que son cœur puisse se gonfler d'un bonheur si intense, si absolu, comme l'amour qu'il vouait à Sam.

Il lui appartenait.

Cette façon toute à elle de le regarder, comme si rien de ce qu'il avait pu dire ou faire en tant que créature sanguinaire ne comptait, lui bouleversait l'âme à chaque fois et c'était dans ses prunelles rougeoyantes de désir et d'amour qu'il se voyait enfin comme l'homme de bien vers lequel elle le guidait tous les jours.

Il se sentait bien dans ces yeux-là.

Il sourit encore.

Elle était là, si belle, si tendre, et elle lui tendait les bras, ses cheveux voletant au gré d'une brise d'été chaude et agréable. Il n'avait plus que quelques pas à faire pour l'enlacer et posséder ses lèvres purpurines...

Tout à coup, la brise se transforma en bourrasque, la chaleur devint infernale, et le sourire confiant de Sam s'évanouit alors que des torrents de sang s'écoulaient de ses yeux, son nez et ses oreilles. Il n'eut pas le temps de se précipiter pour l'aider.

Elle explosa en murmurant son nom...

... Et il se réveilla en hurlant le sien.

Chapitre I : Mort en sursis

*

Quelque part dans les Appalaches, du côté de Flag Pond (Tennessee). 15 janvier.

Se redressant brusquement, le cœur sur le point de jaillir de sa poitrine, il mit quelques secondes à réaliser qu'il s'éveillait du même horrible cauchemar qui s'amusait à le torturer encore et encore depuis six mois. Chaque fois, il faisait le point sur sa vie jusqu'à la rencontre qui devait le transformer à tout jamais, se remémorant avec toujours plus d'exactitude ses plus intenses moments de bonheur pour se les faire arracher avec une violence inouïe au moment où il commençait à croire que la vision de sa compagne, s'avançant vers lui le sourire aux lèvres, était réelle. Il y avait bien quelques variantes mais au final, ses rêves se terminaient tous de la même façon : par la mort de Sam, à savoir son réel et son présent.

Il s'assit au bord du lit et prit sa tête entre ses mains. Il tendit également l'oreille pour s'assurer que personne dans la maisonnée n'avait entendu son cri et n'avait décidé de venir vérifier s'ils ne subissaient pas une éventuelle attaque de leurs ennemis. Ce ne fut pas le cas. Ça faisait longtemps d'ailleurs que ça ne l'était plus ; les autres habitants avaient fini par s'habituer à ses réveils diurnes, et voyant qu'il refusait de parler de ses cauchemars pour exorciser sa souffrance, ils avaient préféré faire comme si de rien n'était. Il les en remerciait.

Sa douleur était un fardeau insupportable, surtout en ce quinze janvier, date d'anniversaire de la femme qu'il avait perdue, mais il ne voulait pas en faire état autour de lui car ça ne changerait rien au bout du compte. Tout le monde souffrait et ce n'était pas en parlant ouvertement de la torture qu'il vivait au quotidien qu'il parviendrait à se consoler de ce qui s'était passé.

Sam était morte et s'était arrangée pour lui faire tenir une promesse qui l'empêchait d'aller la retrouver par-delà les Enfers. Il avait envie de la haïr pour avoir osé le trahir mais c'était au-dessus de ses forces. De toute façon, si les rôles avaient été inversés, il aurait sûrement agi de la même façon.

Avant de devenir une créature surnaturelle, Sam ne pouvait déjà pas être assimilée à une « simple » mortelle. En effet, à la faveur d'émotions fortes associées à une ingestion de sang de vampire, en l'occurrence le sien, ses prunelles devenaient rouges et son comportement habituellement affable quoique impulsif se transformait en celui d'un fauve incroyablement dangereux ou bien, et c'était très gênant pour elle, en celui d'une nymphomane dopée aux amphétamines. Cela aurait pu rester une anecdote amusante si ce phénomène ne cachait pas un secret plus sombre et plus mystique.

Quel étrange pouvoir que celui de la roue du Destin...

Plusieurs siècles avant leur naissance à chacun d'eux, deux frères français de noble lignage, Enguerrand et Gontran De Castelcourt, avaient été changés en vampires, mais quelque chose dans leur ADN les avaient plutôt transformés en monstres sanguinaires avides de pouvoir. De fait, ils avaient essayé de renverser les Grands qui tenaient une assemblée non loin de leur domaine avec leurs principaux chefs de secteur dont faisait partie Ysis. La bataille fut l'une des plus dures, si ce n'est la plus dure qu'ils aient jamais connue, en raison de la puissance recelée par les deux frères : l'aîné était pyrokinésique, l'autre, télékinésique ; des capacités si extraordinaires et si rares qu'on croyait que ceux qui s'en voyaient dotés étaient maudits, d'où leur fin généralement tragique. Toujours est-il que les deux frères avaient presque atteint leur objectif : après avoir enfin réussi à s'en débarrasser, quand on fit le compte des morts et des blessés, on réalisa que plus de la moitié des chefs de secteur y avait laissé la vie et chose plus incroyable encore, trois des Grands aussi. Impossible d'éventer une telle catastrophe ! La décision fut prise de taire ce qui s'était produit sous peine de mort et d'éradiquer tous ceux ayant la moindre parentèle avec ces abominations.

Ils croyaient tous avoir fait ce qu'il fallait.

Sauf qu'une descendance avait prospéré jusqu'à nos jours.

Sam, sans rien savoir de ses origines, avait rejoint le monde de la nuit, et s'y était intégrée comme aucun humain auparavant alors qu'elle aurait dû vouer sa vie à le combattre.

Phoenix était prêt à tout pour cette femme extraordinaire, à commencer par la transformer pour lui sauver la vie. N'ayant pas respecté la voie classique permettant à un humain de devenir un vampire, Phoenix vivait avec l'angoisse permanente qu'on lui impose de tuer une progéniture indûment créée, et plus encore, une fois ce risque écarté, que la filiation de Sam transparaissant dans la lueur écarlate de ses prunelles à l'allure aussi démoniaque que celles de ses ancêtres français, ne parviennent jusqu'aux oreilles des Grands dans les Balkans.

Comme il n'avait pas su voir les signes, il n'avait pas pu empêcher le drame de se produire : la vérité avait finalement été jetée à la face du monde.

Le résultat de son inconséquence fut de se réveiller dans le champ de maïs qu'il survolait après avoir été touché par une onde de choc d'une violence suffisamment grande pour le faire s'écraser au sol. Gagné par un mauvais pressentiment, il avait ignoré les risques pour Blodwyn et l'avait laissée là pour retourner auprès de celle qu'il aimait.

Mais il n'y avait plus rien à chercher.

L'immense cratère et les terres encore fumantes en lieu et place de la villa de Harper Hill attestaient de la violence cataclysmique de l'explosion qui s'y était produite.

Au centre de celui-ci, il avait compris qu'il avait tout perdu. Y trônait un cercle noirâtre qu'il identifia sans peine comme la source de la catastrophe, tout comme il identifia sans peine qui en était à l'origine.

C'est ainsi qu'il était tombé dans un gouffre sans fond, dans lequel il s'enfonçait jour après jour, encore et encore, revivant cette scène chaque fois qu'il fermait les yeux pour son malheur éternel.

Chaque fois qu'il se réveillait depuis six mois, il portait instinctivement sa main de l'autre côté du lit et constatait invariablement cette absence à l'horreur pourtant bien présente.

Refermant le poing sur les draps froids du lit inlassablement vide à la place à côté de la sienne, il inspira profondément pour juguler une brusque montée de souffrance qui ne le quittait au final jamais.

Puis il se leva malgré le fait que le soleil devait être encore haut dans le ciel et alla prendre une douche pour essayer d'effacer, en vain, le cauchemar qu'il retrouverait de toute façon le jour suivant.

Il accomplissait ainsi le même rituel depuis six mois, tentant de ne pas se laisser aller au désespoir d'un avenir qui devenait chaque jour de plus en plus sombre pour lui comme pour l'ensemble de la communauté vampirique au regard de la victoire quasi-totale de son père adoptif. Beaucoup se demandaient comment il arrivait à tenir encore debout, il n'y avait rien à dire, parce qu'il n'y avait pas de réponse. Ou peut-être une :

Un jour de souffrance à la fois.

*

Après s'être assuré que les volets du hall étaient bien fermés, il le traversa pour aller chercher son petit-déjeuner. Il avait cessé de s'alimenter pendant des semaines, refusant d'avaler la moindre goutte du bol qu'il trouvait devant sa porte de chambre à chaque coucher du soleil. Ce n'était que parce que cette gentille attention venait d'Angela, l'humaine la plus douce qu'il ait jamais rencontrée, qu'il s'était retenu de fracasser le récipient dont la seule vue l'exécrait.

Après tout, elle ne voulait que son bien et c'était la femme de son meilleur ami ainsi que la personne dont Sam était la plus proche avant que…

Il avala d'un trait sa boisson sanguine coupée aux trois-quarts avec de la liqueur de prune. Il savait bien que son nouveau régime alimentaire aurait emporté n'importe quel humain avec la plus belle cirrhose du foie jamais connue, mais ça ne lui occasionnait aucun effet notable si ce n'était celui d'avoir l'impression de se saouler comme se devait de le faire le déchet qu'il était devenu.

Cette boisson à la saveur abominable mais consolatrice était, avec le cigare cubain, l'une des nombreuses lubies d'Ysis qui semblait vouer un goût particulier pour la collection d'objets aussi inutiles qu'étranges. Et comme depuis de longs mois il vivait dans la maison qu'elle et Talanus avaient achetée dans le plus grand secret pour en faire leur repaire en cas de coup du sort, il avait le privilège d'admirer sa décoration à longueur de soirées.

Effectivement, si on qualifiait ce qui était arrivé de « coup du sort », l'utilisation de cette villa retranchée aux fins fonds des Appalaches apparaissait comme tout à fait appropriée…

Talanus et Ysis avaient conduit à tombeau ouvert pour mettre le plus de distance possible entre les sbires de Finn et eux et ne s'étaient arrêtés de rouler qu'à l'aurore pour se reposer là où aucun vampire ne pourrait les trouver. Apparemment, ils avaient été jusqu'à exproprier un ours de sa caverne pour se réfugier dans ses profondeurs. Ce dernier avait bien tenté de protester mais il était tombé sur de plus forts crocs que les siens et avait jugé plus sage d'abandonner la partie. Ils avaient mis environ deux jours pour arriver ici et préparer la venue de leur ange et de sa compagne.

Phoenix dut se resservir un verre, sans le sang cette fois-ci, pour encaisser le brusque souvenir des visages de ses chefs de secteur lorsqu'enfin, après plusieurs jours de silence inquiétant, il avait fini par les rejoindre…

Après avoir passé un temps incalculable à se lamenter agenouillé dans la terre, il avait fini par entendre se rapprocher les sirènes des pompiers et des policiers qui arrivaient sur les lieux pour constater ce qui, en plus d'avoir pulvérisé une villa complète, en avait également fait s'effondrer plusieurs autres à ses alentours immédiats. L'hélicoptère dont il entendait le bruit caractéristique ne tarderait plus à l'avoir en vue, alors il avait réussi à prendre sur lui pour quitter les lieux le plus rapidement et le plus discrètement possible.

Au départ, il était tellement perdu et sous le choc qu'il n'avait pas la moindre idée de ce qu'il devait faire. Puis, il s'était rappelé que cette histoire n'engageait pas que lui et il avait téléphoné à François, pour lui ordonner sans plus lui donner de détails, de partir sur le champ de Scarborough avec Angela et d'emmener avec lui tous ceux susceptibles de servir de moyen de pression contre eux dans la guerre qui se profilait.

François avait suffisamment de vécu pour ne pas poser davantage de questions et avait raccroché sans attendre pour gagner le lieu de rendez-vous au plus vite, en prenant toutes les précautions nécessaires pour s'assurer qu'ils ne seraient pas suivis.

Ainsi, quand il trouva enfin le courage d'affronter ses amis pour leur dire ce qui s'était passé, il vit également Matthew, son ancien rival qu'il tolérait désormais à défaut de l'apprécier, Danny le cuistot bavard et adorable qu'il avait rencontré à l'anniversaire de Sam, Ginger Wood, la tenancière du magasin de bonbons de Scarborough et sa fille Valérie, présente au même moment pour cause de vacances scolaires. François n'avait pas fait de détail et l'avait obligée à les suivre, en sachant que Matthew s'était chargé d'appeler les membres du Cercle de Mellindra pour leur signifier la nécessité pour eux de se mettre à l'abri selon les dispositions qu'ils avaient aussi prévues depuis longtemps.

Il n'avait pas assisté aux explications données par leurs hôtes sur la réalité du monde aux nouveaux arrivants et c'était tant mieux. Par contre, ils l'attendaient tous de pied ferme pour savoir pourquoi il avait tant traîné à les retrouver. Ce temps, il l'avait utilisé pour tenter de se faire à l'idée qu'il était seul désormais, et à imaginer comment il allait annoncer la nouvelle de la mort de celle qui s'étonnait toujours de voir à quel point elle avait pris une place importante dans le cœur de toutes les personnes rassemblées ici. Il ne savait pas s'il trouverait les mots.

Ç'avait été inutile.

Il avait atterri sur le terrain accidenté devant la propriété, portant Blodwyn toujours inconsciente, qu'il avait eu la présence d'esprit d'aller ramasser dans le champ de maïs où elle gisait encore. Ses blessures, sans être mortelles, étaient graves et nécessitaient un apport en sang très conséquent pour déclencher le processus de guérison, ce qu'il ne pouvait pas lui fournir sans prendre le risque d'être repéré par des espions à la solde de son ancien mentor. De toute façon, elle n'avait pas voulu entendre raison sur le fait que Sam n'était pas un monstre comme ses illustres ancêtres, alors il ne s'était pas pressé pour la soulager et dans un sens, le fait qu'elle soit dans le coma était un motif supplémentaire pour résister à l'envie de lui arracher sa tête d'adolescente démoniaque intolérante et butée. Bref, il la portait dans ses bras lorsqu'il avait rejoint ses amis qui étaient venus l'accueillir après l'avoir vu sur les caméras de surveillance qui truffaient tout le périmètre.

Il ne savait pas ce que son visage exprimait, lui qui avait pour habitude de ne jamais laisser ses émotions traverser le masque qu'il portait au quotidien, mais pour une fois qu'il n'avait pas le courage de faire semblant, ça devait être assez révélateur.

Angela s'était effondrée en larmes avant de s'évanouir dans les bras de François, Danny, en pleurs également, tentait de relever son fils qui était tombé à genoux et dont les larmes silencieuses trempaient son pantalon sans qu'il en ait conscience, Ginger et Valérie s'étaient étreintes si fort qu'il crut que leurs os allaient se répandre en poussière à leurs pieds, et enfin, la réaction la plus terrible vint du coté de ses chefs de secteur. Si Talanus fit preuve de sensibilité en baissant respectueusement la tête, Ysis surprit tout le monde en laissant échapper une telle flopée de jurons que même lui fut tenté de la reprendre sur son langage. Il n'en eut toutefois pas le temps car elle s'éloigna comme une furie pour regagner la villa dont elle brisa la plupart des meubles du rez-de-chaussée.

Dire que Sam était morte, le prononcer à haute voix, était comme la perdre une seconde fois. Il n'en avait pas eu le courage et n'avait plus qu'une envie, mourir au plus vite, seulement, le poids de Blodwyn entre ses bras lui rappelait la promesse qu'elle lui avait arrachée.

Alors il avait pris la même route qu'Ysis, avait esquivé la lampe qu'elle avait propulsé vers un mur contre lequel elle explosa en un million de morceaux, et avant de s'enfermer dans sa chambre pendant des jours et des nuits sans autoriser personne à venir lui parler, il avait jeté la dernière des Grands encore en vie sur un canapé duquel elle tomba pour se retrouver le nez dans les restes de la table du salon.

Après tout, Sam n'avait pas précisé dans quel état il devait maintenir cette femme à l'allure d'enfant et au cœur de pierre en vie. Et quelque part, en imaginant sa réaction si elle avait vu le traitement qu'il avait infligé au dernier vestige de l'ancien ordre vampire, il ne put s'empêcher d'esquisser un de ses sourires narquois qui l'horripilaient tant.

*

Appalaches. 18 juillet. J + 8 après la mort de Sam.

- Bien. Faites-moi un état des lieux de la situation.

Apparemment, Phoenix était resté sept jours et sept nuits sans donner signe de vie à quiconque. Au huitième coucher du soleil, tout le monde avait cessé ses activités pour le regarder descendre les escaliers, vêtu d'un des costumes qu'il affectionnait de porter, même pour étriper les vampires contrevenants à la loi. Cela faisait longtemps qu'il parvenait à poignarder un ennemi en plein cœur sans tacher ses chemises blanches (ses favorites) et il en était fier, tout comme dans le résidu d'âme qui lui restait, il était fier d'avoir trouvé la force de se lever de son lit pour reprendre du service et arracher un à un chaque centimètre carré de la peau de Finn dès qu'il le retrouverait (François lui avait confirmé au troisième jour que son ancien maître avait survécu à l'explosion provoquée par Sam ; cette annonce lui avait valu sa première séance de nettoyage après avoir totalement détruit son lit dans un éclair de rage incontrôlée).

Talanus, Ysis, et toute la compagnie étaient réunis autour de la table du salon sur laquelle ils avaient disposé un planisphère dont certains endroits, beaucoup en fait, étaient coloriés en rouge. Tous portaient un étrange pendentif autour du cou.

Et tous eurent la délicatesse de refermer la bouche quand il les rejoignit.

Sauf une.

- Ton absence s'est fait sentir, ange. As-tu oublié que nous sommes en guerre pour nous refuser ta présence au profit d'un troupeau d'humains bruyants et inutiles ?

Certes... Il allait oublier la promesse faite à Sam et se jeter sur Blodwyn pour lui arracher les yeux mais quelqu'un se mit en travers de sa route.

- N'avez-vous donc pas une once de compassion pour lui reprocher de pleurer la mort de la femme qu'il aimait ? Je vous rappelle que c'est grâce à lui que votre tête n'est pas accrochée comme trophée dans le salon de Finn ! cracha Angela, l'œil noir de quelqu'un qui veut en découdre avec une personne qu'on déteste depuis longtemps.

Blodwyn avait donc dû gagner les faveurs de toute la maisonnée grâce à son tempérament affable et généreux. Si Angela, la patience faite femme, avait déjà envie de lui sauter à la gorge au bout de huit jours, c'était qu'elle avait mis le paquet question art de la conversation.

- Si je devais mourir décapitée, ma tête n'ornerait rien du tout, jeune ignorante, puisque comme le reste de mon corps, elle serait réduite en poussière ! Nous ne pouvons nous permettre de faire dans le sentimental dans la situation où nous sommes, alors jouez votre rôle de petite blonde idiote, compatissante et sans défense tant que vous le voulez, mais ne me dites pas ce que j'ai à faire alors que depuis quatre mille ans, je dirige le monde des vampires sous votre nez d'humaine arriérée.

Tous les humains présents poussèrent un « Oh ! » indigné, comme Angela s'empourprait de fureur. Côté vampire, Talanus et Ysis se contentèrent de lever les yeux au ciel face au comportement de leur supérieure, tandis que François, Phoenix pouvait le voir, mordait l'intérieur de sa joue pour se rappeler sûrement qu'il avait fait allégeance à la femme qui venait d'insulter la sienne.

- Vous pourriez au moins être polie. Qui est-ce qui vous a nourrie tous les jours depuis que vous vous êtres pris ce morceau de plafond sur votre tête de bois, et qui est-ce qui vous a aidée à

vous changer quand la guérison de vos os vous faisait trop souffrir pour ne serait-ce que poser un de vos si précieux orteils de vampire sur le sol ? Je vous rappelle que vous venez de vous prendre la plus grosse raclée de votre vie pluri-millénaire et qu'à l'heure actuelle, vous ne dirigez plus rien à part les deux morceaux de peau flasque qui vous servent de postérieur, alors vous feriez bien de la fermer pour qu'on puisse accueillir convenablement notre ami !

À la fin de son discours, Angela vociférait si fort que tous les oiseaux des environs avaient dû s'enfuir en l'entendant. En tout cas, la blonde idiote et compatissante venait d'administrer une bonne volée verbale à la dernière des Grands encore en vie.

Tout le monde retint son souffle dans la pièce. Blodwyn allait-elle s'attaquer à Angela et forcer François à la défendre ? Grand bien lui fasse ! Phoenix ne se gênerait pas pour participer au combat et donner à cette rouquine arrogante la leçon qu'elle méritait.

Toutefois, sa réaction surprit toute l'assistance.

- Je vous ai peut-être mal jugée. Certes vous êtes une humaine atrocement horripilante et sûrement très niaise, mais vous n'êtes pas sans défense. Vous êtes teigneuse et je respecte ça chez une femme. Bon, nous n'avons pas toute la soirée, Talanus, vas-tu expliquer à Phoenix la situation ou faut-il que je fasse tout moi-même ?!

Passé le choc, Talanus ravala sa fierté ainsi que les pointes de ses canines apparues sous l'effet d'avoir été si impoliment interpellé et commença ses explications.

- Le plan de Finn était parfait, il ne lui manquait plus qu'un prétexte pour le mettre en œuvre.

Phoenix serra les dents. Pas besoin de lui rappeler qu'involontairement, ils avaient permis l'avènement du chaos.

- D'après ce qu'on sait, Finn a renversé la plupart des chefs de secteur des pays engagés dans le Grand Changement grâce à une attaque simultanée. Ses hommes lui ont été fournis par ceux où le

meurtre d'humains est encore autorisé, mais les principaux soutiens proviennent de la Chine et du Brésil. Inutile de se demander pourquoi.

- Les Grands avaient négocié avec le Cercle de Mellindra un passage au Grand Changement de ces deux États d'ici deux ans. Je suppose que la rencontre entre Finn et le chef du secteur de Beijing au bal de Harper Hill n'avait pas pour objectif de rassurer ce dernier sur le bien-fondé de cette réforme, raisonna François.

Phoenix resta silencieux. La douleur et la honte de s'être fait berner de la sorte par celui qu'il avait fini par considérer comme son père se livraient une concurrence farouche en son cœur meurtri. Mais ce n'était qu'un problème secondaire au regard de ce qu'il endurait avec la perte de Sam.

Talanus reprit :

- Exact. On dit qu'il a également réduit en poussière les défenses de la forteresse des Grands dans les Balkans.

Phoenix tiqua.

- Zabljak ?

Zabljak était une petite cité touristique du massif du Durmitor, au Monténégro, connue par les humains pour ses quelques stations de ski et ses routes pas très bien entretenues. Pour les vampires, la forêt bordant la ville servait aux Grands de lieu de résidence, et cachait plusieurs souterrains terriblement équipés en pièges mortels et surtout terriblement protégés par un nombre impressionnant de gardes d'élite entraînés à toutes les formes de combat. Le véritable QG des sages était en fait un bunker profondément enterré. En général, les vampires en parlaient comme d'une « forteresse » pour se rappeler le bon vieux temps des châteaux forts et Phoenix avait cru mourir de rire le jour où Sam lui avait demandé, des étoiles dans les yeux, si les Grands vivaient dans son donjon et de quand celui-ci datait. En apprenant la vérité, ses joues avaient pris une violente coloration écarlate et si elle avait pu se cacher dans un trou de souris, elle n'aurait pas hésité à le faire. Effectivement, qui aurait cru que les plus anciens et les plus redoutés de tous les vampires savaient vivre avec leur temps ?!

Enfin... Ça, c'était avant...

Blodwyn lâcha un grondement sourd.

- Nous avons forcément été trahis. Si je tenais la raclure qui a facilité notre défaite, je...

- Prenez un ticket, Blodwyn, l'interrompit Ysis. On veut tous leur faire payer leur trahison.

Phoenix observa plus attentivement sa chef de secteur. Il y avait quelque chose d'inhabituel chez elle. Était-ce cette expression de détermination farouche qui lui donnait l'air de vivre enfin sur la même planète qu'eux tous ? Ou les éclairs furieux qui zébraient ses pupilles braquées sur la carte et qui semblaient promettre une mort atroce à tous leurs ennemis ?

Peu importait.

- D'où tenez-vous vos informations ? demanda-t-il.

- Nous ne sommes pas restés inactifs pendant que tu te repo... (Blodwyn s'arrêta, sembla peser le pour et le contre, puis reprit), remettais. Nous avons pris des précautions supplémentaires pour contrer le pouvoir de localisation de Finn, par exemple.

- Que voulez-vous dire ?

Talanus lui tendit un collier qu'il devait conserver dans sa poche de pantalon et le lui passa autour du cou. C'était un minuscule éclat de roche incrusté dans un pendentif en forme de croissant de lune, monté sur une chaîne en acier inoxydable.

- Par chance, Ysis et moi avions déjà rencontré par le passé un congénère ayant le don de localiser n'importe quel individu partout dans le monde. Avant de mourir, il nous a expliqué qu'un seul élément pouvait lui brouiller le signal d'une position : le scandium. C'est extrêmement rare alors on a utilisé nos contacts et nos sociétés minières, en Suède notamment, pour en collecter des stocks à travers le temps. Il y en a des fragments microscopiques dans les murs ici, mais si nous devons nous déplacer, mieux vaut en avoir sur nous.

Phoenix réfléchit à toute vitesse. Le scandium était plus rare encore que l'or et coûtait quatre fois plus cher. Mou et malléable, il pouvait être intégré à un alliage d'aluminium pour en renforcer la résistance et la durabilité. Lorsque Finn était venu à Scarborough pour le sauver une première fois de la hache des Grands (il ne pouvait y repenser sans grincer des dents), il avait clairement notifié à Sam que son don était infaillible. A priori, il se trompait.

Savoir quelque chose que son ancien mentor ignorait et qui pouvait le conduire à sa perte en plus de le frustrer en permanence lui procurait une certaine satisfaction.

- *Puisque les sbires de Finn n'ont pas encore débarqué ici en force, on peut supposer que ça fonctionne, conclut le général.*

Quand il s'était enfermé dans sa chambre huit jours auparavant, il avait vaguement pensé que rester au même endroit pouvait s'avérer dangereux pour leur sécurité, mais la souffrance l'avait à ce point submergé qu'il aurait souhaité quelque part que ses amis le laissent sur place afin de le laisser accueillir ses ennemis comme il se devait, quitte à se sacrifier. Il n'en avait pas eu besoin et finalement, c'était mieux comme ça. Une promesse était une promesse.

- *Nous avons aussi commencé la mise en commun de nos réseaux d'espions et tenté de contacter ceux dignes de confiance, enchaîna Talanus sans transition.*

- *Je vois. Et ?*

Ysis soupira.

- *Ce n'est pas brillant. Nombre d'entre eux n'ont pas répondu donc on suppose qu'ils sont morts. Quant aux hommes des Grands, ceux qui n'ont pas été confondus, ils ont été chargés de repérer et regrouper tous ceux qui seraient visés par le nouveau régime de Finn afin de les mettre en sécurité.*

- *Et quel est ce régime ?*

- *Ce n'est pas encore clair mais on sait que tous les chefs de secteur des pays non soumis au Grand Changement lui ont prêté allégeance. Tout ce que tu vois en rouge sur la carte dans l'hémisphère nord, ce sont les pays qui ont capitulé après avoir tenté vainement de résister. Ici, nombre de chefs de secteur n'ont pas pu anticiper l'attaque et sont tombés avec leurs anges, c'est le cas de Carrick Anderpool.*

Anderpool gérait la région de Milwaukee et était venu négocier avec Talanus la cession de terrains leur appartenant et qu'il voulait exploiter à son compte. Sam avait trouvé un compromis qui satisfaisait les deux parties.

- Il avait dit que son ange avait découvert que le nombre de ses ennemis s'était multiplié.

- Plus que nous ne l'aurions cru finalement, si on se fonde sur l'activité vampirique inhabituelle du pays.

- Inhabituelle ?

- On commence à parler à la télévision d'une recrudescence de la violence dans les grandes villes. (Talanus gronda) J'ai l'impression de revenir trente ans en arrière... (Il secoua la tête) En tout cas, Finn n'a pas tardé à pourchasser ses opposants. Tous ceux qui sont suspectés de soutenir l'ancien régime sont pris et emmenés pour « interrogatoire » et évidemment, on ne les revoit jamais. Nous avons réussi à contacter certains de nos amis loyaux et nous leur avons fourni une adresse et du scandium pour leur permettre de se cacher en attendant nos instructions.

Phoenix regarda sa chef de secteur, une lueur de pure sauvagerie dans ses iris. Il voyait où cette discussion allait mener et ce n'était pas pour son déplaisir.

- Vos instructions...

La même lueur dansait dans ses yeux lorsqu'elle lui répondit :

- Je veux que ce salopard meure...

Phoenix hocha la tête, ils étaient sur la même longueur d'onde.

- Je ne vais pas rester les bras croisés pendant qu'il piétine l'œuvre de la Nuit ! Nous devons nous battre pour construire l'avenir qu'elle nous a prédit !

Talanus laissa passer un sifflement d'avertissement entre ses lèvres. Malheureusement pour sa femme, le mal était fait et le sang de leur ange ne fit qu'un tour à la mention de la prophétie de la mère de tous les vampires, annonçant qu'une période glorieuse les attendrait tous à l'issue de ce qui apparaîtrait comme les temps les plus sombres de leur histoire.

Il accueillit ses propos avec un feulement menaçant, sa voix devint glaciale.

- Sachez une chose, Ysis. Je vais me battre, certes, mais en aucun cas ce ne sera pour Léthalée. Je ne vois pas pourquoi vous continuez à avoir foi en elle alors qu'elle vous a poussée à défendre Sam juste pour l'amener à mourir au bon moment, comme une vache qu'on emmène à l'abattoir ! Elle vous a fait croire que Sam aurait un rôle à jouer dans cet avenir si brillant mais ça comme tout le reste, ce n'était que du vent ! Qu'elle soit maudite !

- Comment oses-tu blasphémer ?!

L'ambiance des retrouvailles s'était soudain rafraîchie dans la pièce et tous deux s'affrontaient du regard, crocs sortis. Talanus restait à proximité de sa femme au cas où il devrait s'interposer entre les deux tandis que le reste de l'assistance s'écartait discrètement. Bien vu car la foi aveugle de sa chef de secteur en la soi-disant déesse des vampires après tout ce qu'elle avait fait, ou plutôt tout ce qu'elle n'avait pas fait pour sa compagne, fit exploser Phoenix.

- Blasphémer ? En quoi dire la vérité sur la passivité de notre Mère serait un blasphème ?! C'est bien gentil de souffler le chaud et le froid dans les rêves des uns et des autres mais qu'est-ce qu'on récolte au bout du compte ? Le chaos et la ruine ! Léthalée nous a laissé subir le pire en se contentant de nous regarder !

Ce fut au tour d'Ysis de montrer ses crocs.

- Elle n'a pas cessé de nous aider. Léthalée a un plan pour nous tous et nous devons suivre son enseignement !

La colère de Phoenix retomba subitement, la lassitude prenant le pas sur toutes ses autres émotions quand il comprit pourquoi Ysis s'acharnait tant à défendre la Nuit.

- Je suppose qu'elle vous murmure encore des choses à l'oreille, et vous, vous croyez en sa bonne parole et à ses prophéties optimistes...

Tous les regards se braquèrent sur sa chef de secteur, y compris celui, étonné, de Talanus qui ne semblait pas au courant. Il continua :

- La prochaine fois que vous recevrez un coup de fil mental de sa part, pensez à lui dire merci pour son aide après le procès et merci d'avoir choisi ce destin-là plutôt qu'un autre. C'est vrai qu'il y a toujours pire que de perdre son Amour Absolu... Non, excusez-moi de ne pas partager votre piété, mais je me dispenserai de son enseignement, vu ce qu'il nous a déjà apporté.

François intervint :

- Que veux-tu dire, Phoenix ?

- Rien de spécial si ce n'est que Léthalée ne nous a rien enseigné du tout, à part apprendre à Sam à se suicider pour la bonne cause.

Plus personne ne bougea. Un silence écrasant s'était abattu sur la pièce. L'ange nocturne se mordit la lèvre pour ne pas hurler à cause de la douleur en lui qui s'était réveillée subitement à la simple formulation de cette phrase.

- Qu'as-tu dit ? risqua Matthew.

Il n'avait pas la moindre envie d'en parler, mais il sentait que le temps des explications était venu. Ils avaient respecté son besoin de solitude, mais il ne pouvait plus tenir ses amis dans l'ignorance du drame qui s'était joué sur la pelouse du domaine de Harper Hill.

Il soupira et s'assit sur une chaise, le regard fixé sur un point du carrelage gris anthracite de ses hôtes.

- Sam a eu une vision quand elle sollicitait son pouvoir de télékinésie en créant une bulle protectrice qui nous a évité d'être

brûlés vifs par les bazookas et les lance-roquettes de nos ennemis. Elle m'a dit que Léthalée savait tout depuis le début, mais avait refusé d'interférer pour éviter qu'un destin pire encore que celui que nous vivons ne se mette en place.

Tout le monde parut choqué par cette révélation, Ysis comprise.

- Sam saignait du nez, des yeux et des oreilles et je craignais qu'elle ne tienne pas le coup quand elle a eu une seconde vision qui l'a d'autant plus bouleversée. C'est là qu'elle m'a assuré que cette guerre serait remportée par notre camp à condition d'être unis, et elle ne voyait qu'une personne capable de faire l'unanimité de par sa légitimité. Oui, vous, dit-il en se tournant vers Blodwyn, qui haussait les sourcils. En dépit du fait que vous l'aviez condamnée à mort sans même avoir cherché à savoir si elle était comme ses ancêtres, elle a tout fait pour me convaincre de vous emmener d'abord en sécurité pour que vous puissiez diriger la Résistance à la future oppression de Finn. (Son regard dériva de nouveau vers le carrelage, ses épaules se voûtèrent, sa voix se brisa) Elle m'a dit qu'elle avait confiance en Léthalée et moi, j'avais confiance en elle, alors elle m'a libéré un passage pour que je puisse m'enfuir. Elle savait pertinemment que je ne la reverrais jamais. Quand je suis revenu la chercher, il n'y avait plus rien à part... le vide laissé par son absence dans mon âme désespérée.

Le silence régnant sembla s'alourdir davantage si c'était encore possible. Aydan Mac Kinley avait vécu l'enfer plusieurs fois mais là, il semblait bien qu'il était tombé dans la chambre de l'horreur absolue en revivant de nouveau ce qui l'avait détruit pour toujours. Il se prit la tête entre les mains... avant d'en sentir une autre, douce et chaude, se poser sur son épaule.

Les fragrances vanillées du parfum d'Angela lui chatouillèrent les narines avant que le torrent de ses larmes ne se verse sur sa chemise.

S'il avait pu pleurer, nul doute que Phoenix aurait joint ses larmes à celles de son amie mais il se contenta de se laisser bercer par cette humaine aimante, beauté et bonté incarnées, qui ne pouvait s'empêcher de lui sangloter dans les oreilles un si sincère et si terrible « Je suis désolée ».

- Phoenix, je... commença sa chef de secteur. Je suis profondément navrée.

Il n'était pas d'humeur à se brouiller avec Ysis alors il hocha la tête pour signifier la fin de leur désaccord.

- Navrée, Ysis ? Suis-je la seule ici à voir comme notre Mère fut généreuse ?!

Sam lui avait expliqué qu'avant de devenir vampire, il lui était arrivé de voir le monde à travers le voile rouge d'une vision transformée par une colère apocalyptique. Phoenix en avait été témoin et dans ces moments-là, mieux valait rester loin d'elle si on tenait à la vie, créatures surnaturelles comprises. Il comprenait à présent ce qu'elle voulait dire...

En un éclair, il s'était relevé, bousculant sans le vouloir une Angela trop choquée par ce qu'elle venait d'entendre pour conserver son équilibre, ce qui lui valut de basculer en arrière, heureusement rattrapée par Danny Robertson.

- Répétez un peu ce que vous venez de dire, Blodwyn...

Talanus et François se placèrent devant lui pour obstruer son champ de vision.

- Phoenix, non. Tu sais qu'elle ne l'aurait pas voulu.

Il gronda férocement.

- Tout comme elle n'aurait pas voulu se laisser insulter de la sorte. Je me trompe, Blodwyn, ou vous insinuez que le sort de ma compagne est un événement heureux ?

Loin d'être impressionnée par l'aura de furie démoniaque que dégageait son subordonné, celle-ci carra les épaules et le toisa de toute sa hauteur.

- Tu connais mes positions et elles n'ont certes pas changé malgré le récit que tu nous as fait.

Le feulement qui lui échappa était une promesse de mort à venir.

- Elle s'est sacrifiée pour vous sauver ! s'écria-t-il.

- *Elle devait mourir de toute façon ! dit-elle sans perdre son calme. Sa lignée était maudite tout comme votre amour était maudit dès le départ ! Si tu dois faire des reproches à quelqu'un, commence par te les faire à toi-même ! Si tu ne t'étais pas bêtement amouraché de cette fille, elle serait morte comme elle l'aurait dû et non être ramenée pour devenir un monstre attisant l'envie d'un monstre encore plus féroce ! Ses pouvoirs la condamnaient, mais tu t'es entêté et tu nous as obligés à venir régler le problème en personne, incapable que tu étais de t'en charger personnellement ! Finn a pu trouver la faille dans notre protection et cette faille, c'était toi ! Nous sommes tombés à cause de toi, tout comme ta compagne est morte par ta faute !*

Qu'est-ce qui était pire ? Ce qu'elle venait de dire ou la façon de l'énoncer avec cette force tranquille et confiante qui trahissait son âge véritable malgré son visage d'adolescente ?

Le rugissement qui retentit dans la villa fut sûrement l'un des plus horrifiques et des plus mortels qu'un vampire eût pu pousser dans l'histoire de leur espèce.

Ce soir-là, tous les meubles du salon avaient de nouveau été réduits en pièces lorsqu'il fallut que Talanus et François se mettent à deux pour maîtriser la bête fauve qui cherchait à dépecer vivant leur dernier espoir de sauver leur peuple de l'oppression d'un tyran. Ysis avait dû utiliser tous les recours de son imagination pour convaincre sa supérieure de se mettre à l'abri sous le couvert de la forêt entourant la villa, tandis que les humains, eux, ne s'étaient pas faits prier pour s'y réfugier.

*

Appalaches. 15 janvier. J + 189 après la mort de Sam.

Phoenix avala un dernier verre de liqueur de prune avant de remonter se reposer dans sa chambre à défaut de se rendormir. Il songea que décidément, ce retour sur le devant de la scène le huitième jour de son avancée vers la mort avait été des plus abracadabrantesques et même si les choses s'étaient relativement améliorées ces six derniers mois (il était capable de croiser Blodwyn sans vouloir lui arracher la tête), Phoenix n'en savait pas moins que son temps était compté.

Car sans Sam, il avait pleinement conscience de ce qu'il avait toujours été :

Un mort en sursis.

Chapitre II : Résistance

*

Appalaches. 16 janvier. J + 190 après la mort de Sam.

- François, arrête de te mettre dans des états pareils ! Ça ne fait pas mal !

Bien essayé, mais les battements de cœur d'Angela trahissaient son appréhension. Comme pour tous les humains, son rythme cardiaque était un révélateur de vérité plus efficace que tous les sérums que ces derniers pouvaient inventer pour faire parler les récalcitrants.

- On ne peut pas continuer comme ça ! fulmina son époux en faisant les cent pas près d'eux, dans la cuisine.

Angela leva les yeux au ciel, imitée par notre ange de la nuit qui pressentait avec agacement la suite des événements. Dire qu'il venait seulement d'arriver !

- Dis-lui, toi, Matthew, parce que moi, il m'épuise !

L'intéressé, qui semblait jusqu'ici être tranquillement installé sur un tabouret, en train de manger sa part de poulet-frites, se mordit la lèvre, sûrement pour se maudire intérieurement d'avoir été dans le champ de vision de sa meilleure amie.

Pour le coup, Phoenix reconnaissait que sa présence ici ne lui était pas désagréable. Il participait activement à la collecte d'informations, grâce notamment aux risques que prenaient les membres du Cercle de Mellindra fraîchement reconstitué, qui lui retransmettaient tous les renseignements qu'ils glanaient sur le nouveau régime en cours. Matthew ne rechignait jamais à la tâche dans la tenue de la villa et il arrondissait toujours les angles quand Phoenix lui adressait la parole, chose impensable quelques mois en arrière. Cette attitude arrangeante l'avait amené à désamorcer plusieurs conflits en jouant les arbitres entre Blodwyn et Ginger par exemple (la première avait osé critiquer la recette du fondant au chocolat de la seconde ; mon Dieu, ce que les femmes peuvent être bornées en plus d'être compliquées parfois !), ce que sa jeune amie libraire n'avait pas oublié pour son propre cas avec François.

Même si ses deux amis étaient doux comme des agneaux, il arrivait qu'ils se querellent comme tout couple marié normalement constitué. C'était dans ces moments-là que Phoenix prenait douloureusement conscience qu'il affectionnait tout chez Sam, y compris sa propension à le faire sortir de ses gonds. Ils avaient eu un certain nombre de disputes mémorables et il s'étonnait souvent de voir combien cette femme qui n'avait aucune confiance en elle pouvait se montrer coriace dans une joute verbale. Elle arrivait toujours à lui clouer le bec et ça plus que tout, l'énervait au plus haut point. Apparemment, son meilleur ami vivait la même chose et en souvenir de toutes les fois où celui-ci avait défendu Sam contre lui, le gavant de ses sermons dans lesquels il lui martelait que c'était à lui de faire des efforts pour prendre sur sa personne étant donné son caractère de mufle borné et autoritaire, il ressentit un malin plaisir à le voir en mauvaise posture.

En tout cas, l'arbitre désigné ne laissa rien paraître, lui, et ce fut avec dignité qu'il lui mit la réalité sous le nez :

- Allons, François, ça fait trois mois que nous avons épuisé les stocks de sang de la chambre froide de secours de Talanus et Ysis. Il faut bien que vous vous nourrissiez et à moins que tu ne veuilles te transformer en l'une de ces femmelettes remplies de guimauve de *Twilight*, tu ne peux aller chasser ni le puma, ni le grizzli. Ce n'est pas comme si vous buviez le sang à la source…

François lui lança un regard sauvage lui signifiant qu'il avait intérêt à se taire. A priori, les talents de diplomate de Matthew n'étaient pas à leur apogée ce soir-là. En même temps, être comparé à ces bellâtres aux yeux dorés dégoulinants d'amour et d'eau fraîche avait de quoi énerver n'importe quel vampire, y compris un saint comme François.

- C'est tout comme ! Angela, tu manques t'évanouir à chaque fois qu'on te plante cette aiguille dans le bras et tu t'évanouis de toute façon une fois qu'on t'a prélevé le litre dont nous avons besoin. Ne viens pas me dire que cette situation te convient !

Tout le monde soupira dans la pièce, Phoenix compris.

On ne pouvait nier à François une part de vérité dans ce qu'il dénonçait. Après tout, ils avaient été obligés de se terrer comme des rats pendant suffisamment longtemps pour que se pose le problème du ravitaillement en sang. En ce qui concernait la nourriture humaine, leurs amis se relayaient pour aller faire les courses dans la petite ville d'Erwin, située à une vingtaine de kilomètres de leur cachette. Par chance, comme à Scarborough, les gens n'étaient pas vraiment curieux et avaient cessé depuis longtemps de dévisager Danny et les autres à chacune de leurs apparitions diurnes. Malheureusement, pour le stock d'hémoglobine, le problème n'était pas aussi simple à régler. Comme il était exclu de se fournir dans les hôpitaux ou les dispensaires habituels, sûrement étroitement surveillés, ils avaient cherché d'autres solutions.

Étrangement, l'idée était venue de Matthew :

- Si vous n'avez besoin que de quelques quantités régulières, pourquoi ne pas les prendre sur nous ?

Blodwyn avait hoqueté d'horreur.

- Vous nous soumettez l'idée de vous mordre ?! C'est justement ce contre quoi nous nous battons depuis un siècle ! Vous devriez le savoir mieux que personne, vous le porte-parole du Cercle de Mellindra !

- Non, bien sûr, que je ne veux pas être mordu !

Il avait jeté un rapide regard vers Phoenix qui voulait dire « Jamais de la vie et si tu oses, je te tue ! ».

- Mais je ne veux pas non plus que vous dépérissiez et qu'on perde cette guerre parce que vous vous serez affaiblis alors qu'il y avait de la nourriture à proximité.

Blodwyn réfléchit et le toisa.

- Que proposez-vous, alors, humain *?*

- Il y a du matériel médical ici. Faites-nous des prélèvements réguliers et conservez le sang dans des poches. Et je m'appelle Matthew, grinça-t-il.

- Cela vous rendra encore plus fragile que vous ne l'êtes déjà, dit-elle en ignorant royalement sa remarque.

- Nous sommes cinq donneurs, dont trois en pleine santé.

- Hé ! avait protesté Danny.

- Désolé, papa, mais Ginger et toi n'êtes plus tous jeunes donc vous serez moins sollicités qu'Angela, Valérie et moi. Si elles sont d'accord.

- D'accord ! s'étaient exclamées ces dernières en même temps.

- Pas d'accord ! avait grondé François en fusillant Matthew du regard. Tu es fou ?!

Phoenix était intervenu.

- Non, François. Il est pragmatique et il a raison. On ne peut pas se permettre de s'affaiblir ou de se faire repérer. La question est réglée.

François avait eu beau argumenter et tempêter par la suite, la majorité était pour, même Ginger, qui avait encore quelques difficultés à vivre aux côtés de vampires sans sursauter en permanence quand sa fille n'y voyait aucun inconvénient et qu'au contraire, elle s'impliquait dans l'organisation de leur quotidien afin que tout se passe au mieux entre eux tous.

Ce n'était pas toujours rose comme la confrontation qui se déroulait entre les deux époux devant lui le prouvait. Talanus et Ysis s'étaient déjà pris le bec à plusieurs reprises et franchement, ils espéraient tous, pas si secrètement que ça, que ces deux-là restent en bons termes car à chaque dispute s'ensuivaient des réconciliations à la teneur en gémissements et en décibels assez insupportable. Depuis que Phoenix travaillait pour ses chefs de secteur, il s'était toujours arrangé pour s'éclipser le plus vite possible lorsque ceux-ci commençaient à s'arracher leurs vêtements avant même qu'il ne soit sorti de la pièce mais ici, malgré les deux-cents mètres carrés de surface habitable et les bois alentours, il avait l'impression d'être leur voisin de chambre dans un motel miteux aux murs à l'épaisseur du papier. Quand même ! Ils pourraient être plus discrets ! Ce n'était pas compliqué, François et Angela y parvenaient bien, eux ! La seule chose qui les trahissait, c'était le fait qu'Angela aille systématiquement chercher un verre d'eau et un verre de sang, les joues en feu et les cheveux aussi lisses qu'un nid de corbeaux.

Bref ! Ils avaient tous fait des concessions pour vivre ensemble et les relations s'étaient quelque peu détendues, notamment entre Blodwyn et lui. Certes, ce n'était pas facile avec elle, loin de là.

Phoenix se demandait si finalement son âge physique ne correspondait pas parfois à son âge mental au vu de certaines de ses réflexions dignes d'une adolescente en pleine crise parce qu'elle a été privée de sortie. Par ailleurs, le fait d'avoir compris la nature de son pouvoir et le subir tous les jours aggravait la situation. En effet, Blodwyn n'aurait servi à rien dans le combat ultime qui les avaient opposés aux hommes de Finn étant donné que la télépathie n'aurait pas pu faire grand-chose contre des centaines de roquettes tirées sur leurs têtes. Lorsqu'elle s'était réveillée après son coma et qu'elle avait répondu aux questions de sa garde-malade avant même qu'elle les eût formulées, l'évidence s'imposa... pour le malheur de tous ou presque.

Les télépathes étaient quasiment aussi rares que les télékinésiques et cela avait son utilité quand on dirigeait tout un peuple à la puissance extraordinaire, de savoir qui était honnête et qui ne l'était pas. Tous les Grands avaient des dons (Phoenix repensa à Gant et aux lames qu'il faisait surgir à volonté de ses mains) mais Blodwyn était l'atout dans leur manche, celle qui pouvait anticiper un complot avant même qu'il n'ait fini par être mis au point par leurs ennemis.

Alors pourquoi n'avait-elle pas pu savoir ce que tramait Finn ? Réponse : elle n'était pas omnisciente et son don ne fonctionnait que sur ceux dont l'esprit n'avait pas érigé de défenses particulières ou était faible, un peu comme le pouvoir de volonté des jedis dans *Star Wars* (Sam lui avait fait voir ce film et pendant des semaines, elle n'avait pas arrêté de le comparer à *maître Yoda* en le taquinant sur le fait que ce petit monstre vert à la pilosité débordante dans les oreilles, était un mentor bien plus patient qu'il ne le serait jamais). De fait, Finn devait certainement avoir découvert son pouvoir et ses limites car il s'était arrangé pour toujours verrouiller son esprit en sa présence.

Cet aveu d'impuissance l'avait ravi au plus haut point après leur première confrontation sachant qu'elle fut suivie par de nombreuses autres les premiers temps. Il ne supportait pas son intransigeance et elle ne tolérait pas son insolence. Ils avaient une nouvelle fois failli en venir en mains lorsqu'un jour, alors qu'ils venaient de couper la communication internet sécurisée avec un groupe de vampires loyaux basé à Los Angeles, elle l'avait sèchement remis à sa place tandis qu'il lui exposait les raisons pour lesquelles ils devaient refuser que ce groupe ne passe trop vite à l'action vengeresse sans davantage d'informations sur l'ennemi.

- *Depuis quand te crois-tu le droit de remettre en question ma stratégie, toi qui n'es qu'un bébé au regard de ma propre existence ?!*

Il avait vu rouge et avait oublié le respect qu'il devait à sa supérieure hiérarchique ; du moins en pensée. Il n'était pas idiot et savait ce qu'il risquait s'il allait verbalement trop loin avec sa dirigeante.

C'est pourquoi il avait bien veillé à abaisser ses défenses mentales pour que son interlocutrice puisse capter ceci :

- Et qui ressemble à une adolescente à peine pubère ?! Vous avez eu de la chance de ne pas traverser tous ces siècles avant ma naissance avec de l'acné sur la figure !

- *Misérable ! Je vais te faire ravaler ta langue et tes crocs avec, éructa-t-elle après avoir laissé échapper un cri de rage qui avait stupéfié toute l'assistance.*

Il s'était contenté de lui offrir son sempiternel sourire narquois, heureux d'avoir touché le point sensible. Blodwyn avait été figée entre ses seize et ses dix-sept ans et n'aurait jamais l'allure d'une vraie femme et il était de notoriété publique qu'employer le mot « adolescente » pour la désigner pouvait valoir un séjour aux cachots ou un aller simple vers l'Enfer. Phoenix était décidément un spécialiste pour appuyer là où ça faisait mal, instruments de torture ou non et ces derniers temps, il devait admettre qu'il y prenait même un plaisir malsain.

- Je ne vois pas de quoi vous voulez parler, je n'ai rien dit, Blodwyn. Tout le monde peut en attester.

Tremblante de fureur, des éclairs dorés dansant dans ses yeux et les crocs sortis à une longueur impressionnante, elle fut toutefois obligée de prendre en considération ce qu'il venait de dire. En tant que gardienne de la loi, Blodwyn se devait d'être exemplaire sur sa propre application de celle-ci et punir un subordonné juste parce qu'il pensait qu'elle ressemblait à Justin Bieber [1] en fille ne relevait pas d'un comportement sensé... et elle le savait.

Elle s'était redressée en inspirant pour ravaler sa colère et avait fini par lui servir un sourire d'une froideur de glace.

- Ne cherche pas à me contrarier, ange. Nous avons une guerre à mener et toi... une promesse à respecter.

Elle avait lu ça dans son esprit et le poignardait avec. Bien...

François avait dû lui sauter sur le dos pour changer et l'avait exhorté à se calmer en lui maintenant les bras à la limite de les lui arracher mais bizarrement, ce fut l'explosion de colère de Danny, le chef cuistot, qui mit fin à leur querelle.

- Maintenant ça suffit ! Phoenix, je comprends votre peine et nous sommes tous effondrés après ce qui est arrivé à Samantha, mais il va falloir que vous acceptiez l'autorité de Blodwyn afin qu'on puisse en finir rapidement avec tout ça ! Quant à vous, Blodwyn (son sourire de satisfaction s'effaça quand il se tourna vers elle), si vous tenez tant que ça à préserver la paix entre nos peuples, vous devriez commencer par apprendre ce qu'est la compassion ! Ce n'est pas en retournant sans cesse le couteau dans la plaie béante qui remplace le cœur de cet homme que vous arriverez à vous en attirer la loyauté. Et comment arriverez-vous à unir les vampires sous votre bannière si vous n'êtes même pas capable de vous faire respecter par quatre d'entre eux à cause de votre intransigeance ?

Blodwyn avait semblé outrée, puis, avait fini par baisser les yeux, comme une jeune fille subissant une leçon par son père. Phoenix se sentit également honteux. Danny avait raison.

- Je crois qu'il est temps de déclarer le statu quo, dit l'ange d'une voix capable de faire geler un iceberg mais à la détermination incontestable.

Blodwyn l'avait fixé, longtemps. Enfin, elle avait hoché la tête.

Les semaines et les mois avaient continué à s'écouler.

---

[1] Justin Bieber, 21 ans en 2015, s'est fait connaître vers l'âge de 13 ans pour ses talents musicaux. Pendant plusieurs années, ses cheveux et sa mèche de devant notamment, le rendaient facilement reconnaissable.

Elle le regardait toujours de travers mais ne faisait plus de commentaire sur Sam, par conséquent il n'avait plus besoin de serrer les poings pour s'empêcher de lui sauter au visage et maîtrisait ses pensées quand elle était dans les parages.

Ils cohabitaient. Tous.

Mais ce n'était que dans un but précis.

Chacun voulait gagner cette guerre pour retrouver sa vie d'avant. Matthew et Danny voulaient reprendre les rênes de leur restaurant fermé « pour tour du monde en famille » (étant donné l'excentricité du second, c'était plausible), Ginger, celles de sa boutique de bonbons fermée pour « travaux », Valérie ses études de stylisme (qu'étrangement elle n'avait pas l'air de regretter tant elle était, d'après elle, « fascinée par le tour inattendu et romanesque qu'avait pris son existence » ; tss, les humains !), et enfin Angela et François, leur petite routine de couple marié. Côté vampire, Talanus, Ysis et Blodwyn planchaient sur un « après » qu'ils étaient loin de pouvoir déjà espérer mais cela les aidait certainement à rester optimistes.

Quant à Phoenix, il ne s'intéressait à ce qui se passait autour de lui et aux plans d'attaque qu'ils commençaient seulement à mettre en place que parce qu'en cas de réussite, il pourrait mettre à exécution ce qu'il désirait plus que tout au monde : sa mort.

- François, tu m'énerves ! Ce n'est pas parce que la vue du sang me dégoûte que je suis une petite nature qu'il faut préserver de tout. Cesse de m'infantiliser !

Pour l'heure, il avait d'autres considérations en tête, notamment quitter un espace devenu étouffant pour lui. La chanson du groupe Kansas « Dust in the wind » passait à la radio au même moment et bien que le volume soit baissé au minimum, il avait l'impression que les paroles « Tous mes rêves ne sont que poussière dans le vent » lui étaient hurlées dans les oreilles pour lui rappeler qu'il avait tout perdu. Il fallait qu'il s'échappe, et vite.

Effectivement, il avait dit que les relations s'étaient apaisées entre tous, il n'avait pas dit qu'il parvenait à être sociable la plupart du temps. Au contraire.

De plus en plus, la proximité de ses compagnons le mettait mal à l'aise et il préférait s'isoler pour regarder les chaînes d'informations au cas où l'on signalerait de nouveaux meurtres d'humains inexpliqués ; ou alors, il étudiait encore et encore les cartes et les données collectées par les diverses cellules de résistance du pays. Cela lui occupait l'esprit… un peu.

En général donc, il préférait être seul en-dehors des moments où tous se réunissaient pour parler de l'évolution du régime de Finn, grâce aux informations échangées entre les résistants qui s'étaient organisés en réseaux un peu partout dans le monde et qui gonflaient au fur et à mesure que la répression anti-opposants s'accentuait. Tous avaient reconnu l'autorité des vampires de cette villa dès qu'ils avaient fait savoir que Blodwyn avait survécu. La prophétie de Sam s'était donc réalisée. La dernière des Grands était le fanion qui leur permettait de s'unir contre l'oppresseur sans dissensions entre leurs rangs, et depuis six mois, cela leur avait permis de regrouper, dans tous les pays du globe, plusieurs milliers de réfractaires à l'autorité d'un seul homme.

Cela aurait dû le réjouir, mais à mesure que le temps passait et l'éloignait de son objectif final, la capacité à se montrer sociable de Phoenix fondait parallèlement à l'impatience qui l'envahissait de plus en plus. Parfois, en plus de ses cauchemars sur la mort de Sam, il rêvait qu'il tenait Finn entre ses mains et qu'il lui faisait payer sa forfaiture au prix fort, et quand il se réveillait et qu'il constatait que depuis juillet, ils n'avaient pas encore bougé un seul petit doigt contre son autorité, cela le rongeait de l'intérieur.

L'immobilisme ambiant assombrissait son humeur déjà au plus bas et plusieurs fois, il avait surpris Talanus et François lui jeter des regards inquiets, ou tout simplement cesser leur conversation à son arrivée. Il savait ce qu'ils pensaient et pour que cela s'arrange, il n'y avait qu'un remède.

Il avait besoin d'action.

À défaut de se donner la mort, il voulait pouvoir l'apporter.

Il n'aurait plus à attendre longtemps…

*

Appalaches. 18 janvier. J + 192 après la mort de Sam.

- N'oublie pas, il faut que personne ne te voie.

Phoenix serra les dents pour retenir une réplique cinglante. Prendre l'avion était assez risqué, même avec un jet privé car il était plus que probable que Finn ait placé des hommes dans la plupart des grands aéroports de la région. Il n'y avait pas trop d'endroit où se cacher dans un appareil et il était difficile de survivre à une roquette, même pour un vampire. De fait, l'ange nocturne était le seul à pouvoir se déplacer sans danger sur de longues distances à travers le pays et il devenait nécessaire de sortir de leur cachette pour que les membres de la nouvelle Résistance puissent voir de leurs propres yeux l'un de leurs chefs ; un peu comme une armée ayant besoin, pour retrouver le moral, de voir son général avant la bataille. Par ailleurs, Phoenix éprouvait encore une certaine méfiance vis-à-vis de l'informatique donc il trouvait plus sage de communiquer les informations vitales en personne. D'où sa mission auprès de la poche de résistance de New York.

- Je sais, Blodwyn.

Il avait essayé de répondre avec le moins d'ironie possible. Après tout, cela ne faisait que cinq cents ans qu'il s'employait à ce que personne ne le voie en train de voler ! Il ne manquerait plus que les journaux de bas étage ne fassent la mention d'un OVNI dans le ciel de la Grosse Pomme en plus de toutes les choses bizarres qui s'y déroulaient en temps normal…

- Finn aura des agents à New York. D'après les rapports de l'ancien chef de secteur de la ville, les vampires nostalgiques de la traditionnelle morsure sur les humains s'étaient récemment regroupés en un petit comité contestataire. C'était notre prochaine mission après ton procès...

Blodwyn n'alla pas plus loin. Inutile, ils avaient tous compris que ce petit comité avait dû participer à l'avènement du chaos.

- Rassurez-vous, j'ai donné rendez-vous à nos contacts à Central Park, à minuit. Il nous suffira d'éliminer les oreilles indiscrètes éventuelles pour être sûrs que le coin est désert.

Angela fronça les sourcils.

- Tu veux tuer tous les types qui seraient sur place ? Tu es fou !

- Qui crois-tu qui se balade dans les coins les plus sombres de Central Park à minuit, Angela ?! Des sœurs de la charité ?

- Ce sont des humains ! s'énerva-t-elle. Je croyais que tu étais de notre côté !

Phoenix sentit la moutarde lui monter au nez.

- Ce sont des violeurs et des bandits, si tu les ranges de ton côté c'est que tu as un problème !

- Mon problème est la façon dont tu envisages de trucider des gens comme si tu allais faire tes courses. Que penserait Sam de ton plan ?

Ses lèvres se retroussèrent sur ses crocs, comme à chaque fois qu'on mentionnait le nom de sa compagne disparue devant lui.

- Ne me parle pas de ce que Sam aurait pensé comme si tu la connaissais mieux que moi ! Tu n'étais pas là quand elle a mutilé deux violeurs qui l'avaient attaquée ou quand elle a enfoncé un couteau dans le cœur d'un vampire qui s'amusait à enlever des enfants pour leur prendre leur sang !

Si elle parut choquée d'apprendre ce que Sam ne lui avait a priori pas confié, elle n'en démordit pas moins :

- Si tu te comportes comme Finn, tu finiras par être comme lui ! François, dis-le-lui !

L'intéressé ne pipa mot, ce qui fit exploser sa femme.

- Très bien ! Faites ce que vous voulez de ces criminels, mais ne venez pas vous plaindre après qu'on ait fait brûler des gens comme vous au Moyen-âge.

Elle partit, suivie de Danny, Ginger et Valérie. Ne restaient plus dans le salon que Talanus, Ysis, Blodwyn et Matthew.

L'attitude posée de ce dernier étonnait Phoenix alors qu'en tant que chef du Cercle de Mellindra, il aurait dû se ranger du côté d'Angela. Il prit la parole.

- Je ne serai pas aussi radical que mon amie quant à la nécessité de préserver la vie des voyous qui sévissent dans les bois, mais elle a raison sur un point. Vous combattez Finn parce qu'il ne respecte pas l'équilibre entre les espèces ; si vous tuez des humains sans vous poser la question du Bien ou du Mal, vous reniez tous les principes du Grand Changement.

- Le Grand Changement a été instauré pour éviter que les humains ne découvrent notre existence, dit Blodwyn.

- Je doute que ce secret dure éternellement et vous le saviez pertinemment en créant cette loi et en négociant avec mes ancêtres. Vous vouliez qu'en cas de fin du Secret, les meurtres d'humains apparaissent comme de simples légendes qui ne susciteraient pas la mise en place d'une chasse aux sorcières que vous ne seriez pas en position d'empêcher malgré vos pouvoirs.

Blodwyn se tut et étudia Matthew d'un œil nouveau. Si Phoenix n'avait pas eu plus important à faire que de discuter sur des sujets stériles, il se serait peut-être interrogé plus avant sur la lueur fugace mais vive qui s'était allumée dans les prunelles de sa supérieure pendant l'examen de son interlocuteur.

- Nous ferions mieux de nous concentrer sur ce qui nous intéresse, non ?

- Non, Phoenix. Angela et Matthew ont raison, nous battre ne suffit pas. Il faut nous battre avec honneur, dit Talanus.

Phoenix leva les yeux au ciel mais s'abstint de tout commentaire. Si Angela avait une idée du traitement qu'il réservait à Finn quand il lui aurait mis la main dessus, elle aurait vraiment de quoi dire que son comportement n'était pas honorable. Il n'en avait rien à faire de l'honneur désormais, mais il se rappela que Sam voulait effectivement rétablir le Grand Changement dans ses valeurs les plus positives.

Il soupira.

- Très bien. Je ne tuerai pas d'humains inutilement sauf absolue nécessité.

- J'y veillerai, dit François en le regardant droit dans les yeux.

Aussitôt, les muscles de Phoenix se tendirent par la contrariété. Comment ça, « J'y veillerai » ? Il le soutenait pourtant tout à l'heure face à sa femme !

- Mais bon Dieu, qu'est-ce que tu… ?

- Je viens avec toi.

Il ricana.

- Parce que tu t'es découvert le don de voler, toi aussi ?

- Tu es largement capable de me porter sur une longue distance et il te faut quelqu'un pour surveiller tes arrières.

- Je croyais que c'était moi que tu voulais surveiller ?

Son sarcasme laissa François de marbre. Phoenix enrageait. Celui-ci semblait réellement déterminé à s'incruster dans ce voyage ! Ne pouvait-il pas, pour une fois, cesser d'incarner la voix de sa conscience ? À coup sûr, son ami n'allait pas se priver de le sermonner s'il se libérait de sa tension nerveuse en massacrant quelques imbéciles qui auraient le culot de l'attaquer ! Phoenix n'était pas censé aller à New York pour se faire remarquer en faisant du ménage dans les rangs de Finn sur place, mais son intention était bien là, et personne ne l'en dissuaderait ! Pas même ce sacro-saint mousquetaire du Roi Soleil dont il regrettait le temps où sa conversation équivalait à celle d'une carpe dans un étang !

- Je n'ai pas besoin de toi, trancha-t-il, son agressivité montante transparaissant dans sa voix au velours mortel.

- C'est justement pour ça que je viens, parce que tu crois que tu n'as pas besoin de moi.

Phoenix s'approcha de François qui restait totalement immobile. L'atmosphère devint subitement très lourde.

- Je viens de te dire que je ne voulais pas que tu m'accompagnes. Soit tu es sourd, soit tu es sourd et stupide…

Son ami se contenta de croiser les bras sur sa poitrine et de le défier du regard. C'était exactement le genre de chose que Sam aurait faite et en un éclair il la vit face à lui en train de le traiter de malotru mal embouché. Cette vision, autant que le comportement de François lui fit perdre son sang-froid et il se prépara à sauter sur ce dernier…

Heureusement pour François, Talanus s'interposa :

- Paix, Phoenix !

Bien, son chef de secteur allait lui permettre de mener sa mission comme il l'entendait, sans baby-sitter pour le chaperonner ! Enfin quelqu'un de sensé ici !

- François Caron a raison. Il vaut mieux que quelqu'un vienne avec toi pour te couvrir.

Phoenix ne put empêcher ses crocs de s'allonger et ses yeux de s'embraser.

- Vous ne me faites pas confiance ?! gronda-t-il.

- Là n'est pas la question. Selon les informations que vont te livrer nos hommes à New York, il se peut que tu aies besoin d'intervenir sur place. François t'aidera dans cette entreprise.

Phoenix fixait Talanus comme pour lire en lui. Le général romain n'était pas le plus diplomate des vampires qu'il avait côtoyés, de fait, il n'arrivait pas à déterminer si son assertion était la vérité ou une manœuvre pour pousser son ange à accepter sa requête tout en ménageant son ego.

C'est alors qu'il se redressa et reporta son attention vers son ami mousquetaire :

- On s'en va dans une heure. Si tu n'es pas sur le perron, je pars sans toi.

François hocha simplement la tête avant de quitter le bureau pour annoncer la nouvelle à sa femme. Son cœur se serra. Angela n'empêcherait pas son mari de prendre des risques en allant à New York avec lui. Elle avait confiance en son époux comme lui avait confiance en Samantha quand elle lui avait promis qu'elle était capable d'attendre son retour après qu'il eut mis Blodwyn en sécurité. Il chassa rapidement cette pensée...

Ayant reçu un ordre, Phoenix ne pouvait qu'obéir à ses supérieurs et emmener cet encombrant redresseur de torts avec lui, néanmoins, même si son ami avait tendance parfois à lui taper sur les nerfs, il s'arrangerait pour que ce dernier revienne indemne vers sa femme, quitte à ce que lui y laisse la vie, et puisse rejoindre la sienne...

*

- Je préfère te prévenir, je n'ai pas pour habitude de transporter un passager sur une aussi longue distance. Ce ne sera pas confortable. Peut-être veux-tu renoncer... ?

François venait de s'accorder un long baiser d'au revoir avec Angela et s'était présenté à lui juste avant la fin de l'heure qu'il lui avait accordée.

- Ça ira, dit-il simplement, le visage inexpressif.

Phoenix se retint de gronder son exaspération. Il avait un besoin vital de se défouler sur quelque chose et son ami si vertueux, à défaut de le sermonner puisqu'il devait se douter que l'ange serait capable de lui arracher la langue pour le faire taire (pour sûr !), ne pourrait s'empêcher de lui jeter des regards désapprobateurs risquant au final d'aboutir au même résultat. Cette escapade à New York lui donna subitement un goût amer dans la bouche.

- Finissons-en.

François s'approcha de lui.

- Comment veux-tu qu'on procède ?

Il leva les yeux au ciel en imaginant la réaction de Sam si elle avait entendu cette question. Elle se serait tout de suite imaginé

François dans ses bras comme il la portait elle et se serait forcément écroulée de rire à l'idée de l'embarras occasionné par cette position. D'ailleurs, à voir, la façon dont Angela se mordait la lèvre pour ne pas rigoler, ses pensées avaient pris le même chemin. Elles se ressemblaient tant toutes les deux…

- Tu te mets derrière moi et tu me crochètes le cou, je m'occuperai de ne pas nous crasher… si tu te tiens tranquille.

L'avertissement était clair, du moins le pensait-il. La dernière chose dont il avait envie, c'était d'une discussion à cœur ouvert au milieu des nuages.

- Faites attention, dit Matthew, qui comme les autres habitants de la villa, Blodwyn comprise, était venu les saluer avant leur départ.

Phoenix hocha la tête, se rendant compte après coup qu'il avait finalement été bien plus poli avec un ancien rival qu'il avait failli envoyer s'écraser contre des arbres plutôt qu'avec son meilleur ami depuis plusieurs siècles.

Il balaya cette pensée futile dès que François se fut mis en position et sans attendre une parole supplémentaire, il fonça vers les étoiles.

Par chance, le vent soufflait dans la bonne direction et sifflait suffisamment fort dans ses oreilles pour dissuader François de pérorer tout seul. Il accéléra et se dirigea à pleine vitesse vers sa destination qu'il atteignit quelques heures plus tard.

Survoler une métropole comme New York sans se faire repérer n'était pas des plus aisés en raison de toutes les lumières qui y brillaient et qui rendaient la possibilité d'un atterrissage invisible impossible dans les quartiers les plus fréquentés. Par conséquent, il fallait toujours chercher les coins les plus lugubres pour ensuite retrouver la civilisation.

Là, ce ne serait pas nécessaire. Il lui suffirait de choisir le coin le plus isolé de Central Park pour se glisser entre les arbres et rejoindre le lieu de rendez-vous.

- On arrive, accroche-toi.

François ne répondit rien. Phoenix amorça sa descente en sondant les environs pour vérifier les battements de cœur de la place. Il y avait bien quelques personnes à cette heure avancée de la nuit, mais elles n'étaient pas dans son secteur. Tant mieux.

Ils s'étirèrent rapidement, leurs muscles légèrement endoloris après un voyage en altitude qui aurait fait mourir de froid un humain auparavant perclus de crampes.

- Prêt ?

Son acolyte hocha la tête.

Ils se dirigèrent vers les arbres derrière la fontaine désignée comme lieu de rendez-vous et constatant qu'ils étaient les premiers sur les lieux, se mirent à attendre la venue de leurs contacts, l'ancien lieutenant du chef de secteur de la ville ayant survécu au carnage opéré par les sbires de Finn, ainsi que son bras droit.

Phoenix n'était pas particulièrement patient et les minutes s'écoulaient, aggravant une humeur déjà massacrante.

- Ne devraient-ils pas être là ? demanda François.

Il se contenta de hausser les épaules, ayant peur qu'une réponse ne déclenche un début de conversation.

- Peut-être qu'ils se sont faits prendre.

- On le saura quand les hommes de main de Finn nous tomberont dessus, rétorqua-t-il sèchement en guettant l'obscurité.

- Je suis là pour t'aider, alors sois un minimum aimable, s'il-te-plaît !

- Je ne t'ai rien demandé, c'est toi qui as voulu me suivre, je te rappelle !

Il entendit soupirer derrière lui.

- Je sais qu'elle te manque, mais tu m'inquiètes de plus en plus, Phoenix, et je…

L'intéressé se tourna vivement vers lui, crocs menaçants dans la nuit.

- Pour ta santé, mieux vaut que tu ne poursuives pas sur cette voie ! On a une mission à remplir et je compte bien l'exécuter, alors ou tu me suis sur ce coup, ou je t'abandonne ici et tu te débrouilles pour revenir.

C'était du bluff, Phoenix n'abandonnerait jamais François et ce dernier le savait bien. Par chance, il s'abstint de le lui faire remarquer.

- Très bien, je me tais.

L'instant d'après, des bruits de voix attirèrent leur attention. Deux petites frappes d'une vingtaine d'années et bien imbibées d'après leur démarche, s'avançaient vers eux en titubant. Génial… Surtout qu'il avait bêtement élevé la voix contre son ami et qu'il était donc fort probable que ces humains l'aient entendu. Quel imbécile !

- Hééééé ! Mais qu'est-sssssske vous faiteuuh là les deux pédés ?! hurla l'un d'eux en les pointant du doigt.

Le monde vira au rouge sang et ces deux crétins ne durent qu'aux réflexes surnaturels de son accompagnateur de ne pas se retrouver réduits en charpie par l'ire d'un vampire à la capacité humoristique en-dessous de zéro. Phoenix fut tiré en arrière par une force herculéenne avant d'entendre un très calme mais pourtant très persuasif :

- Barrez-vous !

L'ange nocturne se serait bien lancé à la suite de ces lâches qui avaient déjà pris leurs jambes à leurs cous, mais François lui barra le passage avec son bras.

- Si tu les tues, on aura d'autres genres de problèmes.

Il avait raison, bien sûr, Phoenix le savait, mais quand même, démembrer ces types lui aurait fait du bien.

- Ils auraient mérité qu'on leur arrache la langue et ne me dis pas que tu n'y as pas pensé !

Ce fut au tour du mousquetaire de lever les yeux au ciel.

- Depuis le temps que tu vis sur cette terre et que tu es l'ange de Kerington, tu en as vu d'autres !

- Je déteste la vulgarité, surtout pour ce genre d'insulte. J'ai peut-être cinq cents ans mais je crois avoir l'esprit plus ouvert que nombre d'humains trop arriérés pour vivre avec leur temps.

- Il faut de tout pour faire un monde et ce n'est pas parce qu'un humain se comporte comme le dernier des abrutis que cela nous autorise à lui arracher la tête.

- C'est bon, François…

Passé cet épisode, le silence retomba entre eux de longues minutes jusqu'à ce qu'un sifflement imitant celui d'un oiseau retentisse un peu plus loin. Phoenix le reproduisit et eut ensuite la satisfaction de voir les deux hommes qu'il attendait les rejoindre.

Ils se saluèrent, puis :

- Comment se fait-il que vous soyez en retard ? commença l'ange, une lueur mauvaise dans les yeux qui mit mal à l'aise ses nouveaux interlocuteurs.

- On a cru avoir été suivis et on a dû faire des détours pas possibles pour arriver à bon port en étant sûrs que personne n'était à nos trousses.

La lueur dans les yeux de l'ange se radoucit, sans pour autant que celui-ci perde sa posture si raide. Il avait hâte de rentrer dans le vif du sujet.

- Il semble que vous déteniez des informations suffisamment importantes pour nous faire déplacer ici.

Le chef, Neil Grant, ancien capitaine yankee pendant la guerre de Sécession, prit la parole :

- On a réussi à infiltrer l'un de nos hommes dans l'entourage du nouveau chef de secteur, Léopold le Rouge (Phoenix jugea inutile de gaspiller de la salive à lui demander d'où venait ce surnom), et il nous a signalé qu'il recevait un vampire de passage ici. Vous le connaissez, je crois, il s'appelle Bob Karshian.

Phoenix laissa échapper un grondement de colère. Bob Karshian avait travaillé pendant des années pour Talanus et Ysis, profitant de leurs largesses et de son statut de chirurgien esthétique de stars pour mener la grande vie. Sam et lui lui avaient rendu une petite visite « amicale » plusieurs mois auparavant afin de lui demander des explications sur le fait qu'il hébergeait un vampire angolais adepte du meurtre d'humains alors que celui-ci n'avait pas eu la courtoisie de signaler sa présence à Harper Hill. Phoenix leur avait laissé la vie sauve à tous deux et s'en mordait les doigts : Neto ne faisait-il pas partie de ceux qui les avaient attaqués chez leurs chefs de secteur ? Quant à Karshian, avec le recul, il était facile de comprendre que depuis le début, il était au courant de tout ; Finn avait dû le payer grassement pour qu'il mette ses talents et sa clinique à son service.

- Qu'est-ce qu'il fait à New York ?

- Nous ne sommes pas sûrs, mais notre espion nous a dit qu'il avait tendance à se pavaner en assurant qu'il avait l'oreille de Finn. C'est sûrement pour ça que Léopold veut lui faire bonne impression en lui déroulant le tapis rouge, il doit croire qu'en se mettant Karshian dans la poche, celui-ci en fera des compliments en haut-lieu.

- Je connais Karshian de réputation et je l'ai croisé à une ou deux reprises, intervint François. C'est un flambeur, pas du tout le genre à être mis dans la confidence par Finn.

Phoenix hocha la tête.

- Tu as raison, mais je connais bien aussi notre ennemi. Finn utilise peut-être Karshian pour savoir à quels lieutenants il peut le plus se fier et lesquels ne sont intéressés que par leur poste.

- Qu'envisagez-vous ? demanda le bras droit de Grant.

Phoenix réfléchit un instant, puis :

- On ne peut pas laisser passer notre chance d'interroger Karshian sur ce qu'il sait. Il nous le faut. Demandez à votre espion de le surveiller pour tenter de connaître son emploi du temps des prochains jours. Vous nous contacterez par textos et nous nous chargerons de lui.

Neil Grant acquiesça et saisit un bout de papier dans sa poche sur lequel il griffonna :

- En attendant, voilà une adresse sûre où vous pourrez vous cacher. Je vous déconseille de vous montrer, New York concentre une bonne partie des vampires qui ont rejeté le Grand Changement. Ils seraient ravis de vous livrer à Finn, vous ou vos cendres, pour prendre du galon.

Il tendit le papier à Phoenix.

- Merci.

- La compagne de Chris (il désigna son bras droit) est humaine et fiable. Elle se chargera de vous ravitailler en sang le temps qu'on vous communique l'information.

- Il me faudrait aussi un point de chute très tranquille pour questionner notre futur allié, un endroit que ni policiers ni curieux n'auraient l'idée de visiter.

Autrement dit, l'ange nocturne demandait une salle de torture en bonne et due forme, suffisamment insonorisée pour qu'il puisse mettre en pratique les enseignements de son ancien mentor sans se soucier de la portée des cris de sa victime.

- Ce sera fait.

- Bien.

Il y eut un léger flottement.

- Merci de votre aide, ajouta le mousquetaire français pour pallier à un défaut de politesse dont Phoenix se fichait comme d'une guigne.

- Si vous avez besoin, n'hésitez pas à nous contacter.

Comme aucune réponse ne venait du côté de l'ange, Chris et Neil Grant saluèrent les deux hommes et repartirent aussi discrètement qu'ils étaient arrivés.

- Tu crois vraiment que tu tireras quelque chose de Karshian ? Ce type n'a aucune envergure, il est tout juste bon à jouer les paons en parade devant les stars humaines.

- Je pense qu'il ne faut négliger aucune possibilité, sinon, je serais un piètre ange, tu ne penses pas ?

François le dévisageait sans aménité ; il devait chercher la faille dans l'expression indéchiffrable qu'il lui servait. Il avait appris à se composer ce visage où aucune émotion ne transparaissait et maîtrisait cet exercice à la perfection, chose bien pratique quand on ne souhaitait pas que son interlocuteur devine ses sentiments.

Effectivement, son ami si vertueux l'aurait immédiatement assommé d'un sermon accusateur et soporifique s'il avait su quels projets lui trottaient dans la tête pour accueillir son futur invité avec tous les égards qu'il méritait…

*

Les deux amis durent patienter deux jours et deux nuits avant de recevoir le SMS tant attendu leur signalant que Bob Karshian se rendait à un gala de charité organisé par l'une des starlettes dont il avait refait les seins et dont la carrière, depuis, s'était envolée (comme quoi le talent ne faisait pas tout dans ce bas monde…). Apparemment, c'était un événement prévu de longue date et on aurait pu s'interroger sur la difficulté d'obtenir cette information de la part de l'homme infiltré dans l'équipe de Léopold le Rouge, mais Phoenix connaissait suffisamment l'ego de Karshian pour savoir qu'il ferait communiquer sa venue ou son absence au dernier moment, afin de se faire désirer. En cinq cents ans, l'ange de la nuit avait rarement rencontré de vampires aussi futiles et égocentriques que ce concentré de narcissisme qu'était Bob Karshian. Dire que toutes les célébrités couraient dans son cabinet ! Si elles savaient que ce type n'était pas aussi excellent qu'il le faisait croire et qu'il réparait ses erreurs avec un peu de son sang pour éviter les procès…

Bref ! Il allait perdre de son sang ce soir-là, c'était plus que certain. D'autant que l'humeur de Phoenix, grâce à ce temps passé en tête-à-tête avec son compagnon, avait désormais la noirceur de l'ébène. Il se demandait encore comment il avait fait pour ne pas s'en prendre à son meilleur ami et rester stoïque malgré son envie manifeste de lui faire ravaler ses conseils et ses crocs !

Au début de leur isolement dans ce petit deux-pièces meublé du Queens, François respectait son besoin d'éviter toute discussion, mais à croire que l'éternel muet qu'il avait été pendant trois cents ans s'était mué en pie bavarde depuis sa rencontre avec Sam et Angela, il avait fallu qu'il revienne à la charge la première nuit quand il avait saisi l'occasion d'une rediffusion d'un épisode de *Stargate Sg-1* pour tenter de le faire s'épancher sur elle, et la suivante, lorsqu'il voulut connaître sa technique d'interrogatoire pour extorquer des informations à leur futur prisonnier. La réponse de l'ange fut catégorique : il s'était levé pour mettre son poing dans la télévision avant de regagner le lit pour oublier le tic tac de l'horloge ainsi que le « Bravo ! C'est très mature d'avoir fait ça ! » de François, grâce à son lecteur mp3 (Sam lui avait appris à s'en servir et il devait reconnaître que c'était assez pratique) ; ensuite, concernant la séance de torture, il s'était contenté de lui annoncer qu'il improviserait sur place avant de se replonger dans la lecture de son journal apporté en même temps que le sang au coucher du soleil par la compagne de Chris, une petite rousse toute ronde à la mine sympathique qui, bien qu'impressionnée par les deux hommes, ne cilla pas un instant face à eux. En partant, elle osa même y aller de son commentaire :

- J'espère que vous leur ferez payer ce qu'ils vous ont fait !

Phoenix n'aimait pas qu'on se mêle de ses affaires et il n'était pas difficile de deviner à quoi cette jeune personne faisait allusion. Seulement, comme elle était peut-être la seule à être sur la même longueur d'ondes que lui, il avait fait l'effort de se montrer aimable en hochant la tête avec respect. Elle s'était ensuite éloignée dans le couloir, lui se disant que les vampires avaient beau se sentir supérieurs aux humains, nombre de ces derniers étaient bien plus courageux que certains lâches de sa connaissance préférant s'abriter dans leur sous-sol en attendant que ça se passe plutôt que d'organiser la contre-offensive avec la Résistance. On parlait d'organisation... C'était vrai que depuis six mois, ils n'étaient plus bons qu'à ça, organiser... C'est pourquoi la part d'ombre tapie au plus profond de l'ange commençait à s'agiter à l'idée de, pour une fois, passer à l'action... Et quelle action ! Phoenix avait quelque peu menti à François quand il avait dit qu'il improviserait le déroulé de sa séance de torture, Finn lui avait montré les différentes manières de procéder pour amener doucement mais sûrement, selon un rituel bien précis, le prisonnier à tout avouer. Là-dessus, effectivement, il n'avait pas encore planifié ; par contre, ce qu'il savait à l'avance, c'était à quel point Karshian allait souffrir...

Pour l'heure, il fallait déjà l'attraper.

Dès qu'ils eurent reçu l'information à la fin de la deuxième nuit, Phoenix et François mirent leur ressentiment de côté pour se consacrer à la réussite de leur objectif. Ils avaient demandé à Grant d'envoyer le lendemain la jolie humaine leur acheter deux smokings et leur procurer une voiture ; elle s'était exécutée sans éveiller aucun soupçon, son sourire si pur et ses fossettes innocentes devant y être pour quelque chose. Quand elle vint leur livrer leur commande, elle les informa de l'adresse du lieu isolé où Neil Grant et son bras-droit avaient préparé l'aire d'accueil du chirurgien des stars. C'était un vieux bâtiment désaffecté du Bronx entouré par d'autres vieux bâtiments si délabrés et venteux que même les squatters et les SDF les évitaient. En tout cas, leurs contacts agissaient avec rapidité et efficacité et leur intermédiaire ne lui parut plus du tout innocente lorsque d'une voix ferme ne laissant transpirer aucune pitié, elle annonça :

- Tout a été bâché. Quand vous aurez ce que vous voulez, vous n'aurez plus qu'à nous appeler pour faire le ménage, Chris saura comment faire disparaître les preuves de votre passage.

Elle jeta ensuite un regard perplexe aux deux vampires qui la fixaient comme si c'était une extraterrestre et en soulevant les épaules, elle s'exclama :

- Quoi ?!

- Euh rien, rien...

François se passa la main dans les cheveux, signe d'embarras, et Phoenix remercia la jeune femme, laquelle s'éclipsa en leur souhaitant bonne chance.

Le gala commençait à vingt-et-une heures trente et il leur restait un peu de temps pour finaliser leur plan :

- Bien, récapitulons, commença l'ange. Nous garons la voiture derrière le building où se déroule la réception puis, pour contourner les cordons de sécurité, nous passons par le toit en vérifiant qu'aucun hélicoptère ne nous repère ; nous descendons ensuite jusqu'au lieu des festivités où nous nous arrangeons pour entrer incognito. Comme Karshian connaît nos visages, tu t'arrangeras pour faire croire à l'une des invitées qu'une personne ayant subi une intervention de chirurgie esthétique a un problème dans les toilettes, chose tout à fait possible dans ce genre d'événement bourré de femmes et d'hommes botoxés, et que tu as entendu dire que le plus célèbre médecin en la matière est ici ; Karshian ne résistera pas à cette présentation et viendra. Je le cueillerai à son arrivée aux toilettes et tu empêcheras quiconque d'entrer pendant que je l'assomme. Tu t'échappes ensuite pour préparer la voiture et moi je me débrouille pour faire croire au service de sécurité que Karshian... je ne sais pas... n'a pas résisté à un rail de cocaïne et que je le ramène à son hôtel en toute discrétion pour qu'il se reprenne en douceur loin de ses potentiels clients et des paparazzis qui en feraient leurs choux gras.

- Karshian est un personnage public, s'il disparaît, on va commencer par chercher du côté de cette soirée et nos visages sur les caméras de surveillance de l'immeuble seront rapidement diffusés sur les autres supports médiatiques à travers tout le pays. J'espère que ton plan pour assurer nos arrières ne va pas connaître d'accroc.

- J'ai confiance en Neil Grant, j'ai entendu dire qu'avant de travailler pour l'ancien chef de secteur de New York, il mettait ses talents de maquilleur au service du cinéma hollywoodien en créant des masques très réalistes couleur peau. Il est largement capable d'en créer un exemplaire à l'effigie de Karshian et il suffira qu'un de ses hommes de sa corpulence retire de l'argent avec sa carte de crédit et le distributeur aura une photo de lui en bonne santé le lendemain de sa disparition. Le FBI ne cherchera plus du côté des bons samaritains qui l'ont aidé à éviter l'humiliation du flagrant délit d'intoxication volontaire par des substances hallucinogènes.

François se gratta le menton.

- C'est un plan ambitieux... et dangereux.

Phoenix se dirigea vers la fenêtre et contempla au dehors les lumières de la ville qui ne dort jamais.

- Peut-être, mais nous n'avons pas le choix. Si Karshian se vante d'avoir l'oreille de Finn, c'est qu'il l'a sûrement côtoyé. Avec un peu de chance, il nous dévoilera l'endroit où il est en ce moment.

- Et tu y fonceras pour le tuer.

Phoenix ne se retourna pas. Il n'y avait ni soupçon ni jugement dans la voix de François, juste un constat qu'il ne tenait qu'à lui de démentir.

Il s'en abstint.

*

Une fois la voiture garée derrière le building situé non loin de la très chic cinquième avenue, Phoenix et François s'assurèrent aux battements de cœurs environnants que personne ne les observait, chose peu probable de toute façon vu que toute l'attention devait se porter sur ce qui se passait de l'autre côté, où un parterre de gens célèbres ou pseudo-célèbres assuraient leur promotion en se montrant à ce gala de charité organisé en faveur des enfants du Libéria malades du SIDA. L'ouïe des vampires était si fine que les deux compagnons pouvaient entendre de là où ils étaient les cris des photographes interpellant les participants pour en faire des photos qui alimenteraient les journaux à scandales. Pour sûr, la plupart de ces gens en tenue de cocktail hors de prix n'avaient certainement jamais mis les pieds dans un pays en développement et n'étaient là que pour vendre leur image en s'achetant au passage leur bonne conscience. Phoenix avait découvert que Les Grands effectuaient, sous couvert d'anonymat, des dons importants en faveur des États les plus pauvres de la planète (pas directement à leurs gouvernements corrompus, évidemment, mais à des associations dignes de confiance) dans le but d'accélérer l'acquisition d'outils facilitant le quotidien des populations. Cela devait obliger les vampires puristes à passer par eux-mêmes au Grand Changement par peur d'être découverts et massacrés par des hommes qui, plus seulement préoccupés par leur besoin de manger à leur faim, ouvriraient les yeux sur les autres dangers qui les avaient menacés depuis tout ce temps. Cette manipulation très retorse avait pour vocation de sauver des vies sur le long terme, humaines, comme vampires, et en était d'autant plus respectable, ce qui expliquait peut-être pourquoi l'ange de Kerington vouait une fidélité sans faille à ses instigateurs dont il s'était magistralement retenu de décapiter la dernière et horripilante représentante.

- C'est bon.

François se plaça dans son dos et enserra ses bras autour de son cou. L'instant d'après, Phoenix s'envolait en un éclair vers le sommet de la bâtisse, si vite que vu d'une fenêtre, un œil humain n'aurait pu le distinguer.

Sur le toit, le vent glacial leur fouetta le visage mais ils ne perdirent pas un instant. Il était déjà vingt-deux heures et d'après l'expérience des deux hommes en matière de soirées mondaines (Talanus et Ysis étaient de véritables artistes en la matière), les discours débuteraient dans une demi-heure, le temps que tout le monde arrive et se rafraîchisse avec une coupe de champagne.

- Tu crois que Karshian est déjà là ? demanda le mousquetaire en le précédant dans les escaliers.

- Il doit certainement papillonner autour des célébrités pour agrandir son carnet d'adresses. Il ne serait pas arrivé en premier, mais étant donné l'heure maintenant, c'est sûr qu'il est là.

Ils atteignirent l'ascenseur qui les mena au premier étage. Ils prirent ensuite de nouveau les escaliers pour arriver discrètement au rez-de-chaussée. Là, ils purent facilement contourner le service de sécurité, et se mêlèrent à un petit groupe de quatre personnes qu'ils saluèrent poliment en faisant comme s'ils les connaissaient, les félicitant pour le joli coup qu'ils avaient effectué en Bourse récemment.

Les deux hommes à la cinquantaine bien tassée et les deux femmes d'une vingtaine d'années aux sourires niais à leurs bras eurent un instant de flottement. Phoenix ne lisait pas la presse à scandale, mais il connaissait un minimum de stars de cinéma de vue et comme les visages de ces deux-là ne lui disaient rien, il avait misé sur des traders (après tout, nous étions à New York).

La chance lui sourit :

- C'est vrai que nous avons eu beaucoup de chance, merci euh…

François prit une expression faussement outrée.

- Oh, allons, nous nous sommes rencontrés lors du dernier événement mondain de la ville ! Je suis Robert Girard, je travaille pour l'un des plus grands vignobles bordelais (à voir leurs têtes, à part Paris et le champagne, ils ne devaient pas connaître grand-chose de la France), et voici mon ami… Peter…, il est directeur financier dans une banque des Bahamas.

Une étoile s'alluma dans les yeux d'un des traders.

- Ah, vraiment ? Laquelle ?

- Allons, mon ami, si je vous le dis, par les temps qui courent, je crains malheureusement de devoir vous tuer…

Phoenix avait prononcé cette phrase d'une voix veloutée à l'oreille du bonhomme et tout le monde rigola franchement, sauf l'intéressé qui ne put s'empêcher de se mettre à trembler, son instinct de proie face au plus grand prédateur existant lui signalant le danger, réel, pour sa vie. Cela valut à l'ange un bon coup de coude de la part de son acolyte. François ne l'avait-il pas prévenu en chemin d'éviter de terrifier les humains par un simple regard ?

Heureusement, l'homme se reprit assez rapidement et s'esclaffa à son tour. Après tout, les humains étaient au sommet de la chaîne alimentaire, non ? Il ne fallait certes pas écouter cette étrange alarme interne hurlant sauve-qui-peut... Phoenix était toujours surpris de voir à quel point les hommes arrivaient à occulter ce qui se passait sous leur nez juste parce que leur arrogance de se sentir l'espèce dominante les en empêchait.

Peu importait ! Cela servait leurs desseins ce soir et en bavardant avec ces financiers, les deux rebelles vampires purent passer sans encombre la dernière barrière de sécurité, le carton d'invitation du plus riche des deux traders faisant foi pour tous les autres.

Ils avancèrent donc dans le couloir menant à la salle de réception et au moment où tout le monde s'apprêta à entrer, l'ange s'excusa :

- J'ai été ravi de vous retrouver, messieurs, mais je vais devoir vous laisser passer les premiers. Je dois aller aux toilettes.

- Oh, eh bien, heureux de vous avoir revu, Peter, dit le plus trapu des deux hommes en lui tendant sa main.

Il la serra et fit de même avec son ami avant d'offrir aux deux bimbos péroxydées qui les accompagnaient un baise-main extrêmement raffiné qui les fit glousser comme des dindes.

- Garde-moi un verre, Robert, lança-t-il à François, lequel hocha la tête, une lueur de détermination dans ses pupilles.

Il se détourna ensuite et entra dans les toilettes. Il faisait confiance à son ami mousquetaire, celui-ci parviendrait aisément à ses fins sans se faire prendre. Le tout était d'être efficace également. Phoenix commença par vérifier qu'aucun humain n'était caché dans l'espace, puis alla se poster à l'entrée pour surveiller que personne n'aurait l'idée de s'approcher avant Bob Karshian.

Les vedettes de cinéma, de télé, de chanson et les personnages importants en tout genre se succédaient les uns après les autres et Phoenix dut refouler une vague de chagrin lorsqu'entra dans la pièce de réception Kate Winslet, dont Samantha était une fervente admiratrice (combien de fois l'avait-il vue se moucher bruyamment pendant une séance *Titanic*...), suivie peu après par un des membres du groupe des *Black Eyed Peas*, il ne savait lequel.

Un jour, quand Sam était encore humaine et qu'elle était décidée à le quitter après qu'il l'eût rejetée le soir de ses trente ans, il était sorti de la pièce secrète pour travailler sur le Cercle de Mellindra, mais à peine avait-il mis le pied dehors qu'un raffut de tous les diables agressant ses tympans vampiriques hyper sensibles s'était fait entendre depuis la cuisine. Il s'était douté que son assistante était la cause de tout ce bruit, il n'y avait qu'elle pour lui casser les oreilles à peine levé de son lit. Il s'était donc dirigé en grommelant vers l'origine du vacarme et s'apprêtait à y mettre un terme en rouspétant, mais plutôt que de s'exécuter, il s'était immobilisé, littéralement pétrifié par la scène qui se déroulait sous ses yeux.

Samantha était vêtue d'un legging noir qui épousait parfaitement ses formes en mettant ses courbes en valeur, associé à un petit débardeur blanc suffisamment transparent pour qu'il distingue le soutien-gorge en dentelle bleu nuit qu'elle portait en-dessous. Ses cheveux étaient remontés en un chignon négligé duquel plusieurs mèches s'échappaient au rythme de ses mouvements...

Ses mouvements...

Il avait dû fermer les yeux et les rouvrir pour vérifier qu'il n'était pas en plein rêve. Sam ne s'était pas rendu compte qu'il était là parce qu'elle lui tournait le dos et qu'elle était trop occupée à mélanger les ingrédients d'un gâteau à la noix de coco en dansant furieusement sur le tube « I gotta a feeling » du groupe en question.

Il savait que la danse ne faisait pas partie des loisirs de son employée et n'avait pu la voir à l'œuvre que trop rarement, alors le choc fut pour lui total quand il la vit se déhancher avec un dynamisme et une sensualité qui avaient littéralement fait bouillir son sang dans ses veines.

Sam était toujours ponctuelle et ce, même quand elle se lançait dans un défi culinaire complètement dément, jamais elle n'aurait pris le risque que quiconque et encore moins son patron, l'homme qui l'avait en plus rejetée après que l'empreinte l'eût poussée à lui sauter dessus, la voie ainsi : pétillante, débridée, et incroyablement sexy. Phoenix en était resté médusé et l'avait contemplée avec un mélange d'émerveillement et d'amusement vite remplacés par une frustration sans égale quand une brusque montée de désir lui avait rappelé que cette femme lui était inaccessible. Humaine sensible et fragile, sa mortalité était un obstacle qu'il ne pouvait franchir sans qu'ils se perdent tous les deux : elle parce qu'elle ne voudrait pas qu'il la voie dépérir au fil des années, lui parce qu'il ne pourrait accepter de la perdre. Elle avait droit au bonheur avec un mari et des enfants qui la combleraient, et ce n'était certes pas lui qui pouvait les lui offrir, d'où la nécessité de refouler des sentiments dont de toute façon, il n'était pas certain qu'ils soient vraiment partagés.

Il avait donc décidé de quitter cette pièce et au moment de s'en aller, son regard était tombé sur l'heure du four. Il avait retenu un ricanement en voyant qu'il retardait de deux bonnes heures et qu'en définitive, Sam s'était référée à cette horloge défaillante plutôt qu'à la course du soleil pour être sûre qu'elle avait encore du temps devant elle pour finir un gâteau qu'elle ne mangerait même pas et qu'elle donnerait sûrement à cet imbécile d'humain aux yeux noisette qui semblait vouloir à tout prix la séduire. Ce fut sur cette réflexion amère qu'il était parti réellement cette fois-ci, regagnant sa chambre pour reprendre son cœur et ses sens en mains, loin de celle qui n'avait aucune idée d'à quel point elle s'était emparée de son âme tout entière. Ce fut un petit succès pour lui lorsqu'il était ressorti, affichant un masque impénétrable devant cette assistante l'attendant en vraie professionnelle avec son journal et son verre de sang et commençant à lui faire son rapport sur les recherches qu'elle-même avait menées durant la journée.

Il avait dit un petit succès… oui.

Parce qu'en vérité, à l'intérieur, il avait eu l'impression de mourir d'aimer.

*

Bien que l'attente lui parût très longue, il ne se passa en réalité qu'une vingtaine de minutes avant qu'il ne distingue une femme d'une cinquantaine d'années, aux traits particulièrement tirés vers l'arrière de sa tête et à la bouche bien plus volumineuse que nécessaire, s'avancer dans sa direction, visiblement en parlant à quelqu'un dans son dos.

Ni une ni deux, Phoenix se précipita dans l'un des cabinets et ferma la porte. Avec tous les cœurs présents à si peu de distance, il avait une chance pour que Karshian ne se préoccupe pas immédiatement de ne pas entendre de battements provenant de sa cage thoracique.

Il s'arrangea pour se mettre debout sur le toilette de sorte qu'on ne voie pas ses pieds apparaître et attendit.

- Apparemment, il y a une femme en difficulté ici, docteur. Ayant été l'une de vos patientes, je me suis dit que personne n'était plus à même que vous de l'aider.

- Vous avez bien fait, Margy. Après tout, j'ai prêté le serment d'Hippocrate alors je ne peux me soustraire à mes obligations d'homme de science.

La groupie gloussa, sans relever le sarcasme. Visiblement, le chirurgien esthétique était plus soucieux de son image que du serment d'Hippocrate.

Bien, pensa l'ange. Petit « a », François avait correctement accompli sa mission en amenant Karshian à bon port, petit « b », il allait falloir se débarrasser de la gentille dame à l'âge indéterminable pour éviter d'avoir à traiter avec un témoin gênant, et petit « c », il allait devoir se faire passer pour une femme pour régler tout ça ! Tudieu !

- Madame ? Où êtes-vous ? Je suis Bob Karshian (il énonça son nom comme si c'était celui d'un être digne d'adulation), je peux vous aider.

Phoenix ravala le grondement qui montait en lui et d'une voix qui lui parut ridiculement féminine, il répondit :

- Je suis là, mais... Mon Dieu, c'est tellement embarrassant ! Qui est avec vous ?

- Je suis Margy Johnson, ma chère, dites-moi si je peux vous être utile surtout !

L'ange aurait vraiment dû se pencher sur l'actualité des célébrités de temps en temps, il n'avait aucune idée de qui était cette Margy Johnson. Samantha aurait été tellement plus efficace que lui ! Elle avait beau être passionnée par tous les arts et les sciences possibles, elle aimait aussi se vider la tête en regardant des émissions inutiles sur le quotidien de stars devenues stars juste parce qu'elles passaient en famille à la télévision et qu'elles avaient en plus un derrière affriolant à proposer au public. Phoenix aimait la taquiner là-dessus mais elle avait toujours assumé ses choix, arguant qu'il en fallait pour tout le monde.

Bref, Margy Johnson était une énigme pour lui mais une énigme qu'il allait vite devoir dégager d'ici. Il reprit sa voix de crécelle :

- Oooooh, Margy Johnson, comme je suis heureuse de vous rencontrer, je suis une de vos plus grandes admiratrices, j'ai tellement entendu parler de vous ! (Phoenix s'était inspiré de la fois où Sam s'était moquée d'Engara en surfant sur son ego surdimensionné, ce qui avait manqué se terminer pour lui par un fou-rire mémorable ; gagné en tout cas, la femme de l'autre côté de la porte bafouillait d'autosatisfaction en essayant de paraître humble avec ses « Oh ! vous savez, je ne fais que mon métier ») Je serais raviiiiiie de vous serrer dans mes bras pour vous remercier de votre gentillesse mais... vous comprenez...

Il espérait vraiment que cette femme entende qu'il lui fallait rapidement changer de paysage.

- Oh ? OH ! Bonté divine ! Mais bien sûr, je vais vous laisser avec le docteur Karshian, c'est l'homme le pluuuus gééééénéreux que je connaisse ! Et ne vous inquiétez pas, je ne parlerai de votre problème à personne !

- Merci, couina Phoenix en reniflant à deux reprises pour simuler des pleurs. Vous êtes une femme d'exception.

Ses sens lui permirent d'entendre le soupir d'impatience de l'autre vampire de la pièce. Il ricana intérieurement : « Tu n'as plus longtemps à attendre, mon ami... ».

Margy Johnson embrassa Karshian sur les deux joues avant de souligner son départ par un très élégant « Byyye ! ». Aussitôt, tous les muscles de l'ange nocturne se tendirent, prêts à l'action.

- Bien, Madame, je suis juste devant votre toilette, nous sommes seuls et je suis tenu par le secret professionnel. Par conséquent, vous pouvez être sûre que rien de ce qui se passera dans cette pièce n'en sortira. Vous pouvez ouvrir la porte en toute quiétude.

Dans cet espace réduit, un sourire naquit, découvrant des crocs étincelant de la promesse de douleur à venir. Le battant s'ouvrit lentement.

Le visage hautain de Bob Karshian devint cendres.

- Salut, Bob.

Un craquement plus tard et le chirurgien esthétique le plus réputé de Kerington s'effondrait dans les bras de son bourreau, la nuque brisée. Non mort pour autant, sa perte de connaissance durerait une heure, peut-être deux selon le sang qu'il avait ingurgité avant de venir ici.

Le plus dur restait quand même à faire.

Phoenix saisit sa victime sous une épaule et s'arrangea pour que son autre bras passe sur son cou. Il sortit des commodités sans perdre de temps et se dirigea en sens inverse des derniers invités en lançant un « Il a fait un petit malaise » rassurant aux curieux qui le regardaient. François, resté dans les parages pour s'assurer du bon fonctionnement de leur plan, prit tout de suite les devants en chuchotant qu'une femme adepte de botox et d'opérations en tous genres avait perdu son nez dans les toilettes et qu'ayant voulu l'aider, le médecin n'avait pas supporté la vue : résultat, la femme était partie en pleurs et Karshian avait besoin de prendre l'air. Personne ne soupçonna quoi que ce soit et même, on s'en amusa, vu que ce ne serait pas la première fois qu'une célébrité perdait accidentellement son nez après avoir passé trop de temps à se faire refaire le portrait... Margy Johnson n'avait plus qu'à corroborer ces dires (elle ne s'en priverait pas, c'était sûr !) et une croustillante rumeur circulerait pendant cette soirée ennuyeuse.

Rien ne valant mieux que le culot, Phoenix se dirigea vers l'un des membres du service de sécurité, un homme massif d'au moins deux mètres, à la musculature impressionnante :

- Mon ami a fait un malaise dans les toilettes (mieux valait coller à la version en cours de propagation à l'instant même). Je le ramène chez lui.

- Il y a une salle à l'étage où on peut s'en occuper.

Évidemment, il avait fallu qu'il tombe sur un empêcheur de tourner en rond !

- Merci mais je n'ai pas vraiment confiance, il suffirait que quelqu'un passe par là et prenne une photo de Bob avachi sur un divan et je vois déjà les gros titres : « Le chirurgien des stars est passé de la drogue de la célébrité à la drogue dure ! » Ça ruinerait sa carrière !

Le vigile réfléchit pendant un temps qui sembla interminable, puis :

- Il y a une sortie de ce côté, vous voulez que je demande à un chauffeur de vous ramener ?

- Non merci, j'ai déjà contacté le mien.

- Ok, suivez-moi.

Phoenix se retint de crier victoire trop vite. L'expérience lui avait appris qu'on n'était jamais trop prudent et qu'il ne fallait jamais relâcher sa vigilance avant d'être réellement certain d'être en sécurité.

L'homme le guida vers une petite porte qu'il poussa. Évidemment, une minute plus tard, François arriva avec la voiture et remercia poliment le vigile en l'assurant qu'il prenait la relève pour aider à mettre Karshian dans l'habitacle. Personne d'autre ne les avait vus.

Les deux complices ne s'autorisèrent à souffler qu'une fois éloignés de plusieurs pâtés de maison, aucune voiture de police derrière eux.

- C'était serré mais on a réussi.

Phoenix acquiesça.

- Les gens vont jaser, mais personne ne pensera à un enlèvement si nous la jouons comme il faut. Tu as contacté Grant pour le masque ?

- Oui. Il a tout ce qu'il faut, ça ne devrait pas poser de problème.

- Bien. Alors c'est à moi de jouer maintenant.

- À nous, rectifia François.

Phoenix serra les dents, préférant se taire. Il avait son idée de la façon dont il écarterait François pour avoir les mains libres.

Ils achevèrent le trajet vers l'immeuble délabré en silence, s'assurant qu'il n'y ait aucun battement de cœur dans les environs proches.

Ils emmenèrent un Karshian inconscient vers le centre du bâtiment où les attendait…

- Tu es sûr que Neil Grant s'est cantonné au maquillage de cinéma dans son cursus ?

Phoenix était légèrement désarçonné.

- Il m'impressionne pour un vampire de cent quatre-vingt ans. On peut dire qu'il a de l'imagination.

- Ou qu'il a participé à des choses abominables, tempéra le mousquetaire français, visiblement peu emballé par l'étalage d'instruments de torture à leur disposition.

- Peu importe. Nous devons soutirer des informations à un ennemi, c'est ce qu'on va faire. Attache-le sur la table.

Phoenix enleva son manteau dans un geste théâtral et releva ses manches, prêt à la tâche qu'il s'était fixé.

Peut-être qu'il attrapa le premier couteau avec un peu trop d'empressement car François lui jeta un regard soupçonneux :

- Tu ne devrais pas commencer par le réveiller en douceur ?

L'ange se retint de ricaner.

- Si j'ai choisi ce couteau pour le réveiller, c'est justement parce que je vais commencer en douceur.

Il aurait mieux fait de se taire à la façon dont François le considéra.

- Je pense qu'il vaudrait mieux que ce soit moi qui mène l'interrogatoire.

Un grondement féroce retentit entre eux.

- Karshian est à moi !

- Tu t'entends ?! J'essaie de t'aider là !

Phoenix s'astreignit au calme. François ne lâcherait pas le morceau facilement s'il avait le sentiment qu'il devait le protéger de lui-même.

- Écoute, j'apprécie ton aide, mais tu me seras plus utile si tu fais le guet à l'extérieur afin de vérifier que personne ne s'approche assez près pour entendre les hurlements.

- Je pense plutôt que je devrais t'assister.

« Dis plutôt que tu devrais me surveiller », pensa Phoenix, perdant patience.

- Je sais ce que je fais. Si Karshian détient des informations, il me les donnera, sois-en sûr. Dans le cas contraire, je le tuerai et nous rentrerons bredouille.

- Tu es sûr ?

Il leva les yeux au ciel.

- Je t'ai dit que je savais ce que je faisais !

François le fixait avec suspicion mais d'un autre côté, il devait admettre que stratégiquement, Karshian était un atout qu'ils ne pouvaient se permettre d'ignorer. Si seulement il savait où se trouvait Finn actuellement!

- D'accord. Je te fais confiance pour aller au plus vite. Il faut qu'on en ait fini avant le lever du soleil.

Phoenix comptait bien faire en sorte que Karshian veuille tout avouer...

- Dès qu'il a répondu, on s'en va d'ici.

- Bon, alors je te laisse, conclut son ami en lui tournant le dos.

Les crocs de l'ange s'allongèrent comme jamais. Il comptait bien prendre le temps nécessaire pour faire regretter à Bob Karshian d'être né...

*

Une nouvelle giclée de sang lui éclaboussa le visage tandis qu'un hurlement déchirant lui vrilla les tympans.

- Tu vois, Bob, je suis de très mauvaise humeur depuis un sacré bout de temps maintenant et ton refus de me répondre fait grimper ma tension à son paroxysme. Il semble qu'on t'ait vu te pavaner en disant que tu côtoyais Finn de près, je veux savoir s'il est sur le territoire et quels sont ses plans. Si tu continues à te taire, je vais être dans l'obligation de me laisser aller à mes mauvais penchants et crois-le ou non, je ne demande que ça.

- JE NE SAIS RIEN, JE TE LE JURE ! s'écria Bob Karshian en voyant son bourreau relever le couteau en argent qu'il lui enfonçait dans la chair depuis des heures.

- Bien essayé, mais je connais mon ancien mentor et il ne permettrait pas qu'on divulgue des mensonges à son sujet, c'est donc que tu l'as vu. Tu lui rends des services et je veux savoir ce qu'il en est. Maintenant, parle !

- JE NE SAIS RIEN ! PITIÉ !

Phoenix se pencha au-dessus de sa victime et ne put s'empêcher de lui adresser un sourire bestial lorsqu'il lui dit :

- Bonne réponse.

Cette fois, il avait anticipé la direction du jet de sang et put l'éviter tout comme il fit en sorte que la flaque qui se répandait à ses pieds ne touche pas ses chaussures. Les cris d'agonie cessèrent subitement lorsque son patient s'évanouit. Phoenix jura ; en même temps, c'est vrai qu'en général, personne n'aime se voir sortir les intestins de l'abdomen sans aucune anesthésie préalable.

- Mon Dieu, est-ce que tu es devenu fou ?

Phoenix retint un second juron en entendant cette voix et alla plutôt se chercher une poche de sang dans le mini-réfrigérateur que Grant avait installé (il avait décidément pensé à tout).

- Que viens-tu faire ici, François ? N'es-tu pas censé faire le guet ?!

- Je suis venu pour voir si je pouvais t'être utile avec Karshian. Ça fait des heures que tu le tortures !

- Comme tu le vois, je m'en sors bien.

- Je vois surtout que tu vas tuer ce type avant qu'il ne nous ait fourni la moindre réponse.

- Je connais les limites. Je te rappelle que j'ai eu un excellent professeur ès torture.

- Et c'est une raison pour faire du zèle ?!

L'attitude choquée teintée de paternalisme moralisateur de François l'agaçait. Il devait supporter en permanence le regard chargé de compassion de ses amis, il n'avait pas besoin en plus d'être jugé sur sa manière de mener des interrogatoires.

- Drôle de remarque pour quelqu'un qui a torturé son meilleur ami sans interruption pendant des jours et des nuits. Sam m'a raconté comment elle a vomi dans un seau en te voyant si bien charcuter Karl pour lui faire dire ce qu'il voulait cacher.

- Sauf que moi, je n'y ai jamais pris plaisir ! répliqua le mousquetaire français, manifestement vexé.

Phoenix tiqua. Son interlocuteur venait de mettre le doigt sur ce que lui-même commençait à réaliser, cependant, il n'était pas disposé à lui faciliter la tâche, n'étant pas d'humeur à subir l'un de ses éternels sermons.

- Qu'est-ce qui te fait dire ça ? À moins que tu ne possèdes un nouveau don, tu n'étais pas là pendant que je le soumettais à la question.

- Peut-être, mais je me doute de l'état d'esprit dans lequel tu es, et en voyant toutes ces entrailles sur la table, je vois que j'ai raison.

Phoenix soupira, le sermon était inévitable. Il avait réussi à le faire taire jusqu'ici mais cette fois, il sentait que François ne se laisserait plus repousser. Autant être vite débarrassé !

- Alors éclaire-moi, dit-il d'un ton tranchant.

- Tu étais dévasté après la mort de Sam, ce que je comprends très bien et c'est ce qui aurait pu me faire pardonner ton comportement aigre des derniers mois, mais tu as substitué la rage à ta souffrance et ça a empiré depuis peu. Ne me fais pas croire que tu ne t'en es pas rendu compte, c'est pour ça que tu évites notre compagnie la plupart du temps. Tu ne veux pas faire face à la vérité.

- Et quelle vérité ? demanda Phoenix avec un sourire narquois qui cachait son envie de prendre François par la nuque et de la lui briser d'un coup sec.

- Tu es en train de sombrer.

Bien que l'accusation lui fît mal, Phoenix n'en laissa rien paraître et s'adossa à la table où gisait toujours Bob Karshian. Ce faisant, un bruit horrible d'intestins qu'on écrase se fit entendre dans la pièce. François ne put retenir une moue dégoûtée.

- Je ne voulais pas y croire au départ et je me suis même disputé avec ma femme parce que je te soutenais dans l'idée de soutirer par tous les moyens des informations concernant Finn, mais je dois me ranger à l'évidence quand je te vois agir aussi férocement ; ta noirceur vampirique est en train de t'envahir et elle te contrôlera si tu n'y prends pas garde.

Un frisson parcourut l'échine de l'ange, mais il n'en tint pas compte et se contenta de hausser les épaules. François ne se démonta pas :

- Écoute, reprit-il. Je pense que si on me prenait Angela, je serais sûrement aussi détruit que tu peux l'être et je voudrais certainement me venger, néanmoins, je me connais suffisamment pour savoir que je ferais ce qui doit être fait sans me perdre en chemin.

Phoenix ricana.

- Tu ne peux pas savoir ce que je suis en train de traverser, par conséquent tu ne peux en aucun cas prévoir ta réaction dans l'éventualité où Angela mourrait.

François soupira, semblant vaincu, puis releva le menton en toisant son ami avec la plus extrême détermination.

- Tu as raison. Je ne peux pas savoir ce que tu vis, mais je sais ce que tu es en train de devenir et ce que Sam en aurait pensé.

Un sifflement d'avertissement retentit dans la salle de torture.

- Fais attention, François.

Le mousquetaire français aurait dû être intimidé par cette menace, au contraire, elle le galvanisa.

- Ou sinon quoi ?! Tu vas m'éventrer aussi et jouer avec mes tripes sous mon nez ? Qu'est-ce qui t'énerve tant dans ce que je dis ? Le fait de t'avertir que tu es en train de te comporter comme un monstre dont les actes auraient horrifié la femme que tu aimes ou le fait de parler d'elle ? Depuis que tu nous as dit ce qui s'était passé ce soir-là, tu n'as plus jamais prononcé son nom à part quelques rares exceptions dans des accès de colère incontrôlée. Il n'y a pas qu'à toi qu'elle manque ! Cesse d'être égoïste !

Cette fois, Phoenix explosa.

En un éclair, il avait attrapé François par le cou et l'avait plaqué avec une extrême violence contre un mur, faisant tomber quelques morceaux de béton au passage. Leurs visages n'étaient qu'à quelques centimètres l'un de l'autre, celui de Phoenix exprimant la fureur la plus absolue…

- Je vais t'arracher la tête d'un simple mouvement du poignet…

… celui de François n'exprimant que la plus infinie compassion.

- En es-tu vraiment arrivé là, … mon frère ?

Malgré la difficulté de parler de sa victime, son message fut toutefois entendu et déstabilisa notre ange de la nuit au point de desserrer l'étau de sa main. Ce n'était pas tant son interrogation que la façon dont il l'avait appelé qui l'avait arrêté avant de commettre une erreur fatale. *Mon frère…*

Phoenix se rappela la conversation qu'ils avaient eue tous les deux avant le procès de Samantha, où François lui avait avoué qu'il l'aimait comme s'ils étaient du même sang. Phoenix n'avait jamais été du genre à étaler ses sentiments, mais il lui avait fait comprendre que c'était réciproque.

Comment pouvait-il rester sourd aux appels de celui qui avait toujours été là pour lui ? Comment pouvait-il le rejeter ainsi alors qu'il essayait si ce n'est d'adoucir sa peine, tout du moins de l'épauler dans sa gestion de celle-ci ? François avait raison. Samantha était aimée de tous, tout le monde dans la villa (excepté Blodwyn) la pleurait et elle n'aurait pas aimé ce qu'il était en train de devenir.

Phoenix recula brusquement, en lâchant son ami, puis tomba à genoux. Il ne s'aperçut même pas qu'il venait de tomber dans la flaque de sang qui l'éclaboussa tout autant qu'elle éclaboussa le sol et les murs, heureusement bâchés. Il se sentait comme hors de lui-même.

Tout ce temps passé à végéter dans leur villa-bunker des Appalaches n'avait fait que le frustrer au point de transformer sa souffrance en une haine viscérale qui le rongeait de l'intérieur. Une fois passé en mode action, son côté sombre, alimenté par sa rage, avait fini par presque l'engloutir au point d'éteindre toute parcelle de compassion ou de commisération en lui.

Cinq cents ans…

Il avait cinq cents ans et il avait l'impression soudain d'en être revenu à ses premières années en tant que vampire, lorsqu'il n'arrivait pas encore à dompter la bête tapie dans les recoins les plus sombres de son être. Il pensait que tout ça était derrière lui, grâce à Sam notamment ; il avait eu tort. Il s'était effectivement perdu.

Il sentit plus qu'il ne vit François s'agenouiller en face de lui.

- Je... Tu as raison. Pardonne-moi.

- Tu n'as pas à t'excuser de souffrir le martyre. Je sais que tu voudrais gagner cette guerre au plus vite pour la rejoindre, mais ce n'est pas en te laissant guider par la haine que tu y arriveras. Sam te dirait la même chose.

Phoenix hocha la tête. Il pouvait presque entendre la voix de sa bien-aimée prononcer ces paroles.

- Est-ce que tu lui en veux toujours pour cette promesse ?

- Non. J'aurais sûrement fait la même chose à sa place. C'est à Finn que j'en veux, au point de souffrir à chaque minute sachant qu'il foule encore le sol de cette Terre.

Il y eut un silence entre eux, puis :

- Il faut qu'il meure et tu le tueras, dit François avec hargne.

Phoenix regarda son ami avec stupéfaction. Celui-ci se radoucit.

- Tu le feras et je t'aiderai en ce sens. Toutefois, tu auras ta vengeance sans devenir un monstre comme lui.

- Pourquoi est-ce tellement important pour toi... ?

François posa ses mains sur ses épaules et lui offrit un sourire triste mais sincère.

- Où crois-tu que l'âme d'une femme aussi exceptionnelle que Sam ait été envoyée ? Il n'y a qu'en agissant à sa hauteur que tu la retrouveras de l'autre côté.

Éberlué, l'ange fixait son ami comme s'il venait de lui annoncer que le guide suprême iranien venait de se convertir au judaïsme.

- Mais... Nous sommes des vampires...

- Ni toi, ni moi, ni Samantha n'avons choisi de le devenir et nous avons fait en sorte de rattraper nos erreurs passées à travers nos siècles d'existence. Je pense que Sam ne sera pas la seule à dire là-haut que tu es quelqu'un de bien et la connaissant, elle serait capable de donner une migraine à Saint Pierre pour qu'il t'ouvre les portes du repos éternel.

Phoenix n'avait jamais réfléchi à ça sous cet angle. Il en était venu à ne plus croire en un Enfer ou un Paradis car cela supposerait l'existence de Dieu et il ne pouvait pardonner à celui-ci de lui avoir pris sa raison de vivre. Toutefois, l'argument de François lui donnait de l'espoir ; Samantha pouvait donner une migraine à n'importe qui.

Une question qu'il n'avait plus jamais formulée depuis la mort de cette dernière naquit dans son esprit : Et si jamais… ?

Un gémissement se fit entendre depuis la table de torture derrière eux.

- Bob Karshian ne sait rien.

François hocha la tête et aida Phoenix à se relever ainsi qu'à retirer sa veste (bonne pour la poubelle avec les caillots de sang qui s'y étaient collés). Puis, chose rarissime entre vampires, ils s'enlacèrent comme les frères qu'ils étaient l'un pour l'autre et qui venaient de se retrouver.

- Je pense que je vais devoir m'excuser auprès d'Angela.

- Tu n'auras même pas fini ta phrase qu'elle se sera jetée à ton cou pour te dire en sanglotant que tu es pardonné.

Ils éclatèrent tous les deux de rire à cette idée. C'était si soudain que ce fut presque comme si Phoenix riait pour la première fois… Et cela lui fit réellement du bien.

François fit signe à son aîné de le précéder vers la sortie, lequel s'y dirigea sans aucune hésitation.

Il savait ce qui allait se passer et quelque part, au regard des derniers événements, cela le soulageait. C'est pourquoi il ne fit aucun commentaire lorsque juste avant de lui emboîter le pas, François saisit la lame en argent qui était restée sur la table et la plongea à la vitesse de l'éclair dans le cœur de l'ancien chirurgien esthétique star de Kerington qui venait de reprendre conscience et demandait pitoyablement pardon pour n'avoir pas choisi le bon camp.

Personne n'assista à sa décomposition en cendres. Pour lui, la guerre était finie.

*

New York. 23 janvier. J + 197 après la mort de Sam.

Deux jours passèrent. Grant et son équipe avaient parfaitement nettoyé le terrain après le passage sanglant de leur ange et de son ami français, lesquels avaient décidé de repartir dans les Appalaches pour reprendre leur quotidien de collecte de données qui excédait l'un d'entre eux. Cependant, Phoenix était conscient du caractère essentiel de cette tâche et la discussion qu'il avait eue avec François l'avait apaisé à défaut de lui ôter sa douleur. La rage contre Finn était toujours là, mais elle ne le consumait plus et il voyait maintenant les choses avec lucidité, notamment à quel point son comportement des derniers temps avait dû être pénible pour les habitants de la villa. Il s'était déjà excusé auprès de François, mais il ressentait le besoin de se faire pardonner par les autres. Blodwyn, par contre, pouvait toujours courir !

Phoenix et François partirent quand ils furent certains qu'aucun avis de recherche n'avait été émis pour Karshian. Certes, on parlait de lui dans les journaux, mais seulement ceux spécialisés dans les poubelles des célébrités parce qu'à l'intérieur, les pseudo-journalistes se demandaient qui pouvait bien être cette femme sans nez qui avait réussi à envoyer le chirurgien esthétique des stars au tapis (la rumeur avait vite circulé). Neil Grant avait comme prévu missionné un de ses homes, déguisé à s'y méprendre en Karshian, chercher de l'argent au distributeur, emmitouflé dans un manteau au col relevé, une écharpe et un chapeau distingué, laissant tout de même apparaître ses traits au cas où des soupçons pèseraient sur sa disparition. Normalement, c'était impossible vu que l'homme avait tiré une somme considérable avant d'acheter un billet d'avion pour la Colombie et d'envoyer un mail à la secrétaire du médecin indiquant qu'un client mystérieux mais immensément riche l'attendait là-bas pour une opération discrète. L'imposteur avait effectivement pris l'avion avec les propres papiers de Karshian qu'il transportait avec lui et n'avait plus qu'à revenir à New York en laissant penser que celui auquel il avait emprunté l'identité, se serait fait séquestrer par un trafiquant de drogue à l'addiction portée sur le bistouri plutôt que sur l'héroïne. En tout cas, la diversion de la femme sans nez avait été la bienvenue parce qu'on s'intéressait davantage à son nom qu'à celui du bon samaritain qui avait aidé Karshian à sortir par la petite porte.

La mission était donc réussie à ce niveau là, même si aucune information d'importance n'avait pu être glanée. Ce que Karshian avait dit sur Léopold le Rouge coïncidait avec ce qu'ils savaient déjà grâce à leurs espions, ce qui laissait à penser que le nouveau chef de secteur de New York avait certes déroulé le tapis rouge devant ce cher Bob, mais qu'il n'avait pas oublié la prudence la plus élémentaire disant que face à un bavard, mieux valait sélectionner ce qu'on avait à dire.

Lorsque Phoenix posa le pied sur le perron de la villa, là où il n'entrait pas dans le champ de la caméra de surveillance, il déposa son ami, lequel lui avait expressément demandé de créer la surprise quant à leur retour.

Ils entrèrent donc sans bruit et leur ouïe vampirique leur indiqua que tous les humains étaient réunis dans le salon pour manger des chips devant la télé, les créatures surnaturelles se trouvant dans le bureau à travailler.

À peine avaient-ils mis le pied dans la grande pièce aux grandes baies vitrées donnant sur un paysage montagneux magnifique, qu'un grand cri retentit et qu'une chaise qui aurait mieux fait d'être bien rangée bascula à terre dans un fracas épouvantable. La seconde suivante, une tornade blonde se jetait littéralement au cou de François, l'abreuvant de centaines de baisers auxquels il répondit avec une détermination presque furieuse. Phoenix et les autres témoins de la scène n'eurent pas le loisir de se sentir gênés car le mousquetaire saisit tout à coup sa partenaire sous les jambes pour la porter dans ses bras et vider les lieux à toute vitesse en direction de leur chambre à coucher.

- Euh…

L'ange se donnait l'impression d'être un grand cornichon, à ne savoir que dire ou quoi faire de sa grande carcasse.

- Phoenix ! Je suis tellement heureux de te revoir, mon vieux !

Il sourit. Pas seulement parce que Danny aimait le taquiner sur son âge alors qu'il paraissait celui d'être son fils, mais parce qu'il était réellement content de retrouver ces gens. Quand le gentil restaurateur le rejoignit et le prit dans ses bras en lui claquant l'épaule, il surprit tout le monde en lui rendant son geste et en s'esclaffant :

- Moi aussi je suis heureux de vous revoir, petit gars !

Danny le regarda avec de grands yeux ronds, puis, partit en un grand éclat de rire.

- Ça fait du bien de te voir de meilleure humeur, cher ange ! Apparemment, ces vacances t'ont fait du bien !

Phoenix rigola. Danny était l'homme le plus généreux de sa connaissance, ce qui ne l'empêchait pas de ne pas avoir sa langue dans sa poche. Il était touché de la façon dont il se souciait de lui, à sa manière un peu brute de décoffrage mais toujours bien intentionnée.

- Contente de te revoir, Phoenix.

L'accueil de Valérie était tout aussi chaleureux, sa mère un peu moins dans le sens où Ginger avait toujours eu légèrement peur de lui. Elle se contenta de lui sourire en hochant la tête. Matthew aussi s'était joint au groupe pour exprimer son soulagement que François et lui soient de retour.

La porte du bureau s'ouvrit ensuite sur Talanus qui, général avant toute chose, lui intima l'ordre de venir lui faire son rapport, sa joie de le revoir ne transparaissant que dans son regard où le marbre glacial habituel semblait s'être un peu réchauffé. Ysis eut la gentillesse de lui proposer son verre de sang. Blodwyn… s'assit sur une chaise sans le saluer, en lui rappelant comme à un débutant de n'oublier aucun détail sur ce qu'il avait vu et fait à New York. Il se vit un instant lui sauter à la gorge, mais il n'en avait pas vraiment envie ; un pas de géant en somme. Il s'exécuta donc, sans rien omettre…

Après cela, la même routine, si l'on pouvait dire, ou absence d'action qu'il avait connue ces six derniers mois, se rappela à lui.

Ses cauchemars aussi.

Deux semaines s'étaient écoulées. Il ouvrit la porte de sa chambre en faisant attention à un éventuel rai de lumière. Les humains dans la place, déjà éprouvés de devoir rester cloîtrés dans ce trou perdu certes accueillant mais perdu, avaient fini il y avait peu par se liguer pour exiger qu'au moins on leur accorde la permission d'ouvrir les volets pendant la journée afin qu'ils puissent profiter du soleil. Danny avait anticipé le refus de Blodwyn en lui mettant quasiment sous le nez les rapports scientifiques prouvant les bienfaits de la lumière sur le moral notamment et celle-ci avait surpris tout le monde en se lançant dans un cours de sciences approfondissant plus encore les données qu'il avait relevées. Au choc avait succédé l'ennui profond et Phoenix s'était éclipsé, tout comme Talanus et Ysis qui avaient préféré la méthode vampire pour se remonter le moral ; à défaut de la chaleur du soleil, dans leur monde, deux corps en feu s'adonnant à la meilleure des débauches étaient considérés comme un remède de cheval contre la dépression.

Bref, ils s'étaient arrangés pour que certaines parties de la villa restent dans l'obscurité, notamment du côté des chambres ainsi que le chemin vers la cuisine pour un éventuel creux diurne. Toutes les pièces étaient dotées de boîtiers activant à volonté les volets donc il suffisait ensuite de les baisser pour aller chercher une pochette de sang dans le réfrigérateur sans se transformer en torche.

C'est ainsi que ce jour-là, vers deux heures de l'après-midi, Phoenix descendit les escaliers dans l'optique d'aller chercher un remontant à la sauce hémoglobine. Après sa discussion avec François, il avait décidé d'abandonner son régime sang-alcool sauf en cas d'absolue nécessité.

C'était une situation d'absolue nécessité.

Il avait prêté l'oreille aux battements de cœurs présents dans les environs et avait très vite repéré Danny avec Ginger pas très loin, dans le bois autour de la villa ; Angela semblait suivre le rythme de son époux puisqu'elle dormait à poings fermés à ses côtés (en ronflant d'ailleurs) ; Valérie écoutait de la musique en courant sur le tapis de la salle de sport et Matthew regardait un match de foot à la télé. Très bien, tout le monde était occupé, il n'aurait pas à supporter leurs regards inquiets devant sa mine de déterré (sans mauvais jeu de mots).

Sans prendre la peine d'allumer la lumière vu que sa vision nyctalope l'en dispensait, il se prépara un grand bol de sang qu'il mit à chauffer quelques secondes au four micro-ondes et sortit la bouteille d'alcool de prune d'Ysis qu'il mélangea ensuite à son breuvage. Il le but dans la foulée jusqu'à la dernière goutte et reposa le récipient vide en soupirant. Cette mixture ne lui faisait décidément aucun effet hormis celui de se demander si sa chef de secteur n'avait pas du sang extraterrestre pour apprécier ce genre de liqueur. Soudain las, il se prit la tête entre les mains et soupira à nouveau. Dire que le soleil ne se coucherait pas avant plusieurs heures… Il aurait aimé sortir prendre l'air pour évacuer toute la tension qui le pressurait.

Un clic de l'interrupteur puis les néons de la cuisine s'illuminèrent.

- Oh, pardon, je ne savais pas que tu étais là...

- Les volets sont fermés, rétorqua Phoenix à l'intrus, sans cacher sa mauvaise humeur.

- J'ai cru que Danny avait encore appuyé sur le bouton du boîtier de commande en pensant qu'il éteignait la lumière ; ce ne serait pas la première fois...

Phoenix aurait pu lui gronder son mécontentement à la figure mais il n'en fit rien. De toute façon, la cuisine n'était pas à lui, et puis... à la manière dont Matthew souriait affectueusement à l'évocation de son père adoptif, il n'en avait pas envie. En l'occurrence, cette réflexion sur les maladresses assez comiques du restaurateur au cœur sur la main avait plutôt tendance à l'amuser et un sourire léger se dessina sur ses traits.

Matthew alla se servir un verre de jus d'orange et s'installa sur le tabouret face à lui.

- Tu as vraiment une sale tête, tu sais ?

Certes... Son sourire s'évanouit et ses pupilles étaient chargées comme des fusils mitrailleurs quand il leva les yeux vers son jeune interlocuteur, lequel leva aussi les siens... vers le ciel.

- Je ne suis pas en train de t'insulter, toi et moi on a passé ce stade, il me semble ! Je dis juste que d'habitude tu n'es pas très folichon au réveil, ce qui se comprend parfaitement, mais que là, tu as l'air... je ne sais pas... d'avoir fait un séjour dans une tornade.

L'analogie, étrange, lui arracha un petit rire.

- Encore un cauchemar ? demanda Matthew, dont la sollicitude sincère le surprenait autant qu'elle le touchait, chose encore plus surprenante.

- Demande-moi plutôt quand je n'en ai pas fait.

Matthew hocha la tête puis garda le silence un moment. Enfin :

- Tu veux m'en parler ?

Se confier à celui qui avait tenté de lui ravir le cœur de Sam quand elle était au plus bas après qu'il l'avait rejetée comme un imbécile le soir de ses trente ans ?

Après tout... ça n'avait plus d'importance maintenant.

- Je ne sais même pas si on peut qualifier ça de cauchemar à la base. C'était tellement... bizarre.

- Explique, l'encouragea Matthew en buvant quelques gorgées de son liquide orangé.

- C'est fou comme l'esprit peut trouver différentes manières de vous torturer... Enfin voilà, dans mon rêve, j'étais dans la forêt qui jouxte la villa et j'étais habillé avec de drôles de vêtements : une salopette bleue tâchée de graisse avec une chemise rouge ignoble, et une casquette de la même couleur arborant un écusson estampillé d'un « P » dessus. (L'homme face à lui haussa les sourcils) J'étais obnubilé par l'idée d'attraper des pièces d'or en lévitation dans les airs et je n'arrêtais pas de tourner la tête dans tous les sens pour vérifier que je n'allais pas me faire attaquer par une tortue ou un champignon. (Cette fois, Matthew crispa ses lèvres, comme s'il se retenait de rire) Quoi ?! Qu'est-ce qu'il y a de drôle ?

Phoenix ne comprenait pas cette hilarité contenue alors qu'il expliquait une situation qui l'avait vraiment mis mal à l'aise.

- Rien, je t'en prie, continue.

Il renifla, soupçonneux, mais s'exécuta :

- Je me suis tout à coup retrouvé avec un fusil dans les mains et avant même de me poser la question de savoir comment cette arme était arrivée là, je me retrouvais à tirer sur une silhouette bondissant à travers les arbres.

- Quel genre de silhouette ?

Phoenix se sentait ridicule rien qu'en prononçant ces mots :

- Genre... lapin.

Pour un vampire, gaspiller des balles juste pour attraper une petite bête inoffensive était totalement absurde ; un bon coup de crocs et le tour était joué.

- Euh... Quel genre de lapin ?

Phoenix se sentait encore plus ridicule. Vider son sac ne semblait plus être une aussi bonne idée en fin de compte.

- Hum... Blanc, gras, avec un ventre rose et... (il hésita à poursuivre) le visage de Finn.

- Un lapin à tête de Finn ?

- Pas tout à fait. Il avait les traits du visage de Finn mais ses yeux louchaient et la bouche pleine de bave était anormalement grande avec deux dents comme des créneaux de forteresse. Ça lui donnait l'air… crétin. Je ne vois pas comment le dire autrement.

Matthew se gratta le menton, pensif.

- C'est effectivement un drôle de rêve.

- Je ne suis pas habitué à ça. Avant… tu sais quoi, je dormais d'un sommeil de plomb et depuis… je la vois couverte de sang ou tout simplement exploser devant moi.

La mine de son interlocuteur s'assombrit.

- Cela m'arrive parfois, à moi aussi.

Phoenix le regarda avec stupeur et honte ; en vérité, cela n'aurait pas dû le surprendre. Matthew avait sincèrement aimé Samantha et une part de lui continuerait longtemps à l'aimer. C'était normal que sa mort l'ait traumatisé au point de troubler son sommeil.

- Je sais que pour toi non plus ce n'est pas facile.

L'expression de Matthew se crispa un instant.

- Revenons-en à toi. Tu dis que tu ne fais jamais de rêves bizarres ?

Phoenix opina du chef et ajouta :

- Non et c'est pour ça que je suis complètement perturbé, je n'en vois pas la signification. C'est Samantha la spécialiste dans ce domaine.

Il se mordit la lèvre au point de la faire saigner, Matthew lui tendit une feuille d'essuie-tout.

- Merci. Je veux dire… C'était une spécialiste.

Cette fois, Matthew prit un air nostalgique et songeur.

- C'est vrai et à l'évidence, elle se serait inquiétée en t'écoutant raconter le tien. Les rêves sont l'expression de notre inconscient et mise à part ta douleur d'avoir perdu l'amour de ta vie, ton désir le plus fort est de te venger de Finn pour ce qu'il lui a fait. Tu considères que tu as été stupide et que tu dois réparer ton erreur d'avoir été aveuglé par ta confiance en celui qui t'avait tout appris.

Tu as encore une image de toi-même extrêmement négative et ton esprit t'alerte sur le fait que rien de bon ne sortira de cela.

Un long silence ponctua cette analyse criante de vérité. Phoenix était perdu dans ses pensées. Puis :

- Tu as raison. Mais le savoir ne changera pas ce que j'éprouve.

- Peut-être, mais maintenant tu sais ce qu'il faut que tu fasses.

- Quoi ? demanda Phoenix, las.

- Que tu commences à te pardonner. Ce n'était pas ta faute.

Il eut un rire amer.

- Je ne sais pas si j'en suis capable.

Matthew avala le reste de son jus d'orange et se leva, prêt à partir.

- Alors j'ai bien peur que tu joues encore longtemps à *Mario Bros* chassant *le lapin crétin*.

Phoenix ne répondit pas et juste avant de se retrouver seul à nouveau, son ancien rival le regarda une dernière fois :

- Ce n'était pas ta faute.

L'ange de la nuit resta encore un long moment à méditer ces paroles puis se décida à retourner dans sa chambre. Une longue nuit se préparait et il fallait qu'il se repose ne serait-ce qu'un peu ; il devait partir le lendemain rencontrer un informateur en Caroline du Nord et le voyage serait long. Encore une fois, Samantha disparut en murmurant son nom dans son rêve seulement là, à la lumière de la vérité énoncée par celui qu'il voyait de plus en plus comme un compagnon digne de respect, il ne se réveilla pas en sursaut. Malgré la douleur, il trouva le repos en chassant de son esprit cette culpabilité qui le rongeait pour se concentrer sur son plus cher désir, la vengeance.

Il s'éveilla plusieurs heures plus tard avec soulagement, et surtout avec une sensation curieuse qu'il n'avait plus connue depuis longtemps : le pressentiment que ses souhaits se réaliseraient plus tôt que prévu.

*

Appalaches. 07 février. J + 212 après la mort de Sam.

- Tu es sûr que tu ne veux pas que je t'accompagne ?

- Merci, François, mais tu n'as pas à t'inquiéter. Je ne suis pas dans les mêmes dispositions que lors de notre dernier voyage.

Le mousquetaire le scruta un instant, Phoenix subit l'examen sans broncher.

- D'accord. Mais tu nous tiens au courant de tout ce que tu fais.

Là, il ne put s'empêcher de lever les yeux au ciel.

- Oui, maman !

François afficha une expression outrée, ce qui fit éclater de rire Matthew et son père adoptif, tandis qu'Angela, plus en retenue, se contentait de sourire. Enfin… elle serrait tellement les dents pour ne pas imiter ses amis que le résultat n'était pas fameux.

- Sois prudent, Phoenix, dit Talanus. Depuis que tu as réglé son compte à Bob Karshian, les hommes de Finn sont d'autant plus sur le qui-vive. Vois ce que cet informateur peut te révéler d'utile puis reviens directement ici. Nous n'avons que de trop rares alliés en Caroline du Nord et encore, je ne leur accorde qu'une confiance limitée.

- Je ne serais pas resté si longtemps votre ange si je n'étais pas prudent. Soyez rassuré.

Talanus hocha la tête.

Phoenix sortit, la maisonnée à sa suite.

- Je ne serai pas long.

Tout le monde le salua et il s'apprêtait à partir quand Ysis s'approcha de lui et lui saisit la main. L'angoisse était clairement visible sur son visage habituellement mystérieux.

- Fais bien attention, mon ami. Cette nuit, j'ai rêvé que les ténèbres se refermaient autour de toi.

Un frisson parcourut le dos de l'ange. Les visions de l'Égyptienne étaient souvent impossibles à interpréter de sorte d'anticiper l'événement futur qu'elles décrivaient et la plupart du temps, on ne comprenait celles-ci qu'une fois qu'il s'était produit. Phoenix s'était déjà demandé si sa chef de secteur n'avait pas, comme Cassandre[2], offensé Apollon pour bénéficier d'un don de pré-science si nébuleux. En tout cas, il ne fallait pas être un expert dans les arts divinatoires pour savoir que les ténèbres n'auguraient rien de bon, et fou serait l'homme qui refuserait d'écouter les prédictions de l'ancienne suivante de Cléopâtre. Phoenix serait plus avisé que les Troyens et resterait sur ses gardes.

Il serra la main d'Ysis.

- Je tiendrai compte de votre avertissement.

Elle parut légèrement soulagée et s'écarta de lui. L'instant d'après, muni de plusieurs armes, il s'envolait vers sa destination, Raleigh, où il atterrit quelques heures plus tard, dans un parc aux arbres suffisamment hauts et denses pour cacher son arrivée.

Son informateur était un très vieux vampire italien qu'il avait rencontré du temps où il était encore un nouveau-né en formation. Finn et lui étaient des rivaux qui ne cachaient pas leur animosité réciproque. Néanmoins, Arturo Velani avait toujours respecté l'élève de son adversaire, reconnaissant chez lui des qualités qu'il aurait lui-même voulu pour le fils qu'il engendrerait un jour. C'était un solitaire dans l'âme donc Phoenix avait douté qu'il mette son projet à exécution ; il avait eu raison.

Cinq siècles plus tard, avant sa rencontre avec Sam, il avait à nouveau croisé Velani, lequel l'avait mis en garde contre son mentor, arguant qu'on ne se méfie jamais assez de l'eau qui dort. Phoenix s'était contenté de hausser les épaules et aujourd'hui, il

---

[2] Cassandre avait reçu d'Apollon le don de voyance en échange d'une nuit avec lui. Ayant finalement refusé ses avances, elle se vit lancer sur elle une malédiction : personne ne croirait ses prophéties. Ainsi, quand elle prévint Priam de la traîtrise des Grecs avec le cheval de Troie, on l'ignora, et la ville tomba.

réalisait qu'il avait refusé de voir les signes qu'Ichimi et Arturo avaient correctement interprétés.

Velani avait logiquement intégré la Résistance lors de la prise de pouvoir du tyran, mais à sa façon. Disons qu'il aimait poser des bombes là où il supposait que les vampires à la solde de Finn avaient installé leur quartier général, sans se soucier des dommages collatéraux. D'autres rebelles avaient réussi à l'approcher pour le convaincre de travailler avec eux, mais il avait toujours refusé. Le seul auquel il acceptait de parler, c'était Phoenix.

Il savait pour Sam, évidemment, et s'il n'exprima pas ses condoléances quand ils eurent leur premier contact téléphonique sur ligne sécurisée, il lui rappela avec force que désormais, il avait les mêmes raisons que lui, si ce n'est plus, de vouloir voir Finn mourir dans d'atroces souffrances. L'ange ne l'avait pas contredit, mais au moins lui demanda-t-il de changer de stratégie concernant les bombes car les islamistes avaient beau avoir bon dos en ce moment, ce n'était pas une raison pour multiplier les attentats, aussi minutieusement préparés soient-ils. On n'avait pas besoin d'une déclaration d'état d'urgence dans le pays…

Velani avait rechigné mais étrangement, il avait obéi, se contentant maintenant de suivre et d'égorger ses victimes avant de leur planter un couteau en argent en plein cœur (sa spécialité). Depuis, les contacts avaient été épisodiques, voire inexistants. Velani ne savait rien de compromettant et de toute manière, c'était le genre d'homme à ne pas se laisser prendre vivant. C'était quelqu'un d'indépendant, d'où la surprise de l'ange quand il lui avait demandé de venir le rejoindre.

Il était donc environ minuit quand Phoenix entra par la porte située à l'arrière d'une galerie d'art. C'était vrai qu'en plus d'être obsédé par Finn, Arturo Velani vouait une passion sans bornes à la peinture abstraite, celle de Kandinsky en particulier. Ce n'était pas surprenant quelque part, de devoir le retrouver ici.

- Tu es ponctuel, ange. C'est une qualité que j'ai toujours appréciée chez toi.

Un homme à l'allure tout à fait classique avec un costume gris et une chemise blanche le rejoignit dans le vestibule. Ses cheveux courts aussi noirs que ceux de François, ses yeux marrons, et son nez aquilin en faisaient le parfait spécimen italien, la cigarette qu'il fumait accentuant le trait pour le faire ressembler à l'un des parrains de la mafia qu'on pouvait voir dans les films.

- Bonjour, Arturo. Est-ce que cette galerie t'appartient ?

L'intéressé eut un sourire énigmatique.

- Depuis le temps que je suis de ce monde, j'ai compris l'intérêt de conserver de multiples pied-à-terre sous diverses identités. Après, j'y mets ma petite touche personnelle. Les employés qui travaillent ici ne se doutent pas que quand ils ferment le rideau après leur travail, leur propriétaire, qu'ils n'ont jamais vu, sort d'une cachette pour profiter lui aussi de l'inspiration des artistes qui exposent en ces lieux.

- Si j'avais le temps, je te demanderais de me faire une visite guidée, mais ce n'est pas le cas alors j'aimerais savoir pourquoi tu voulais à ce point que je te rejoigne ici. Tu as des informations importantes à me communiquer, il me semble.

Nouveau sourire mystérieux.

- J'ai mieux que ça à te proposer. Suis-moi, on sera mieux installés dans le grand bureau avec un verre de sang.

Phoenix se retint de gronder d'agacement. Quand il avait reçu le message de Velani l'informant qu'il ne regretterait pas de venir en Caroline du Nord pour ce qu'il avait à lui dire, il était en son for intérieur persuadé que ça cachait quelque chose. Dans quoi encore ce type allait-il tenter de l'entraîner ? L'ange de la nuit avait autre chose à faire que de jouer à massacrer de simples pions de Finn ; ce serait amusant, mais au final, ça ne servirait à rien (merci saint François).

Il suivit quand même son hôte jusqu'à un bel open space où ce dernier l'invita à s'asseoir dans l'un des fauteuils. Il l'abandonna ensuite quelques minutes pour revenir avec deux grands verres remplis d'un liquide épais et rouge.

Phoenix scruta son interlocuteur aux rayons X.

- Ça va, ça va ! Je n'ai mordu personne si c'est ce qui t'inquiète ! Sinon je ne vois pas pourquoi je lutterais contre Finn entre nous soit dit ! râla Arturo Velani.

- Les gens sont prêts à tout pour obtenir le pouvoir suprême.

Velani s'esclaffa.

- Je t'en prie ! Tu sais parfaitement que pour moi, le Grand Changement est une affaire réglée depuis longtemps. Et j'étais pour son extension à l'ensemble du monde.

Phoenix avala son verre de sang. Velani haïssait Finn depuis toujours et leur rivalité n'était inconnue pour personne, mais l'Italien avait effectivement toujours été un ardent défenseur du Grand Changement.

- Je t'écoute.

- Je suis dans le coin depuis trois bons mois et je surveille les allées et venues des hommes du chef de secteur dont j'ai repéré le quartier général. Quand j'ai vu qu'ils renforçaient leur sécurité il y a peu, je n'ai d'abord pas compris, mais en allant acheter mon journal au kiosque, je suis tombé sur un magazine torche-fesses où on voyait une petite photo de Bob Karshian en couverture. Inutile de te demander si tu es derrière son départ soudain en Colombie ! (Phoenix ne réagit pas ; Arturo Velani s'esclaffa) Du bon boulot ! Ce Karshian n'était qu'une sangsue, bon débarras !

- Viens-en au fait, Arturo.

- Toujours aussi professionnel, ange ! Mais je vais te faire plaisir parce qu'il faut que tu entendes ça. Je me poste toutes les nuits avec mon matériel dans un immeuble en face de celui où se terrent nos traîtres et j'ai remarqué l'arrivée, il y a une semaine, de deux nouvelles têtes qui se sont pointées pour distribuer des ordres à tout le monde. Je peux te dire que le chef de secteur ici est une brute mal dégrossie se fichant pas mal du comportement de ses hommes, or, ça fait une semaine que ces types se tiennent à carreau en tremblant dans leurs bottes. J'ai essayé plusieurs fois de leur filer le train, mais ils ne prennent jamais la même voiture ni la même direction. J'ai eu beau faire, je n'ai pas réussi à les pister pour savoir où ils se dirigeaient, ce qui me laisse à penser que ce sont des professionnels formés à la meilleure des écoles ; et tu sais de quelle école je veux parler.

L'agacement de départ de l'ange avait laissé la place au fil du discours de son interlocuteur à un réel intérêt, puis à une tension grimpant de plus en plus. L'allusion d'Arturo sur l'école en question était claire : Finn était un expert en torture, mais aussi dans l'art de dissimuler ses traces. Ces hommes étaient obligatoirement à la solde de son ancien mentor, et ce, de manière directe.

- Je vois une lueur s'allumer dans tes yeux, dit Velani en souriant, tu es parvenu à la même conclusion que moi, ce sont de gros poissons. Si je t'ai fait venir, c'est justement parce que j'avais besoin d'un requin pour m'aider à les coincer.

Les crocs de Phoenix s'allongèrent, comme en réponse à la métaphore précédente.

- J'ai toujours voulu faire de la pêche au gros.

Velani tendit son verre pour le faire tinter avec celui de l'ange.

- Excellent ! Je sens qu'on va bien s'amuser.

- Parle-moi encore de ces deux hommes.

Le vampire italien révéla le peu de choses qu'il savait sur eux, à savoir qu'ils se déplaçaient avec chauffeur, jamais le même, dans des 4x4 noirs puissants. L'un était un grand roux maigre aux traits tirés, l'autre un maghrébin à la silhouette plus athlétique et à la main constamment glissée dans son manteau comme pour tenir une arme, ce qui était sûrement le cas, d'ailleurs. Ils arrivaient toujours vers dix-neuf heures et ressortaient à vingt-trois heures pour une destination inconnue.

C'était assez mince en matière de renseignements. Il allait effectivement falloir intervenir pour s'emparer d'au moins un des deux et le soumettre à un interrogatoire serré. Phoenix eut la satisfaction de réaliser que l'ombre tapie en lui n'engagea pas de lutte pour combattre sa volonté à cette idée ; la torture était inévitable, mais au moins n'en bavait-il pas d'avance. Tomber dans la bestialité ne l'aiderait pas à dénicher Finn, il en avait eu l'exemple avec Karshian.

Avec son complice, ils mirent au point leur plan pour le lendemain soir. Se saisir de deux ennemis en même temps était trop risqué alors ils arrêtèrent leur choix sur le plus coriace, le vampire maghrébin, que Phoenix suivrait en volant. Son don était véritablement utile quand il s'agissait de ne pas se laisser distancer dans les différentes artères et ruelles qu'offraient les grandes villes pour quelqu'un ne désirant pas être suivi. Il avait prévu de lui tirer dessus avec un silencieux au sortir de son véhicule et de profiter de son affaiblissement pour l'emporter avec lui au lieu de rendez-vous où l'attendrait son collègue italien avec de lourdes chaînes en argent (entre autres), tout ça ni vu ni connu d'une population qui n'avait pas besoin de savoir tout ce qui se passait autour d'elle.

L'aurore était proche quand ils finirent leur mise au point et Phoenix avait encore une chose à faire avant d'aller se reposer dans la petite pièce secrète d'Arturo. Cela ne lui plaisait guère de partager la chambre d'un autre vampire en qui il n'avait pas une foi aveugle, mais il n'avait pas vraiment le choix. Par ailleurs, son hôte était si enthousiaste à l'idée de faire cracher à leur future victime le lieu où Finn se terrait, qu'il n'avait pas vraiment de souci à se faire quant à sa loyauté réelle.

Peu importait, il composa le numéro souhaité :

- François ?

Il avait choisi d'appeler son ami afin de faire son rapport pour deux raisons. La première pour lui prouver qu'il tenait sa promesse de le tenir informé de son état (maman serait contente), la seconde pour l'entendre le soutenir sur ce qu'il projetait. Une deuxième séance de torture en si peu de temps n'était pas recommandée pour lui et François ne se ferait pas prier pour le lui dire, mais il espérait qu'il se rangerait à son plan. Pour Talanus, Blodwyn et Ysis, ça ne poserait aucun problème de conscience, mais il voulait l'approbation de celui qu'il considérait comme son frère et qui l'avait empêché d'être englouti par sa propre noirceur.

- *Phoenix, content de t'entendre, mon frère.*

L'ange ne put retenir un sourire affectueux de se dessiner sur son visage. C'était la deuxième fois que François l'appelait ainsi et la première sans once de déception dans la voix.

- Moi aussi, cependant je doute que ton contentement persiste quand tu entendras ce que j'ai à dire.

- *Nous sommes sur haut-parleurs, tout le monde t'écoute.*

Phoenix se lança dans l'explication de son entretien avec Arturo Velani et du plan qu'ils avaient échafaudé pour capturer l'un des lieutenants de Finn ayant peut-être de vraies informations à leur fournir quant à sa localisation. On l'écouta sans l'interrompre.

Puis :

- *C'est un excellent plan,* dit Talanus.

- *Tiens-nous au courant de l'évolution de l'interrogatoire, nous prendrons des dispositions de notre côté,* renchérit Blodwyn.

- Oui, maîtres.

Au moins avait-il l'assentiment de ses supérieurs. Un drôle de bruit précéda la reprise en main du combiné par François. Il avait dû enlever le haut-parleur.

- *Phoenix, fais ce que tu as à faire, mais n'oublie pas qui tu es.*

L'intéressé ressentit un certain soulagement du fait que son ami le soutienne.

- Ne t'inquiète pas, je sais quelles limites je ne dois pas dépasser.

- *Bien. Alors trouve-le. Il pourra peut-être nous faire gagner cette guerre plus vite que prévu.*

- Merci, mon frère, dit-il après un court silence.

Il raccrocha sans attendre. Le jour risquait d'être long…

C'était le cas de le dire. Arturo s'était endormi à peine la tête posée sur son oreiller, chose assez étrange pour un vampire aussi paranoïaque. Il devait certainement se sentir flatté de ne pas être ressenti comme une menace, toujours est-il que Phoenix n'eut pas la même facilité à trouver le sommeil que son voisin et qu'une fois endormi, il avait entamé une série de cauchemars plus horribles les uns que les autres. En gros, toutes les personnes qui lui étaient chères se faisaient massacrer, Sam se vidait de son sang avant d'être pulvérisée dans une explosion cataclysmique et en écho avec le rêve d'Ysis, son subconscient choisit de le mettre en scène en train d'être avalé par les abysses. Résultat, comme il ne savait pas le niveau d'insonorisation de la pièce secrète de son hôte et qu'il ne voulait pas ameuter les employés de la galerie d'art en poussant un cri involontaire, il finit par s'asseoir et attendre le coucher du soleil ainsi que la libération des locaux par leurs occupants diurnes.

Velani s'éveilla comme une fleur, la mine réjouie de quelqu'un s'apprêtant à vivre le plus beau jour de sa vie.

- Je sens qu'on va bien s'amuser, dit-il en se frottant les mains.

Phoenix se garda de l'imiter et ils se préparèrent pour leur mission. Velani lui donna l'adresse et les clés de l'appartement qu'il louait et qui offrait un point de vue intéressant sur ce qui se passait en bas de l'immeuble en face. Il irait de son côté préparer la salle de torture dont il expliqua le plan d'accès à son comparse. La sensation de déjà-vu de ce dernier était inévitable sauf que là, son impatience venait des informations qu'il pourrait obtenir et non de la torture elle-même.

Ils se séparèrent en se souhaitant bonne chance, le vampire italien sifflotant gaiement en rejoignant sa voiture. « Drôle de bonhomme », pensa Phoenix.

Il ne perdit pas de temps et se rendit à l'adresse de son poste d'observation, un confortable trois-pièces muni d'un beau télescope installé devant la fenêtre et dont seul l'objectif passait entre les rideaux toujours fermés. Les vampires avaient des sens hyper développés mais certains outils humains étaient bien pratiques pour l'espionnage.

Surtout que peu après, sa cible se montra à dix-neuf heures tapantes. Effectivement, deux 4x4 noirs arrivèrent en même temps et de deux directions différentes en bas de l'édifice qu'il surveillait, un hôtel particulier de trois étages assez ancien et sophistiqué, comme les gens qui habitaient ce quartier. Quatre hommes émergèrent de l'immeuble pour accueillir les *nouveaux arrivants*, un grand roux dégingandé et un autre homme brun d'origine méditerranéenne à l'allure bien plus dangereuse. L'instinct de Phoenix lui soufflait que Velani et lui avaient bien fait de le choisir. L'autre était bien trop mou dans sa façon de se déplacer, ce qui laissait supposer que ce n'était qu'un leurre destiné à créer la confusion chez des observateurs éventuels. Bien entendu, des observateurs amateurs…

Quand ils entrèrent tous deux dans l'hôtel abritant le chef de secteur de la région, l'ange s'adossa à son siège. Il avait quatre heures d'attente devant lui.

Il les passa à étudier les photos prises par Velani et à nettoyer ses armes en jetant fréquemment un œil à ce qui se passait au-dehors, tout en se demandant si cette fois, il réussirait à obtenir des informations valables permettant de mettre la main sur Finn. Combien de temps devrait-il encore attendre avant de pouvoir rejoindre Sam de l'autre côté ? Chaque jour était une souffrance pire que la mort et il la souhaitait de tout son être pour qu'enfin il retrouve sa compagne. Il ferma les yeux un instant et se passa les mains dans les cheveux, imaginant que c'était Sam qui y glissait ses doigts comme elle avait toujours adoré le faire. Il se raidit. Ce genre de fantasme ne lui faisait aucun bien, le frustrant plus qu'autre chose. Mieux valait se recentrer sur le présent, à savoir sa mission.

Le temps d'attente lui parut interminable, mais en véritable professionnel, il ne bougea pas d'un pouce. Peu avant vingt-trois heures, il bondit sur ses pieds, vérifiant une dernière fois qu'il avait bien son silencieux et ses autres armes, puis il se dirigea vers l'ascenseur menant au dernier étage de son bâtiment. Très concentré en y pénétrant, il remarqua à peine les œillades impressionnées que lui lançaient les deux adolescentes de dix-sept ans qui rentraient certainement d'une soirée (à leurs vêtements) pour laquelle elles n'avaient pas la permission de minuit ; elles sortirent en gloussant de la cabine.

Phoenix n'eut ensuite aucune difficulté à rejoindre le toit où il se posta en attendant de voir le Maghrébin sortir. Il lui faudrait faire très attention de ne pas attirer l'œil d'un quelconque témoin humain quand il survolerait la ville car pister une cible aussi difficile supposait une altitude relativement basse. C'était un exercice pour lequel il était entraîné et qu'il maîtrisait mais ça restait tout de même une entreprise compliquée et risquée pour le Secret.

Un mouvement en bas lui fit contracter tous ses muscles.

L'heure était venue.

*

Doucement, il prit de la hauteur en guettant les moindres gestes de sa cible qui fonça directement dans son 4x4 sans un regard pour l'escorte qui l'y accompagnait. Quand le véhicule démarra, l'ange s'éleva dans les airs et prit de la vitesse pour le suivre en se réfugiant dès que possible dans les zones d'ombre, celles que la lumière des réverbères n'arrivait jamais à atteindre. Phoenix comprenait pourquoi Velani avait été semé, le 4x4 suivait un itinéraire en zigzag, alternant tour à tour grandes avenues rapides avec petites ruelles sombres. Phoenix faillit lui-même être perdu quand il dépassa l'une des ces rues non éclairées et constata que la voiture ne suivait plus. En fait, un autre 4x4 de couleur blanche était en train de sortir de l'autre côté et étouffant un juron, il avait dû faire demi-tour en catastrophe pour ne pas se faire distancer. Le changement avait été rapide.

Une fois encore, après la sortie de la ville, il eut droit à un tour du même genre avec une *Chevrolet* grise assez banale par rapport aux voitures précédentes. Apparemment, une seule personne la conduisait : sa cible (ouf !).

S'il devait encore avoir des doutes sur l'importance de l'homme dans l'habitacle, ils auraient été balayés par toutes ces précautions prises pour qu'il ne puisse pas être suivi (sauf par un individu avec la capacité de voler ; ce qui ne courait pas les rues). Pour reprendre l'expression d'Arturo, c'était un gros poisson qu'il était nécessaire de pêcher… à condition qu'il veuille bien s'arrêter !

Ça faisait déjà une bonne demi-heure qu'ils s'enfonçaient dans la campagne environnante et Phoenix aurait tout aussi bien pu forcer la Chevrolet à s'arrêter s'il n'avait pas craint que l'objet de sa quête se suicide pour ne pas parler sous la torture. Qu'est-ce que c'était que ce cirque ?!

Il n'eut pas besoin de s'interroger davantage car la voiture commença à ralentir près d'un champ de maïs. Elle emprunta ensuite un petit chemin et s'engagea dans ce qui semblait être un corps de ferme abandonné.

L'ange prit son arme et se prépara à s'en servir dès que possible.

La Chevrolet s'arrêta devant la façade décrépite d'un vieux hangar et éteignit ses phares, ce qui ne l'empêcha pas d'y voir comme en plein jour.

Il eut l'impression qu'un flot brûlant d'adrénaline se répandait dans ses veines quand la portière s'ouvrit…

- Phoenix.

Le feu devint glace quand il entendit, grâce à son ouïe surnaturelle, sa cible prononcer simplement son prénom en même temps qu'elle sortait du véhicule les mains en l'air, en signe de non agression.

La confusion le gagna et il crut d'abord que son ennemi s'adressait à quelqu'un au téléphone et que son nom avait juste été mentionné dans la conversation. Puis, la logique prit le dessus : son adversaire regardait clairement dans sa direction, une expression indéchiffrable sur le visage, aucun téléphone dans sa main.

- Je m'appelle Karim. J'ai un message pour toi. À moins que tu refuses de m'entendre et que tu me tires dessus sans autre forme de procès.

Phoenix le visait encore, c'était une bonne chose. Il ne tomberait pas dans un piège aussi grossier.

- Ce n'est pas un piège, il n'y a personne ici, dit l'autre, suivant le fil de ses pensées.

- Tu me prends pour un amateur ?! rétorqua-t-il, sans baisser la garde.

Deux crocs aiguisés étincelèrent dans la nuit. Phoenix n'était pas le seul à entrer dans la catégorie des gens impatients.

- Vérifie si tu veux, je ne bouge pas d'ici.

Si c'était un piège, il était assez tordu, songeait l'ange, et assez tenté de croire ce que ce Karim lui racontait, toutefois, prudence était mère de sûreté. À la vitesse de l'éclair, il fonça dans chaque bâtiment pour vérifier par lui-même l'absence de renforts qui ne seraient pas de son côté à lui. Au bout de deux minutes, il dut bien se rendre à l'évidence : il n'y avait personne d'autre ici.

Il revint donc vers sa cible, en conservant une bonne distance de sécurité.

- Tout ça n'était qu'une mise en scène pour m'attirer ici.

Ce n'était pas une question. Karim lui offrit un sourire à la froideur de glace.

- Tu n'étais pas très joignable alors il nous a fallu trouver une autre solution pour te contacter. Mais si tu insistes, tu peux me donner ton adresse actuelle, Finn se fera un plaisir de passer prendre de vos nouvelles à tous, surtout celles de Blodwyn.

Un grondement mauvais retentit entre eux.

- Je n'apprécie pas ton humour.

- Et moi de perdre mon temps ! Ce que je fais déjà en discutant avec toi au lieu de te tuer !

Ce feulement rageur désarçonna Phoenix par la vérité qu'il contenait. Ainsi, cet homme avait réellement reçu l'ordre de ne pas le tuer parce qu'on voulait lui transmettre un message.

Apparemment, le messager n'était guère enthousiaste de la nature de sa mission.

- J'espère que ça en vaut la peine, sinon je pense exécuter la tâche que je m'étais fixée te concernant.

La menace était claire mais elle n'eut pas l'effet escompté. Karim s'esclaffa.

- Tu penses sûrement à ta petite salle de torture aménagée par Velani ?

Phoenix dut faire un effort pour rester impassible. Comment… ?

- Nous savions que ce vieux débris avait élu domicile ici et nous avons gardé un œil sur lui pour voir s'il nous mènerait à la résistance locale. Ça n'a pas été le cas, mais il pouvait nous être utile autrement. Finn a toujours su comment vous fonctionniez tous les deux, alors il m'a fait venir à Raleigh pour que je me pavane de sorte d'attirer son attention, et la tienne par extension.

Phoenix grinça des dents. Apprendre qu'il s'était à nouveau fait manipuler par celui qu'il haïssait plus que tout au monde avait du mal à passer.

- Je vois. Et pour Arturo ? Je suppose que quelque chose était prévu pour lui aussi.

Karim croisa les bras, l'air décontracté de quelqu'un sûr d'être en position de force.

- Pendant que nous parlons, son âme rejoint Léthalée. (Les dents de l'ange grincèrent encore plus, à l'agonie. Il ne portait pas vraiment Velani dans son cœur mais il s'était avéré être fiable, chose digne de respect par les temps qui couraient) Ne t'inquiète pas non plus du Secret, mes hommes font le grand ménage.

- Excuse-moi de ne pas te remercier. Maintenant, si tu peux cesser de pérorer, j'aimerais savoir ce que me veut ton maître.

Le sourire supérieur de Karim disparut à la seconde. Phoenix venait de reprendre la conversation à son avantage en parvenant à l'insulter avec politesse. Pour le coup, c'était lui qui avait envie de sourire…

- C'est très simple, il veut te rencontrer… pour parler.

Pour le coup, c'est un éclat de rire qui retentit dans le silence de la campagne nocturne.

- Tu crois que je vais gober un mensonge pareil ?! Finn a perdu la tête ?!

- Fais attention à tes paroles, ange !

La lueur mauvaise dans les yeux de son interlocuteur témoignait de la façon dont il considérait l'impertinence du fils de son maître. Phoenix comprenait pourquoi c'était à lui que Finn avait confié la charge de lui parler, c'était un serviteur dévoué, et ce, même quand sa mission ne lui plaisait pas.

- Ne va pas me faire croire que Finn veut me voir simplement pour une discussion guillerette autour d'une tasse de sang.

- C'est pourtant la vérité.

Phoenix étudia Karim à nouveau, à la recherche de la moindre duperie. Il ne trouva rien.

- C'est n'importe quoi.

Le lieutenant de Finn retroussa ses lèvres sur ses crocs.

- Il m'avait semblé pourtant entendre mon maître assurer que tu étais intelligent…

- De quoi veut-il parler ? demanda l'ange en ignorant l'insulte.

Que Finn puisse penser qu'il se contenterait de venir sans lui arracher la tête après ce qui était arrivé à Sam le dépassait. Il y avait sûrement autre chose.

Karim haussa les épaules.

- C'est entre lui et toi. (Il sortit ensuite un petit papier de sa poche et le lui tendit) Voici le numéro provisoire de son portable. Il sera à Indianapolis pendant trois jours à compter de demain, tu n'auras qu'à lui envoyer un message pour indiquer le lieu de rendez-vous sur place et l'heure de ton choix. Il viendra seul et sans arme.

Phoenix était totalement abasourdi par ce qu'il entendait. Cette proposition était une folie…

Ou une chance.

- Dis-lui que j'accepte, mais que si je sens que ne serait-ce un seul homme l'accompagne, je quitte la ville sur le champ... après lui avoir arraché la tête et tous les membres de son corps.

Karim acquiesça.

- Bien, je pense que nous nous sommes tout dit, ange.

Il allait repartir à sa voiture.

- Un instant.

Phoenix s'avança vers son messager, suffisamment près pour lui faire admirer ses crocs et la lueur métallique mortellement menaçante de ses yeux.

- Je connais ton visage et toi, tu en sais suffisamment sur moi pour savoir que si ça tourne mal, je te retrouverai et je ferai à jamais disparaître le petit sourire suffisant que tu affiches en ce moment.

Karim ne se départit pas de son sourire, chose assez louable en face d'un tel prédateur, sauf que Phoenix ne passa pas à côté du frisson presque imperceptible qui le traversa. Effectivement, le vampire qu'il menaçait en savait long sur lui.

Celui-ci se détourna et ouvrit sa portière, mais avant de s'engouffrer dans l'habitacle, il le regarda :

- N'oublie pas, tu n'as que trois jours.

Il démarra ensuite et s'évanouit dans la nuit. Phoenix aurait pu le suivre mais son esprit en ébullition l'en empêcha. De toute façon, Karim s'arrangerait pour perdre sa trace d'une façon ou d'une autre, c'était une perte de temps. Et il avait d'autres chats à fouetter...

... Comme étouffer sa culpabilité naissante quant à ce qu'il s'apprêtait à faire.

- Allô, François ?

- *Phoenix, tu appelles tôt. Il y a eu un problème ?*

La voix de son ami était véritablement inquiète.

- Il nous a échappé.

Il préférait éviter de tourner autour du pot, son ami était bien trop perspicace. Cela ne l'empêcha pas de serrer les poings, un goût de cendres envahissant sa bouche. Sa détermination, elle, ne fléchit pas.

- *Que comptes-tu faire ? demanda Talanus.*

- Je vais rester à Raleigh, je finirai bien par mettre la main dessus.

- *Tu ferais mieux de ne pas t'éterniser, au risque de te faire repérer.*

- Je resterai trois jours. Si je n'ai pas réussi ma mission au quatrième, je reviendrai à la villa. Dans tous les cas, je vous recontacterai à l'issue de ce délai.

- *Très bien.*

Talanus en avait terminé, les grands discours, ce n'était pas son genre.

- *Fais attention à toi. Nous attendrons ton appel.*

François avait repris le combiné. Phoenix ferma les yeux et se retint de broyer le téléphone dans sa main.

- Compte sur moi.

Il raccrocha et en soupirant, leva les yeux vers le ciel étoilé. Étrange comme la roue du destin tournait... Léthalée était-elle intervenue parce qu'enfin, elle avait eu pitié de ses souffrances ?

Il retroussa ses lèvres sur ses crocs aiguisés. Il tuerait Finn sans l'aide de personne et encore moins avec celle de la mère de tous les vampires, il ne le permettrait pas.

Chassant son amertume et toute pensée parasite, comme les visages des personnes à qui il venait de mentir, il s'éleva dans les airs pour foncer à travers les nuages en direction d'Indianapolis.

Il dut s'arrêter pour trouver un abri à l'approche de l'aurore et choisit un petit motel en bord de route. Le gérant, trop heureux d'avoir enfin un client dans cette zone peu fréquentée de l'Ohio, ne fit aucune difficulté quand Phoenix le somma de ne surtout pas le déranger pendant qu'il se reposait durant le jour, au contraire, il rosit de plaisir quand son client lui donna un supplément sur sa facture pour bénéficier de l'accès internet dans sa chambre.

Ladite chambre n'avait rien d'exceptionnel, mais au moins était-elle propre, ce qui n'était pas toujours le cas dans les motels de campagne. La décoration, usée, aurait mérité un bon rafraîchissement car la moquette murale n'était plus tendance depuis plusieurs décennies, mais Phoenix s'en fichait royalement.

Dès qu'il fut seul et assuré qu'aucun rayon de soleil ne viendrait perturber son sommeil diurne, il alluma le vieil ordinateur à disposition et se connecta sur le web pour faire quelques recherches sur sa destination. Finn lui laissait le choix de l'endroit de leurs retrouvailles et il convenait de choisir un lieu excentré et vide de toute population.

Il trouva son bonheur avec une ancienne église catholique en briques rouges isolée dont l'extérieur n'avait pas l'air trop abîmé, comparé aux photos de l'intérieur où les rangées de bancs pourrissaient sous les feuilles déposées par le vent à travers les fenêtres brisées, ainsi que sous les excréments des nombreux pigeons qui y avaient élu domicile. Du chœur, ne restaient que les murs et quelques statues en mauvais état. Il lui faudrait faire des repérages pour valider cet endroit, mais il semblait prometteur. Restait la deuxième tâche à accomplir.

L'avantage dans ce pays, c'était que les armuriers avaient pignon sur rue. Grâce à la puissance du lobby meurtrier de la NRA[3] empêchant toute législation sévère sur le contrôle de la vente d'armes aux citoyens lambda (les humains n'avaient pas besoin des vampires pour se vider de leur sang, il suffisait de dire merci aux fusils semi-automatiques à disposition des désaxés qui s'en servaient pour faire des cartons dans des lycées ou des écoles maternelles), il pourrait se procurer très facilement les outils dont il comptait se servir pour accomplir son dessein.

---

[3] La National Rifle Association (NRA) est une association à but non lucratif américaine ayant pour but de promouvoir les armes à feu en vertu du deuxième amendement de la Constitution autorisant le port d'arme aux citoyens depuis 1791.

En effet, Phoenix avait trouvé l'interprétation exacte de la vision d'Ysis, c'était un exploit… un exploit au goût amer de par ce qu'il supposait, à savoir la trahison pure et simple de la Résistance pour accomplir une vengeance qu'une chance inespérée rendait enfin accessible.

Les ténèbres qui l'habitaient n'avaient pas besoin de l'engloutir pour lui prêter leurs forces.

Il était lucide, et prêt pour le combat de sa vie.

*

Indianapolis. 09 février. J + 214 après la mort de Sam.

Il arriva en début de soirée à Indianapolis et commença par se rendre dans l'armurerie dont il avait trouvé l'adresse sur *Google*, où ses fausses pièces d'identité lui permirent d'acheter suffisamment de fusils pour que le gérant soit à la limite de se prosterner à ses pieds en l'appelant « mon prince », et où contre une énorme liasse de billets, il put acheter un autre stock d'engins un peu moins légaux qu'on lui présenta avec empressement lorsque le rideau de la boutique fut baissé.

Ce fut le seul voyage en extérieur qu'il s'autorisa une fois en ville. Si Finn était dans les parages, nul doute que nombre de ses ennemis devaient patrouiller au dehors. Il n'avait pas envie de tomber sur eux. De fait, il se ménagea dans l'église un abri de fortune dans lequel il se reposa le jour suivant. Il consacra la nuit d'après à l'installation de son matériel, entendu qu'il était hors de question que Finn sorte de cet endroit vivant. Peu importait qu'il y laisse la vie, tant qu'il pouvait prendre celle du bourreau de sa compagne, pourparlers ou non.

Les règles de la guerre stipulaient qu'on ne pouvait s'en prendre à un ennemi s'il venait à la table des négociations seul et sans arme. Les nouvelles résolutions de Phoenix de ne plus se laisser envahir par la haine s'étaient évanouies à la seconde où Karim avait parlé d'un rendez-vous avec son ancien mentor. Il avait tellement rêvé de cet instant où il pourrait le regarder droit dans les yeux pour y voir la peur et la certitude de la mort imminente ! C'était peut-être un piège, au fond, il le savait, mais ça ne remettait pas en question sa décision : il tuerait Finn ou mourrait en essayant. L'occasion était trop belle.

Finn voulait une discussion à cœur ouvert, Phoenix l'ensevelirait dans un tombeau...

Lorsqu'il fut certain que tout était prêt pour accueillir le vampire qui l'avait transformé, il sortit le petit bout de papier avec le numéro qu'on attendait de lui qu'il compose. Le délai de trois jours était presque expiré alors il prit le mobile qu'il s'était procuré et appuya sur les touches pour y entrer un message :

- *Église Saint Thomas, à la périphérie de la ville. Dans trente minutes.*

Phoenix ne voulait pas laisser le temps à son ennemi d'organiser une quelconque opération pour le capturer. Le prévenir au dernier moment était une sage précaution et ainsi, l'attente ne serait pas trop longue.

Elle le tuait pourtant...

Six mois... Six interminables mois à patienter... et là Finn venait à lui sans qu'aucune bataille ne soit livrée. Il avait une chance de terminer cette guerre, il avait une chance d'obtenir sa vengeance...

De la revoir enfin.

Il imaginait encore les traits du visage de Sam quand tout à coup, un grincement caractéristique lui annonça que quelqu'un ouvrait la porte de la chapelle.

Il se raidit et se mit en position.

Depuis sa cachette, il ne distingua d'abord qu'une silhouette se détachant dans l'ombre ambiante, pourtant, il n'avait pas besoin de plus de lumière pour avoir confirmation de l'identité de la personne qui venait de pénétrer dans ce lieu saint. Tous ses sens déjà en alerte s'étaient étendus à l'extrême pour guetter le moindre mouvement de l'ombre qui ne se décidait pas encore à avancer dans la nef. Il avait l'impression que ses poils s'étaient hérissés et que tous ses muscles hurlaient leur colère d'être ainsi muselés d'une volonté de fer, eux qui ne demandaient qu'à bondir pour déchiqueter leur proie comme ils en avaient si souvent rêvé de jour comme de nuit.

Lorsque le visage honni apparut enfin dans la clarté lunaire, Phoenix dut prendre plusieurs inspirations pour se contraindre au calme et ne pas commettre une erreur de débutant comme de succomber à la rage pour combattre un ennemi de la stature de Finn.

Finn...

Il n'avait pas changé en six mois, chose normale pour un vampire, mais Phoenix, pour sa part, avait eu l'impression pendant tout ce temps d'avoir subi une seconde transformation, incroyablement plus douloureuse que la première. Ce changement, il le devait encore et toujours à la même personne : son créateur, l'homme qui sondait les lieux pour tenter de déterminer quel emplacement serait l'idéal pour une attaque surprise.

Évidemment, celui-ci regardait le pilier derrière lequel il l'observait.

- Tu peux te montrer, Phoenix. Je suis venu seul, comme tu peux le constater.

L'ange de la nuit prit une dernière inspiration avant de s'avancer hors de sa cachette, affichant un masque impénétrable dont il espérait que son adversaire ne soit pas en mesure de le percer. Il avait conscience comme jamais de l'espace qui le séparait de lui, à savoir vingt petits mètres qui lui apparaissaient comme une longueur insupportable, l'envie de la franchir pour faire couler le sang le torturant.

Il parvint toutefois à se contenir et à ne pas broncher quand Finn l'étudia de son regard acéré.

- Tu as l'air en forme. Après ce que tu as subi, je ne peux qu'admirer ta force de caractère pour avoir trouvé le courage de te relever pour me combattre.

Ce compliment si vide de compassion et pourtant sincère était bien le genre de son père adoptif. Phoenix en serra si fort les dents qu'elles grincèrent, à l'agonie.

- Le désir de vengeance fait des miracles, dit-il en affichant une moue narquoise.

Finn se contenta de croiser les bras et de le fixer.

- Si je t'ai donné rendez-vous, ce n'est pas pour t'autoriser à te venger, tu t'en doutes. Je pensais plutôt qu'avec le temps, tu aurais fini par comprendre que je considérais ce qui s'est passé comme une tragédie.

Phoenix faillit s'étouffer de rage à ces mots ; Finn regrettait peut-être la mort de sa compagne, mais seulement pour les incroyables pouvoirs qu'elle aurait pu mettre à sa disposition.

- Je regrette ce malentendu entre nous, poursuivait-il.

La colère de Phoenix augmenta encore d'un cran ; qualifier de « malentendu » un coup d'État qui s'était soldé par la mort de sa bien-aimée !

- Si je suis venu à toi, seul et sans arme, c'est pour t'offrir une autre chance de me rejoindre. Je suis sûr que tu comprends combien notre partenariat peut être profitable à tous.

- Et moi je suis surpris que tu puisses encore croire que ça pourrait arriver.

Finn soupira.

- Tu as toujours été fier, comme tous les Irlandais.

- Tu confonds honneur et fierté. Je ne te suivrai jamais !

Finn esquissa un sourire paternaliste qui donna envie à Phoenix de lui arracher ses crocs.

- Qui ne tente rien n'a rien et de plus, si ce n'est maintenant, je suis convaincu de te faire changer de camp… bientôt.

Cette affirmation énoncée avec une confiance absolue dans la voix fit ricaner Phoenix.

- Le pouvoir t'a rendu fou.

Cette fois, le sourire énigmatique qui apparut sur les lèvres de son ancien mentor déclencha une série de frissons le long de sa colonne vertébrale. Finn ne bluffait jamais, quelque chose était en train de lui échapper.

- Je vois à la façon dont tu fronces les sourcils que tu me connais suffisamment pour savoir que je ne menace jamais à la légère.

Ce fut à son tour de ricaner.

- Vois-tu, ange, j'avais hâte de te retrouver aussi parce que j'étais curieux de voir ce que tu étais devenu après notre petite entrevue à Harper Hill.

Un grondement sourd résonna dans la chapelle.

- Allons, allons, ne monte pas si vite sur tes grands chevaux, la curiosité n'est pas un vilain défaut si elle sert le bon but.

- Et quel but sers-tu à part ton propre pouvoir ? cracha l'ange.

- Tu le sais déjà. Je veux que les vampires retrouvent leur gloire d'antan sans avoir à chercher des subterfuges pour pouvoir s'alimenter en évitant vainement d'attirer l'attention de notre unique source de nourriture. Pour cela, j'ai besoin de lieutenants sur qui je peux compter et dont la puissance n'est plus à prouver.

- Tu rencontres quelques problèmes de discipline chez tes nouvelles recrues ? J'ai entendu dire que tu n'avais pu obtenir leur soutien qu'en échange de l'abolition complète du Grand Changement. Ils devraient t'être fidèles et obéir aveuglément à tes ordres, mais si tu viens recruter chez tes ennemis c'est que tes sous-fifres ne sont pas si respectueux de ton autorité. Ça ne doit pas être facile tous les jours !

Phoenix avait mis tout son mépris dans son sarcasme, simple hypothèse, mais finalement très plausible. Finn sourit en s'avançant vers lui, cependant il n'y avait aucune chaleur dans ce sourire.

- Tu as toujours été perspicace, c'est ce qui fait de toi un meneur-né. Tu es un être d'exception, je l'ai su dès l'instant où

Lord Carson n'a pas réussi à te faire plier devant lui alors même qu'il tenait la vie de ta famille entre ses mains. Je continue de croire qu'ensemble, nous pourrions dominer le monde.

- Je pourrais tout aussi bien dominer le monde après t'avoir exterminé, toi ainsi que tous tes lieutenants indisciplinés. D'ailleurs, tout bien réfléchi, c'est exactement ce que je vais faire.

Finn haussa les sourcils.

- Tu penses vraiment pouvoir me vaincre, moi qui te connais mieux que tu ne te connais toi-même ? Je savais pertinemment que tu viendrais seul et c'est ce qui s'est passé, je ne vois tes pitoyables acolytes nulle part, quoique j'aurais bien aimé avoir le privilège de renouer avec Blodwyn pour lui faire part personnellement de mon admiration. Enfin, ce n'est pas très grave, je mettrai la main sur elle tôt ou tard ainsi que sur tous tes compagnons. Au fait, c'était bien vu de mettre ces humains à l'abri, mes hommes ont fouillé Scarborough et ne les ont pas trouvés. Pour autant, ils ne sont pas rentrés mécontents de leur mission. Tu as eu le nez fin en t'installant dans cette petite ville, les habitants y sont très accueillants et... très savoureux. En fait, ils étaient si bons que plusieurs autres de mes collaborateurs se sont laissé tenter par l'hospitalité ambiante. Ce sont de bons garçons, ils ont même réussi à faire passer les disparitions pour des fugues dues à des impôts impayés.

- Tu n'es qu'un monstre, gronda Phoenix.

- Je ne fais que permettre à mes sujets de se nourrir à leur faim, répliqua-t-il.

Révulsé, Phoenix préféra se taire. Même s'il n'avait pas pu aller très souvent dans le bourg de Scarborough, il avait été charmé par l'architecture des structures et l'amabilité rafraîchissante de ses habitants. Ce que Finn avait fait pour se venger de lui était inqualifiable.

- Eh bien, te voilà muet tout d'un coup ?

- Tu ne ressortiras pas vivant de cette église, c'est tout ce que j'ai à te dire.

- Cesse de te faire des illusions et joins-toi à moi ! Tu ne peux rien contre moi ! Je peux anticiper chacune de tes attaques. Crois-tu que je n'ai pas remarqué les fusils cachés dans les renfoncements des murs ou les grenades que tu portes sur toi, dans la doublure de ton manteau ? Si tu crois que ce genre d'engin va m'atteindre dans les airs, c'est à se demander si tu n'as pas basculé dans l'amateurisme.

Joignant le geste à la parole, Finn s'éleva de sorte d'être hors de portée de tir des armes que son fils adoptif avait installées pour le piéger. Il surplombait ainsi l'ensemble de la chapelle et avait une vue parfaite du visage déconfit de son adversaire.

Une minute…

Cette fois-ci, Finn fronça les sourcils, sûrement pour tenter de lire l'expression de ce dernier. La sauvagerie soudaine qui y apparaissait ne correspondait pas à ce qu'il aurait dû voir sur le visage d'un ennemi défait. Quelque chose n'allait pas.

- Tu sais, Finn, dit celui-ci d'un ton parfaitement neutre. Tu fais erreur en disant que tu me connais mieux que je ne me connais moi-même. L'une de mes qualités, comme tu le dis si bien, c'est d'être perspicace ; c'est d'ailleurs pour ça que Talanus et Ysis ont fait de moi l'ange du comté de Kerington. Par conséquent, je sais parfaitement que tu peux anticiper ma façon de penser. Le truc, vois-tu, quand on est un bon ange, c'est de savoir s'adapter…

Finn ne dit rien, attendant la suite, l'air passablement perplexe. Avec une infinie satisfaction, Phoenix lui fit signe de regarder au-dessus de lui.

Ce fut seulement lorsqu'il vit la peur s'insinuer dans les yeux de son ancien mentor qu'il appuya sur le bouton du dispositif de commande à distance qu'il avait attaché à son bras, caché sous ses couches de vêtements.

C'est alors que l'enfer se déchaîna.

En une fraction de seconde, ce qui était auparavant une simple chapelle à l'abandon dans la périphérie isolée d'Indianapolis se transforma en véritable champ de bataille, tandis que des centaines de lames en argent étaient propulsées dans tout l'espace depuis les armes petites mais nombreuses que Phoenix avait disposées sur tous les lustres en métal suspendus au plafond. Dans le même temps, tous les fusils crachèrent leur feu meurtrier dans l'éventualité où, touché par l'argent, Finn se soit retrouvé à terre, en position d'être frappé par une balle.

L'ange de la nuit avait tout juste eu le temps de se replier au seul endroit dont il savait qu'il ne serait pas touché par ses engins de mort. Quel comble s'il s'était retrouvé lui aussi percé comme une passoire avant de pouvoir savourer le contact de ses mains sur la tête de son père adoptif lorsqu'il l'arracherait de son socle avec le plus grand des plaisirs !

Il attendit encore quelques secondes que le vacarme cesse, puis il sortit ses grenades de ses poches et en dégoupilla deux avant d'esquisser un geste vers le centre de la nef, là où lui parvenait ce qui lui apparaissait comme des gémissements de douleur au milieu d'un univers de désolation.

Effectivement, tout n'était plus que ruine et destruction : les murs étaient criblés de balles, les bancs avaient volé en éclats, d'une statue du Christ ne restaient que les deux jambes encore clouées à la croix, le confessionnal n'existait plus et les lustres s'étaient écrasés sur le sol, détruisant bon nombre des grandes dalles du pavage à l'impact.

Doucement et prudemment, il avançait vers la source des bruits étouffés, en s'assurant sans cesse que ce n'était pas une ruse pour le tromper.

Néanmoins, en arrivant près de ce qui restait du premier banc de la nef, il sentit son cœur se tordre d'un fol espoir. L'homme qui gisait sous un amas de bois, le corps percé d'au moins dix lames en argent, n'était autre que son pire ennemi. Plus que cinq mètres et il pourrait mettre fin à son propre calvaire en lui ôtant la vie. Plus que cinq mètres et il s'autoriserait enfin à rejoindre son amour…

Lorsque le rideau de flammes balaya l'espace devant lui, manquant de peu le griller pour de bon, il recula prestement en jurant atrocement, la frustration de ne pas avoir accompli son objectif prenant le pas sur sa lucidité concernant cette nouvelle situation. Heureusement, il se reprit suffisamment vite pour tenter de comprendre ce qui était en train de se passer.

Un mur de feu de plus de trois mètres de haut lui barrait le passage, le séparant ainsi de Finn et de sa vengeance. Comment était-ce possible ? Avait-il laissé échapper une grenade qui aurait dysfonctionné en causant un incendie sans exploser ? Alors pourquoi cela n'avait-il pas totalement embrasé l'église ?

Il venait seulement de réaliser l'absurdité de cette explication quand une ombre perturba l'enfer qui lui faisait face ; une ombre qui semblait avancer vers lui...

Il s'apprêtait à lancer ses grenades sur ce qui ne pouvait être qu'un nouvel assaillant lorsque plusieurs choses se passèrent.

Dans le même temps, ses grenades lui furent arrachées des mains et envoyées à travers le rideau de flammes sans que rien ne se passe, comme ce dernier s'écartait miraculeusement pour laisser passer une silhouette enveloppée dans un long manteau noir dont l'ample capuche dissimulait le visage, et qui avançait droit devant elle sans ressentir la moindre douleur ou gêne dans ce qui, même pour un vampire, constituait une fournaise de tous les diables.

Phoenix n'était cependant pas homme à se laisser intimider par cette démonstration de puissance et sans réfléchir davantage, sans arme autre que ses poings et ses crocs, il se jeta sur l'inconnu.

Une main aussi invisible qu'à la force herculéenne vint se placer autour de son cou pour le broyer tout autant que pour le soulever du sol à plus d'un mètre de là. Il aurait dû se voir mourir car il était évident que son bourreau n'allait plus tarder à faire son office étant donné la façon dont il s'employait à lui écraser la trachée, pourtant, rien de tout cela n'eut d'importance quand celui-ci le foudroya du regard après que d'un mouvement d'une fluidité et d'une grâce sans pareille, il eut enfin découvert son visage.

Ce n'était pas la pression mortelle au niveau de sa nuque qui lui fit écarquiller les yeux.

En un éclair, il avait enfin saisi ce qui aurait dû pourtant lui être évident :

Ce pouvoir… Ce visage…

- As-tu un dernier mot à prononcer avant que je ne te tue ?

Si son cœur pouvait battre encore, à cet instant, Phoenix était sûr qu'il aurait explosé comme il était sûr qu'il était victime d'une hallucination, un peu comme quelqu'un qui voit passer sa vie devant ses yeux avant de quitter cette terre pour rejoindre l'autre monde.

Or, sa vie ne se résumait qu'à une seule personne.

L'étau se desserra quelque peu pour lui permettre d'émettre un son.

- S… Sam…

Même si cette vision n'était qu'une chimère propre à un mourant, il était heureux d'emporter ce visage-là dans les Enfers, et ce fut sur un dernier regard d'Amour Absolu qu'il sentit la douleur fendre son crâne et l'emporter au plus profond des abysses.

Chapitre III : Identités

*

L'homme gisait par terre, assommé, du sang s'écoulant de sa plaie à la tête. Finn était arrivé par derrière et lui avait fracassé le crâne avec le bénitier. Il lui faudrait quelques heures et plusieurs rasades de sang frais pour se remettre d'un tel coup.

Qui était-il ? Pourquoi cet inconnu avait-il tenté de tuer Finn en combat singulier alors que personne ne s'y serait jamais risqué ? En sachant qu'il y était presque parvenu ?! Et surtout, pourquoi ce dernier était-il allé à ce rendez-vous sans prévenir quiconque de ses intentions ?

- Bon Dieu, peux-tu m'expliquer ce que tu fiches ici alors que je t'avais interdit de mettre les pieds hors de notre QG ?! me vociféra-t-il au visage après s'être assuré que son adversaire serait inconscient pour longtemps.

Ses blessures l'avaient affaibli, mais il était toujours aussi impressionnant (dix lames en argent auraient d'ailleurs dû le terrasser plus que cela). Cela ne m'empêcha pas d'être piquée au vif :

- Vous pourriez aussi bien me dire merci de vous avoir désobéi quand j'ai vu le message sur votre portable que vous aviez oublié dans la salle d'entraînement ! Il s'en est fallu de peu pour que ce type obtienne sa vengeance ! Je ne sais pas ce que vous lui avez fait pour le mettre autant en colère, toujours est-il que pour moi non plus, ce n'est pas passé loin. J'ai juste eu le temps de me réfugier derrière un de ces piliers là-bas avant qu'il ne soit criblé d'argent comme vous l'avez été ! Un peu de reconnaissance serait la bienvenue, maître !

Finn sembla une seconde sur le point de se jeter sur moi, mais il prit une grande inspiration inutile et se contenta de me foudroyer du regard. J'avais tellement l'habitude de le voir me regarder de cette façon que cela ne me faisait presque plus rien. Depuis plusieurs mois, je ne me souciais plus de plaire à mon père adoptif.

Il pointa du doigt la carpette vampirique à mes pieds :

- Cet homme, est-ce que son visage te parle ?

Je haussai les sourcils, perplexe face à la tension qui habitait mon mentor. Il me scrutait comme si je lui cachais un terrible secret.

- Non, qui est-ce ? Et pourquoi m'a-t-il appelé Sam ?

Finn se rembrunit et ne me répondit pas immédiatement.

- C'est un résistant. Il est un peu fou.

- Mais il vous en veut personnellement. Pourquoi ? insistai-je, curieuse de comprendre le motif de la querelle qui les opposait l'un à l'autre, et dubitative concernant la santé mentale défaillante de l'intéressé.

J'eus droit à un regard assassin, je ne pus m'empêcher de frémir. Finn m'avait créée pour être sa fille et si l'on ne prenait en compte que la formation qu'il m'offrait, il me traitait comme telle pourtant, je ne pouvais me départir de ce sentiment que je ne lui inspirais aucun amour paternel, tout juste une tolérance froide pour une progéniture décevante. Et à la façon dont il me considérait à l'instant, je ne pouvais guère miser sur une fausse impression ; il avait pour habitude de fixer les hommes qu'il s'apprêtait à tuer de cette manière.

- Ça ne te regarde pas, trancha-t-il. Appelle Karim, dis-lui d'envoyer un hélicoptère nous chercher le plus vite possible et de préparer un cachot pour notre invité. Je me chargerai moi-même de son interrogatoire.

Je jetai un œil sur l'homme à terre.

- S'il est fou, il est inutile de perdre votre temps avec lui.

Cette fois, Finn ne se contenta plus de me faire les gros yeux, il me renversa en un éclair sur le sol, ses crocs sur ma nuque avant même que j'aie eu le temps de comprendre ce qui m'arrivait.

Néanmoins, je ne me défendis pas, consciente que cela empirerait la situation. Bonne idée puisque l'instant d'après, les crocs ne touchaient plus ma peau, la bouche de mon agresseur s'approchant de mon oreille :

- N'oublie pas qu'en tant que ton maître, je dispose de ta vie comme je l'entends et s'il y a une chose que je ne tolère pas, c'est qu'on discute mes ordres. C'est simplement parce que je t'ai transformée pour être ma fille que je ne te vide pas de ton sang tout de suite pour m'avoir défié. J'espère que tu sauras être reconnaissante en étant plus obéissante à l'avenir.

Je me mordis la lèvre. Qu'est-ce qui n'allait pas chez moi ? Non seulement je n'arrêtais pas de bafouer mes bonnes résolutions en continuant à jouer les insolentes avec un homme qui m'avait sauvé la vie en me transformant en vampire alors que j'étais mourante, mais en plus, sa façon de me murmurer cette menace à l'oreille me faisait penser à des images de moi dans la même situation, mais avec un autre homme à la voix beaucoup plus sensuelle, chaude et douce comme du velours. Je m'ébrouai mentalement.

- Je n'étais pas à ma place, maître, pardonnez-moi.

Il se redressa et m'incita à en faire de même.

- Fais ce que je t'ai demandé, Linn.

Je hochai la tête, en bonne repentante.

- Oui, maître.

Je m'éloignai vers l'entrée de l'église ou tout du moins ce qu'il en restait et composai à contrecœur le numéro de Karim, l'intendant de notre QG. Je détestais ce grand Marocain au regard d'aigle, lequel me le rendait bien même s'il n'aurait jamais osé l'exprimer à haute voix, que ce soit devant moi ou devant son dirigeant. Je ne supportais pas sa façon de me surveiller sans cesse, comme si j'allais subitement me transformer en psychopathe et assassiner toutes les personnes du complexe, tout comme je ne supportais pas son sourire en coin lorsqu'il assistait aux séances d'entraînement que m'imposait Finn depuis mon réveil pour révéler ce qu'il appelait avec ferveur « mon potentiel de destruction » et gommer ce qu'il avait nommé « mon incompétence d'adolescente paresseuse » (Finn était un bon professeur, c'était indéniable, mais pour la psychologie, il méritait un zéro pointé). J'avais donc fait quelques progrès dans la maîtrise de ma télékinésie naissante, mais force m'était de constater que mon nouveau don de pyrokinésie, apparu seulement quelques semaines plus tôt, était beaucoup plus facile d'apprentissage. Cela avait quelque peu perturbé mon entraînement quand j'avais subitement pris feu après que Karim se fut permis un commentaire sur ma technique de concentration relevant plus d'après lui d'une « rude poussée dans les toilettes » plutôt que d'une méditation annonçant un miracle. J'avais explosé de colère, au sens propre du terme et Finn avait dû s'interposer pour que je ne grille pas séance tenante son principal lieutenant, ainsi que tout le bâtiment d'ailleurs.

L'alarme incendie avait retenti et tous les vampires qui avaient eu l'idée de nous rejoindre dans l'aile ouest pour éteindre les flammes avec un extincteur eurent la surprise horrifique de me voir encore entourée d'un halo de feu, mes yeux rougeoyant d'une lueur meurtrière et démoniaque tournés vers celui qui avait perdu son sourire aussi vite que ma colère était apparue.

Cet homme me détestait, j'en étais sûre, parce que hiérarchiquement je lui étais supérieure, et aussi en raison des pouvoirs que je détenais. Je ne savais pas vraiment s'il me les jalousait ou s'il les craignait, je penchais plus pour la seconde solution, ne serait-ce qu'en comparant son attitude à celle des autres vampires que je croisais au QG.

Ils étaient tous respectueux à mon égard, mais plus ça allait, plus je ressentais une sorte de malaise ambiant dès que je faisais mon apparition. Non pas que leur silence me gênait, je n'étais pas particulièrement sociable. Je ne savais pour quelle raison, je ne cherchais aucune compagnie parmi les hommes et les femmes qui m'entouraient et de toute façon, je voyais bien que de leur côté, pas un n'esquissait un geste envers moi. Ils avaient trop peur, ce que je pouvais comprendre après la scène à laquelle ils avaient assistée.

Seul Karim ne se gênait pas pour braquer sur moi un regard assassin. Il fallait bien lui reconnaître un certain courage compte tenu de ce que j'étais capable de lui faire subir.

Pour l'heure, il était furieux :

- *Où êtes-vous, bordel de merde ?! Tous mes hommes vous cherchent ! Vous avez une idée de ce que le patron nous fera s'il s'aperçoit de votre absence ?!*

J'écartai le combiné de mon oreille pour le laisser débiter une autre flopée de jurons trop infâmes pour être répétés. Heureusement pour lui, Karim s'arrangeait pour ne pas m'insulter directement. Il savait quelles étaient les limites à ne pas dépasser.

- Il le sait, je suis avec lui, coupai-je, goûtant avec satisfaction le son étranglé qui me parvint à l'autre bout du fil. (Karim devait penser que Finn lui réglerait son compte en rentrant ; c'était plus que probable, je n'y avais pas réfléchi et... je m'en contrefichais) Il faut qu'on vienne nous chercher à l'église Saint Thomas. Finn a besoin de sang frais. Oui... Préparez également des entraves et un cachot à notre arrivée, nous avons un prisonnier... Le maître le connaît, c'est un certain Phoenix.

L'absence de réaction à l'autre bout du fil me mit la puce à l'oreille.

- Vous le connaissez ?

- *L'hélicoptère sera là très vite*, trancha-t-il abruptement.

Il me raccrocha au nez.

Perplexe, je me tournai du côté de Finn. Si ma conversation avec Karim m'avait perturbée quant à l'identité de notre invité, ce que je vis à ce moment précis me fit l'effet d'un coup de poing à l'estomac.

Mon mentor était agenouillé à côté de son adversaire inconscient et semblait lui murmurer des choses tout en le couvant d'un regard empli d'une réelle affection somme toute paternelle.

Qui était donc cet homme aux yeux de la couleur de l'océan ? Pourquoi Finn semblait-il si décidé à le ramener avec lui ?

Ce ne furent, le temps que l'hélicoptère arrive, qu'une succession d'interrogations qui s'enchaînèrent dans ma tête. Je n'arrêtais pas de me demander ce qui m'échappait dans cette histoire et je ne pouvais m'ôter l'idée que cette rencontre était cruciale. En effet, c'était comme si tout en moi me hurlait que l'arrivée de cet individu annonçait la fin de ma routine des six derniers mois et que les événements allaient prendre une tournure totalement inattendue. Ces murmures que j'entendais dans mon sommeil depuis quelques temps, issus d'une voix étrange et presque irréelle qui m'exhortait à suivre mon mentor lors de son prochain déplacement, avaient désormais un sens : celui de me mener là où je n'aurais jamais dû être, pour voir quelqu'un que je n'aurais jamais dû voir. Finn ne manquerait pas de me le faire payer.

Et alors que j'aurais dû me demander quelle serait la nature de ma punition, une autre interrogation n'avait de cesse de m'obséder pendant tout le trajet de retour : pourquoi, quand cet homme m'avait appelée Sam avec cette lueur d'intense tendresse dans le regard, avais-je senti toutes les fibres de mon corps vibrer et se tendre comme pour rejoindre leur véritable foyer… ?

*

- Retourne dans tes quartiers, Linn. Nous aurons une conversation plus tard, toi et moi. En attendant, je m'occuperai de notre invité.

Malgré le frisson de peur que je ressentis quant à la nature de notre « conversation », je ne pus m'empêcher de réagir :

- Qu'allez-vous faire de lui ? demandai-je, mue par une curiosité que je ne m'expliquais pas.

Pour changer, Finn me montra les crocs.

- Dois-je répéter mon ordre, *ma fille* ?

Le ton était cinglant et la menace, à peine voilée. J'embrassai du regard le hall du vieil hôtel de Tilden, abandonné comme son bureau de poste, et dans lequel nous avions installé notre QG ; tous les vampires présents s'étaient rassemblés pour nous accueillir, soit une bonne centaine, et nous observaient. Consciente qu'en m'obstinant, je paraîtrais défier le maître des lieux, je fis machine arrière, non sans frustration.

Je ne savais pas pourquoi, mais je voulais absolument savoir ce qu'ils comptaient faire du prisonnier.

- Non, maître, dis-je en marquant mon respect par un hochement de tête appuyé.

Sans un mot de plus, je tournai les talons en écartant brusquement de mon passage les indésirables qui n'avaient pas été assez rapides pour s'en dégager, et regagnai mes appartements, à savoir une simple chambre de dix mètres carrés avec une petite salle de douche attenante.

Sur les nerfs après les événements de la soirée, je claquai si fort la porte qu'elle émit un craquement sinistre, et me déshabillai pour aller prendre une douche en pestant abominablement. Sous l'onde bienfaitrice, je me débarrassai de la poussière et du sang sur ma peau en me frottant avec vigueur, sans pour autant parvenir à me débarrasser des images de ce qui s'était passé dans l'église.

Plusieurs projectiles en bois m'avaient atteinte avant que je ne plonge à l'abri et j'aurais juré avoir ressenti l'impact d'une balle dans mon épaule droite, mais comme je n'avais ressenti aucune faiblesse liée à l'argent, elle devait simplement m'avoir effleurée. Ce dénommé Phoenix n'était pas un amateur comme Finn l'en avait qualifié, et encore moins un fou.

Les répliques cinglantes qu'il avait envoyées à la figure de son adversaire ne m'avaient pas paru être les paroles d'un homme ayant perdu l'esprit et quant au dispositif qu'il avait mis en place pour piéger Finn, il ne pouvait qu'accréditer le fait qu'au contraire, il bénéficiait d'une grande intelligence. Il savait que Finn volait comme il savait que celui-ci verrait les armes dans les murs et qu'il utiliserait son pouvoir pour se mettre hors de portée. Il connaissait donc parfaitement son ennemi.

Quel pouvait être le lien qui les unissait ? me demandai-je en enfilant mon jean et mon chemisier rouge. Pourquoi Finn avait-il dit dans l'église qu'il le connaissait mieux qu'il ne se connaissait lui-même ?

M'étant glissée par une issue de l'autre côté du bâtiment, j'étais là depuis suffisamment longtemps pour comprendre qu'un lourd passif existait entre eux et que Finn avait fait quelque chose de terrible pour lequel Phoenix voulait se venger.

Phoenix…

La vision de deux yeux d'un bleu à la profondeur abyssale où se mêlaient souffrance et tendresse infinies me prit par surprise. Je déglutis, soudain prise de vertige.

Que m'arrivait-il ?

Au lieu d'angoisser sur le sort réservé à l'assaillant de mon père adoptif, j'aurais dû m'inquiéter de ce qu'il allait m'infliger en guise de punition pour mon insolence. En général, il était plutôt inventif, pensai-je avec amertume.

Nombre de fois, j'avais eu envie de l'immoler par le feu ou de lui arracher chaque membre en finissant par la tête quand il me torturait pour ne pas lui avoir donné satisfaction pendant un exercice. Pour lui, c'était un moyen de me mettre du cœur à l'ouvrage, mais il avait beau dire, je le soupçonnais de plus en plus de défouler sa propre frustration sur mes os lorsqu'il les battait avec une barre de fer jusqu'à entendre le craquement qui signifiait que j'avais bien compris la leçon. Bien évidemment, mes hurlements n'étaient pas suffisants...

J'aurais pu me défendre, pour sûr, j'étais bien plus puissante en théorie... mais mes pouvoirs ne m'obéissaient pas toujours comme je le voulais et un combat à mains nues était inenvisageable ; il était trop fort, trop expérimenté. J'avais donc enduré son « éducation » avec la patience d'une sainte, m'obligeant à me plier à sa volonté même si parfois mon instinct me hurlait de lui sauter à la gorge comme tout à l'heure. C'était tout de même étrange...

Après mon réveil, je n'éprouvais que de la reconnaissance envers mon créateur, lui qui m'avait confié avoir bafoué les lois pour me sauver alors que j'agonisais, victime d'un cancer en phase terminale. Je n'avais aucun souvenir de ma période humaine, Finn avait mis ça sur le compte de ma tumeur au cerveau, laquelle avait opéré des dégâts irréversibles dans cette zone. Quand je lui avais demandé la raison de ma survie, il avait simplement dit qu'il cherchait un héritier digne de lui succéder et qu'il m'avait choisie. Avec un sérum très rare, il s'était arrangé pour que tout le monde me croie morte à l'hôpital de Chicago où il m'avait trouvée et avait volé mon corps à la morgue après s'être assuré que je n'avais pas de famille. Il m'avait ensuite transformée et emmenée dans son quartier général, là où il menait sa guerre contre les vampires qui désiraient le renverser en instaurant le règne du chaos par la même occasion.

Au début, donc, j'étais plus que reconnaissante et prête à tout pour cet homme au regard d'acier qui m'aidait à comprendre les mécanismes d'un pouvoir qui m'échappait. Cela ne me pesait pas plus que cela de rester enfermée au complexe sans possibilité de sortie car je n'avais pas envie de causer un accident par inadvertance, mais avec le temps, le désir presque viscéral de satisfaire mon mentor me parut de plus en plus artificiel, comme s'il ne venait pas vraiment de moi, et j'avais commencé à poser des questions. À partir de là, l'attitude « aimable » de Finn eut quelques ratés, ce qui me renforça dans ma conviction que depuis le début, ce n'était qu'une façade pour masquer des sentiments beaucoup plus mitigés à mon égard.

Ce soir était la confirmation de toutes mes hypothèses. Finn me cachait quelque chose et ce quelque chose avait un rapport avec l'homme que j'avais failli décapiter dans la chapelle et dont le regard m'avait littéralement hypnotisée.

Ayant reçu l'ordre de rester confinée dans mes quartiers, je passai donc le reste de la nuit à attendre la venue de mon maître, en vain.

De guerre lasse, fatiguée du stress causé par l'attente et n'ayant plus d'ongles à ronger, je finis par enfiler une chemise de nuit à l'approche de l'aube avant de me faufiler dans mes draps. Il ne me fallut pas plus d'une minute pour m'endormir…

Au commencement, je fis des rêves sans queue ni tête, comme par exemple, la mise en scène du nouveau spectacle du président Obama chantant « Skyfall » d'Adèle, assis à califourchon sur une baleine qui balayait de sa queue de vieux adversaires politiques, des lobbyistes pro-armes et des dévots extrémistes anti-avortement, pour les envoyer valdinguer vers d'autres cieux et ainsi débiter leurs âneries à un public extraterrestre qui aurait tout le loisir de les faire taire à coup de laser (imaginer Sarah Pallin se faire courser par une réplique verte à antenne des élans sur lesquels elle s'amusait à tirer avec son fusil sur Terre était tout à fait divertissant). Puis, la scène changea et je me retrouvai à danser la salsa en boîte de nuit avec un homme d'origine perse, au pantalon bien trop serré à un endroit stratégique, et au sourire enjôleur me signifiant qu'il serait ravi que je le lui enlève pour y trouver la surprise qui s'y cachait. J'aurais dû être dégoûtée ou excitée par cette indécente proposition, mais ma réaction onirique fut un franc et sonore éclat de rire qui me surprit tout de même par la chaleur toute amicale qui s'en dégageait, comme si je connaissais bien cet homme dont le visage ne me disait pourtant rien.

C'est alors que le paysage changea pour laisser la place à une autre boîte de nuit, à l'ambiance beaucoup plus feutrée, beaucoup plus intime que la précédente. Mon corps bougeait au rythme d'une musique lente et sensuelle qui faisait vibrer toutes mes cellules et j'avais fermé les yeux pour mieux savourer chaque note. Lorsque deux mains se posèrent sur ma robe argentée, au niveau de mon ventre, alors qu'une haute silhouette venait de se coller à mon dos pour me plaquer sur son torse aux muscles rigides et saillants, je n'en continuai pas moins à danser, ondulant des hanches le plus lascivement possible, goûtant avec délice chaque frôlement de mon corps contre celui de l'homme qui accompagnait chacun de mes mouvements comme si nous étions les deux moitiés d'un tout. Les mains commencèrent à remonter doucement le long de mes côtes, effleurant mes seins avec une lenteur délibérée, me provoquant une délicieuse frustration qui contracta des zones intimes en moi, puis elles remontèrent vers mes épaules qu'elles pivotèrent pour me forcer à me retourner. Transportée par la douceur de cette peau, je voulus connaître l'identité de mon partenaire et ouvris les yeux pour le contempler et lui demander de reprendre les caresses qu'il avait arrêtées.

Je hoquetai de stupeur.

Deux yeux d'un bleu aussi profond que l'océan me perçaient de leur intensité dans laquelle je lus du désir associé à une immense détresse. Rendue muette par le choc causé par cette vision d'un homme censé être torturé en ce moment même, je restai pétrifiée et ne réagis pas lorsqu'il me caressa la joue de ses doigts si doux.

- Sam…

Je me réveillai en sursaut.

*

Le cœur sur le point d'exploser, je m'assis dans mon lit, prise d'un nouveau vertige. Je regardai l'heure sur mon réveil, six heures. Le soleil s'était couché depuis quelques minutes, parfait. Ce n'était pas avec ce genre de rêve que je pourrais me rendormir de toute façon.

J'avais l'habitude de faire des songes complètement déments, mais là, ça dépassait les bornes. J'avais déjà vu des prisonniers aux cachots aménagés dans le sous-sol de l'hôtel que nous occupions, mais aucun ne m'avait autant troublée que ce Phoenix. Je n'aurais sûrement pas cherché plus loin si mon mentor et Karim n'avaient pas eu tous deux une réaction étrange en sa présence. Chacun m'avait regardée d'un drôle d'air pendant qu'ils installaient le corps inconscient dans l'hélicoptère qui devait nous ramener dans notre trou perdu de la périphérie d'Indianapolis. L'atmosphère silencieuse était si étouffante dans ce si petit habitacle que j'avais eu l'impression de manquer d'oxygène. Il y avait quelque chose qu'on voulait me cacher, c'était évident.

J'en étais là de mes réflexions quand ma porte s'ouvrit à toute volée, un Finn passablement énervé dans son encadrement. Était-il toujours furieux après moi ou l'interrogatoire de Phoenix ne s'était pas passé comme il l'espérait ? Cet homme était un véritable mur ambulant, impossible de savoir ce qu'il avait réellement dans la tête avant qu'il ne formule clairement sa pensée. D'ailleurs :

- Tu pars ce soir pour Atlanta. Un jet t'attend à l'aéroport et t'emmènera là-bas. J'ai demandé à Janice Parker de s'occuper de ta sécurité.

Abasourdie par ce départ précipité, j'eus un moment de flottement avant de lui répondre :

- Mais… Vous disiez que ma formation nécessitait que je ne quitte Indianapolis sous aucun prétexte !

- Les choses ont changé. Tu iras à Atlanta, dit-il d'une voix glaciale.

Un lourd silence tomba entre nous. Je savais que je risquais gros en le rompant, or je n'avais pas le choix.

- C'est à cause de cet homme, n'est-ce pas ? Phoenix ?

De violents éclairs embrasèrent les pupilles de mon père adoptif tandis que ses crocs rallongeaient dangereusement.

- Pourquoi me parles-tu encore de ce prisonnier, Linn ?! Je t'ai dit que ça ne te regardait pas !

La promesse de souffrance si je persistais dans cette voie était palpable, mais quelque chose en moi me poussait à aller plus loin. Toutefois, une confrontation directe était inenvisageable.

- J'ai parfaitement compris, maître, c'est juste que c'est à votre sujet que je m'inquiète.

De surprise, il resta bouche bée. Je venais de marquer un point, il fallait que je pousse mon avantage pour ne pas éveiller ses soupçons.

- Vous m'avez sauvé la vie et je vous remercie également pour m'avoir permis de progresser avec mes pouvoirs grâce à vos entraînements. J'ai conscience que je ne suis pas encore parvenue à la hauteur de vos espérances à mon égard, mais je ne cherche qu'à vous satisfaire et vous rendre heureux, comme toute fille le veut pour son père…

Ses sourcils blonds étaient si hauts que je me demandais s'ils n'allaient pas s'échapper de son visage. *Encore un effort, Linn…*

- C'est pourquoi je vous ai suivi à l'église, j'ai eu le pressentiment que je devais vous protéger, y compris de vous-même (inutile de lui préciser qu'une voix inconnue m'avait martelé le crâne à en perdre la raison pour que je me décide à le rejoindre), alors malgré votre colère pour ma désobéissance, je ne peux que me défendre en arguant de ma loyauté, cette même loyauté qui me pousse à passer outre votre menace pour vous demander pourquoi ce prisonnier éveille en vous une telle tension.

Un autre silence s'abattit sur la pièce, plus long que le précédent. Finn me jaugeait.

Heureusement que j'avais eu la présence d'esprit de courber la tête et de baisser les yeux sur le lit sur lequel je m'étais assise afin qu'il ne puisse pas y lire l'étincelle de curiosité avide qui me brûlait déjà de l'intérieur depuis mon réveil.

- Vous m'avez dit un jour que lorsque je maîtriserai complètement mes pouvoirs, nous marcherons côte à côte, invincibles. Même si je n'en suis pas encore là, cela ne m'empêche pas de vouloir veiller sur vous. Est-ce mal ?

Je me préparai à recevoir une gifle magistrale, mais elle ne vint pas. Au lieu de ça, je sentis qu'on s'asseyait près de moi et j'entendis un long soupir.

- Tu es sûre que tous ces bons mots ne sont pas en réalité un moyen de me faire changer d'avis sur ton départ d'Indianapolis et ainsi te donner l'opportunité d'en savoir plus sur celui qui nous a attaqués dans l'église ?

Je crus que mon cœur s'était arrêté de battre avant de me rappeler que c'était un état permanent. Du calme... Ce n'était qu'un test...

- Bien sûr que j'aimerais en savoir davantage sur cet homme (surtout éviter de prétendre le contraire, Finn sentirait le mensonge), après tout, si je dois vous seconder et vous protéger grâce à mes pouvoirs quand le temps sera venu, il faudra que j'en sache un peu plus sur nos ennemis. Cependant, je n'irai pas à l'encontre de vos désirs.

Finn me releva le menton et m'étudia attentivement. Je subis l'examen sans broncher, en priant pour que la télépathie ne figure pas dans la liste de ses talents de vampire multimillénaire.

- Très bien, tu as l'air sincère. (Je faillis pousser un soupir de soulagement ; il s'écarta) Je veux que tu t'entraînes toute la nuit, Karim te supervisera jusqu'à ce que je prenne le relais.

Je hochai la tête, satisfaite...

- Tu partiras demain soir, au coucher du soleil.

... Avant de me figer. Bon sang !

- Mais... je croyais que vous vouliez poursuivre ma formation ?! Que c'était une priorité pour vous ?!

Cette fois, ses mains autour de mon cou et mon corps plaqué brutalement sur le lit, lui par-dessus, déclenchèrent toutes mes alarmes internes. Je venais de dépasser la limite.

- Cherches-tu vraiment à jouer les capricieuses avec moi, *ma fille* ?! dit-il en serrant horriblement fort.

Je n'avais qu'à mobiliser mon pouvoir de télékinésie pour le faire s'envoler à l'autre bout de ma chambre et le décapiter en un centième de seconde, d'ailleurs, l'air crépitait entre mes doigts comme pour me supplier de répondre à cette envie de contre-attaquer mon agresseur. Pourtant, ce fut comme si un mécanisme de sécurité intérieur s'était activé en moi pour m'en empêcher. Je ne pouvais tout de même pas tuer mon père adoptif, celui à qui je devais d'être encore en vie !

Vaincue, je fermai les yeux et articulai avec difficulté :

- Non, maître. Je ferai comme vous me l'ordonnez.

Il se releva et rajusta son costume.

- Voilà qui est mieux. Prépare-toi pour ton entraînement, je dirai à Karim de te concocter un programme infernal, je suis sûr qu'il n'y verra pas d'inconvénient. Nous n'avons déjà que trop traîné.

Sans un mot de plus, il tourna les talons et sortit.

Pantelante, le cou encore douloureux, je me dirigeai vers la salle de bain pour me doucher tout autant que pour reprendre mes esprits. J'avais réussi à esquiver la correction que j'aurais dû recevoir pour avoir suivi mon mentor hors du QG sans son autorisation, c'était une petite victoire. Néanmoins, à sa décision de m'envoyer à Atlanta, je n'étais parvenue qu'à obtenir un sursis inutile. Comment trouver des informations sur ce Phoenix si je devais passer la nuit à m'entraîner avec Karim qui ne cesserait de m'observer ? Je n'étais pas dupe, cette opération avait pour but de me distraire et me fatiguer avant de m'envoyer me coucher et de devoir faire ma valise au réveil. Ce délai supplémentaire ne visait qu'à apaiser mes craintes de gentille fifille à son papa tout en me brossant dans le sens du poil pour éviter d'attiser encore plus ma suspicion quant au comportement étrange de mon père adoptif vis-à-vis de son assaillant.

Je ressentis, quelque part au fond de moi, une vague de colère noire se créer et se déverser en un torrent rugissant dans tout mon organisme.

Je ne pouvais pas me laisser écarter de cette affaire ! Mon instinct me hurlait qu'il me fallait voir Phoenix et c'est ce que je m'emploierais à faire quand bien même cela me coûterait à moi aussi une séance de torture entre les mains de l'expert le plus reconnu en la matière.

Pour l'heure, j'avais une séance d'entraînement à honorer.

Karim m'attendait déjà sur le tatami, bras croisés sur son torse nu et velu (beurk), vêtu d'un pantalon de sport noir qui lui tombait beaucoup trop bas sur les hanches (triple beurk).

- Vous êtes en retard, Linn. Je suis prêt depuis dix minutes.

- Cessez vos simagrées, Finn n'est pas là pour vous écouter pérorer comme le bon chien-chien à son maî-maître que vous êtes, répliquai-je en le foudroyant du regard.

Comment avais-je fait jusqu'ici pour ne pas carboniser ce sale type ? Rien que son parfum musqué me donnait la nausée !

Il s'avança vers moi, les yeux devenus luminescents et les crocs sortis. Peut-être que je l'aurais finalement, mon occasion de le réduire en poussière…

Il se figea quand il me vit prendre position face à lui, un sourire dangereux flottant sur mes lèvres.

Lors de mes premiers entraînements, j'hésitais toujours à agir car quelque part, j'avais conscience que la brutalité pour la brutalité n'aiderait pas, mais au fil des mois passés dans ce complexe, Finn m'avait appris que la faiblesse et l'hésitation étaient synonymes de mort. De fait, le test qu'il me fit subir pour vérifier que ma main était sûre me laissait encore un goût de bile dans la bouche bien que je l'eusse passé avec succès.

Je revis en un éclair les deux vampires ennemis qu'il gardait en captivité et qu'il torturait fréquemment, auxquels il avait laissé volontairement une fenêtre d'évasion. Ils en avaient profité, bien sûr, et Finn m'avait demandé de les ramener, morts ou vifs. Ils n'avaient pas atteint le rez-de-chaussée que je leur barrais le passage en leur demandant de faire demi-tour. Ils avaient échangé quelques mots en italien d'après mes maigres connaissances dans cette langue, puis ils s'étaient jetés ensemble sur moi. J'avais suivi les instructions de mon professeur, je n'avais pas hésité : en un centième de seconde, il n'en restait plus que des cendres sur le sol et alors que je les regardais avec un étrange sentiment de malaise, Finn était apparu derrière moi pour me féliciter. D'après lui, encore quelques ajustements dans la maîtrise de mes pouvoirs et je pourrais le seconder dans tous ses voyages.

Je lui avais souri, pensant que pour la première fois, peut-être, il était satisfait de moi, mais j'avais vite déchanté quand son niveau d'exigence atteignit des sommets et surtout, lorsque les visages de ces deux hommes vinrent me rendre visite chaque nuit pour me hurler un seul et même mot : « Meurtrière ».

Je m'étais bien gardée de faire état de la teneur de mes cauchemars pour ne pas paraître faible et pour que mon mentor continue à être fier de mes progrès, mais ce n'était jamais suffisant pour lui. Parfois, en plus de la colère à laquelle je m'étais habituée, je voyais dans ses yeux de la déception, comme si finalement, je n'étais pas l'élève qu'il aurait voulu former. J'avais beau me démener, mes dons agissaient selon leur volonté propre, alors Finn avait choisi Karim pour le seconder parce qu'il pensait que notre haine réciproque m'aiderait à mobiliser mon pouvoir. Il fallait être réaliste, Finn faisait ressortir mes côtés les plus sombres pour servir ses desseins et force m'était de constater que sa stratégie était efficace. Mes progrès devinrent permanents à mesure que Karim aiguillonnait mon désir de le pulvériser par ses remarques dégradantes et lorsque celui-ci en eut pris conscience, il avait vite entrepris de choisir ses mots avec soin pour ne pas paraître m'insulter trop directement.

- Il y a un problème, Karim ? lui dis-je, avec presque de l'impatience dans la voix.

Il me dévisagea avec une rage impuissante qui me fit sourire davantage, mes crocs l'invitant clairement à m'exposer en détail la nature de son « problème » ; je serais plus que ravie de l'entendre…

Malheureusement, en plus d'être ma bête noire, Karim avait la désagréable caractéristique de savoir se servir de son cerveau, lequel devait en ce moment lui intimer l'ordre de ne pas m'attaquer s'il tenait à la vie. Il rangea donc le couteau qu'il avait sorti de sa ceinture et ré-adopta une posture normale.

- J'aurai un problème si nous ne nous mettons pas maintenant au travail.

Je fus presque déçue de son self-control, mais en même temps, il me montrait que je ne devais pas perdre le mien si je voulais mener à bien mon objectif d'aller trouver Phoenix pour le soumettre à mon propre interrogatoire. Finn n'apprécierait pas que je tue son lieutenant et serait capable de m'expédier à Atlanta sur l'heure s'il soupçonnait un quelconque changement de comportement chez moi.

Je fis donc un effort en l'attendant et subis les assauts de Karim avec toutes les armes (en acier) dont il disposait, sans broncher. Je parvenais à stopper la plupart des projectiles, mais en plusieurs occasions, je ne pus empêcher des balles ou des lames de m'atteindre, trouant mes vêtements et ma peau comme une passoire. Je n'avais encore aucune idée de la douleur qu'occasionnait une blessure à l'argent car Finn se refusait à aller jusqu'à ces extrémités, pour me préserver selon lui. C'était assez étrange comme argument mais je ne voyais rien à y redire. J'aurais tout le temps de me faire embrocher et mitrailler quand je lui servirais de garde du corps dans ses déplacements.

Bref, je ne revis pas ce dernier de la nuit, occupé qu'il devait être dans les cellules du sous-sol et je me comportai avec mon entraîneur de substitution comme une élève « docile » et attentive, du moins le minimum requis. Je lui avais montré les crocs à plusieurs reprises et lui avais lancé une fois ou deux des lames que je me faisais un plaisir de stopper à un millimètre de son cœur grâce à mon pouvoir. Cela n'avait jamais été dans mes habitudes de me comporter avec gentillesse avec lui et une trop grande docilité l'aurait forcément alerté.

De fait, ma violence à son égard n'avait rien de stupide ou de cruel, c'était tout simplement nécessaire de lui montrer que je voyais clairement que ce programme établi avec l'aval de notre maître n'avait pour but que mon harassement et mon échec. Je ne parvenais donc pas toujours à réussir les exercices qu'il m'imposait, mais je lui rappelais aussi que malgré cela, j'étais et serais toujours plus puissante et dangereuse qu'il ne le serait jamais. Je pensais d'ailleurs que c'était grâce à cette façon de faire que depuis ma renaissance, je n'avais pas eu la désagréable surprise de retrouver à mon réveil ma tête à côté de mon corps. Les vampires n'avaient pas pour habitude de respecter les femmelettes.

À la fin de la nuit, sentant la fatigue du nouveau-né me happer, je fis exprès de me tromper de cible et de manquer carboniser mon professeur d'un cheveu pour l'encourager à me libérer : il avait plongé en avant pour éviter la boule de feu qui avait jailli de mon poing.

Ayant poussé un atroce juron en se relevant, il s'exécuta et me raccompagna à ma chambre. Nous n'échangeâmes pas un mot étant donné que je n'avais pas trouvé utile de lui demander une explication pour sa soudaine galanterie (Finn lui avait forcément donné l'ordre de vérifier que j'allais effectivement dormir), et de toute façon, chaque fois qu'il m'adressait la parole, une furieuse envie de le dépecer vivant me démangeait, alors autant éviter un bain de sang avant le dodo.

Il ne me souhaita pas bonne nuit et je lui claquai la porte au nez en me retenant de lui arracher les yeux. Après une bonne douche, je me changeai et allai dans mon lit où je n'eus aucun remords à m'endormir, sachant que mon garde-chiourme viendrait forcément vérifier si c'était le cas avant de convoler vers son propre lieu de repos.

Je n'avais aucun regret, effectivement. Non seulement concernant mon sommeil réparateur puisque, en tant que nouveau-né, j'en avais besoin, mais aussi, chose plus surprenante, concernant ce que je m'apprêtais à faire, à savoir tout bonnement trahir celui à qui je devais d'être encore de ce monde.

J'avais programmé mon réveil pour me lever en plein après-midi, alors qu'en théorie, cela n'aurait pas dû être possible puisqu'un jeune vampire n'est pas censé pouvoir le faire avant au moins un an d'existence. Donc soit j'avais un nouveau pouvoir, soit j'étais plus vieille que j'en avais l'air… Je penchais pour la première option, évidemment, option assez récente que je m'étais gardée d'éventer pour une raison qui m'échappait encore. Toutefois, peu m'importait puisque j'allais pouvoir profiter de mon ordinateur dernier cri (acheté à ma demande par Finn pour me distraire de ma captivité forcée) ainsi que de l'effectif réduit des gardes dans mon aile de l'hôtel pour aller chercher moi-même les réponses aux questions que je me posais.

Avec mon PC, je comptais pirater le système de vidéosurveillance pour que les agents de la sécurité diurne ne me voient pas sur leurs écrans où apparaîtrait en boucle une image que j'aurais choisie ; le nombre réduit de leurs collègues présents dans les couloirs de la bâtisse me permettrait également plus facilement de me faufiler jusqu'au sous-sol.

Ma fenêtre sur place serait très courte et ne m'apporterait peut-être rien de concret, mais au final, c'était comme si quelqu'un me soufflait en permanence que j'y trouverais tout ce que je cherchais, et même plus encore. En fait, je ne savais pas vraiment ce que je cherchais, mais une seule personne pouvait m'aider en ce sens, pensai-je en sombrant dans le sommeil : Phoenix.

Je baignais dans une obscurité quasi-totale. Ce n'était pas la première fois que je bénéficiais d'un sommeil sans rêves mais là, c'était étrange. J'étais quelque part, j'en étais sûre, mais je ne distinguais rien autour de ma personne.

Je me mis à appeler :

- Ehoooh ! Il y a quelqu'un ?

L'écho de ma voix se répercuta tout autour de moi, je devais être dans une espèce de caverne. Ok, à tous les coups, un dinosaure de *Jurassic Park* allait débouler dans mon champ de vision habillé d'une ceinture de bananes à la Joséphine Baker et se mettre à danser le *Gangnam style*.

J'attendis… Pas de dinosaure… Juste moi et le silence.

Quel drôle de rêve…

Soudain, une lueur aveuglante apparut plus loin, dont les rayons m'enveloppaient comme un cocon de chaleur bienveillante. Je me sentais étrangement… bercée ?

- Il y a quelqu'un ? répétai-je plus fort, ne pouvant m'ôter la sensation d'être observée par quelque chose qui se cacherait derrière la lumière et que je ne pouvais percevoir.

- *Qui es-tu ?* demanda une voix de femme au timbre surnaturel m'évoquant la voix qui n'arrêtait pas de me susurrer de suivre Finn il y a peu.

Je ne pus m'empêcher de frissonner.

- Quoi ?

- *Qui es-tu ?*

Un vent mystérieux me balaya le visage et les cheveux.

- Linn ! Je m'appelle Linn !

Mon subconscient devait vraiment travailler dur pour me fournir un scénario onirique aussi tordu. Pourquoi vouloir me faire dire comment je m'appelais ?

- *Qui es-tu ?* redit la voix, de manière plus sombre, plus menaçante, comme si j'avais donné une mauvaise réponse.

Ce songe m'ennuyait vraiment, il était temps que je me réveille. La plaie des CD rayés qui répétaient en boucle les mêmes mots, en plus pour me faire répondre à une question complètement stupide.

- Est-ce que je peux demander le cinquante-cinquante ou faire appel à un ami ?

- *Qui es-tu ?* recommença la voix désincarnée (elle n'avait pas d'humour celle-là).

- Ça devient ridicule ! Je veux me réveiller ! pestai-je.

Au moment où j'émis ce souhait, une force invisible m'enserra à me broyer les os tandis que la lueur s'intensifiait. Au supplice, je vis une silhouette féminine se détacher de la lumière et s'avancer vers moi. À mesure qu'elle approchait, un sentiment de déjà-vu s'insinua en moi pendant que je détaillais sa longue chevelure blonde et ses yeux à la noirceur de l'encre.

- *Qui es-tu ?* dit la femme dont la robe blanche voletait au gré d'une brise inexistante.

À vrai dire, je serrais les dents pour ne pas hurler, par conséquent, je ne pouvais guère lui répondre. Pourtant, cela n'eut pas l'air de la chagriner car elle m'observait avec une tendresse dans le regard qui me décontenança.

Elle leva le bras et je crus qu'elle allait me brutaliser, or, elle se contenta de passer une main affectueuse dans mes cheveux et de me sourire avec chaleur. Je ressentis une émotion indéfinissable m'envahir lorsque je réalisai que c'était la première fois que quelqu'un me souriait affectueusement depuis ma renaissance en tant que vampire. Si mon cœur n'était pas si sombre et si je n'avais pas si mal, peut-être aurais-je eu envie de lui sourire aussi.

Puis elle recula, lentement, vers la lueur qui avait réapparu. L'étau qui m'enserrait disparut et je pus à nouveau sentir mes articulations, mes côtes semblant se redresser après avoir été si fortement comprimées.

C'est alors que la femme commença à s'évaporer, telle une brume se confondant dans la lumière éthérée qui brillait comme pour lui ouvrir les bras. Encore sous le choc de notre confrontation, je n'avais pas la force de lui demander à mon tour qui elle était. De toute façon, quand bien même l'aurais-je voulu que ses dernières paroles avant de totalement disparaître de ma vue me glacèrent les sangs au point de me priver de toute capacité d'aligner deux pensées cohérentes :

- Va et rejoins Phoenix, Samantha Watkins...

*

Encore une fois je me réveillai en sursaut, avec l'impression que mon cœur allait sortir de ma poitrine. *Samantha Watkins...*

La femme m'avait clairement nommée ainsi, sans une once d'hésitation dans la voix, comme si elle me connaissait. Et Phoenix dans l'église, ne m'avait-il pas appelée Sam ?

Je me pris le visage dans les mains, il me fallait absolument des réponses ou je sentais que j'allais devenir folle.

Justement, le réveil sonna l'heure d'aller les chercher.

Après une douche rapide, et dans la volonté de passer inaperçue, j'enfilai un jean avec un pull noir à capuche que je rabattis sur mes cheveux auburn trop reconnaissables (et que je détestais ! cette couleur ne m'allait pas du tout mais Finn y tenait particulièrement). Après avoir enfilé mes bottes, je m'installai sur mon poste informatique et m'attelai à mettre en œuvre mon plan, me réjouissant de la frénésie étrange qui m'avait poussée à installer tout un tas de logiciels que j'avais réussi à pirater : avant mon cancer, j'avais dû être une hackeuse professionnelle.

C'est ainsi qu'en quelques manipulations, les agents de Finn chargés de la télésurveillance du bâtiment, dont les caméras étaient installées aux endroits stratégiques, ne me verraient pas circuler dans les couloirs. Premier point positif. Restait encore le plus difficile : éviter de croiser quelqu'un pouvant signaler que je déambulais dans les étages alors que j'aurais dû être dans mon lit en train de dormir.

Il me fallait pourtant prendre tous les risques pour parvenir à mon objectif situé au sous-sol, là où étaient gardés les prisonniers interrogés avant leur exécution.

J'entrouvris ma porte de chambre et jetai un œil dans le couloir. La voie était libre, Finn n'avait pas jugé utile de me faire surveiller pendant la journée (encore heureux !). Je me faufilai vers les escaliers, sachant qu'il y avait toujours des gardes près des ascenseurs, et entrepris de les descendre jusqu'au rez-de-chaussée le plus vite possible. Pour atteindre ceux menant au sous-sol, il me faudrait passer par une portion du hall d'entrée et c'était là vraiment que je risquais de rencontrer du monde.

Effectivement, deux gardes discutaient tranquillement devant l'ascenseur alors qu'un troisième leur amenait à chacun un bol de sang frais dont l'odeur m'allécha. Jusqu'ici, c'était Finn qui insistait pour qu'on m'apporte mon « plateau-repas » dans ma chambre pour, disait-il, « que sa fille jouisse d'un service quatre étoiles à défaut de vivre dans un palace ». Soit il gobait ses propres mensonges, soit il me prenait vraiment pour une demeurée finie, je n'avais pas mis deux secondes pour comprendre qu'il me mettait à l'écart de ses hommes. De toute façon, je n'avais aucune envie de m'intégrer à eux, la plupart n'étaient que des brutes sans cervelle tout juste bons à pianoter des rapports sur leur clavier d'ordinateur.

Bref, l'escalier se trouvait à seulement quelques mètres de moi et je devais me débarrasser rapidement des gêneurs parce que j'entendais des bruits de pas de plus en plus proches de ma position. Je fermai les yeux et me concentrai, à la recherche de mon pouvoir de télékinésie, celui que j'avais encore des difficultés à maîtriser. Là, je n'avais pas besoin de beaucoup d'énergie, je voulais projeter mon don dans la direction opposée de celle où j'étais pour faire tomber le chariot de nettoyage qui traînait en permanence dans les parages, les hommes de Finn n'étant pas de grands adeptes du rangement.

Lorsque l'air se mit à vibrer entre mes doigts, je visualisai dans mon esprit mon objectif et mis toute ma volonté dans le désir de le faire tomber. Je n'avais encore jamais fait bouger d'éléments que je ne pouvais voir, c'était donc une première assez risquée, seulement, une force en moi me poussait à me dépasser.

Un grand fracas se fit entendre plus loin et je vis avec soulagement que les trois hommes allaient voir l'origine du bruit. Je n'attendis pas plus longtemps et me précipitai à toute vitesse vers l'escalier menant au niveau inférieur.

Comme personne ne semblait l'emprunter, je survolai plus que je ne descendis les marches, repoussant cette petite voix dans ma tête, sûrement celle de la raison, qui me disait que même si j'atteignais les cellules sans me faire repérer, je n'avais aucune chance de réussir l'exploit en sens inverse. J'étais tellement obnubilée par ma volonté de parler au prisonnier que je n'avais pas vraiment pensé aux conséquences de mon entrevue avec lui. Bah ! Finn avait besoin de ma puissance à ses côtés, que pourrait-il faire de pire que me battre ? pensai-je pour me rassurer, quoique le frisson glacé qui courut le long de ma colonne vertébrale aurait dû m'alerter sur la capacité créative de mon père adoptif en matière de torture.

C'était trop tard de toute façon pour faire demi-tour, autant aller jusqu'au bout…

Autant assommer les deux types qui me tournaient le dos et qui ne se rendirent compte de ma présence que lorsque je fracassai leurs deux crânes l'un contre l'autre pour les mettre hors service.

Seules deux cellules étaient occupées : l'une sur ma gauche, l'autre sur ma droite. Phoenix était forcément dans celle de droite vu que je me rappelais avoir déjà demandé à Finn qui était l'occupant de celle de gauche lorsqu'il m'avait fait venir ici. Il avait détourné mon attention, mais je n'avais jamais oublié ce point d'interrogation dans notre relation père-fille déjà très tourmentée.

J'étais donc devant la porte de la bonne cellule, il ne restait plus que cette double épaisseur de plomb entre l'objet de ma curiosité et moi. Dans ma tête, une voix éthérée que je reconnus comme celle de mon rêve murmura « *Le moment est venu* », mais j'étais trop concentrée pour m'en inquiéter. Je tournai la clef, prise sur l'un des gardes, dans la serrure, et entendis le déclic de l'ouverture.

Après une dernière inspiration inutile, je poussai le battant et entrai.

Je me plaçai volontairement dans le recoin le plus sombre de la cellule en faisant le moins de bruit possible. L'homme qui y était enchaîné semblait dormir malgré l'inconfort de sa position, couché à même le sol.

J'en profitai pour l'étudier.

Je ne distinguais pas son visage car il était tourné dos à la porte, mais son torse nu me permit de voir la profonde cicatrice qui courait depuis son épaule droite jusqu'à sa hanche gauche. Cette entaille avait dû être faite bien avant sa transformation en vampire et lui causer une grande souffrance, cependant, ce n'était pas cette blessure qui attira le plus mon attention, mais toutes les autres, horriblement nombreuses et sanglantes, que je pouvais voir sur toute la surface de sa peau. En regardant mieux sa prison, je vis des éclaboussures de sang partout sur les murs, ce qui me fit supposer qu'il avait été affreusement torturé dans cette pièce.

Une vague de rage absolue déferla en moi sans que je m'y attende, répétant sans cesse le même mot : « *Vengeance, Vengeance, Vengeance !* » et m'exhortant à brûler tous ceux qui étaient responsables de ce drame. Je sentis mes crocs s'allonger à une vitesse phénoménale et je dus brusquement fermer les yeux pour ne pas que la lueur rouge annonciatrice de désastre ne réveille l'homme en face de moi. Je fulminais… littéralement… et je ne comprenais pas pourquoi.

Pourquoi la vue de mon ennemi gisant blessé et enchaîné me bouleversait-elle à ce point alors qu'au contraire, j'aurais dû être satisfaite de voir celui qui avait essayé de tuer mon père adoptif subir la pire des tortures ? Pourquoi en arrivais-je même à vouloir brûler vif ce dernier, tout père adoptif qu'il était ? Pourquoi voulais-je avant tout me précipiter au chevet de sa victime pour la réconforter ?

J'en étais là de mes interrogations quand :

- Allez-vous vous décider à venir commencer le cinquième round, ou allez-vous rester planté là à vous repaître du spectacle toute la journée ? Autant que je sache si je peux me rendormir ou pas !

Un drôle de frémissement me parcourut le corps en entendant cette voix aux sonorités de velours et au tranchant d'une lame mortellement affûtée. Je restais coite, ne sachant plus par où commencer.

L'homme s'assit péniblement mais avec dignité, et je crus sentir ma bouche s'assécher en voyant ses muscles rouler avec majesté sous sa peau à chaque mouvement. Il fallait que je me reprenne :

- Je ne suis pas là pour vous torturer, dis-je en m'avançant vers lui, rabattant la capuche de mon pull-over comme il achevait de se mettre debout pour finalement me faire face.

Ses yeux s'écarquillèrent et il se figea, comme s'il avait vu un fantôme. Un hématome lui défigurait le côté droit du visage mais le bleu de ses prunelles, parsemé d'éclairs, m'hypnotisait. Il était magnifique… et complètement perdu.

- C'est impossible. Tu n'existes pas.

Il avait sorti cela dans un souffle, comme pour se convaincre lui-même qu'il était en pleine hallucination. Il avait eu la même réaction lors de notre rencontre dans la chapelle et quelque part son hébétude me toucha, mais je n'avais que peu de temps devant moi avant le lever de Finn. Il me fallait des réponses, par conséquent je ne pouvais me permettre de le ménager.

- Qui êtes-vous ?

- Quoi ?

Il semblait toujours aussi choqué, mais le doute commençait visiblement à l'envahir.

- Répondez-moi.

- Sam ? C'est toi ? dit-il en avançant de quelques pas pour mieux m'observer.

L'effort qu'il fit pour masquer sa souffrance pendant son mouvement me broya le cœur sans que je ne comprenne pourquoi et il s'arrêta, immobile, tel une statue vivante aux sens hyper-développés, plongeant son regard dans le mien.

Son examen semblait porter ses fruits car je vis ses épaules se soulever et se baisser brusquement, ses mains être prises de tremblements et son visage se transfigurer en une expression de bonheur inespéré qui me fit tressaillir involontairement.

Profondément troublée, je levai la main en lui montrant les crocs, le dissuadant d'approcher davantage. J'étais prête à user de mon pouvoir s'il se montrait menaçant, mais une petite voix me soufflait que je ne risquais rien. Ce fut plus cette petite voix que son attitude qui me poussa à dévier de mon plan :

- Pourquoi vous conduire de la sorte ? Pourquoi dans l'église et encore maintenant, vous me regardez comme si j'étais une lueur d'espoir au plus profond des abysses ?

J'aurais dû lui demander en premier ses liens avec Finn, or, tout en moi voulait d'abord connaître la réponse à cette question. Mais peut-être avais-je été trop cassante dans ma façon de l'aborder car il fronça les sourcils tout à coup et recula vers le mur.

- Non. Je rêve, ce n'est pas possible, dit-il en secouant la tête. C'est encore un tour de Finn. Je le tuerai ! Tu entends, JE TE TUERAI ! hurla-t-il vainement puisque l'intéressé ne pouvait l'entendre.

Je me mordis la lèvre, y faisant perler une goutte de sang. Je craignais que mon prisonnier ait finalement perdu l'esprit après le quatrième round de torture et qu'il n'était plus bon qu'à débiter des phrases sans queue ni tête, mais j'eus le réflexe de me reculer précipitamment lorsque celui-ci se jeta sur moi tous crocs dehors, heureusement stoppé net dans son élan par les entraves qui limitaient ses mouvements. Non. La folie n'avait pas encore pris possession de cet homme, au contraire, son désespoir le rendait plus dangereux que jamais.

Nous nous retrouvâmes à seulement quelques centimètres l'un de l'autre, suffisamment proches pour que mes sens s'affolent par la proximité de cet homme grand, aux pupilles couleur de l'eau et aux cheveux bruns poisseux de sang, mais dans lesquels j'avais pourtant envie de plonger mes doigts.

Oubliant le danger que je venais de frôler, je penchai la tête sur le côté pour mieux étudier son visage : j'étais fascinée par la petite mèche de cheveux qui lui retombait sur le front et soudainement, je me vis la remettre en place. Le frisson que déclencha en moi cette vision eut une autre conséquence : mes pupilles virèrent au rouge.

- Ces yeux... souffla-t-il en perdant subitement sa posture agressive. Cette lueur rouge... Aucun vampire sur terre ne peut avoir ces yeux-là...

Je faillis lui répliquer qu'il ne m'apprenait rien de nouveau quand sa voix se transforma en un murmure à peine audible.

- Mon Dieu... Sam... C'est toi ? C'est vraiment toi ?

Perturbée par le torrent d'émotions contrastées qui me submergea quand Phoenix me couva d'un regard chargé de la même tendresse et de la même détresse infinie que dans mon rêve, je lui servis un nouveau rictus mauvais.

- Linn, je m'appelle Linn. Pourquoi vouloir à tout prix m'appeler Sam ?

Encore assommé par la situation, mon interlocuteur tentait de mobiliser son sang-froid avec un professionnalisme forçant le respect.

- Tout simplement parce que c'est ainsi que tu te nommes. Tu as peut-être les cheveux roux mais ce ne peut être que toi. Tu ne t'en souviens pas ?

- Je ne me souviens pas de m'être un jour appelée Sam, dis-je rudement, sur mes gardes.

Phoenix s'approcha sans que je n'esquisse le moindre geste, tous mes membres paralysés pour m'empêcher de battre en retraite. C'était trop fort ! Mon propre corps me trahissait et ce fut pire quand il passa sa main dans mes cheveux et fit glisser une mèche entre ses doigts, faisant passer ma nervosité à un seuil critique.

Le silence se prolongeait, il restait bloqué sur mes cheveux. Il fallait que je dise quelque chose :

- Je hais cette couleur.

Nul.

Il prit un air songeur.

- Finn a toujours aimé les femmes rousses.

- Raison de plus pour que je déteste cette couleur, répliquai-je, mordante.

Cette fois, il me regarda par en-dessous, l'air sceptique, et rangea sa main.

- De quoi te souviens-tu, exactement ?

Devais-je lui répondre ? Devais-je me mettre à nu devant quelqu'un qui, en théorie, était mon ennemi ? Je repensai au peu de temps dont je disposais et pris ma décision :

- Je me suis réveillée ici, avec Finn, mon créateur, après qu'il m'a transformée pour m'éviter de mourir d'un cancer du cerveau en phase terminale dont les dégâts expliquent mon amnésie.

Je frémis en le voyant s'assombrir et serrer les dents au point de les faire grincer, ses yeux lançant des éclairs m'indiquant qu'il était devenu un volcan sur le point d'exploser.

- Quand t'es-tu réveillée ? articula-t-il d'une voix blanche.

Je fronçai les sourcils, il semblait que c'était à moi de subir un interrogatoire et non l'inverse. Je n'étais pas sûre d'aimer ça.

- Il y a six mois, répondis-je tout de même. Depuis, Finn me garde ici pour me former.

- Il devait être là pour trois jours… Encore un mensonge… grinça-t-il dans un murmure qui ne m'avança pas du tout.

Il ferma les yeux un instant, comme pour se donner du courage pour ce qui allait suivre.

- T'a-t-il dit qu'il t'avait transformée pour être sa compagne ? T'a-t-il mise dans son lit ?

Je ne pus retenir un « Oh ! » d'horreur. Rien que l'idée de Finn posant ses mains sur mon corps nu me donnait la nausée.

- Il m'a choisie pour être sa fille ! (Je secouai la tête pour m'enlever de l'esprit une vision de mon créateur et moi sous les draps ; c'était trop écœurant) Je le dégoûte déjà bien assez comme ça ! Inutile de lui donner une raison supplémentaire de se mettre en colère contre son éternel boulet à traîner !

- Que veux-tu dire ?

Je maintins le silence, j'avais déjà trop parlé.

- Sam !

Je levai les yeux au ciel.

- Linn !

Il retroussa les lèvres pour me montrer que mon refus de coopérer l'exaspérait.

- T'a-t-il battue ?

Il me gronda sa question plus qu'il ne me la posa et j'eus une envie soudaine de le faire mariner juste pour le plaisir (drôle d'idée), mais je me rappelais aussi la situation et je lui répondis :

- J'ai eu droit à une formation à la dure. Si le nombre d'os brisés est une indication de la qualité de l'enseignant, je dirais que Finn est un excellent professeur.

Je voulais faire de l'ironie, mais la réaction de Phoenix me prit au dépourvu. Il se retourna brusquement et à une vitesse effarante, il se mit à cogner le mur de ses poings, de toutes ses forces. Alarmée à l'idée qu'un garde puisse venir, j'utilisai mon pouvoir de télékinésie pour l'en écarter et me le ramener.

Cette fois ma patience avait atteint ses limites. Je voulais la vérité, maintenant. J'explosai :

- Pourquoi faites-vous ça ? Je veux comprendre ce qui se passe ! Il y a quelque chose entre Finn et vous, et j'ai l'impression complètement dingue que ça a un rapport avec moi ! Je vous ordonne de m'expliquer pourquoi vous m'appelez par un autre nom, je vous ordonne de me dire ce qui vous lie à Finn et je vous ordonne de me dire pourquoi à chaque minute qui passe depuis notre rencontre dans cette église, je ne cesse de penser à vous !

Je me mordis de nouveau la lèvre, me maudissant intérieurement pour ce qui venait de m'échapper. Comment avais-je pu laisser sortir un truc pareil ? Au lieu de l'impressionner pour lui tirer les vers du nez, je venais d'étaler ma faiblesse devant lui ! Quelle incompétence !

Je pensais que Phoenix me rirait au nez ou se renfermerait après une telle démonstration de bêtise, je ne m'attendais pas à ce qu'il m'offre un sourire bouleversant de tendresse.

- Pourquoi me regardez-vous comme ça, nom d'un chien ?! m'écriai-je, à bout de nerfs, oubliant la distance de sécurité que j'aurais dû laisser entre nous.

Pour toute réponse, il m'attrapa par les bras et me plaqua contre lui avant d'abattre sa bouche sur la mienne pour un baiser plus incandescent que les flammes que je pouvais faire naître à mon gré dans mes paumes. Totalement prise au dépourvu, il me fallut une bonne minute pour me rendre compte que mon corps avait réagi avant mon esprit en rendant son baiser à mon agresseur avec une volonté farouche.

Lorsqu'il s'écarta légèrement pour murmurer… :

- C'est bien toi, mon amour…

… Ce fut comme si tout en moi n'aspirait plus qu'à m'unir à cet homme et rester avec lui jusqu'à la fin des temps.

Paniquée par ma propre réaction, je ne calculai pas ma force et repoussai mon assaillant contre le mur avec une violence inouïe. Il s'écroula sur le sol, visiblement désorienté, quelques côtes cassées à rajouter dans la liste de ses membres blessés.

- Je pourrais vous tuer sans même vous toucher ! feulai-je, hors de moi d'avoir conscience de mon intense frustration de ne plus être dans ses bras.

Il se releva.

- Non, tu ne le feras pas.

- Ah oui ? Je serais curieuse de savoir pourquoi ! le toisai-je.

- Parce que je t'aime, ça a toujours été ainsi et ça le sera pour l'éternité.

Décontenancée par cet aveu, je me refusai d'accepter ce qui apparaissait de plus en plus comme la vérité.

- Mensonges ! On ne s'était jamais rencontrés auparavant !

Phoenix me saisit les épaules et avant que j'aie pu mobiliser mon pouvoir pour m'en défaire à nouveau, il se lança :

- Tu t'appelles Samantha Watkins (je tressaillis fortement en entendant le nom que la femme blonde avait prononcé dans mon rêve), tu aurais eu trente-et-un ans le quinze janvier et pour ton dernier anniversaire, je t'ai offert le trèfle de ma sœur Keira ! Ta vie s'est définitivement arrêtée à trente ans quand tu t'es sacrifiée pour me sauver et que j'ai dû te transformer en vampire pour ne pas perdre la seule femme que j'ai jamais aimée ! Mais ta famille était maudite en raison du pouvoir incroyable recelé dans votre sang et qui a fait perdre la tête à deux de tes ancêtres au point de vouloir renverser les dirigeants de notre monde au Moyen-âge. Tu n'aurais jamais dû naître et je n'aurais jamais dû te transformer ; c'est ce que les Grands ont décidé pendant ton procès par peur de ton don de télékinésie et tu as été condamnée à mort ! J'ai refusé de vivre sans toi et nous devions mourir tous les deux, mais ça ne s'est pas passé comme prévu. L'homme qui m'a tout appris, que je considérais comme mon deuxième père, s'est servi de nous pour réussir là où tes ancêtres avaient échoué : la destruction des Grands. Il voulait prendre le pouvoir et que nous nous joignions à lui. Toi et moi avons refusé et tu t'es encore sacrifiée pour que j'emporte notre dernier espoir d'unir la Résistance face à l'oppression de ce tyran ! Cela fait presque sept mois que je vis un véritable enfer à rester en vie pour tenir la promesse que tu m'as arrachée tout autant qu'à chercher en vain à me venger de celui qui a réussi à me faire croire que tu étais morte, me plongeant dans un désespoir aussi absolu que l'amour que je te porte !

Abasourdie par ce discours enflammé et par la vérité indéniable que j'y entrapercevais, je n'étais plus capable du moindre son.

- Tu sais de qui je veux parler.

Je finis par déglutir, rattrapée par l'évidence.

- Finn…

Tout s'emboîtait dans ma tête, je comprenais à présent pourquoi une part de moi voulait toujours se rebeller contre l'autorité de ce dernier et pourquoi celui-ci ne me témoignait qu'une affection de façade, forcée pour faire de moi une machine à tuer, qui, bien employée, le rendrait invincible. En fait, Finn n'avait engendré qu'une seule progéniture et c'était ce fils qu'il s'employait à convaincre par tous les moyens, y compris les plus violents, de le rejoindre. Un fils qui m'avait choisie moi, chose qu'il ne pourrait jamais me pardonner et dont il avait dû mettre le ressentiment de côté pour pouvoir m'utiliser.

Si tout ce que Phoenix m'avait dit était vrai, comment avais-je pu laisser les choses aller aussi loin ? pensai-je, un goût de cendres envahissant mon palais. Comment avais-je pu laisser Finn me dresser comme une bête de foire destinée à sa gloire personnelle ?

- Tu m'appartiens et je t'appartiens, Sam. (Cette phrase vint me distraire à point nommé de mes sombres pensées) Ton esprit l'a oublié, mais ton corps s'en souvient. Tu ne peux pas le nier.

Il avait raison... Il avait tort... Non, c'était impossible !

Une part de moi voulait qu'il se taise, une part de moi voulait n'être jamais entrée dans cette cellule et apprendre ce que j'avais appris. Tout ça était trop invraisemblable pour être réel. J'aurais voulu pouvoir faire comme les enfants et m'asseoir au sol en fermant les yeux et en me bouchant les oreilles pour faire partir ce mauvais rêve.

- Je... Non... Tu mens...

J'étais gagnée par la confusion, je ne savais plus que penser quand quelque chose dans ce qu'il avait dit me revint en mémoire, quelque chose d'extrêmement important que je n'avais pas relevé tout de suite dans le flot d'informations que je recevais.

Tremblante, je glissai mes doigts dans mon pull... et en ressortis le bijou qui ne me quittait jamais.

- Oh, Sam...

Phoenix n'avait plus besoin d'en dire davantage. Tenant le petit pendentif en forme de trèfle dans le creux de ma main, je serrai les dents quand un torrent de souvenirs se déversa dans ma tête sans ordre apparent : hormis la vision de Finn qui m'offrait ce collier après mon réveil pour (désormais je comprenais pourquoi) vérifier que mon amnésie était effective, je voyais des visages, notamment celui d'une femme blonde et souriante et d'un jeune homme aux yeux noisette. Je sentais aussi des parfums particuliers (du poulet rôti ?), j'imaginais une jeune fille échapper à un lord anglais pour vivre avec l'homme qu'elle aimait et je frémissais au souvenir du contact des doigts caressants de l'homme de ma vie, celui-là même qui me faisait face, le front plissé par l'inquiétude.

Je n'attendis pas un quart de seconde.

Je me jetai dans ses bras et m'emparai de ses lèvres comme si je voulais les boire désespérément pour l'éternité. Il me rendit immédiatement mon étreinte, se fondant en moi comme si nous étions les deux moitiés d'un même ensemble et nos langues entamèrent un véritable ballet dans nos bouches. Mes mains trouvèrent d'elles-mêmes le chemin vers sa chevelure tandis que celles de Phoenix se posaient un peu partout sur moi, comme pour s'assurer que j'étais bien faite de chair et de sang, et non une illusion diablement convaincante. J'avais l'impression que je mourrais si je cessais d'embrasser cet homme contre lequel je me pressais avec une force n'égalant que celle qu'il mettait à me serrer contre son corps.

Je m'accrochais à lui et il s'accrochait à moi, l'intensité de nos retrouvailles nous faisant oublier jusqu'à l'existence du monde autour de nous.

Sauf que lui ne nous avait pas oubliés.

Phoenix avait entendu le bruit avant moi et s'était écarté pour crier :

- ATTENTION !

Mais je n'avais pas été assez rapide.

L'air commençait juste à crépiter entre mes doigts lorsque le projectile me fendit le crâne et m'emporta dans le néant.

*

La douleur qui m'écrasait la tête dans un étau me fit hurler sans qu'aucun son ne sorte de ma bouche. Étrangement, j'avais conscience de mon corps sans que je n'en aie plus aucune maîtrise. Ainsi, mes paupières refusaient de s'ouvrir et mes mains de bouger. Je n'avais aucun moyen de me sortir de ce mauvais pas, tout ce que je pouvais faire, c'était assister impuissante, entre deux absences, à ce qui se déroulait autour de moi.

- ESPÈCE D'IMMONDE BÂTARD ! rugit Phoenix, JE TE JURE QUE TU ME LE PAIERAS ! TU ME LE PAIERAS !

Je sentis quelqu'un passer ses bras sous mon dos et sous mes cuisses pour me soulever.

- Cesse de te débattre ainsi, mon fils. Ces chaînes peuvent résister à ta force. Je reviendrai te voir tout à l'heure.

- TU HURLERAS DE DOULEUR QUAND TU MOURRAS, FINN ! JE TE LE PROMETS, ORDURE !

Les cliquetis assourdissants qui me parvenaient m'indiquaient que Finn n'avait pas beaucoup plus de succès sur son vrai fils que sur moi question autorité.

- ENFANT DE P… !

Je n'entendis pas la fin de l'insulte, la porte se refermant derrière nous.

- Que dois-je en faire, maître ?

Je reconnus la vois dégoûtée de Karim, c'était lui mon porteur. Pff !

- Dépose-la dans la cellule de notre deuxième invité puis tu remontes, tu désignes les deux hommes de garde devant l'ascenseur du rez-de-chaussée et tu les tues devant les autres.

La décision de Finn ne me surprenait guère, il était réputé impitoyable et j'en avais eu la preuve tous les jours lorsque je subissais ses entraînements, pour autant, je ne ressentais aucune pitié pour ces vampires. C'étaient des assassins sans scrupules, je le savais désormais, tout comme je me rappelais que je les avais toujours combattus.

Une question balaya cette idée néanmoins. Dans la cellule de qui m'emmenait-on ? Ma curiosité allait enfin être assouvie concernant son occupant mystère mais franchement, je m'en serais bien passée.

Un grincement me signala qu'on ouvrait une autre porte.

- Eh bien, eh bien, mon jeune ami… Ne va pas te recroqueviller dans un coin alors que nous avons besoin de tes talents extraordinaires !

- La dernière fois que vous m'avez dit ça, vous m'avez coupé tous les orteils pour me les faire admirer de près ! répliqua sèchement une voix dont le propriétaire, vampire, de toute évidence, avait l'air assez jeune.

- Allons, James. Ce petit intermède récréatif n'était rien comparé à ce que je t'aurais réservé si tu t'étais entêté à me refuser ce que je voulais et ce soir, tu vas encore pouvoir m'impressionner.

Un soupir las se fit entendre là où je supposais que James se tenait.

- Que s'est-il passé avec elle ?

- Je te pose la même question.

L'amabilité de Finn me fit froid dans le dos. Il était plus dangereux sur le mode de la conversation car on ne savait jamais quand l'attaque, mortelle évidemment, allait survenir. Karim me jeta plus qu'il me déposa à terre. La douleur dans mon crâne fut tellement intense que lorsque je me réveillai de mon évanouissement, cela devait faire plusieurs minutes qu'il avait quitté la pièce, laissant seuls Finn et son prisonnier.

Je n'arrivais pas à me rappeler exactement ce dont il s'agissait, mais j'étais persuadée que je connaissais bien ce James. En tout cas, il était terrorisé et se défendait contre les accusations qu'avait dû lui porter mon ex père adoptif.

- Je vous jure que je n'y suis pour rien ! J'ai utilisé mon don à pleine puissance la première fois, je ne comprends pas pourquoi ses souvenirs lui sont revenus !

Je tiquai. James possédait un pouvoir ayant trait à la mémoire et je lui étais passée entre les mains, de toute évidence.

- Écoute-moi bien, jeune incapable ! Si je t'ai amené ici au lieu de laisser mes hommes te tuer immédiatement après mon coup d'État, c'est parce que ton talent pouvait me servir à ramener mon fils auprès de moi. Même s'il m'a échappé à Harper Hill, je ne pouvais pas laisser passer ma chance de faire passer sa compagne de mon côté ; sa puissance est sans égale et bien utilisée, elle me permettra de régner sur le monde entier, mais seulement si je suis assuré qu'elle ne se retournera pas contre moi ! Je croyais que tu lui avais implanté la volonté de ne jamais me trahir ou me faire de mal, tu as échoué lamentablement !

Finn venait d'avouer tout ce que j'avais toujours soupçonné, à savoir que pour lui, je n'étais rien d'autre qu'un outil pour sa gloire personnelle quand son affection, il l'avait toujours réservée à la seule personne qui comptait pour lui : son fils. Ce n'était pas tant le peu de cas qu'il faisait de ma personne qui me choquait que de voir encore une fois jusqu'où il était capable d'aller pour que Phoenix se joigne à lui.

Il avait sûrement eu l'idée de le convaincre sans l'aide de James, avec douceur d'abord puis par les coups. Voyant que c'était inefficace, il se serait décidé tôt ou tard à effacer la mémoire de Phoenix comme il l'avait fait avec moi. Je comprenais désormais pourquoi je ne pouvais me résoudre à céder à l'envie fréquente de déchaîner mon pouvoir sur Finn, il y avait bien un dispositif de sécurité interne qui m'interdisait de me rebeller contre mon « créateur ».

- Vous l'avez dit, sa puissance est sans égale ! Je ne suis pas sûr que mon pouvoir soit assez fort pour la changer de façon permanente !

Voilà une chose qui me rassurait… en quelque sorte. Savoir que je ne perdrais pas définitivement mes souvenirs était un point positif, maintenant, concernant la décision que Finn allait prendre à propos de ma survie, c'était une autre histoire. Il pouvait tout aussi bien me décapiter tout de suite, je ne lui aurais pas résisté, impuissante que j'étais, et cela l'aurait débarrassé de la menace que je représentais.

- Tu as intérêt à ce que cette fois, cela fonctionne où je te garantis que tes orteils coupés t'apparaîtront comme un excellent souvenir quand je m'occuperai personnellement de ton cas !

J'entendis nettement déglutir avec difficulté. Peut-être était-ce lui, peut-être était-ce moi…

J'avais certes gagné un sursis supplémentaire, mais je n'y gagnais rien au change si on m'ôtait de nouveau la mémoire.

- Avec ces deux-là dans mes rangs, je serai invulnérable. Il me les faut, ou tu mourras dans d'atroces souffrances !

- D'accord ! D'accord ! dit la jeune voix apeurée.

- Tu t'occupes d'elle d'abord et ensuite de Phoenix.

James émit un son étranglé.

- Phoenix est aussi votre prisonnier ?

Pour avoir déjà visité les cellules construites dans ce sous-sol, je pouvais attester de l'impossibilité, quand on y était détenu, d'entendre ce qui se passait à l'extérieur de celles-ci en raison du plomb qui courait dans les murs et les portes de leur structure. C'était d'ailleurs pour cela que je m'étais fait surprendre par Finn et Karim alors que j'embrassais Phoenix à en perdre la tête.

- Ne pose pas de question et exécute-toi ! tonna Finn, sa patience arrivant à ses limites.

- Je ne peux enchaîner les deux à la suite, mon pouvoir aspire toutes mes forces quand je l'utilise. Il va falloir choisir duquel d'entre eux vous voulez que je m'occupe en premier.

Un grondement féroce retentit.

- Très bien ! Tu vas te charger de Samantha en premier, elle est bien trop dangereuse pour qu'on la laisse dans une cellule en attendant. Si seulement elle n'était pas insensible à l'argent ! (Première nouvelle ! Que m'avait-il encore caché sur mes capacités ?!) De combien de temps as-tu besoin avant de t'occuper de Phoenix ?

- Je vais user de mon don au maximum pour elle. Il me faudra du sang et beaucoup de repos ; sans torture cela va de soi. Je dirais trois jours.

Nouveau grondement, suivi d'un bruit de coup et d'un cri de douleur.

- N'abuse pas de ma gentillesse, gamin. Je t'accorde trente-six heures, pas une de plus.

Le craquement d'une mâchoire qu'on remet en place me fit tressaillir. Finn n'avait pas apprécié sa proposition et le lui avait fait comprendre, seulement, si James avait effectivement l'intelligence que je lui soupçonnais, il avait dû faire exprès d'exagérer le temps qui lui était nécessaire pour obtenir un délai raisonnable. Les os brisés n'étaient qu'un dommage collatéral peu important en fin de compte comparé au fait d'avoir roulé dans la farine le plus vieux vampire existant.

Une minute…

Ne venais-je pas de tressaillir ? Un fol espoir s'insinua en moi et je mobilisai soudain toute ma volonté pour faire bouger ne serait-ce que mon petit doigt. Si je pouvais me libérer de mon brouillard personnel avant que James ne s'occupe de moi, je pourrais tuer Finn grâce à mon pouvoir et libérer Phoenix. Après cela, peu importait la difficulté de la tâche, je tuerais tous les vampires de ce complexe un par un et pulvériserais l'immeuble avec le plus grand des plaisirs. Ma vengeance n'aurait pas de limite…

- Mets-toi au travail, nous n'avons pas de temps à perdre.
- Il va me falloir bientôt du s…
- Nom de Dieu ! On n'a pas le temps ! Fais-le maintenant ou je la tue !

Ma concentration avait récolté ses fruits puisque je venais de déplacer mon pied sur le sol, d'où l'interruption de James. Seulement, je n'avais pas envisagé que Finn menacerait ma vie plutôt que la sienne s'il n'exécutait pas dans la seconde ce qu'il attendait de lui.

- Vous ne pouvez pas faire ça ! Elle est précieuse, vous l'avez dit vous-même ! s'écria-t-il, paniqué.

- Crois-tu que je vais risquer qu'elle se réveille ? J'ai mon fils, c'est tout ce qui compte ! Je te laisse le choix, James. Elle reste vivante à mes côtés ou je la tue tout de suite.

La brève hésitation dont il fit preuve m'amena à sentir une horrible sensation d'étirement au niveau de mon cou. Bon sang ! Finn allait me décapiter !

Mon hurlement de rage et de désespoir parvint cette fois à franchir mes lèvres et je mis toute ma puissance dans la volonté de me débarrasser de mon agresseur. En un éclair, je n'avais plus mal, un son sourd m'indiquant que quelqu'un venait de s'écraser contre l'un des murs de la cellule.

- Samantha, je vous en prie ! Je ne suis pas de taille contre lui, vous êtes la seule à pouvoir le tuer !

James s'était agenouillé à mes côtés et me broyait les mains dans les siennes, sa voix suppliante agissant comme un véritable catalyseur pour ma fureur.

L'instant d'après, je me débattais férocement en tentant de déloger les mains qui venaient de repousser les précédentes et qui s'étaient placées autour de mon cou pour le comprimer comme pour le réduire en poussière. Finn était de nouveau de la partie et je n'étais pas arrivée à retrouver totalement l'usage de mes membres, tout comme mes pouvoirs semblaient m'avoir définitivement abandonnée. Pour autant, ce n'était pas ça qui m'empêcherait de tout faire pour me défendre.

La vue me fut rendue au moment où j'entrepris une ruade pour désarçonner mon ancien mentor et que j'en profitai pour tenter de le mordre à pleins crocs. La pression sur ma nuque devint insupportable, mais je ne cessais de contre-attaquer en battant des jambes, à défaut de pouvoir utiliser mes bras.

- DÉPÊCHE-TOI, JAMES OU JE TE PROMETS QUE JE LA TUE ! C'EST CE QUE TU VEUX ?!

- LAISSEZ-LE ME TUER ! JE NE VEUX PAS ÊTRE LE JOUET D'UN MEURTRIER ! PLUTÔT MOURIR ! vociférai-je dès que mes cordes vocales me le permirent.

Soudain, une flamme dansa dans le creux de ma paume amorphe. Malheureusement, Finn la vit aussi et malgré le frisson qui le secoua, il fit preuve d'un sang-froid hors du commun lorsqu'il fixa de son regard impitoyable le vampire de deux cents ans qui n'avait, à cet instant, jamais autant paru avoir les dix-neuf ans de ses traits figés pour l'éternité.

Au bord de l'évanouissement, il avança pourtant vers moi sans pouvoir retenir ses sanglots :

- Je suis désolé, Samantha. Tellement désolé…

Je compris. Il était à ce point loyal envers Phoenix qu'il ne pouvait se résoudre à porter la responsabilité de l'assassinat de sa compagne récemment ressuscitée, quitte à mettre en péril le cours de la pire guerre que les vampires avaient connue dans leur histoire.

- NOOON ! JE VOUS EN CONJURE, PHOENIX COMPRENDRA ! LAISSEZ-LE ME TUER !

- Tu prends la bonne décision, petit.

En m'imaginant de nouveau en lieutenant fidèle de mon soi-disant père adoptif, la panique me fit grimper dans les aigus.

- NON, JAMES ! PITIÉ !

J'étais persuadée que Finn s'arrangerait pour que Phoenix et moi ne nous retrouvions plus jamais au même endroit tous les deux. Il prendrait ses précautions pour que ce qui était arrivé à l'église ne se reproduise pas et me le ferait amèrement payer, sans que je sache pourquoi.

Pour sûr, mon réveil signifierait être seule à nouveau, me faire battre à nouveau… devoir tuer à nouveau… Les visages des deux Italiens faillirent me tuer sur place quand je réalisai enfin que ces hommes étaient en réalité dans le même camp que moi et que je ne leur avais laissé aucune chance.

Désespérée, je hurlai :

- JE NE VEUX PAS REVIVRE ÇA ! NOOOON !

- Allons, ma petite Samantha, me susurra Finn, d'une voix dégoulinant de fiel et de satisfaction entremêlés, ne devrais-tu pas être heureuse que tout soit comme avant ? Qui plus est, tu ne revivras pas cette expérience puisque tu n'en auras aucun souvenir…

Son sourire me donna la nausée et je tentai encore une fois de mobiliser l'un ou l'autre de mes dons, sans succès. À quoi cela me servait-il d'être la femme la plus puissante sur terre si je n'avais aucun contrôle sur cette puissance et que je ne pouvais même pas l'utiliser pour me sauver ou sauver ceux que j'aimais ?!

Deux mains froides sur mes tempes mirent fin à mes réflexions, m'obligeant à redoubler d'ardeur dans mes ruades.

- Je suis tellement désolé, Samantha…

- NOOOOOOOOOOOOON !!!

Le hurlement déchirant que je poussai en sentant mon esprit se perdre dans le néant fut la seule chose que j'emportai quand tout en moi devint noir.

*

- *La vérité n'est pas ce qu'elle paraît être. Ne faites confiance à personne. Trouvez Phoenix, il est votre seule chance de Salut !*

Je fronçais les sourcils en m'éveillant de ce songe étrange. La voix, jeune et masculine, était si réelle que j'en éprouvais encore un certain malaise. Je gardai donc mes yeux clos pour reprendre sereinement pied dans le monde conscient.

- Linn ? Est-ce que tu vas bien ?

La voix inquiète près de mon lit ne me disait absolument rien. Il y eut deux « Ouf ! » et un bruit d'os brisés lorsque je projetai mon pouvoir tout autour de moi avant de me lever brusquement pour comprendre la situation.

Deux hommes étaient plaqués contre le mur de la chambre dans laquelle j'étais installée confortablement jusqu'à il y a quelques secondes et je n'avais qu'à étendre un peu plus les flammes qui me léchaient les doigts sans me brûler en attendant mes ordres pour les envoyer aux Enfers.

- Qui êtes-vous ?! demandai-je, mon regard rougeoyant les menaçant tout aussi bien que les crocs que je leur montrais.

- Li... Linn ! Re... pose-moi, immédiatement ! tempêta le plus âgé et le plus charismatique des deux, un homme blond dans la quarantaine, aux yeux d'acier pour l'instant exorbités en raison du traitement que je lui infligeais.

Je m'approchai de lui doucement, comme une lionne se déplaçant pour fondre sur sa proie.

- Je ne sais pas qui est Linn ni qui vous êtes, mais je sais que je n'ai d'ordre à recevoir de personne ! crachai-je.

Mes prisonniers échangèrent un drôle de regard, comme s'ils communiquaient leur exaspération sur quelque chose qui m'échappait, ce que je n'appréciai pas du tout. Ma réaction ne se fit pas attendre : les deux reçurent un coup invisible à l'estomac en même temps que je les écrasais un peu plus contre la robuste paroi dans leur dos.

- S'il... te... plaît ! finit par concéder le blond de mauvaise grâce.

Ne souhaitant pas trucider quelqu'un au réveil, je lâchai prise. Après tout, ces hommes semblaient connaître mon nom, avec un peu de chance, ils pourraient m'expliquer qui j'étais et ce que je fichais là, dans l'humeur la plus massacrante qu'on pouvait imaginer.

En effet, à peine avais-je ouvert les yeux qu'outre la sensation d'être une étrangère pour moi-même, j'avais éprouvé un curieux malaise, comme une colère infernale rugissant au plus profond de moi contre une injustice dont je n'arrivais pas à me souvenir. Pourtant, déployer ce qui ne pouvait être que de la télékinésie et de la pyrokinésie ne m'avait pas vraiment choquée, comme si ces pouvoirs faisaient tellement partie de moi que même amnésique, leur utilisation allait de soi.

- Bravo, Linn. Ta petite démonstration était plus qu'impressionnante. Je suis content de voir que ta blessure n'a pas altéré tes capacités.

L'homme blond à l'allure nordique qui me souriait (froidement, notai-je) s'avançait en tendant le bras, comme pour me dire qu'il ne constituait pas une menace envers moi.

- Quelle blessure ? demandai-je, sans cesser de surveiller leurs moindres gestes.

- Tu ne te souviens pas ?

Je réfléchis rapidement, tentant de faire émerger une quelconque réminiscence dans le brouillard informe qui régnait dans ma tête.

- Je ne me souviens de rien à part de m'être réveillée ici avec vous deux.

Nouvel échange de regard entre eux. Je me hérissai :

- Allez-vous me dire ce qui se passe ou dois-je vous forcer la main ?! menaçai-je en leur adressant un rictus mauvais, de petites flammèches bleues courant le long de mes doigts.

Le Viking haussa les sourcils puis soupira en s'asseyant sur mon lit.

- Finalement, ces ordures t'ont plus atteinte que je ne le pensais. Je n'ai pas su te protéger, je suis un mauvais père. Pardonne-moi !

Je le dévisageai, méfiante. Que voulait-il dire par « ordures » et « père » ?

Il reprit :

- Je suis Finn, ton créateur. Je t'ai transformée en vampire il y a plusieurs mois alors que tu mourais d'un cancer du cerveau et je t'apprenais à maîtriser tes pouvoirs extraordinaires. Tu m'as suivi comme je me rendais à une négociation de trêve avec le porte-parole de nos ennemis et nous sommes tous les deux tombés dans une embuscade. Je t'ai sauvée in extremis et ramenée ici pour te soigner. Tes blessures étaient plus que sérieuses, notamment à la tête, et tu t'es pratiquement vidée de ton sang ; ça expliquerait pourquoi tu ne te souviens de rien.

Ces explications étaient trop précises et énoncées avec trop de confiance pour que je parvienne à discerner si c'était un mensonge ou la vérité. Mue par une soudaine inspiration, je demandai :

- Ce porte-parole, comment s'appelait-il ?

Je vis la mâchoire de mon interlocuteur se contracter, signe de tension nerveuse (curieux, ce geste m'était étrangement familier).

- Pourquoi veux-tu le savoir ?

Je n'hésitai pas une seconde quand je lui répondis avec hargne :

- Parce que je veux savoir qui je vais éviscérer !

La surprise concurrença la tension sur le visage de Finn.

- Tu m'as l'air beaucoup plus vindicatif que la dernière fois.

Ce fut à mon tour d'être surprise.

- La dernière fois ?

Finn se reprit en secouant la tête, comme s'il avait eu conscience d'avoir dit une bêtise.

- Je veux dire... la dernière fois... que tu t'es réveillée après avoir frôlé la vraie mort... après ta transformation.

- Parce que j'étais douce comme un agneau, c'est ça ?

Mon sarcasme me fit gratifier d'un second sourire, tout aussi figé.

- Certainement pas...

- J'espère bien, tranchai-je.

Si ce qu'il disait était vrai, dans mon état actuel, je n'aurais certes pas accepté d'entendre qu'avant cette embuscade, j'étais une gentille fifille à son papa. La colère qui couvait en moi m'aurait fait exploser à coup sûr.

- Alors, le nom de ce porte-parole ?!

- Têtue, hein ?!

Ce constat sonna plus comme une accusation à mes oreilles, mais après une minute de réflexion, il se lança, en me fixant du regard. J'avais l'impression d'être passée aux rayons X.

- Il s'appelle Phoenix. Son nom humain était Aydan Mac Kinley.

Même si un tourbillon d'émotions m'enveloppa quand j'entendis le nom de mon rêve, je ne laissai absolument rien paraître. De toute façon, ce patronyme ne m'évoquait rien du tout à part le songe précédant mon réveil.

- Grand bien lui fasse. S'est-il enfui ou nous fait-il le plaisir de sa présence ici ? J'aimerais bien lui dire deux mots.

Mes bras s'embrasèrent comme gage de volonté de punir mon ennemi.

- Il n'est pas là, il s'est échappé.

Cette fois, la réponse fut donnée beaucoup trop rapidement. Mensonge.

Ce dénommé Phoenix était bien ici.

- Dommage, je lui aurais bien fait part de ma façon de penser, dis-je en laissant mes pupilles devenir rouges foncées et mes crocs s'allonger mortellement.

Finn me dévisageait étrangement, une lueur de satisfaction semblant briller dans ses yeux.

- J'aime ton état d'esprit, Linn.

- Maître, puis-je vous parler en privé ? demanda le deuxième type qui me sortait déjà par les trous de nez alors que ça ne faisait que quelques minutes que je le côtoyais.

Finn soutint son regard et sembla sur le point de refuser, mais l'insistance de son lieutenant le décida :

- Tu as vécu un moment difficile, Linn. Repose-toi cette nuit, nous reparlerons demain. Allons-y, Karim.

- Suis-je confinée dans ma chambre ? demandai-je, incrédule.

Je n'allais certes pas me laisser enfermer sans rien dire. Finn se raidit, je crus qu'il allait me rugir à la figure, mais il se composa un sourire bienveillant et me répondit le plus aimablement du monde :

- Bien sûr que non. Tu es ma fille et tu peux circuler ici à ta guise, à part au sous-sol en cours de réaménagement. Les hommes se plieront à tes exigences. Néanmoins, comme je te l'avais dit avant cette attaque, tu es notre carte maîtresse dans cette guerre contre nos ennemis, par conséquent il ne faut pas qu'on te voie à l'extérieur.

- Donc à défaut d'être confinée dans ma chambre, je le suis dans cet immeuble.

- Pour ton propre bien, rassure-toi.

- Je comprends.

J'avais hoché la tête pour marquer mon assentiment, ce qui parut achever de convaincre Finn de ma bonne volonté. Il sortit, suivi de Karim qui me jeta un regard noir auquel je répondis par un feulement aux sonorités suffisamment basses pour que la menace mortelle que je lui adressais ne soit entendue que de lui.

Une fois la porte au numéro cent quarante-six close, j'attendis quelques minutes puis quittai ma chambre. Avec la moquette au sol et les ascenseurs au bout des couloirs, je supposai que j'étais dans une sorte d'hôtel reconverti en place forte vampirique. En effet, des aménagements y étaient visibles, notamment les caméras de surveillance qui truffaient l'étage et dont je pris mentalement note du nombre et de l'emplacement. Il y avait aussi des hommes armés jusqu'aux dents qui montaient la garde et en passant près d'eux pour descendre au rez-de-chaussée, je remarquai leur façon de s'écarter de moi en me fixant avec crainte, braquant imperceptiblement le canon de leur mitraillette dans ma direction pour le cas où je leur sauterais au visage. Je leur faisais peur, c'était évident. Restait à savoir pourquoi.

N'étions-nous pas censés être du même côté ? Si c'était le cas, ils n'auraient pas dû se méfier autant de moi.

Les portes de l'ascenseur s'ouvrirent et je m'y engouffrai, ignorant royalement les deux hommes qui chuchotaient entre eux. Inutile de spéculer sur la teneur de leur dialogue, je devais en être le personnage principal. Lorsque j'atteignis le rez-de-chaussée, je compris que je ne m'étais pas trompée en voyant le hall d'entrée. Il n'y avait ni groom ni concierge à la réception, mais toute la structure faite d'un bois assez ordinaire rappelait la fonction passée de cet ancien bâtiment désormais abandonné de tout cœur battant.

Ce n'était pas comme s'il était vide, loin de là. Au moins une centaine de vampires se répartissaient dans cet espace et dans la salle à manger attenante reconvertie en open space, où chacun exécutait la tâche qu'on lui avait assignée. En y déambulant, je fis semblant de ne pas remarquer les regards en coin dont je faisais l'objet et m'intéressai plutôt à ce qui s'y déroulait. Les employés semblaient avoir des origines ethniques variées et répondaient au téléphone en de nombreuses langues.

Je pris la liberté de poser quelques questions à l'un d'eux, un vampire aux allures d'ancien toxicomane à ses cernes violacées et sa peau blanche parsemée de veines saillantes.

- Comment t'appelles-tu ?

- Timmy Jordan, mademoiselle Jorgensen.

Je sourcillai légèrement en entendant le patronyme dont il m'avait affublée, sûrement celui de mon père adoptif.

- Parle-moi de cette guerre dans laquelle nous sommes engagés.

Timmy jeta un œil à gauche et à droite, comme pour chercher du soutien dans le choix de ce qu'il fallait me dire ou pas. Voyant le peu de solidarité autour de lui, il se décida :

- Finn a renversé les Grands, les anciens dirigeants du monde vampire qui, par leurs décisions inconsidérées, menaçaient de nous entraîner dans une guerre civile ayant pour conséquence la fin du Secret de notre existence. Il a préservé la paix, mais des poches de résistance ont vu le jour et tentent de créer le chaos pour le déstabiliser.

Je me demandais quel genre de décisions inconsidérées les Grands avaient prises pour qu'on décide de se passer de leur autorité, mais j'avais d'autres priorités.

- Qu'est-ce que vous faites ici ?

- Nous coordonnons les nouvelles réglementations avec les autres pays afin que la transition se passe le mieux possible. Nous centralisons aussi les rapports d'informations concernant les rebelles afin de remonter les réseaux et de les détruire.

- Tout cela m'a l'air très bien organisé.

- Nous essayons de faire au mieux, le maître le mérite.

Mes dents grincèrent en entendant ce compliment d'un fan en adoration devant son idole. Finn était respecté, c'était indéniable. Il ne fallait pas compter sur Timmy pour m'aider à en savoir plus, y compris sur ce dont je n'étais pas censée être au courant.

J'abandonnai mon informateur sans remords et pris la direction opposée, là où je trouvai l'accès au sous-sol, par un vieil ascenseur de service (on avait condamné l'escalier apparemment). Un garde armé me barra le passage.

- Vous ne pouvez pas prendre cet ascenseur, mademoiselle Jorgensen.

Nouveau grincement de dents.

- Et pourquoi donc ?

- Le sous-sol est en cours d'aménagement.

Soit c'était la vérité, soit Finn avait très efficacement donné ses ordres me concernant. Mieux valait paraître innocente.

- Oh, c'est l'accès au sous-sol ? Désolée, je ne m'en souvenais plus, dis-je en gratifiant mon interlocuteur d'un sourire idiot.

Je devrais prendre des cours de comédie pour mimer la bêtise car le garde frissonna tellement fort en me voyant faire que je me demandai quelle expression avait dû s'afficher sur mon visage pour lui flanquer une trouille pareille. Bah !

Je fis demi-tour et me dirigeai vers une aile que je n'avais pas encore explorée et dont mon instinct me soufflait qu'elle serait intéressante à visiter.

Effectivement, quand j'arrivai devant le poste de sécurité où régnait un drôle de remue-ménage, je pensai que j'y apprendrais quelque chose d'utile.

En entrant, je fus tout de même un peu surprise de la posture des vampires qui contrôlaient les écrans des caméras de surveillance. Au lieu d'être tranquillement à leur poste, ils se tenaient au garde-à-vous face à moi, l'air très mal à l'aise. Derrière eux, je voyais tout l'hôtel à travers leurs écrans, notamment une porte au numéro cent quarante-six et un couloir où Finn et Karim avaient une discussion très animée, mais je notai que certains postes produisaient une image grésillante qu'on pouvait attribuer à une caméra défectueuse.

Très bien. Soit ces types me vouaient une admiration à la limite de la Beatles'mania, soit ils venaient de se ruer sur leur matériel en me voyant approcher afin de me cacher quelque chose d'essentiel. La bonne réponse n'était pas difficile à trouver.

- Bonjour, messieurs. Vous êtes sûrement au courant qu'une blessure m'a privée de ma mémoire, donc si je viens vous rendre visite, c'est pour tenter de retrouver mes souvenirs en me confrontant à des lieux et des visages connus.

Leurs têtes ne me disaient rien et ils avaient beau la hocher avec vigueur, cela n'y changeait pas grand-chose. Par contre, le poste de surveillance m'était familier, tout comme le matériel high-tech dont il disposait. Je remarquai un élément qui se détachait de l'ensemble, un ordinateur dernier cri qui ne me semblait pas avoir été là la dernière fois que j'étais venue (ce qui tendait à prouver que Finn m'avait dit la vérité concernant le lien qui nous unissait). Sans crier gare, je m'y installai et commençai à fouiller dedans, dédaignant d'un revers de pouvoir les interdictions de toucher des hommes qui se tenaient derrière moi.

Je fus déçue en voyant qu'il ne servait qu'à la maintenance du réseau de surveillance jusqu'à ce que je tombe sur un logiciel particulier dont le nom assourdit mon esprit d'une sirène d'alarme rugissante. C'était un logiciel de protection contre toute tentative d'intrusion dans le système et au regard du comportement nerveux de toutes les personnes que j'avais croisées depuis mon réveil, il s'était passé un événement qui les avait poussés à investir dans du matériel à la qualité optimale. Quelqu'un avait-il tenté de pirater le réseau des caméras pour s'introduire dans la place ?

Question intéressante.

Je me levai pour m'en aller en affichant un sourire calme et serein afin de tranquilliser l'assistance toujours éperdue du stress causé par ma présence.

- Merci, messieurs. Je me sens beaucoup mieux maintenant que je reconnais les lieux et que je vois que nous sommes en sécurité grâce à votre travail.

Ils se rengorgèrent tous de fierté. Parfait. Je n'avais pas affaire à des lumières.

- Mais dites-moi, j'espère que vous sortez d'ici de temps en temps. Même un vampire peut avoir besoin de repos après avoir regardé tant d'écrans toute une nuit.

Cette fois, mon visage de composition était à la hauteur de mes espérances car je ressentis un subtil relâchement de la tension dans l'atmosphère. Mes égards pour ces hommes les poussaient à se rassurer et j'aurais peut-être ainsi le droit à une information utile.

- Je ne me rappelle pas de tout, mais si je sais une chose, c'est que Finn est un maître très exigeant. Il doit vous mettre sous pression continuellement et travailler dans ces conditions peut être plus harassant encore, ce qui me pousse à vous admirer davantage pour ce que vous faites.

- Nous sommes fiers de notre emploi donc nous sommes extrêmement vigilants, surtout la nuit.

- L'équipe de jour doit vous jalouser... dis-je en me forçant pour leur offrir le sourire le plus aimable que je pouvais arborer.

Mon jeu était si grossier que je n'en revins pas de mon succès lorsque celui qui paraissait le plus idiot de tous prit la parole :

- Brandon, Johnny et Kanya nous envient, c'est sûr...

Bingo ! Une attaque en pleine journée étant peu probable, même de la part d'ennemis déterminés, le service de surveillance était réduit à trois personnes au lieu des neuf devant moi. Je savais ce qu'il me restait à faire.

- Eh bien, je suppose que nous nous reverrons. Bonne continuation.

En sortant, leurs coups d'œil surpris ne m'échappèrent pas. A priori, avant mon amnésie, je n'étais pas très fréquentable. Tant mieux…

Je me dirigeai vers ce que je soupçonnais être les cuisines, consciente de la brûlure dans ma gorge qui m'apprenait que je n'avais rien mangé depuis longtemps. J'ouvris les battants et pénétrai dans la pièce…

Il me fallut une ou deux secondes pour comprendre ce que j'avais sous les yeux.

Une vingtaine d'humains, des hommes et des femmes entre vingt et quarante ans, étaient bâillonnés et ligotés, les bleus sur leurs corps émaciés et les sillons de larmes ayant séché sur leurs joues signalant les violences diverses et variées qu'ils avaient dû subir.

Malgré le détachement émotionnel que je ressentais pour tout ce qui m'entourait depuis mon réveil (mise à part l'étrange colère qui ne me quittait pas), je fus révulsée par ce spectacle. Ces gens avaient été choisis en raison de leur forme physique, à n'en pas douter, laquelle leur permettrait de subir plus longtemps les assauts d'un vampire affamé qu'un corps plus jeune ou plus âgé. C'était suffisamment monstrueux pour qu'on ne rajoute pas la vision d'un enfant ou d'un vieillard, je n'aurais pas supporté. Il y avait des limites à ma froideur.

En me voyant ainsi devant eux à les étudier comme pour choisir duquel j'allais me régaler, les prisonniers commencèrent à paniquer et à tirer sur leurs liens pour tenter d'échapper au destin qui ne manquerait pas de leur être funeste. Visiblement, ils en avaient déjà trop subi pour vivre quelques semaines de plus. L'un d'eux commença à émettre des sons étranges avant que j'entende son cœur battre à un rythme erratique ; il était en train de faire une crise cardiaque.

Je m'apprêtais à aller secourir l'homme au regard effrayé quand une voix dans mon dos manqua me faire défaillir à mon tour.

- Je suis désolé, Linn. J'aurais dû t'apporter ton bol de sang comme je le faisais avant l'embuscade. Avec tout ce qui s'est passé, je n'ai pas pensé que tu pouvais avoir faim en te réveillant.

Finn se tenait derrière moi et devait se demander ce que je m'apprêtais à faire. Or, pour que j'obtienne définitivement les réponses aux questions et aux doutes qui m'assaillaient, je sentais que je devais d'abord gagner sa confiance pour qu'il ne me fasse pas surveiller davantage et m'empêcher ainsi de vérifier au sous-sol si ce fameux Phoenix était bien là et pourquoi, avant même d'entendre prononcer son nom par quelqu'un de réel, je l'avais entendu dans mon rêve.

Je me tournai vivement :

- Vous voulez me nourrir avec ça ?

Je pointai un doigt dédaigneux en direction des prisonniers.

- Ces humains n'ont que la peau sur les os et l'un d'eux vient de mourir rien qu'en me voyant.

C'était vrai, le cœur aux battements désordonnés avait cessé d'émettre le moindre son une seconde plus tôt. Je repris :

- Si c'est pour que mon petit-déjeuner me claque entre les crocs pendant que je me sustente, je ne vois pas l'intérêt d'assouvir ma faim !

Il était hors de question que je vide un être humain de son sang. Je savais bien que c'était ce que j'étais censée faire de par ma nature de vampire, mais tout en moi me hurlait que je n'en avais pas le droit, que c'était mal. Ma notion du bien et du mal, bien qu'un peu floue en général depuis ma blessure, me parut cette fois-ci très nette, comme si l'ancienne moi combattait ce qu'on voulait faire faire au nouveau moi. Et ce nouveau moi était plus qu'indisposée à l'idée d'obéir aux ordres d'un homme qui traitait sa nourriture avec si peu de considération.

- Tu dois manger, Linn.

- Merci, mais non merci. Je ne suis pas d'humeur à me faire hurler dans les oreilles pendant que je mange.

- S'il n'y a que ça, on peut s'arranger.

- Que comptez-vous faire ?

- C'est simple, vider ces gens en même temps et te proposer une pochette de leur sang réchauffé plusieurs fois dans la journée. C'est comme ça que tu mangeais avant l'embuscade qui t'a coûté la mémoire et ça ne te posait pas de problème. (Un goût de bile me remonta dans la bouche) Les congélateurs, c'est très pratique pour garder la nourriture plus longtemps…

Le cœur au bord des lèvres, je fixai Finn en me demandant à quel genre de monstre j'étais en train de parler. Cependant, j'avais conscience que si je ne me comportais pas comme il le voulait, je prenais de gros risques pour ma propre personne, mais aussi pour les futures victimes qu'il viderait pour me servir leur fluide vital dans un verre à cocktail avec une paille et une brochette de bonbons.

Bon, peut-être pas la brochette de bonbons.

J'avais beau ne pas savoir qui j'étais, j'avais conscience d'une chose : je valais mieux que ça. Malheureusement, je n'avais pas le choix.

Ou je mordais l'un de ces humains tout de suite, ou je montrais ma faiblesse et en plus d'une surveillance accrue, j'aurais la mort immédiate de tous ces gens sur la conscience. Je ne me voilais pas la face, je ne pouvais pas faire grand-chose pour eux, mais je me refusais à laisser Finn mettre à exécution son « aimable proposition ». Je ne pourrais peut-être pas les sauver, mais au moins leur aurais-je offert un répit dans leur calvaire.

- Qu'y a-t-il, Linn ? On dirait que tu hésites ?

Il y avait de la suspicion dans sa voix, il était temps de cesser ce petit jeu.

En un éclair, je me retrouvai derrière la femme qui me semblait être la moins faible du groupe et la forçai à se relever en l'attrapant sous les épaules. Je la maintins fermement quand, sans lui laisser le temps de crier sa frayeur, je fondis tous crocs dehors sur la veine palpitant dans son cou. Son bâillon étouffait ses hurlements de douleur, mais ceux-ci me parvenaient suffisamment pour me donner envie de vomir ce que j'étais en train d'avaler. J'essayais de ne pas lui faire mal, mais la brûlure de ma morsure devait être trop intense pour ce corps fragilisé et cet esprit terrorisé. Je me dégoûtais et je maudissais Finn de me faire éprouver ce sentiment tout en me forçant à le camoufler en véritable plaisir.

Si j'avais encore des doutes sur le mensonge entourant nos liens « d'amour filial », ils auraient été balayés à cet instant. Quel père imposerait à sa fille de se conduire avec autant de cruauté pour simplement vérifier sa loyauté ?

Les derniers scrupules que je pouvais avoir à attendre le lever du soleil pour rechercher Phoenix puis m'échapper de cet endroit infâme s'envolèrent comme de la poussière au vent.

Je lâchai la femme qui s'affala tel un chiffon sur le sol. Son pouls était certes désordonné, mais au moins elle en avait toujours un. Durant l'opération, je n'avais pas lâché Finn du regard, le toisant afin de le convaincre définitivement de mon insensibilité.

Il sourit. J'eus envie de le pulvériser… Je l'aurais fait si j'avais été certaine de contrôler mon pouvoir et de me sortir vivante de cet endroit avant que tous les vampires qui y circulaient ne me transpercent de toute part comme préambule à ma décapitation, cependant, ma maîtrise de mes dons était loin d'être assez sûre pour que je me risque à prendre d'assaut un quartier général à moi toute seule.

- Intéressant.

- Je ne suis pas une diva à qui on doit apporter la nourriture sur un plateau, je suis capable de me servir toute seule.

J'enjambai la femme et me dirigeai vers la sortie. Finn m'emboîta le pas.

- Si tu le veux bien, j'aimerais vérifier tes capacités avec une séance d'entraînement. On pourra ainsi savoir si ta blessure a eu des répercussions sur ta maîtrise de tes dons.

Il m'étudiait encore. Je ne voyais rien à lui opposer puisque je ne comptais pas me rendre au niveau inférieur avant le lever du soleil. J'avais une drôle d'impression de déjà-vu en pensant à ce projet, mais mon rêve ne cessait de me tarauder et le comportement de Finn me poussait à découvrir ce qu'il tentait de me cacher.

- Pourquoi pas... une fois que je me serai enlevé cette horrible couleur de cheveux.

Cette fois, le masque impassible de mon « créateur » s'effrita pour laisser la place à une réelle surprise. Je venais de passer du coq à l'âne avec maestria à tel point que ça aurait mérité de changer l'expression consacrée pour la nommer « de la crevette au dinosaure ». Oui, ça convenait mieux pour l'occasion.

- Je ne me souviens de rien, c'est un fait. Par contre, je n'ai pas besoin de souvenirs pour voir à mes racines que le roux n'est pas ma couleur naturelle et que je me déteste comme ça.

- Les femmes rousses sont très belles ! riposta Finn, véritablement choqué par mes propos.

Bizarre qu'il ne tressaille pas en me voyant vider de son sang une innocente alors que je blasphémais littéralement en avouant que ma rousseur ne me plaisait pas.

- Je n'ai rien contre les rousses et elles sont très belles, mais à moi, ça ne me va pas.

L'exaspération remplaça la surprise dans les prunelles de mon interlocuteur.

- Nous t'avons teint les cheveux pour que nos ennemis ne te reconnaissent pas. Il faut préserver ton anonymat.

Je ricanai, il grinça des mâchoires en les serrant à les exploser. À tous les coups, il devait s'imaginer en train de me donner une bonne fessée.

- Et vous croyez que les femmes vampires aux yeux rougeoyants capables de pyrokinésie et télékinésie courent les rues ? C'est sûr qu'en me teignant en rousse, je vais vraiment me fondre dans la masse !

- Et quelle couleur proposes-tu ?

- Je rêve ou nous sommes en train d'avoir une conversation de garçon coiffeur ?

Des éclairs traversèrent ses iris, ses canines commençaient à pointer.

- Linn !

Je levai les yeux au ciel.

- Brune ! Je veux retrouver mon physique originel !

Le coin de sa bouche tressaillit à mes mots et il ferma les yeux pour inspirer et expirer plusieurs fois. Finn semblait sur le point de perdre son calme, il fallait que je trouve un argument pour désamorcer la situation.

- Je ne vois pas ce qui vous déplaît autant dans ma requête. Je peux tout aussi bien réduire vos ennemis en cendres en brune qu'en rousse !

Il rouvrit les paupières.

- *Nos* ennemis… ?

- Eh bien, oui ! Une fille n'est-elle pas censée aider son père ? Si on vous menace, je me dois de vous protéger !

Son regard me balaya comme *Superman* scrutant à travers un mur de béton. J'endurai l'examen en jugulant au mieux la vague de colère noire qui tourbillonnait encore au plus profond de moi.

- Très bien. Il me semble qu'on peut s'arranger…

Je retins un soupir de soulagement. Il poursuivit :

- Rendez-vous à la salle de sport dans une heure. Je vais demander à Karim de t'apporter ce qu'il te faut.

- Merci, dis-je en hochant la tête avec respect.

Mieux valait ne pas trop pousser mon avantage et retourner dans ma chambre.

Là-bas, je n'attendis que quelques minutes avant qu'on ne frappe à ma porte pour m'apporter un flacon de colorant. C'était Karim.

- Voilà votre lotion pour les cheveux. N'attendez pas trop pour vous y mettre, le maître est intransigeant en matière de ponctualité.

La haine qui couvait dans ses yeux était à ce point flamboyante que j'aurais presque pu m'y brûler si j'y avais avancé ma main. La curiosité l'emporta, je le rappelai alors qu'il commençait à se diriger vers l'ascenseur.

- Je ne me souviens pas de votre visage, mais je sais que je savourerai l'instant où je planterai un pieu en argent dans votre cœur. J'aimerais savoir pourquoi.

Il se figea, sans se retourner. Mon approche directe pouvait me valoir une réponse ou un bon vieux doigt d'honneur ; qu'allait-il décider ?

J'entendis un grondement menaçant.

- Votre place n'est tout simplement pas ici mais six pieds sous terre comme tous les êtres maudits qui constituent votre famille. (Ma famille ?) Je l'ai dit au maître, mais il s'obstine à vouloir vous dresser.

Je tiquai sur ce terme. Karim continua :

- S'il n'y avait eu que moi, on vous aurait laissée dans l'état où on vous a trouvée, on ne vivrait pas ainsi depuis des mois avec une bombe à retardement sous le même toit que nous.

- Comment pouvez-vous me définir de la sorte sans connaître mes intentions ?

Il ricana.

- Je les connais déjà. Vous êtes le messager de la Mort et Elle veut notre ruine à tous, à tous les vampires. C'est par vous que notre destruction viendra.

Je ne pus m'empêcher de frémir en entendant ce discours abracadabrantesque. Il y avait comme une prophétie voilée dans ses paroles, c'était déstabilisant. En tout cas je comprenais mieux nos motifs de répulsion mutuelle.

- Merci.

Il se raidit et se retourna, la stupeur l'emportant sur la colère.

- Pourquoi ?

- D'avoir été honnête avec moi.

Nos regards s'accrochèrent, quelque chose se passa entre nous, comme si maintenant que nous nous étions ouverts l'un à l'autre, une sorte de respect entourait désormais notre haine réciproque.

Il me quitta, et aussitôt je m'attelai à ma coiffure. Il avait raison, il n'y avait pas de temps à perdre…

Au moment où je reposai le sèche-cheveux sur son socle et me plaçai devant le miroir pour voir le résultat de mes efforts, j'eus un choc en découvrant mon reflet.

Je fis un bond en arrière en voyant la femme qui me faisait face parce que… comment dire ? C'était moi, sans être moi…

Je savais que mes yeux avaient gardé leur teinte obscure, mais ceux que la glace me renvoyait étaient animés d'une lueur rouge sombre mouvante, presque comme des flammes dansant dans la nuit. Par ailleurs, mon reflet ne portait pas le débardeur et le pantalon de sport que j'avais enfilés, mais une robe de nuit en soie couleur ivoire dont le décolleté pourtant discret mettait ma poitrine en valeur.

Comme je m'approchais pour vérifier que ce n'était pas une illusion créée par la buée après la douche, je manquai mourir de peur en voyant mon visage fantôme basculer vers l'arrière, arborant un sourire de pur bonheur lorsque deux mains glissèrent tendrement depuis mon buste jusque mes hanches en une caresse à la sensualité étourdissante.

Les mains de mon moi bis s'élevèrent pour emprisonner quelqu'un dont je ne voyais pas le visage qui devait lui déposer des baisers dans le cou d'après l'inclinaison de celui-ci. Pour une raison que j'ignorais, toutes les cellules de mon corps se tendirent pour savoir qui était la silhouette invisible qui me procurait tant de plaisir, aussi bien à mon reflet qu'à ma véritable enveloppe, découvris-je avec stupéfaction et angoisse en portant ma main à ma poitrine douloureuse.

C'est là que j'entendis la voix, aussi douce que du velours, vibrante de désir et de douleur partagée :

- *Tu me manques, mon amour…*

Je ne pris pas la peine d'éteindre la lumière ou de ranger mes affaires de toilette, je sortis en courant de ma chambre, comme si le diable en personne était à mes trousses.

*

Je dus faire un effort pour masquer le trouble qui m'habitait encore quand je me rendis dans la grande salle de sport située à l'extrémité ouest du rez-de-chaussée de l'hôtel. Tout devait avoir été aménagé par Finn et ses hommes. À vrai dire, même si nous n'étions qu'à quelques minutes d'Indianapolis, je doutais que cette bâtisse ait un jour accueilli des clients tant elle était perdue. De grandes baies vitrées permettaient d'admirer une vue imprenable sur le paysage sylvestre qui nous entourait, mais par souci de discrétion, on avait installé dessus des tentures noires masquant la lumière du jour et la curiosité d'éventuels randonneurs.

- C'est bien, Linn. Tu es ponctuelle.

Je grondai d'exaspération d'être considérée comme une petite fille sage d'avoir obéi à son professeur. Pour un peu, j'en aurais fait demi-tour.

- Mets-toi en position pour un combat au corps à corps. Nous allons tester tes capacités pour voir si elles ont été altérées par ta perte de mémoire.

Je me sentais la force de cent éléphants et l'humeur d'un dogue à qui on aurait volé son os à moelle, donc j'étais toute disposée à contenir mon envie de partir pour un échange de coups avec ce Viking étrange au regard si froid.

Je ne me souvenais pas de ma vie d'avant, mais j'avais étrangement conscience de mes dons et de la façon dont je pouvais m'en servir. Je n'avais aucune confiance en Finn, mais avant de tenter quoi que ce soit contre lui, il me fallait l'évaluer.

L'attaque éclair que je subis me donna un premier aperçu de l'envergure de mon adversaire.

Je n'avais quasiment pas eu le temps de le voir bouger qu'il m'assénait un coup de pied dans le thorax qui m'envoya rouler sur le tapis avec l'impression que toutes mes côtes avaient été passées au mixeur. Des points noirs dansaient devant mes yeux et la tête me tournait. J'étais en train de me dire que je ne résisterais certainement pas à d'autres frappes dans le même genre quand mon instinct de conservation me permit d'éviter de justesse le poing qui s'abattait sur mon crâne tel le marteau du forgeron sur une épée brûlante. Mes réflexes me tirèrent en arrière juste avant que mes os ne soient pulvérisés et malgré mon équilibre instable, je lançai ma jambe en direction de mon assaillant, le faisant voltiger à l'autre bout de la pièce.

Je n'eus pas le loisir de crier victoire car la distance entre nous ne me permit que de reprendre mes esprits avant qu'elle ne soit à nouveau comblée dans une charge à faire pâlir la cavalerie de Custer[4]. Je déglutis et eus juste le temps de me jeter sur le côté pour ne pas finir piétinée.

J'enrageais. Je n'avais pas réussi à prendre le dessus un seul instant, je ne pouvais me laisser dominer de la sorte.

Mes pupilles virèrent au rouge écarlate alors que mes crocs s'allongeaient à leur maximum et qu'un grondement horrifique s'échappait de ma gorge. La fureur emplit mes veines, et prenant pour la première fois l'offensive, je courus vers ma cible dans l'idée de la feinter pour ensuite la faire tomber et me mettre en position pour la décapiter.

C'est au moment où j'arrivai sur lui que je compris que je n'aurais pas le dessus dans ce combat. En effet, s'il se laissa feinter, je ne pus lui faucher les jambes parce qu'il s'éleva du sol à une vitesse et une hauteur qui ne laissèrent aucune ambiguïté sur l'avantage qu'il avait sur moi. Il pouvait voler.

Le temps que j'assimile ce contre quoi je me battais, un vampire à l'expérience de la guerre inégalable et à la capacité de déjouer les coups en volant à la vitesse de l'éclair, mes réflexes ne me sauvèrent pas assez vite du poing qui se dirigeait vers mon visage.

---

[4] George Armstrong Custer (1839-1876), général de cavalerie américain, mort à la bataille de Little Big Horn contre les Indiens.

J'entendis les os de ma pommette exploser juste avant que ma conscience ne se réfugie dans le noir…

Je fus réveillée par un seau d'eau glacée sur la figure, inondant mes vêtements et le tatami sur lequel je reposais.

- Eh bien, Linn, il va falloir retravailler tes enchaînements, tu es lente.

J'encaissai l'affront sans un mot. De toute façon, j'avais trop mal à la joue pour ouvrir la bouche.

Dire que je m'étais senti la force de cent éléphants ! Pour le coup, mon ego avait été très vite remis à sa place ! J'avais beau avoir des pouvoirs exceptionnels, si je n'étais pas de taille à vaincre mon ennemi à mains nues, ils ne me servaient pas à grand chose. Ils étaient un atout, mais ne témoignaient pas de ma véritable valeur. Là, je n'étais tout simplement pas capable de vaincre Finn ; la leçon était dure à encaisser, mais très vite assimilée. Question de survie.

Ce dernier renfila sa chemise en me toisant pendant que Karim rangeait son seau. Pour préserver les apparences malgré ma difficulté à rester stable sur mes pieds, je m'obligeai à me relever. J'eus un aperçu de mon reflet dans le miroir mural, un frisson me parcourut. L'effet de mes cheveux mouillés gouttant sur mes vêtements tachés par le sang venant de ma pommette tuméfiée en phase de guérison était saisissant.

- J'ai des affaires à régler. Tu vas continuer à t'entraîner à la maîtrise de ta pyrokinésie et de ta télékinésie avec Karim. Suis ses instructions jusqu'à ce qu'il te libère. Ensuite, tu iras te reposer.

Je me contentai de hocher la tête, observant mon adversaire à la dérobée. Il irradiait la confiance en lui, chose qui m'exaspérait lors de notre rencontre sauf que là, je comprenais mieux cette attitude : aucun vampire ne pouvait avoir le dessus sur lui, à moins de receler une puissance extraordinaire, comme moi. Et je venais de me prendre la raclée du siècle…

Il valait mieux effectivement que je m'entraîne un maximum avant de sortir d'ici… le plus rapidement possible serait le mieux, vital même.

Ma résolution prise, je me mis en position face à Karim et attendis qu'il me lance la vingtaine de couteaux en acier qu'il avait disposé dans ses mains et sur la table à côté de lui. Cela sembla satisfaire mon mentor qui sortit sans un mot. Jusqu'au bout de la nuit, je dus essuyer des attaques à armes blanches ou à armes à feu avec mes pouvoirs pour seule défense.

J'eus la confirmation pendant ces exercices que mes dons agissaient parfois selon leur bon plaisir car à plusieurs reprises, je reçus des balles ou des lames un peu partout dans le corps. De même, je faillis carboniser l'ensemble de la pièce quand, outrée par un commentaire dédaigneux de mon entraîneur, je projetai vers lui un jet de flammes à la puissance mal dosée qui, s'il grilla quelques cheveux de ma cible qui ne dut sa survie qu'à la vivacité de ses réflexes, mit le feu aux tentures noires accrochées aux verrières. Je vous passerai les jurons infâmes que débita Karim quand il m'aida à éteindre l'incendie qui menaçait.

Par esprit de revanche, il avait redoublé d'efforts pour me pousser à l'erreur et je dus encaisser un nombre incalculable de blessures, augmentant à mesure que la fatigue s'emparait de moi. Le rythme intenable auquel j'étais soumise ne faisait qu'aggraver ma colère et mon envie d'en découdre, seulement, je m'épuisais aussi beaucoup plus vite. Je devais rectifier le tir si je voulais pouvoir reconstituer mes forces pour m'échapper pendant la journée, de fait, j'essayai de doser davantage ma force avant de l'utiliser, chose qui me permit de tenir le coup jusqu'à ce que Karim, voyant l'aube approcher, et peut-être parce qu'il était dans un état plus pitoyable encore que moi (ses vêtements étaient déchirés, ses cheveux brûlés sentaient mauvais, quelques unes de ses côtes étaient cassées), déclara la fin de la séance d'entraînement.

Je me doutais que je ne recevrais pas de félicitations pour mon application et je m'en fichais, par contre, je savais que pour recouvrer mes forces, il me faudrait du sang, et je ne me voyais pas mordre à nouveau la pauvre femme que j'avais presque tuée plusieurs heures plus tôt. Je pris une brusque inspiration, puis je m'adressai sèchement à mon voisin :

- Je suppose que vous allez me raccompagner jusqu'à ma chambre en bon petit soldat, alors je ne vais pas vous empêcher de remplir votre mission, seulement, j'irai me coucher quand j'aurai mangé quelque chose. Oh ! Et ne me ramenez pas quelqu'un à mordre ! La dernière chose dont j'ai besoin avant de dormir, c'est de jérémiades dans mes oreilles pendant que je mange. J'ai déjà suffisamment à supporter quand je dois vous écouter me dire avec quelle arme vous essaierez en vain de me transpercer. Vous devez bien avoir des poches au frigo, vous n'aurez qu'à en verser plusieurs dans un saladier et vous ferez réchauffer le tout. Je vous attends.

Soufflé par mon arrogance, Karim retroussa ses lèvres sur ses crocs, ce qui eut pour effet de me faire bâiller à m'en faire décrocher la mâchoire.

- Je ne suis pas un garçon de café ! gronda-t-il. On n'est pas à Montmartre [5]!

- N'oubliez pas la paille surtout ! dis-je en me retournant pour l'ignorer royalement en commençant une série d'étirements.

Je restai sur mes gardes au cas où mon comportement de jet-setteuse arriérée fasse craquer le lieutenant de Finn, mais je fus satisfaite d'entendre une flopée d'injures berbères quasiment hurlées dans mon dos, leur son s'amenuisant à mesure que leur émetteur s'éloignait en direction des cuisines, à l'opposé de là où nous étions. Pour sûr, Karim avait un self-control hors du commun, il y aurait longtemps que j'aurais explosé si on m'avait parlé de la sorte !

---

[5] Célèbre quartier parisien.

Pendant que celui-ci remplissait la tâche que je lui avais confiée, je réfléchis à ce que j'allais faire pour me sortir de là. J'étais dans un hôtel du fin fond de la périphérie d'Indianapolis rempli de vampires à la tête desquels se trouvait un homme qui prétendait être mon père et qui pourtant, n'avait pas hésité à m'envoyer au tapis pour vérifier si je n'avais pas des lésions cérébrales m'empêchant d'utiliser des pouvoirs qu'il convoitait pour son usage personnel. C'était pour ça que même sans les paroles étranges qui avaient résonné dans mon esprit à mon réveil me disant de ne faire confiance à personne, j'aurais pris de toute façon la décision de quitter ce lieu et ces gens pour lesquels je ne ressentais qu'une vive aversion, la pire étant pour le plus dangereux de tous. Mieux valait éviter une confrontation directe et fuir pendant la journée, c'était un fait établi. Par contre, ce faisant, il faudrait que je trouve un moyen de me protéger du soleil ou alors mon escapade diurne finirait en barbecue, à n'en pas douter. Peu importait, la fuite n'était plus une option après ce que je venais de vivre, c'était la *seule* option, quitte à courir dehors avec des couvertures sur le corps pour seule protection.

Mais avant même d'envisager mon itinéraire à l'extérieur, il me restait une chose à faire, une chose à laquelle j'étais déterminée depuis l'instant où j'avais compris que Finn me mentait. Il me fallait chercher des réponses auprès de la seule personne dont ici, mon père adoptif devait se méfier plus que moi : Phoenix.

Justement, j'avais une idée de l'endroit où il pouvait être... et de la façon dont je pourrais le rejoindre...

Karim interrompit les finitions du plan qui avait germé dans mon esprit et que je peaufinerais plus tard, quand il réapparut avec ce que je lui avais demandé.

J'eus vraiment le sentiment de me comporter comme la dernière des crétines attardées quand je regardai le bol avec suspicion, puis, son porteur, et que je trempai mon doigt dedans pour en juger la température. C'était tellement jouissif de voir son horrible visage de fouine se contracter de colère ! Je me voyais déjà lui demander de retourner d'où il venait pour redonner un petit coup de chauffe à ma nourriture, mais je me ravisai. Je n'avais pas vraiment le temps de jouer, d'autant que l'aube approchait.

- Merci, dis-je avec raideur en lui prenant mon bien.

- Au lit maintenant, répliqua-t-il avec un plaisir sadique de me rabaisser au rang de petite fille.

- Il faut toujours suivre les conseils de sa nounou !

Je manquai éclater de rire quand il rugit comme un fauve alors que je le devançais dans les escaliers. Arrivés à ma chambre, je vis un type assez costaud juste devant, habillé comme un rappeur. Il portait un baggy noir avec des baskets de marque de la même couleur, ainsi qu'un pull très large bleu nuit à capuche, celle-ci recouverte d'une casquette noire mise de travers dans un effet de style discutable.

Idéal, pensai-je.

- Veram sera de garde pendant votre sommeil, au cas où vous fassiez des cauchemars d'enfant gâtée, cracha Karim. Maintenant si vous voulez m'excuser, j'ai suffisamment joué les nounous pour la nuit.

Je me retins de ricaner et entrai dans ma chambre en ignorant mon gardien.

À peine la porte refermée, je me précipitai vers la salle de bain pour prendre une douche en essayant de ne pas repenser à la vision que j'avais eue de moi dans le miroir. Heureusement, aucune illusion ne vint modifier mon reflet quand je me séchai les cheveux et j'achevai le tout en les attachant en queue de cheval pour être à l'aise lorsque je devrais agir.

J'allai ensuite dans ma penderie et enfilai les vêtements les plus passe-partout possibles : un jean noir avec un tee-shirt blanc et un pull gris. J'optai également pour des chaussures de sport noires, souriant de constater qu'elles étaient de la même marque que celles de mon ami Veram au dehors.

Fin prête à l'action, je disposai mon traversin sous mes draps en y ajoutant quelques autres affaires susceptibles de créer l'illusion d'une silhouette vampire profondément endormie, et allai me poster derrière la porte de la salle de bain contiguë en attendant le moment où mon garde du corps viendrait vérifier que le sommeil du nouveau-né m'avait bel et bien emportée au pays des songes.

Ce moment... il se passa plusieurs heures avant qu'il ne se décide à entrer. Il était encore tôt si on se plaçait du point de vue d'un humain commençant sa journée de travail, mais le soleil était déjà levé et je n'en pouvais plus d'attendre. Ma patience fut récompensée...

Par l'entrebâillement de la porte de la salle de bain, je vis l'homme entrer. Le terme « doucement » était un euphémisme pour désigner sa façon de s'approcher de mon lit. On aurait dit qu'il marchait sur un parterre d'œufs ! L'avantage de cette prudence manifeste, était qu'elle l'avait poussé à tenir une hache en argent au cas où je me réveillerais avec l'envie d'en faire une brochette carbonisée. Vu la façon dont Finn me voulait dans ses rangs, avais-je compris, ce n'était pas très malin de me tuer, même en légitime défense, quand on pensait à ce que ce dernier lui ferait subir dans ce cas. Mais bon, cette réflexion n'avait pas lieu d'être étant donné que Finn n'était pas là et que moi, j'étais derrière Veram avec un objectif très clair en tête.

En un éclair, alors qu'il se penchait pour vérifier ce qu'il y avait sous les draps, je bondis de ma cachette et sans lui laisser le temps de crier, je l'assommai d'une manchette sur la nuque. Il s'écroula sur mon lit. Je découvris sur lui, en le fouillant, un couteau que je lui pris et glissai dans ma ceinture. Bien, je devais faire vite pour ne pas attirer la suspicion des regards rivés sur les écrans de la salle de télésurveillance, montrant la porte cent quarante-six du premier étage.

Le danger réel que j'encourais et le sang ingéré faisaient que la fatigue que j'avais pu ressentir à l'issue de mon entraînement avec Karim s'était envolée. Plus que jamais, j'étais motivée à quitter cet endroit dans lequel je me sentais prisonnière et entourée d'ennemis. C'est pourquoi, en mode combat, je n'eus aucun état d'âme à planter mon couteau dans le cœur de Veram une fois que je l'eus déshabillé et que, hormis ses chaussures trop grandes, j'eus enfilé ses vêtements par-dessus les miens. Cet homme était mon geôlier, un obstacle entre la liberté et moi, un ennemi décidé à m'empêcher de découvrir la vérité sur celui qui voulait me retenir captive ici soi-disant pour mon bien. Le tuer ne me posait donc aucun problème de conscience, ne serait-ce que parce que j'étais sûre que la réciproque aurait été vraie.

Il ne s'écoula pas plus de quelques minutes pendant cette opération, mais en sortant de ma chambre, l'air de rien, j'avais l'impression que l'adrénaline pulsait dans mes veines. Les deux gardes devant l'ascenseur, en me voyant, dirent en chœur :

- Alors ?

Je voulais éviter de parler le plus possible donc je leur répondis en levant mon pouce pour signaler que tout allait bien, en veillant à bien masquer mon visage grâce à ma capuche et à ma casquette. J'espérais qu'on ne s'aperçoive pas trop de la différence de carrure entre Veram et moi ; je flottais littéralement dans ses vêtements, même portant les miens en-dessous. Par chance, les deux types m'oublièrent et reprirent leur discussion sur les meilleurs joueurs de poker au monde.

J'attendis encore d'autres longues minutes pour donner le change du bon chien de garde, puis sifflai pour attirer leur attention, avec succès. Je pris une voix éraillée pour ne pas me faire démasquer :

- Eh, les gars ! J'crève de soif au point que ma voix ne ressemble plus qu'au râle d'un corbeau quasi crevé. Ça vous embête de prendre ma place juste le temps que j'aille boire un coup en cuisine ?

Le vampire à qui j'avais fait peur plus tôt dans la nuit me traita de « saloperie de hop hoppeur boulimique ». Il y avait de la recherche dans l'expression… sauf pour le *hip* hop.

- Tu peux pas faire comme tout le monde et prendre assez pour tenir plus d'une nuit ?!

Bon sang ! Je ne pouvais pas me permettre de ne pas le convaincre ! Je fus subitement autant inspirée que remplie de dégoût pour ce qui suivit :

- S'cuse, frère ! C'est juste qu'il y a une petite en bas… j'aime comment elle se tortille contre moi quand je la mords…

Il y eut un silence puis mes deux interlocuteurs éclatèrent de rire. Je dus prendre sur moi pour garder mes pupilles noires tant la colère faisait bouillir mes veines. Je pensais à la femme que j'avais mordue et ça plus leurs ricanements me soulevaient l'estomac.

- Allez, laisse-le y aller, Ben. Il faut bien que jeunesse se passe.

L'inculte en musique de rue leva les yeux au ciel et appuya sur le bouton derrière lui.

- Vas-y, mais ne traîne pas ! On ne sait jamais si le patron décide de venir ici…

Il déglutit, franchement inquiet, et je me précipitai dans l'ascenseur avant qu'il ne change d'avis. Les battants se fermaient quand j'entendis les dernières paroles qu'ils échangeaient entre eux :

- T'inquiète, Ben. Le maître est sûrement très occupé avec Phoenix.

- Brrr. C'est justement pour ça que je ne veux pas qu'il rapplique ici.

Inutile de m'étendre sur le frisson qui me traversa à ces paroles. Je descendis trois étages. Au rez-de-chaussée, les portes s'ouvrirent sur deux autres vampires en armes, pointant celles-ci dans ma direction.

- Woow ! Tout doux ! Je vais juste me chercher à boire… dis-je en levant les mains et en tournant la tête de sorte qu'ils ne voient que ma capuche.

- Désolé. C'est juste qu'on n'a pas envie de finir comme nos prédécesseurs…

Je n'avais aucune idée de ce à quoi ils faisaient référence, ce qui importait, c'était qu'ils me laissent passer. J'entrepris donc de me diriger à travers le hall et la grande salle vers ma destination, en adoptant une démarche qui soit la plus masculine et la plus « hip hop » possible d'après mes souvenirs de clips du genre (bizarre comme ma mémoire avait conservé des éléments secondaires en passant l'essentiel aux oubliettes). Ça ne devait pas être beau à voir, mais il semblait que ça ne choquait personne vu que pas un des vampires présents dans la grande salle, ne se soucia de moi.

J'avais l'impression d'avoir déjà accompli un exploit en arrivant devant la salle de contrôle alors que le plus gros du travail restait à faire. Pour autant, je gardais la tête froide, déterminée à aller au bout de mon plan.

Je frappai deux coups sur la lourde porte métallique qu'une femme à la voix sévère m'ouvrit quelques secondes après.

- Qu'est-ce que tu veux, Veram ?!

Ma tête était baissée pour ne pas qu'elle me reconnaisse donc je ne pus voir son visage, mais je supposai que c'était la dénommée Kanya, laquelle arborait à la ceinture de sa jupe en jean arrivant à mi-cuisses, une jolie lame au toucher mortel. Ce serait donc la télékinésie que j'utiliserais en premier.

Une rude poussée invisible renvoya brutalement Kanya sur le siège qu'elle venait de quitter, proche de ceux de ses collègues qui se retournèrent d'un seul homme pour comprendre ce qui se passait.

Trop tard.

Chacun ouvrait encore des yeux ronds en se décomposant en poussière après que leurs cœurs furent percés par trois couteaux en argent : deux appartenaient aux victimes qui avaient pu les voir léviter devant elles avant de s'enfoncer dans leur poitrine, le troisième étant celui de Veram, lancé parce que je n'en avais pas vu sur le dernier agent de sécurité.

Je ramassai les clés du poste de surveillance et tout en guettant le moindre bruit venant de l'extérieur, je jetai un œil sur les écrans. Ben et son acolyte continuaient de discuter, l'un devant l'ascenseur, l'autre devant la chambre numéro cent quarante-six, et bien sûr, sur les postes grésillant précédemment, il y avait maintenant des images d'un sous-sol garni d'une succession de petites pièces, des cellules supposai-je, où Finn et Karim conversaient tranquillement, sans savoir qui les observait de plus haut.

Phoenix était forcément dans cette prison aménagée et je devais lui soutirer des informations avant de m'enfuir.

Pour me donner le plus de temps possible, je refermai les portes du poste de contrôle derrière moi et les verrouillai, puis, je repartis en sens inverse vers l'ascenseur menant à ma destination prioritaire. Je traversais la grande salle quand… :

- Eh ! Veram ! Alors, ça creuse toujours autant, vieux paresseux vorace ?!

… je crus faire une attaque en entendant cette voix joyeusement moqueuse. À tous les coups, l'un des amis de ma première victime l'avait reconnu ! Il ne manquait plus qu'il s'approche pour engager la conversation !

- Eh ben ! Tu as perdu ta langue ?

Il n'y avait qu'une solution et il fallait prier pour qu'elle fonctionnât :

- Héhé ! Toujours autant la classe, mon vieux Véram ! On se voit tout à l'heure, quand tu auras fini de surveiller la harpie !

- Ferme-la, Dean ! le gronda une autre voix. Si le maître t'entends, tu vas en prendre pour ton grade et nous aussi juste parce qu'on ne t'aura pas fait taire !

- Oups !

Je m'autorisai un petit soupir de soulagement, remerciant le Seigneur d'avoir fait en sorte que je ne me sois pas trompée dans les us et coutumes de la personne à qui j'avais volé son identité. A priori, c'était aussi un adepte du doigt d'honneur.

En revenant vers le hall, je commençai à me dire qu'une entité supérieure veillait sur moi en constatant que plus loin, les deux vampires qui m'avaient accueillie avec leurs kalachnikovs étaient tous seuls. Jusqu'ici, je n'avais pas rencontré de vraie difficulté à exécuter mon plan (non pas que ce fut d'une simplicité enfantine). À ce stade, ce n'était plus seulement de la chance !

Je réfléchis : si c'était le cas, ça ne pouvait vraiment pas être Dieu vu que j'assassinais ; certes, c'étaient des assassins, mais j'assassinais quand même, en violation de son premier commandement. Alors, qui était-ce ?

- Te revoilà, Veram. Alors, tu es repu, cette fois ?

Bon, définitivement, ce n'était pas Dieu. Il ne pouvait cautionner que je lance ainsi tant de couteaux dans les cœurs de tous ceux qui m'approchaient de trop près. Encore une fois, j'avais fait mouche, et je dissimulai les corps en décomposition fulgurante dans un placard où ils achèveraient de se transformer en cendres.

Je m'engouffrai ensuite dans l'ascenseur quand il arriva, appuyant sur le bouton du niveau désiré. J'avais vu sur les écrans de contrôle que les gardes au sous-sol n'étaient que deux et que Finn les avait placés devant les cellules, de fait, en imaginant qu'avec le peu de temps qui s'était écoulé depuis que j'avais quitté le rez-de-chaussée, il ait continué à parler avec son second, je pouvais peut-être sortir et m'approcher sans être vue.

Effectivement, une fois descendue de la trappe de l'ascenseur qui m'avait permis de me cacher au-dessus de la cabine avant que les portes ne s'ouvrent sur le vide, je fus soulagée de ne voir personne à proximité et m'engageai dans une sorte de corridor au bout duquel il y avait à droite le couloir des cellules et à gauche, une sorte de guichet de réceptionniste en bois brut, me faisant m'interroger sur la vocation de ce lieu du temps où il était encore en service.

Je n'eus pas la réponse à cette question (en même temps, on s'en tapait).

Par contre, le frisson glacé qui me parcourut l'échine quand je captai les sons à l'autre bout du couloir me fit me glisser urgemment derrière ce comptoir qui devint de fait une très bonne cachette pour voir sans être vu grâce à un petit trou dans son socle.

Je ne fus pas déçue.

*

Je reconnus la voix de mon rêve avant même de voir son propriétaire en chair et en os. Finn et Karim encadraient un vampire à l'allure d'étudiant de fac ayant passé un séjour chez les Talibans[6] et les deux gardiens s'apprêtaient à ouvrir une seconde cellule.

- Vous n'avez pas respecté notre marché ! Je ne peux pas utiliser mon pouvoir à plein régime après si peu de temps entre deux utilisations !

Comme je désépaississais ma tenue en enlevant les vêtements de Veram devenus inutiles, je ressentais jusqu'au plus profond des entrailles que depuis mon poste d'observation, je vivais une étape cruciale pour ma compréhension des événements antérieurs à ma « blessure ».

- Allons, James. Tu n'as pas besoin du maximum de tes capacités, notre invité est puissant, mais pas autant que ta dernière patiente. Ça suffira.

Je fronçai les sourcils. Finn parlait de puissance et d'une femme ayant été la « patiente » de ce vampire. Se pouvait-il que ce soit moi ?

- Ouvre, ordonna-t-il au garde le plus proche de lui.

- Je vous en prie, ne me forcez pas à faire ça ! supplia ledit James.

Karim le frappa si violemment au visage qu'il cracha du sang avant de s'effondrer au sol, inanimé.

- N'as-tu pas l'impression que je vais avoir besoin qu'il soit en forme pour exécuter sa tâche ?! gronda mon « père adoptif ».

- Pardon, maître.

---

[6] Groupe fondamentaliste musulman dont la milice réussit à prendre le pouvoir en Afghanistan en 1996 pour y instaurer un État islamique radical jusqu'en 2001, date de l'intervention américaine après les attentats du World Trade Center. Les Talibans se terrent encore dans les montagnes et pratiquent par exemple le kidnapping contre rançon.

- Ramasse-le et débrouille-toi pour le réveiller pendant que je tente une dernière fois de le convaincre.

Karim parut dubitatif tandis que je bouillonnais intérieurement. Qui voulait-il convaincre ? Et de quoi ?

- Après tous les refus qu'il vous a opposés et ce, malgré la torture la plus abominable, vous voulez encore essayer de le convaincre de se rallier à vous de sa propre volonté ?

Finn lui adressa un regard qui aurait pu faire givrer la banquise.

- C'est ainsi entre un père et son fils. Tu ne peux pas comprendre.

Je sentis mes jambes flageoler. Finn avait un fils ? Un fils qu'il torturait parce qu'il n'était pas d'accord avec ses idées ?

J'étais venue à la base pour parler avec son grand ennemi, Phoenix, mais je revis mes plans à la lumière de cette nouvelle situation. Il fallait absolument que je découvre le « fils » de mon ravisseur vu qu'il était désormais évident que je ne pouvais pas être sa fille eu égard à la façon dont il devait se préparer psychologiquement pour supporter ma présence. Il se forçait à être patient avec moi alors qu'avec sa progéniture, sa bienveillance (si l'on pouvait dire avec toutes ces tortures) venait du cœur.

Ils entrèrent tous dans la cellule, disparaissant ainsi de mon champ de vision. Heureusement, la porte restée ouverte me permettait d'entendre ce qui s'y passait.

- J'espère que le temps passé sans nourriture t'a mis dans de meilleures dispositions vis-à-vis de moi, mon fils. Je suis venu pour te proposer une dernière fois de me rejoindre. Un van anti-soleil n'attend plus que nous devant l'entrée de service pour nous emmener à Atlanta.

Le silence lui répondit.

- Vérifie qu'il est conscient.

Je m'avançai prudemment hors de mon abri pour me rapprocher et tenter d'apercevoir quelque chose. Par chance, on avait laissé deux grosses barriques traîner devant le mur près de la porte de la cellule et je me glissai derrière pour observer ce qui se passait dedans sans qu'on me voie de dehors.

Je me positionnai juste à temps pour voir Karim faire un bond en arrière, comme une silhouette ensanglantée et rugissante couverte de chaînes lui sautait dessus, s'apprêtant à le décapiter après à peine une demi-seconde de combat. L'homme avait simulé l'inconscience pour s'attaquer au premier qui viendrait s'assurer de sa santé et sa stratégie avait payé. Malheureusement, les gardes furent assez rapides pour lui envoyer la crosse de leur fusil en pleine figure, le forçant à lâcher prise et permettant ainsi à sa proie de s'échapper.

- Bravo, mon fils. Je vois que tu n'as pas oublié mes leçons.

Le sourire satisfait de Finn me choqua moins que Karim, dont le regard encore étourdi par l'attaque témoignait surtout d'un profond sentiment de trahison. Difficile de s'apercevoir que même en tant qu'officier en second de ce quartier général, il ne valait rien aux yeux de son maître si ce n'est comme appât pour pêcher un poisson beaucoup plus gros que lui.

Les gardes frappaient toujours l'homme recroquevillé qui ne laissait pourtant échapper aucun cri de souffrance. Son endurance à la torture m'impressionna autant qu'elle m'émut. Combien de fois l'avait-on soumis à un tel traitement ?

Je secouai la tête et me repris. La pitié n'avait pas de place dans mon esprit pour le moment. Tout ce que je voulais, c'était comprendre ce qui se passait ici et compatir était le meilleur moyen de laisser la porte ouverte à l'envie d'aider les autres. La leçon dans la cuisine était bien passée, je ne pouvais rien pour ces gens, ni pour personne. J'avais déjà fort à faire à me sauver moi-même.

Ma résolution prise, je me sentis forte et déterminée pour affronter la suite des événements…

J'avais tort.

- Ta décision, Phoenix ?

Un tremblement de terre me ravagea en entendant ce nom. Ainsi, Phoenix, le porte-parole des ennemis de Finn, et le fils rebelle de ce dernier étaient une seule et même personne ? Ma curiosité arriva à son comble tout comme le sentiment que le cours des choses allait basculer dans les secondes à suivre.

Cette fois-ci, j'avais raison.

- Ja... mais, articula faiblement l'inconnu, scellant son destin.

Finn allait utiliser James pour l'obliger à se rallier à sa cause en faisant je ne sais trop quoi avec son pouvoir qui effacerait l'ancien Phoenix pour en créer un nouveau de toutes pièces, soumis et obéissant à celui qui en serait le père et le maître...

Cette réflexion fit la lumière sur ma propre situation. Avec une lucidité étourdissante, je pris la mesure de ce que Finn m'avait fait avant de vouloir le faire avec son propre fils.

Malgré tout, ce n'était pas tant cette découverte qui me paralysait les jambes et affolait mon cœur jusqu'ici inexistant...

Non...

C'était le son de cette voix qui, bien que rendue rauque par l'absence de nourriture et les mauvais traitements successifs, n'en était pas moins, sans aucun doute possible, la voix caressante de l'inconnu invisible qui m'avait murmuré que je lui manquais...

J'avalai ma salive.

Tout venait effectivement de basculer.

*

Une nouvelle voix, féminine et mystérieuse, s'immisça dans ma tête comme j'essayais de reprendre le contrôle de mes esprits :

- *Empêche-les d'agir, il est ton gage de salut.*

Je me massai les tempes en fermant les yeux très fort. Qu'est-ce qui n'allait pas chez moi ? Qu'est-ce que c'était que toutes ces hallucinations qui m'assaillaient ? Qui était cette femme qui m'exhortait à agir tout en me parlant d'une voix douce et aimante ?

Trop de questions tourbillonnaient dans mon esprit et m'empêchaient d'y voir clair.

- *Deux âmes blessées dont la guérison n'en formera plus qu'une seule... Il est temps pour toi de retourner auprès des tiens.*

Je me mordis la lèvre, la pression dans ma tête devenant insupportable. La douleur me figeait sur place alors même que les bourreaux allaient accomplir leur office dans les minutes à suivre.

- Tu ne me laisses pas le choix, Phoenix. Emparez-vous de lui. Quant à toi, tiens-toi prêt à agir quand je te le dirai.

- *Lève-toi ! MAINTENANT !*

Je bondis sur mes jambes à la vitesse de l'éclair, pas tant galvanisée par le rugissement qui avait failli tout bonnement me fendre le crâne en deux, mais surtout devant l'urgence de la situation. Les bruits sourds que j'entendais témoignaient d'une lutte terrible laissant supposer que Phoenix n'avait pas encore abandonné la partie.

Sans plus attendre, je fondis comme une fusée sur l'alarme incendie que j'activai et qui retentit toutes sirènes hurlantes dans toute la structure, y compris celle où je me trouvais.

L'idée d'une diversion me paraissait plus sensée qu'une attaque de front étant donné que je ne pouvais pas me fier à mes pouvoirs à cent pour cent et qu'en combat singulier, Finn était bien plus fort que moi ; je l'avais appris à mes dépens. Je ne pourrais certainement pas compter sur l'aide de Phoenix ou de James dans l'état où ils étaient, de fait, je serais moi aussi à la merci de mon kidnappeur en agissant de manière inconsidérée.

Je me ruai sur ma première cachette juste à temps, alors que Finn et Karim sortaient tous deux de la cellule de Phoenix.

- Vous deux, restez là et surveillez-les, ordonna le premier aux gardes restés avec les prisonniers.

Karim était en train de téléphoner, sûrement au poste de sécurité où personne ne lui répondrait. J'espérais que ce serait suffisant pour faire remonter Finn qui, à n'en pas douter, irait d'abord vérifier si je n'avais pas quelque chose à voir avec tout ça.

- Kanya ne répond pas, Brandon et Johnny non plus. Vous croyez que c'est elle ?

Le visage de Finn était sombre et menaçant, je frémis. Ce type était glaçant, dans tous les sens du terme.

- J'irai voir dans sa chambre pendant que tu t'occuperas du poste de surveillance. En fonction de ce que tu y trouveras, boucle tout l'immeuble. En pleine journée, elle ne pourra pas s'échapper.

- Oui, maître.

Je retins inutilement ma respiration lorsqu'ils passèrent près de ma cachette et attendis qu'ils se soient engouffrés dans l'ascenseur pour agir.

Je courus en sens inverse et utilisai mon pouvoir pour faire tomber dans un fracas épouvantable les deux grosses barriques qui m'avaient permis de me dissimuler pour espionner le déroulement de la conversation entre Finn et son fils.

- Va voir…

… Fut tout ce que je voulais entendre. À peine le premier gardien avait-il mis le nez dans le couloir que je ne lui laissai pas le temps de réaliser à qui il faisait face et que je lui sautai dessus, mains sur le cou. Un brusque mouvement de rotation suivi d'un lever de bras et sa tête se retrouva dissociée de son corps, lequel s'empressa de se transformer en poussière à mes pieds sans qu'aucun son ne soit sorti de sa bouche.

Malheureusement, je n'avais pu éviter le craquement des os.

- QUI EST LÀ ? FRANCIS ! TU VAS BIEN ?

Tout cela n'avait duré que quelques secondes, mais je n'avais vraiment plus le temps de jouer la carte de la diversion. Karim ne tarderait plus à arriver au poste de surveillance et même si j'avais pris le temps de verrouiller la porte en plomb afin que personne ne rentre, il ne faudrait que quelques minutes pour en venir à bout.

Pour la première fois depuis mon réveil, je plongeai en moi pour me diriger vers le torrent de fureur qui s'y écoulait toujours et mue par mon instinct, je repassai dans mon esprit la vision de Phoenix en train de se faire battre alors que son corps meurtri, dont les chaînes qui l'entravaient entamaient la chair, était couvert de sang.

Ni une ni deux, je sentis une vague de rage apocalyptique m'envahir et me submerger, réclamant à corps et à cris la vengeance immédiate pour un tel acte. Mes yeux s'embrasèrent en même temps que mes bras tandis que l'air vibrait autour de mes doigts avec une force incroyable.

- FRAN... !

L'homme n'arriva jamais à prononcer la fin du prénom de son ami.

En effet, ma fureur me faisant pousser des ailes, j'étais entrée en trombe dans la cellule avec une détermination implacable et en tendant simplement le bras vers ma cible, elle fut entièrement carbonisée par le jet de flammes incandescentes qui s'en échappa.

De même, j'ignorai les visages ahuris des deux hommes blessés qui se tenaient encore debout par je ne sais quel miracle et d'une simple pensée associée à un brusque mouvement du poignet, les chaînes qui les retenaient implosèrent, comprimées par une force invisible contre laquelle elles ne pesaient rien.

Toujours en mode furie meurtrière, je montrai mes crocs à Phoenix lorsque, enfin revenu du choc de ma présence, il s'avança vers moi en soufflant, incrédule :

- Sam ?

Je ne réagis pas au prénom qu'il m'avait attribué ni à la façon dont il me dévorait des yeux comme s'il me connaissait intimement, un peu comme dans le rêve auquel je m'interdisais de penser. Je levai simplement la main pour lui intimer le silence et dis :

- Pas maintenant. L'entrée de service, vous savez où c'est ?

Les lieux m'étaient familiers, c'était pour ça que je ne m'étais pas enfuie plus tôt, toutefois, je n'avais aucune idée du chemin à emprunter pour gagner l'entrée de service.

James, les yeux toujours exorbités après ma démonstration, prit la parole :

- Il faut passer par le hall et suivre le couloir derrière les cuisines.

Un sursaut de colère devant cette nouvelle me fit m'embraser tout entière, mes deux acolytes esquissèrent un mouvement de recul. Je devais avoir l'air d'une diablesse échappée d'un asile démoniaque, mais je m'en fichais, tout ce qui comptait (hormis le soulagement que mes vêtements ne souffrent pas de l'enfer autour d'eux ; ça aurait été gênant de débarquer là-haut toute nue), c'était de sortir d'ici.

- Vous pouvez courir ?

Phoenix et James échangèrent un coup d'œil.

- Oui, dirent-ils ensemble.

- Alors on y va !

J'avais tourné les talons et m'étais élancée vers les ascenseurs avant d'avoir terminé ma phrase. J'eus la satisfaction de les entendre m'emboîter le pas.

Les quelques instants où nous nous retrouvâmes tous les trois dans la cabine qui nous emmenait au rez-de-chaussée furent étranges. D'abord, ce que nous vivions paraissait surréaliste tellement tout était arrivé vite : j'étais la fille amnésique d'une sorte de roi vampire une heure plus tôt, quant à Phoenix et James, on les torturait cinq minutes avant que je ne fasse irruption dans leur cellule ! Il y avait de quoi être nerveux !

Par ailleurs, tous deux ne cessaient de me dévisager avec avidité, ce qui me mit mal à l'aise. James me regardait comme si j'étais *Wonderwoman* et Phoenix…

Je me revis basculer la tête en arrière en raison du plaisir provoqué par le contact de ses mains sur moi… Mes crocs pointèrent dans ma bouche, et cette fois-ci, ça n'avait rien à voir avec la colère. Je lui jetai un coup d'œil rapide et déglutis en voyant ses pupilles s'éclairer d'une lueur entre le bleu et le blanc n'indiquant ni peur ni colère, simplement un puissant désir et quelque chose d'autre que je ne préférai pas identifier.

Heureusement pour moi, les portes s'ouvrirent assez vite pour qu'on repasse en mode *Rambo* et après avoir poignardé à mort les deux nouveaux gardes qui nous avaient accueillis en se mettant en position de tir, ainsi qu'un bref... :

- Qu'est-ce qu'on fait maintenant ?

... soufflé par un James éberlué, je m'élançai en m'écriant :

- On fonce !

L'effet de surprise nous permit de passer le hall sans encombre, mais ça commença à se compliquer dans la grande salle où certains vampires, percutant plus vite que d'autres, tentèrent de nous empêcher de passer en nous barrant la route ou en commençant simplement à nous tirer dessus.

Nous esquivions les uns et les projectiles des autres avec brio, mais quand Phoenix, après avoir estourbi trois de nos ennemis d'un simple revers de main, se plia en deux de douleur en raison de la balle qui l'atteignit à la hanche, je ne m'appartins plus...

Déjà, mes crocs s'étaient étirés au maximum pour laisser passer le rugissement le plus féroce que j'avais jamais entendu.

Le monde devint subitement rouge quand la conscience de mes actes se teinta de noir et qu'un seul mot tournait et retournait dans ma tête :

Vengeance... Vengeance... VENGEANCE !!!

L'instinct prenant le dessus, je contractai tous mes muscles, puis relâchai d'un seul coup toute la rage qui me possédait. L'Enfer se déchaîna...

Vent... Feu... Hurlements...

(...)

En un instant, la grande salle et tous ceux qui s'y trouvaient, hormis mes compagnons que ma télékinésie avait propulsés en-dehors de celle-ci, se retrouvèrent calcinés.

Ma conscience me revint en même temps que le silence s'imposait sur les lieux et un peu désorientée, je clignai des yeux pour mieux appréhender la scène...

Mon Dieu...

Les murs comme la cinquantaine de cadavres qui jonchaient tout l'espace étaient noirs comme du charbon et empestaient la fumée. Je réalisai que la fureur en moi, toujours présente, s'était apaisée en même temps qu'elle avait épuisé mes réserves de pouvoir, seule explication possible à la fatigue qui me happa soudain et aux larmes de sang qui s'écoulaient sur mes joues.

Je n'avais néanmoins pas le temps de m'y appesantir. Si Finn n'était pas déjà là, il ne saurait tarder.

Je fonçai en direction des cuisines vu que je n'avais aucune idée de l'endroit où mes protégés avaient atterri, et trouvai ceux-ci occupés à se battre contre Karim.

Ce dernier portait déjà des traces de blessures, mais Phoenix ayant été touché par l'argent et James encore trop mal en point pour mener correctement un combat ne parvenaient pas à le mettre sur la touche. Après ce que je venais de faire dans la grande salle, je n'aurais jamais cru être capable de recharger mes batteries avant au moins une semaine, mais la vue du fils de Finn en mauvaise posture me donna un regain de combativité et ce fut avec un cri de guerre que je sautai sur Karim pour le décapiter comme le garde de tout à l'heure.

Malheureusement, il avait pu anticiper mon geste et me repousser, du coup, je me retrouvai les quatre fers en l'air sur le pavé, le rageomètre à la hauteur de mon humiliation.

- Il y a des humains derrière ! Les chaînes sont en acier ! Libérez-les ! ordonnai-je à James alors qu'il se relevait maladroitement d'une mauvaise chute imputable à un coup de boule étourdissant.

Il ne chercha pas à discuter et s'exécuta juste avant que Karim se jette sur moi pour m'arracher la tête à mon tour.

- Tu… es… un… monstre ! me cracha-t-il en me plaquant au sol avec une violence à laquelle je ne m'attendais pas. Meurs !

Je voyais encore trente-six chandelles quand son poids disparut comme il s'envolait dans les airs. Hagarde, je me demandais ce qui venait de se passer et en levant les yeux, je le vis avec Phoenix à plusieurs mètres du sol. Une nano-seconde plus tard, celui-ci ne tenait plus entre ses mains qu'un crâne, le reste du corps de Karim retombant avec un bruit mat sur le carrelage avant d'entrer en phase de décomposition.

J'étais encore trop sonnée pour vraiment me rendre compte des personnes en haillons qui passaient derrière moi en courant afin de trouver la sortie au mépris de ce qu'ils pourraient rencontrer en travers de leur chemin et je ne sentis que de très loin la décharge électrique qui me secoua lorsque Phoenix m'attrapa par le bras pour m'entraîner dans le couloir de service.

Nous touchions au but et il ne nous fallut « que » pulvériser cinq vampires à la solde de notre bourreau pour atteindre les portes.

Phoenix passa devant et entrouvrit l'une d'elle pour vérifier si le van était bien là. Sans lui, notre escapade diurne serait bel et bien compromise, tout comme notre évasion.

J'eus peur quand je le vis disparaître à l'extérieur et me précipitai vers le battant pour l'aider, mais je soufflai de soulagement quand je le vis éjecter le chauffeur du véhicule en pleine lumière et que celui-ci entra en combustion spontanée. Les cinq vampires que nous avions croisés en arrivant ici devaient être ceux qui montaient la garde près de l'engin.

- MONTEZ ! s'écria-t-il en s'installant au volant.

J'allais m'exécuter lorsqu'une voix vibrante de colère froide faillit me congeler sur place.

- Où pensez-vous aller comme ça, tous les trois ?

Il était hors de question que Finn nous prive de notre liberté alors je bandai mes muscles et me concentrai de toutes mes forces pour faire appel à mon pouvoir et m'en débarrasser une fois pour toutes, en vain.

- Eh bien ma petite Linn, il semble que tu aies abusé de ton talent. Heureux d'avoir été coincé dans l'ascenseur au moment où tu le laissais s'exprimer dans toute sa splendeur. Il m'impressionne vraiment et j'aimerais réellement avoir cette puissance à mon service, mais tu comprendras que tu as eu ta chance et que je ne peux pas me permettre de te reprendre comme ma fille au risque que tu te retournes encore contre moi. Cette fois, tu mourras pour de bon...

Je me préparais à lui faire ravaler son sourire diabolique quand une ombre passa près de moi à une vitesse extraordinaire.

- TU NE LA TOUCHERAS PLUS JAMAIS ! hurla Phoenix en se jetant sur son ancien mentor pour le ruer de coups incroyablement violents, au mépris de la faiblesse qui le priverait à terme de la victoire. FUYEZ ! acheva-t-il en s'adressant à nous.

Je savais que j'aurais dû l'écouter, que son sacrifice me permettrait de m'échapper avec James, mais quelque chose m'empêchait de m'y résoudre. Je ne pouvais tout simplement pas l'abandonner.

Mes lèvres se retroussèrent sur mes crocs, mes yeux se mirent à briller avec une intensité inégalée. Il était temps que je me jette dans la mêlée et que je fasse payer son mensonge et sa cruauté à celui qui avait volé ma vie.

Je n'eus pas l'occasion de faire un pas.

James fonça tel un boulet de canon sur Finn si bien qu'ils percutèrent le mur situé à trois mètres derrière eux et que leurs os se brisèrent sur celui-ci en un craquement abominable.

Phoenix allait l'aider pour se charger de Finn qui se relevait déjà, bien qu'un peu groggy par l'impact, mais le jeune vampire lui rugit :

- Partez, allez-vous en !

- Non ! s'écria le fils de mon ennemi en esquissant un pas en avant.

- Je préfère mourir plutôt que savoir qu'à cause de moi, il t'aura dans son camp ! Partez !

Phoenix avança encore et James, après avoir réussi à asséner un coup de poing au vampire qui ne tarderait plus à le terrasser, reprit :

- Tu es trop faible, je ne suis pas assez fort et ta compagne (je tiquai à ce mot) n'a plus de pouvoirs ! Tu veux qu'il gagne ? Alors FICHEZ LE CAMP ! LAISSEZ MOI !

C'en était trop. Il fallait que j'intervienne.

- Il a raison, Phoenix. Si on ne part pas maintenant, on ne partira jamais.

Le doute se lisait clairement sur ses traits, mais son hochement de tête m'indiqua qu'il avait finalement pris sa décision. Je n'attendis pas et fonçai au volant pour démarrer le van tandis que mon compagnon d'évasion remerciait une dernière fois notre sauveur.

À peine Phoenix s'était-il engouffré dans le véhicule que j'appuyai à fond sur la pédale de l'accélérateur et ce fut dans un crissement de pneus que nous prîmes le chemin de la liberté, mon rétroviseur et les portes non encore refermées me permettant d'assister à la décapitation cruelle, mais rapide, de cet inconnu dénommé James qui, pour réparer ses torts envers nous, n'avait pas hésité à se sacrifier pour empêcher son bourreau de nous poursuivre. J'emportai dans ma fuite la vision de ce dernier faisant un pas en arrière pour se mettre à l'abri des rayons lumineux fatals auxquels il venait malencontreusement de s'exposer, ainsi que son rugissement de rage quand nous lui échappâmes.

Roulant à tombeau ouvert, je m'attelai à mettre au plus vite le plus de distance possible avec cet homme, l'urgence de nous en éloigner prenant le pas sur la prudence au volant requise ne serait-ce que pour éviter les contrôles de police.

Des millions de questions m'assaillaient en même temps : Qui étais-je ? Où aller ? Comment me protéger de Finn ?

Pourtant, une seule revenait inlassablement dans mon esprit : Quel était ce lien, encore flou mais ô combien réel, que je sentais exister entre Phoenix et moi ?

*

Nous roulions depuis plusieurs heures déjà. Phoenix m'avait dit de me diriger vers le Sud et c'est ce que je fis en prenant garde de ne pas attirer l'attention des forces de l'ordre par une conduite trop dangereuse.

Il fallait reconnaître que le concepteur du van avait été efficace puisqu'aucun rayon ultraviolet ne passait à travers les vitres teintées avec, supposai-je, un film solaire étudié pour les vampires.

Cependant, malgré toute ma détermination, je fus bien obligée de demander à mon passager, jusqu'ici occupé à s'ouvrir la peau avec un couteau pour en ressortir la balle qui l'affaiblissait puis à récupérer de cette opération chirurgicale spontanée, de prendre ma place au volant dès qu'il s'en sentirait capable vu que je ne mettrais plus longtemps désormais à m'écrouler endormie, garée ou pas sur le bas-côté de la route. Je ne savais même pas comment j'avais fait pour tenir le choc jusqu'à cette heure avancée de la matinée (il était près d'onze heures) et je me doutais que j'arrivais au fond de ma réserve à carburant personnelle. Mieux valait changer de conducteur.

- Gare-toi et passe à l'arrière.

Phoenix et moi n'avions pas échangé un seul mot pendant le trajet et son « *Gare-toi et passe à l'arrière* » fut l'apogée de notre conversation depuis notre départ du quartier général de Finn.

Je ne savais pas si c'était dû à la gêne ou aux trop nombreuses questions qui tourbillonnaient dans mon esprit, mais je serrais tellement les dents qu'elles grinçaient d'agonie et comme je détestais ce bruit, j'avais envie de me gifler moi-même. Quant à mon compagnon, je n'avais aucune idée des raisons de son mutisme. Si nous nous connaissions intimement, comme je le soupçonnais grandement, il aurait dû s'asseoir à mes côtés et m'abrutir d'interrogations et de mots d'amour...

Mouais...

Peut-être qu'il me connaissait bien justement et qu'en voyant mon attitude renfermée, il s'était dit qu'il serait mal reçu en cas d'interrogatoire ou de passion excessive. Il aurait eu raison. De toute façon, il n'avait pas l'air non plus disposé à s'épancher… Son comportement distant n'avait plus rien à voir avec sa manière de me dévorer du regard quand j'étais entrée dans sa cellule plus tôt et depuis notre fuite, il faisait preuve d'un sang-froid militaire ainsi que d'une retenue impressionnante…

Une douleur fugace mais vive me transperça à cette idée. Était-ce de la déception ?

Je m'ébrouai mentalement et entrepris de me garer le long de la route. Quand nous fûmes arrêtés, je passai à l'arrière tandis que Phoenix s'apprêtait à prendre ma place à l'avant. Malheureusement, dans le brouillard qui commençait à me gagner, je butai sur le levier de vitesse dans la manœuvre et je me serais affalée lamentablement sur le sol du fourgon si deux bras puissants ne m'en avaient pas empêchée. Je me retrouvai donc soudainement blottie contre le torse musclé de mon sauveur, lequel me serra contre lui à m'en broyer les os avant de m'écarter rudement pour se frayer un passage vers sa destination.

Lorsqu'il redémarra et qu'il se mura de nouveau dans le silence, j'étais encore abasourdie par ce qui venait de se passer, car en effet, la violence de la décharge électrique qui m'avait traversée de part en part quand nous nous étions retrouvés si proches m'avait littéralement prise par surprise. Non seulement le choc m'avait étourdie, mais l'odeur de sa peau, véritable passerelle vers une clairière de pins au soleil couchant, m'avait complètement envoûtée au point de ne plus savoir, l'espace d'un instant, où j'étais.

Cet homme avait un pouvoir lui aussi, c'était indéniable, et ce pouvoir me terrifiait plus encore que celui de Finn. Il avait un pouvoir, oui…

Un pouvoir sur moi.

Ce fut sur cette pensée angoissante que je perdis pied et que le sommeil du nouveau-né me happa pendant un temps incertain.

Je fis des rêves étranges qui m'amenaient à me demander si je n'avais pas perdu la raison, des cauchemars aussi, dans lesquels je criais à cause de la souffrance dans mes os brisés par une barre d'argent qu'on s'acharnait à frapper encore et encore sur mes membres martyrisés, et puis ce fut le noir complet.

Je baignai dans l'obscurité la plus totale pendant un temps qui me parut très long, un temps que j'aurais pu mettre à profit pour réfléchir sur les derniers événements et leurs conséquences, mais le cœur n'y était pas. Je n'étais pas prête à affronter l'idée même de ce qu'avait pu être ma relation avec Phoenix avant que je ne me retrouve entre les mains de Finn. C'était trop étrange de penser à une vie dont on n'avait aucun souvenir… à un homme qu'on était peut-être censée… quoi : désirer ? aimer ? La réponse était trop dangereuse pour mon équilibre mental.

Toutefois, ce dernier fut mis à mal lorsqu'une vive lueur apparut, illuminant de rayons à la clarté lunaire le néant ambiant. De cette lumière jaillit une femme magnifique, dont la robe blanche ondulait sous l'effet d'une brise que je ne sentais pas.

- *Te revoilà.*

Je fixai l'apparition avec des yeux ronds. J'avais conscience de rêver mais l'envie furieuse de me pincer me prit. Étais-je face à une déesse ?

Ses yeux noirs comme la nuit prirent une teinte rouge sombre avant de s'enflammer complètement. Oups…

J'avalai ma salive. Visiblement, j'avais gagné la visite d'un être venu des Enfers. Quelle chance ! En plus, elle avait les mêmes pupilles que les miennes ; allais-je rejoindre cette parente inconnue dans l'antre du Diable moi aussi ?

- Revoilà ? Nous nous connaissons ? demandai-je en reculant pour garder une certaine distance avec la démone.

Pince-toi, pince-toi et réveille-toi ! psalmodiai-je dans ma tête. Avec un peu de chance, à force de le vouloir, mon cauchemar allait cesser et je retrouverais pied dans le réel.

Brusquement, une force mystérieuse me poussa en avant et je me retrouvai nez à nez avec la femme blonde.

- *Tu te réveilleras quand tu auras entendu ce que j'ai à te dire.*

Son ton doux n'ôtait pas l'autorité incontestable qui en émanait. Gloups ! *Je suis dans un rêve, je suis dans un rêve, cette femme n'existe pas !*

- *Ce n'est pas parce que nous nous retrouvons dans ton rêve que je n'existe pas.*

Cette fois, un violent frisson me parcourut. J'aurais voulu me défendre grâce à mes pouvoirs mais étrangement, c'était comme s'ils étaient en panne. Il fallait l'admettre, j'étais à la merci de ma propre hallucination, hallucination dont la voix ressemblait étrangement à celle qui m'avait exhortée à secourir Phoenix dans le sous-sol de l'hôtel d'Indianapolis.

- Qui êtes-vous ?

La femme passa une main dans mes cheveux, j'eus un mouvement de recul involontaire. Elle suspendit son geste, l'air malheureux.

- *Je suis désolée pour tout ce que tu as dû subir.*

- Je ne vous suis pas.

Elle poursuivit, comme si elle ne m'avait pas entendue.

- *Tu es celle qui le tuera. Vous conduirez notre peuple vers une ère de prospérité et de paix inégalée mais pas avant d'avoir accompli l'ultime sacrifice.*

- Qu'est-ce que vous me racontez ?! dis-je, complètement perdue.

Elle me sourit, encore, puis elle s'éloigna sans avoir fait le moindre geste. Juste avant de se fondre dans la lueur éblouissante qui était réapparue, elle murmura :

- *Il faut être deux pour n'être qu'un. Le pouvoir est dans l'Unique et l'élue les sauvera tous en leur montrant la voie de leur nouveau destin.*

- Quoi ? Attendez ! Je ne comprends rien !

La lumière s'évanouit au moment où une dernière phrase résonnait en moi :

- *Le pouvoir est dans l'Unique...*

- Revenez ! m'écriai-je quand l'obscurité m'entoura de nouveau. Revenez ! Qui êtes-vous ?!

Le coup que je reçus fut si violent qu'il me propulsa loin de là et j'atterris sur une surface dure qui acheva de me briser les côtes déjà endommagées par l'impact. Je grognai de douleur, mais me relevai aussitôt pour déterminer par l'ouïe où pouvait être mon agresseur à défaut de pouvoir utiliser ma vue.

J'eus tout juste le temps d'entendre le vrombissement de l'air quand l'arme invisible s'abattit sur ma jambe pour me briser le tibia et le péroné en de multiples fractures ouvertes, m'arrachant un hurlement de souffrance abominable, dont la puissance sonore fut multipliée quand l'autre jambe subit le même sort. Je m'effondrai.

J'avais beau être un vampire et cicatriser bien mieux qu'un humain, je n'en ressentais pas moins la douleur et celle-ci était tout bonnement horrible.

Je dois me réveiller, je dois me réveiller ! psalmodiai-je encore, mais à la différence que là, j'avais conscience de l'urgence de la situation.

Crac !

Le cri que je poussai quand la barre de métal explosa mes deux poignets me vrilla les tympans comme je cherchais toujours à me défendre, sans résultat.

Il faisait trop noir, je ne discernais rien hormis ma propre souffrance. C'est là que j'entendis :

- *Si tu veux que ça s'arrête, concentre-toi et plie-moi cette barre en deux en puisant dans ta colère !*

Je reconnus instantanément la voix de Finn, mélange de frustration et de colère enrobé dans un ensemble exsudant la sagesse. Finn était dangereux parce qu'avec son magnétisme et son regard sans âge, on avait tendance à le prendre pour un être sage. Peut-être qu'un jour, il l'avait d'ailleurs été, sinon, l'illusion n'aurait pas été si réaliste... Mon ancien mentor était en fait une belle pomme rouge donnant envie de se laisser attirer par son allure, mais à l'intérieur tout était pourri et ne donnerait, au bout du compte, que la mort et la destruction. Pour lui, il n'y aurait pas de rédemption contrairement à la méchante reine Régina de la série *Once upon a time* qui avait empoisonné Blanche-Neige avant de revenir dans le camp du Bien (vraiment étrange comme mon esprit avait gardé en mémoire des choses anodines comme mes séries préférées – j'étais sûre par exemple que je me jetterais sur la saison un de *Stargate Sg-1* si je tombais dessus – mais rien sur les personnes-clés de mon existence).

Pour l'heure, je devais à cet être abject d'être torturée jusque dans mon sommeil et quand j'entendis ma voix rendue rauque par ce traitement dire :

- *Je n'y arrive pas, maître !*

Je compris que je revivais dans mon subconscient un souvenir de la façon dont j'avais été entraînée pour apprendre à maîtriser mes pouvoirs.

- *Alors tu ne m'es d'aucune utilité. Tu me déçois beaucoup, ma fille.*

- *Faites ce que vous avez à faire.*

Je hoquetai de stupeur en m'entendant. Comment parvenais-je à l'inviter à me torturer avec un tel détachement ? Combien de fois avais-je subi ces tortures ? Et surtout, comment parvenais-je encore à glisser cette subtile insolence dans ma réponse ?

Je n'eus pas l'occasion de me questionner davantage car le souvenir devint beaucoup trop réel lorsque ma colonne vertébrale céda sous la violence du coup qui me fut donné. Je n'eus même pas la force de pousser un nouveau hurlement, je sombrai dans le néant, tout simplement…

*

J'ouvris brutalement les yeux à l'issue d'une chute qui me sembla interminable. Encore traumatisée par ce que j'avais revécu en rêve, je ne pus retenir un grand soupir de soulagement en voyant ma main près de mon oreiller s'agiter, comme j'ordonnais mentalement à mes doigts et mes orteils de bouger pour prouver que ma colonne vertébrale était toujours entière.

Une seconde plus tard, un fracas terrible retentit dans la chambre d'hôtel où j'avais pris conscience, quand mes pouvoirs de télékinésie et de pyrokinésie se déchaînèrent contre mon ennemi.

Celui-ci, affalé torse nu sur le sol après avoir percuté le mur de la salle de bain, les épaules noircies et fumantes du fait d'un jet de flammes un peu hasardeux, ne se relevait pas.

J'aurais dû m'enfuir à toute vitesse maintenant qu'il faisait nuit, mais la cicatrice courant dans le dos de l'homme gisant à terre m'interpella.

Oh bon sang !

- Phoenix !

Un gémissement lui échappa quand je m'agenouillai près de lui pour l'aider à retrouver ses esprits.

Il commençait à reprendre pied. J'attaquai aussitôt :

- Je peux savoir ce que vous fabriquiez ?! On ne vous a jamais parlé d'espace vital ?!

La raison pour laquelle j'avais explosé à mon réveil était que Phoenix dormait tout contre moi, m'enlaçant comme pour m'empêcher de faire un geste. Après ce qui s'était passé dans mon rêve, j'avais paniqué et attaqué avant de réfléchir au pourquoi du comment.

Debout, il chancela et je dus lui tenir la main pour le mener au lit sur lequel il s'assit.

- Tu faisais un cauchemar... Je... ne voulais pas t'offenser... simplement t'aider.

Ce fut à mon tour de chanceler. Il m'avait prise dans ses bras pour calmer mon sommeil agité ?

- Il faut qu'on parle, dis-je durement, en refluant magistralement l'émotion qui m'avait envahie.

Il passa sa main dans ses cheveux avant de jeter un œil à ses épaules dont le processus de guérison avait commencé. Je me sentis totalement stupide alors qu'en vérité, la prudence élémentaire dirait que j'avais bien fait de me défendre.

- Je suis désolée pour ça.

Le regard qu'il me lança me transperça. La douleur que j'y lisais n'avait rien à voir avec sa peau roussie.

- Ce n'est pas grave. Tu as réagi à l'instinct alors que tu ne savais pas où tu te trouvais. C'est ma faute en fait, j'aurais dû prévoir que ça ne fonctionnerait plus. La donne a changé.

L'amertume et la souffrance emplissaient l'air au point de le rendre irrespirable. Heureusement qu'une diversion mit fin à cet échange plus qu'embarrassant.

- Est-ce que tout va bien ?! J'ai entendu comme une explosion ! Monsieur !

Le gérant tambourinait à la porte et ne nous laisserait pas en paix si nous ne lui offrions pas une explication plausible. En me dirigeant vers celle-ci, j'avisai de l'argent liquide posé sur la table de nuit. Je ne me demandai même pas comment Phoenix l'avait obtenu et le pris avant d'enlever mon pantalon et mon T-shirt pour apparaître en petite tenue devant l'intrus.

Dès qu'il me vit, ce dernier ouvrit la bouche pour la refermer et l'ouvrir à nouveau sans qu'aucun son n'en sorte.

- Que voulez-vous ?

- Euh… ben…

- Oui ?! m'impatientai-je.

- J'ai entendu un grand fracas et j'ai cru que vous causiez du désordre dans la chambre ! S'il y a des dégâts, il va falloir payer ! finit-il par lâcher, retrouvant un semblant de dignité.

Je lui offris un sourire carnassier en même temps que je me lovais contre le battant de manière sensuelle. L'homme rougit furieusement (de gêne et de peur aussi).

- Il faut nous excuser. Mon ami et moi ne nous sommes pas vus depuis longtemps et nous rattrapons le temps perdu. Dans notre fougue, il se peut que nous ayons abîmé quelques meubles...

Il inspira mais je ne lui laissai pas le temps de parler, je lui fourrai tout l'argent dans la main ; trois mille dollars... il faudrait que je demande à Phoenix comment il avait fait.

- Voici pour le dérangement, j'espère que ça suffira.

L'homme ouvrait de grands yeux en même temps qu'il palpait la liasse de billets pour la soupeser, mais ce fut avec méfiance qu'il répliqua :

- C'est un homme grand et brun qui m'a loué cette chambre. Je veux savoir s'il va bien.

Génial... À tous les coups il devait penser que j'étais une tueuse à gages ayant finalisé un contrat pour la mafia. Si ç'avait été le cas, jouer les bons samaritains comme il le faisait aurait été le plus sûr moyen de finir enterré dans un terrain vague avec une balle dans la tête.

Je m'apprêtais à lui exprimer mon exaspération lorsqu'une main douce, gage d'une présence dans mon dos, me caressa les hanches.

Il me fallut mobiliser tout mon self-control pour retenir le couinement qui s'était frayé un chemin jusque dans ma bouche et pour livrer bataille contre une brusque montée hormonale faisant se déchaîner mes cellules dans une réaction thermonucléaire. Qu'est-ce qui m'arrivait ?

- Tout va bien, Gus. Sam et moi renouons avec le passé.

Je faillis hennir stupidement en me tournant vers Phoenix pour constater qu'il m'avait rejointe simplement vêtu de son boxer noir, mais ce n'était pas tant ça qui acheva de me déstabiliser complètement, ce fut plutôt sa façon de prononcer sa phrase comme quoi nous renouions avec le passé.

Bon sang ! Il fallait vraiment qu'on ait une discussion sur ce lien entre nous, j'en avais assez de ces réactions physiques cataclysmiques qui me prenaient toujours en sa présence !

Ma résolution devint définitive quand il me pressa contre sa peau nue et que ma main gauche voulut d'elle-même se poser de manière possessive sur son derrière. J'eus juste le temps d'arrêter mon geste et fis passer mon soupir de soulagement pour un soupir de bien-être de me trouver contre l'homme avec lequel j'étais supposée avoir fait l'amour de manière torride juste avant.

- Bon, ça ira. Essayez de ne plus rien démolir désormais, je n'aimerais pas avoir à tout refaire.

- Comptez sur nous, dit calmement Phoenix.

Dès que notre hôte fit demi-tour, je m'empressai de mettre le plus de distance possible entre nous en commençant déjà par me rhabiller.

Phoenix se contenta de fermer la porte en vérifiant à travers le store de la fenêtre que personne d'autre ne nous surveillait. Ce n'est qu'une fois satisfait qu'il enfila son pantalon avec un T-shirt et un pull qu'il avait pris Dieu savait où, et je mis un point d'honneur à ne pas regarder dans sa direction.

- Tu as raison, il est temps qu'on parle, tous les deux.

C'était moi qui avais proposé l'idée, mais j'appréhendai soudain ce qui allait suivre. Pour le moment, je ne savais pas si nos routes devaient se séparer ou non et je sentais qu'en fonction de ce qu'il allait me dire, je devrais prendre ma décision.

- Assieds-toi près de moi.

Il s'était installé au bout du lit et tapotait la place à côté. J'hésitai.

- Je ne te forcerai jamais la main, Sam, tu le sais.

Le savais-je ? Étrangement, oui. Tout en moi me disait d'avoir confiance en cet homme, alors je m'exécutai.

- Je t'ai déjà posé la question, mais il faut que je recommence maintenant que tu es repassée entre les mains de James et que ça ne t'a pas empêchée de trahir Finn à nouveau. De quoi te souviens-tu ?

Sa présentation des choses était un peu rude, mais non moins exacte.

- Quand je me suis réveillée, Finn m'a dit que nous étions tombés dans une embuscade que vous aviez préparée et où j'aurais été blessée. Je ne me souviens d'aucun aspect de ma vie à part des sensations diffuses comme par exemple sur mes goûts en matière télévisuelle ou alimentaire.

Son sourire chargé de nostalgie me prit complètement au dépourvu.

- Laisse-moi deviner... Daniel Jackson[7] et spaghettis bolognaise ?

Chavirée par cet instant complice totalement inattendu, je me sentis, pour la première fois depuis mon réveil, esquisser un timide mais vrai sourire.

- C'est ça.

Ce n'était toutefois pas le moment de se laisser attendrir. Je repris :

- Je sentais que quelque chose n'allait pas dans l'attitude de Finn et de toutes les personnes du complexe et j'en ai eu la certitude quand, après avoir mentionné votre nom pour vérifier si ma mémoire avait bien été effacée, il a dit que vous étiez parvenu à vous échapper.

- Qu'est-ce qu'il en était vraiment ?

- Pardon ?

- Pour moi... Qu'en était-il ?

Sa voix était neutre, mais sa façon d'éviter de croiser mon regard en disait long sur ce qu'il évitait de formuler devant moi. Mieux valait être honnête, mais jusqu'où pouvais-je aller ? Certainement pas jusqu'à l'illusion dans le miroir.

- Encore maintenant, votre visage ne m'est pas familier...

Phoenix se leva comme s'il avait été foudroyé et passa sa main sur son visage à l'expression dévastée. Toutefois, je ne pouvais pas faire comme si rien en lui ne trouvait écho en moi.

- Pourtant...

---

[7] Personnage de la série Stargate Sg-1 joué par Michael Shanks.

Il se retourna, malheureux mais attentif. Il fallait que je me lance.

- Pourtant c'est comme si tout en moi me hurlait que nous avions un lien particulier... puissant... et ça me fait peur de bien des façons.

Comme il ne disait rien, je poursuivis :

- J'ai fait des rêves très étranges... La voix de James m'exhortait à vous retrouver et il y a aussi cette femme qui revient souvent dans ma tête pour me dire des choses que je ne comprends pas. C'était sûrement mon esprit qui divaguait.

Phoenix se raidit :

- Décris-moi cette femme et parle-moi de ce qu'elle t'a dit.

Je fronçai les sourcils en avisant son air inquiet.

- Blonde, jeune mais sans âge véritable, un regard abyssal qui peut s'enflammer comme le mien. (Phoenix se décomposa) Elle s'exprimait de manière très nébuleuse, je cite : « Il faut être deux pour n'être qu'un. Le pouvoir est dans l'Unique et l'élue les sauvera tous en leur montrant la voie de leur nouveau destin ». Ça a un sens pour vous ?

Phoenix se rassit et se prit la tête entre les mains. Ce signe d'impuissance, ajouté à ses épaules abaissées, ne me disait rien qui vaille.

- C'est encore Léthalée...

- Qui ?

- A-t-elle dit autre chose ? s'enquit-il en ignorant ma question.

- Euh, oui. Qu'il faut que Finn meure par ma main pour que l'avenir soit meilleur... (Phoenix restait immobile) et que ce futur ne verrait le jour qu'en accomplissant l'ultime sacrifice.

Je ne vis rien venir.

Mon compagnon s'était levé si rapidement que je ne réalisai qu'il n'était plus à côté de moi que lorsque le poste de télévision s'écrasa contre le mur, suivi du fauteuil, auparavant éventré.

Phoenix était dans un tel état de rage que cette vision m'effrayait alors même que mes pouvoirs étaient censés être plus puissants que le sien, s'il en avait un. Partagée entre le désir de fuir et celui de rester pour aider, je me figeai, me préparant à me servir de ma télékinésie pour repousser tout objet qu'il lancerait malencontreusement dans ma direction.

Sauf que ce fut lui qui vint vers moi. Mon mur invisible l'empêcha de m'atteindre et je levais toujours la main pour le maintenir en place quand je m'exprimai froidement :

- Je ne sais pas ce qui vous prend, mais je n'hésiterai pas à vous assommer et à vous abandonner sur place si vous recommencez.

Phoenix s'allongea au sol, sur le dos, sans un mot, fermant ses yeux dont la lueur horrifique entre le bleu et le blanc avait disparu.

Le silence tomba entre nous, pesant. Je ne savais pas quoi faire.

Enfin, je me décidai à descendre de mon point de mire pour aller vers lui, m'agenouillant à ses côtés pour mieux l'observer. Ses traits étaient tirés par le chagrin qu'on tente de refouler, j'eus pitié de lui.

- Je vous en prie. Je cherche des réponses et pour le moment, vous êtes le seul à pouvoir me les apporter.

- Tu n'aimeras peut-être pas ce que tu vas entendre, souffla-t-il, les paupières toujours closes.

Surmontant mon angoisse, je lui saisis sa main. C'était comme si de l'électricité courait entre nos doigts.

- Je dois comprendre, dis-je, paralysée par ce phénomène.

- Très bien.

Pendant deux heures au moins, il revint sur les circonstances de notre rencontre, sur ma vie avec lui à Scarborough et Kerington en tant qu'humaine devenue malgré elle l'assistante respectée d'un vampire. Il me raconta aussi l'histoire de mes origines et de la façon dont je les avais découvertes, tout comme il me raconta comment je l'avais rejoint dans le monde de la nuit. Quand je dus lui demander la nature de nos liens parce que lui-même ne se résolvait pas à en parler, il y eut un nouveau silence. Puis :

- Tu m'appartenais, je t'appartenais.

Je me mordis la lèvre en entendant énoncer ces mots au passé. J'avais mal comme si je regrettais quelque chose que je n'avais pourtant jamais connu. Tout était si différent, maintenant... Je n'avais sûrement rien à voir avec la femme qu'il m'avait décrite : si enjouée, si déterminée, si attachante et drôle. Cette femme m'était complètement étrangère et je soupçonnais que son amant se disait exactement la même chose, d'où la souffrance qu'il éprouvait. Comment aimer un reflet brisé ?

La sensation qui s'insinua en moi lors de cette réflexion me fit froncer les sourcils. J'avais soudain l'impression que la vie n'aurait plus jamais de saveur et puis... j'étais... jalouse aussi... imperceptiblement, mais indubitablement.

Je chassai cette pensée, elle était bien trop dangereuse.

- Que s'est-il passé après ce bal masqué ?

Mieux valait retourner au récit...

- Je t'ai demandé de m'épouser et tu as accepté.

... Ou pas.

Je jetai un œil à mon annulaire : nulle trace de bague.

Phoenix avait dû rouvrir les yeux car il me dit :

- Finn te l'a enlevée pour ne pas se compromettre. Je ne sais pas pourquoi il t'a laissé le collier de ma sœur par contre.

Je fronçai de nouveau les sourcils et pris le petit pendentif auquel je n'avais jusqu'ici pas du tout fait attention. Il y avait un deuxième élément accroché avec le trèfle : une sorte de demi-lune incrustée d'un éclat métallique noir tout simple.

- Du scandium. Finn m'a fouillé à la recherche de ce qui faisait interférence à son pouvoir de trouver n'importe quel vampire dans le monde, mais il a échoué. Je te passe les détails concernant l'endroit où je l'avais caché.

Je l'avais parfaitement entendu, mais le scandium (Dieu savait ce que c'était !) ne m'intéressait pas.

- Votre sœur ?

Mon cœur se comprima dans ma poitrine en l'écoutant narrer le destin tragique de la jeune Keira.

- Il vaut mieux que vous le repreniez, dis-je en l'enlevant et en le glissant dans sa main.

Phoenix s'assit, serrant le précieux objet dans sa paume. Il déposa un rapide baiser dessus avant de me surprendre en passant ses bras autour de mon cou pour me le remettre.

- Mais... protestai-je.

- Il te revient, me coupa-t-il, d'un ton ne souffrant aucune réplique.

Je ne cherchai pas à argumenter, Phoenix reprit le cours de notre histoire commune jusqu'à l'épisode de notre fuite de Harper Hill. Sa colère contre les Grands avait été perceptible mais pas autant que celle qu'il exsudait lorsqu'il parla du moment où, guidée par les prédictions de Léthalée dont je comprenais mieux la fonction désormais, j'avais décidé de me sacrifier pour le sauver.

- Et maintenant elle te murmure encore qu'il faut effectuer cet ultime sacrifice ? Cela voudrait dire que ce n'était pas suffisant de te laisser pulvériser par les armes ennemies. Quand après des mois de douleur, je te retrouve enfin, en vie, il faudrait que j'accepte que tu meures pour de bon ?! C'est hors de question !

Sa façon de se rebeller contre une prophétie à laquelle mon esprit cartésien n'arrivait pas à croire me réchauffa l'âme. J'eus soudain envie de laisser mes doigts courir sur sa joue mais je me retins et chassai cette nouvelle idée saugrenue.

- Depuis que tu es... partie, nous vivons réfugiés dans une villa des Appalaches dont personne ne connaît l'existence. J'y ai fait venir tes amis humains, ils nous aident comme ils peuvent à coordonner la Résistance.

- Que faites-vous exactement ?

- Nous avons longuement hésité entre des attaques éclairs et une contre-offensive d'envergure, mais plus longue à organiser et nécessitant de nombreuses collectes de données. Nous avons finalement opté pour la seconde possibilité même si le résultat est loin d'être certain ; notre stratégie a laissé le temps à Finn d'asseoir définitivement son autorité.

- Pensez-vous qu'il est possible de le renverser ?

- Prendre le pouvoir est toujours plus facile que de le conserver. Les Grands avaient leurs défauts, mais au moins n'étaient-ils pas des tyrans.

- Qu'est devenue cette Blodwyn dont vous m'avez parlé ?

Il fit la grimace.

- Elle va bien. Elle nous a permis de regrouper tous les mouvements de résistance sous notre autorité... exactement comme tu me l'avais dit.

Je restai silencieuse, songeuse. Qu'allais-je faire maintenant que je connaissais mon histoire ?

Devais-je en reprendre le cours comme si rien ne s'était passé ? Devais-je suivre ma propre route pour me forger un avenir que j'aurais choisi ?

Non... Finn était toujours là, quelque part, à ma recherche autant que celle de Phoenix. Pendant que nous parlions dans cette chambre d'hôtel, des humains étaient assassinés pour servir de plat principal à des monstres n'hésitant pas à torturer et tuer leurs congénères ayant eu le malheur de ne pas vouloir suivre le même chemin.

Partir et recommencer ailleurs me parut soudain très égoïste, d'autant que moi aussi, je vivrais sous la menace d'être capturée à nouveau.

Le choix, s'il y en avait un finalement, était limpide... Plus encore quand je croisai le regard de mon compagnon, qui, ayant respecté ma réflexion silencieuse, me fixait maintenant avec une lueur de terrible appréhension dans les prunelles qui me consternait. Il avait peur que je le quitte, je me rendais compte que c'était de toute manière inenvisageable.

- Je viens avec vous.

Chapitre IV : Appalaches

*

Phoenix ne laissa rien transparaître sur son visage quand je lui répondis, mais ses épaules s'affaissèrent légèrement, ce qui m'indiqua qu'il en était soulagé.

- Bien.

Il ramassa son manteau et m'en tendit un pour moi.

- Comment avez-vous… ?

- Peu importe.

J'enfilai le vêtement.

- Comment allons-nous procéder ? Si nous devons voler une voiture, il va falloir faire ça à l'abri des regards, en commençant par nous débarrasser du van.

- Le van ne posera pas problème.

- Ah ?

- Je me suis réveillé avant toi. J'ai pris des dispositions pour qu'on ne retrouve pas notre trace.

- Et qu'est-ce que vous… ?

- Peu importe, me coupa-t-il encore, en se dirigeant vers la porte de la chambre. Allons-y.

Nous sortîmes dans la petite cour du motel à l'enseigne peu avenante malgré la propreté des lieux. J'allais me diriger côté trottoir, mais Phoenix me retint par la main et sans me lâcher, m'attira vers une issue plus petite, donnant accès à une ruelle sombre et peu engageante.

Il était près de vingt-et-une heures dans une ville inconnue baignée par l'obscurité. Les rares passants que nous distinguions plus loin ne s'attardaient pas, ce qui me laissait supposer que le quartier n'était pas très prisé.

- Comment voulez-vous procéder à partir de là ? demandai-je à Phoenix, qui avait fermé les yeux pour se concentrer comme je le faisais aussi sur les battements de cœur des environs.

Il s'approcha, ses prunelles traversées par des éclairs irisés me poussant à m'inquiéter sur ses intentions. Quand il fut à quelques centimètres de moi sans me donner l'impression de continuer à respecter mon espace vital, j'eus un mouvement de recul.

- N'aie pas peur.

Je ne compris même pas comment mon corps fit pour se détendre à la vitesse de l'éclair, comme s'il prenait les décisions à la place de mon cerveau. Je n'eus donc aucune réaction quand Phoenix me prit dans ses bras et me souleva, si ce n'était une brusque montée de température interne.

Un rayon de lune nous éclaira tous deux comme il assurait sa prise et regardait le ciel. J'en eus le souffle coupé.

Quelques-unes de ses mèches voletaient et étaient rabattues sur son visage aux lignes parfaites tandis que mon attention revenait sans cesse vers son cou dont la peau que je pressentais douce comme de la soie s'offrait à ma vue, comme un appel à une morsure immédiate. Nous nous élevions déjà vers le ciel, lentement d'abord puis plus vite, quand je m'arrachai à ma contemplation et que je pris conscience de ce qui se passait.

Paniquée par la distance qui nous séparait du sol à une vitesse de plus en plus vertigineuse, je glapis et sursautai.

- Mais vous volez !

Phoenix arrêta son ascension entre deux nuages et me fixa :

- Tu voles.

- Hein ? Certainement pas !

- Ce que je veux dire, c'est : tu voles ! Cesse de me vouvoyer, nous avons mis trop de temps à passer ce cap, toi et moi, pour devoir tout recommencer.

- Euuuh… Ok.

Que pouvais-je dire d'autre ?

Il raffermit sa prise une nouvelle fois, je me doutais que nous allions battre bientôt des records de vitesse. Mon Dieu… Je détestais l'altitude ! Une chose au moins dont j'étais certaine !

- Phoenix ?

- Sam ?

- Ne me lâche pas.

- Jamais.

Rassérénée par son ton farouche, je me blottis un peu plus contre lui, autant pour me cramponner à son manteau que pour y enfouir mon visage pour ne pas distinguer le panorama qui s'étalait en-dessous.

- Sam ?

- Oui ?

- En fait, tu es vraiment capable de voler.

Je n'eus pas le temps de lui demander des explications, il démarra à pleine puissance, si bien que même avec notre ouïe de vampires, mes mots se seraient de toute façon perdus dans le vent. Par ailleurs, l'aversion que je ressentais envers le vide dans lequel nous évoluions m'amena à me couper du monde pour ne plus penser qu'à respirer l'odeur de l'homme qui me tenait dans ses bras et qui m'emmenait vers une famille dont j'ignorais tout.

Je ne sais combien d'heures nous fonçâmes à travers les nuages, mais quand nous commençâmes à survoler ce qui semblait être une chaîne de montagnes, je sus que nous touchions au but.

Encore une heure environ et Phoenix ralentit sa vitesse.

- Nous arrivons.

Ma vision nocturne distinguait parfaitement le paysage alentour, rendu mystérieux et majestueux par la couche de neige qui le recouvrait, pourtant, ce fut le visage enfoui dans les replis du manteau de mon porteur que je vécus la descente vers notre destination.

- Nous y sommes.

J'ouvris les yeux. Nous nous tenions sur le perron d'une très grande structure, dont les teintes sombres sous la couche de neige devaient parfaitement la fondre dans la nature ambiante, la préservant des regards indiscrets.

Phoenix me déposa doucement à terre, mais ne me lâcha pas pour autant les bras. Quelque part, je n'avais pas non plus envie qu'il me lâche.

- Ils sont tous là, mais je me suis arrangé pour atterrir ici, là où la caméra ne peut pas nous voir. Tu te sens prête ?

Absolument pas, mais il allait bien falloir me lancer. Je hochai la tête.

- Il y a un sas d'entrée, tu resteras derrière la porte pendant que je les réunirai, je t'appellerai ensuite.

- Tu es sûr que nous sommes en sécurité avec ces gens ?

Phoenix glissa sa main sur ma joue.

- Tu as confiance en moi ?

- Oui.

La réponse sortit avant même que j'y réfléchisse. J'avais, je ne sais pourquoi, une confiance aveugle en lui.

- Suis-moi.

Il me précéda dans le sas séparant l'extérieur du rez-de-chaussée et ouvrit la lourde porte en bois donnant sur un vaste hall. Je n'en vis pas davantage puisque Phoenix referma le battant dès qu'il fut entré. Qu'à cela ne tienne, je pouvais entendre ce qui s'y passait...

- Je suis là, se contenta de dire Phoenix sur le ton de la conversation, mais dont la phrase eut pour effet immédiat de déclencher un véritable déferlement de bruits de pas et de battements de cœur dans l'édifice.

- *Phoenix ! Phoenix ! Tu as pu t'échapper ?! Comme on est heureux de te revoir ! Phoenix !* s'exclamèrent de multiples voix, partagées entre l'incrédulité et la joie de retrouver leur ami sain et sauf.

Une soudaine montée de stress me fit rabattre la capuche de mon manteau sur ma tête. Elle était très ample, au point qu'elle me tombait devant les yeux, c'était pile ce dont j'avais besoin pour trouver un semblant de calme dans ce brouhaha.

- Ouf ! Angela ! Doucement !

- Snif ! Par...don, snif ! Je suis... snif tellement heureuse ! Nos contacts ont su qu'on t'avait capturé et... Bouhouuuuu !

A priori, une humaine très émotive s'était jetée dans les bras de mon compagnon et pleurait sans retenue contre lui. Ma nervosité laissa la place à de l'agacement jusqu'à ce que j'entende :

- François, récupère ta femme, s'il-te-plaît. Elle m'inonde !

Un rire grave s'ensuivit puis plusieurs bruits sourds que j'identifiai comme une accolade toute masculine (à grands renforts de claques dans le dos).

- Content de te retrouver, mon ami. Tu as failli nous manquer.

- Toi aussi tu m'as manqué, d'Artagnan[8].

Je haussai les sourcils. Ne venait-il pas de l'appeler François ? Ce n'était quand même pas... ?

- Je croyais qu'on avait dit qu'on éviterait de remettre ce surnom sur le tapis ! dit le Français d'un ton faussement outré.

- Tu l'as dit, je n'ai jamais adhéré à ta décision.

---

[8] Charles de Batz-Castelmore dit d'Artagnan (1611-1673), gascon rendu célèbre par Alexandre Dumas dans *Les Trois mousquetaires* (1844), mais dont la vraie vie reste assez mystérieuse. Il serait mort pendant la guerre de Hollande.

Un autre rire plus sonore se fit entendre, appartenant à un humain plus âgé d'après les battements de cœur que j'entendais.

- Brave garçon ! Je n'ai pas douté une seconde que tu reviendrais ici ! Je leur ai dit à tous : vous verrez, Phoenix est un dur à cuire, il s'arrangera pour se libérer et pour rayer ses ravisseurs de la surface de la terre. Viens-là que je t'embrasse, fiston !

J'aurais bien aimé voir mon si ténébreux compagnon se laisser embrasser par cet humain dont la voix trahissait la bonté. Après un énorme « Smack » qui faillit me trahir tant je me retins de lâcher un rire nerveux, je dus tendre l'oreille pour écouter les démonstrations des autres personnes présentes, plus en retenue.

Il y eut d'abord celle d'un autre humain, simple et rapide :

- Content que tu t'en sois sorti.

- Matthew, le salua Phoenix d'un ton neutre.

Les deux hommes ne semblaient pas s'apprécier outre mesure, mais faisaient preuve d'un respect mutuel. Tiens...

Ensuite, deux autres vampires intervinrent :

- Ange, tu m'avais déjà prouvé que j'avais le meilleur des lieutenants à mon service, mais tu nous en donnes encore la preuve aujourd'hui. Je suis impressionné.

Je frémis. Une autorité implacable émanait de cette voix d'homme.

- Merci, maître.

- Phoenix... Bienvenue.

- Merci, Ysis.

- Elle m'a dit que l'évacuation n'était pas nécessaire, que tu reviendrais. Ton retour est censé être une étape cruciale dans cette guerre.

De quoi cette femme parlait-elle ? Qui lui avait parlé du retour de Phoenix ?

- En d'autres circonstances, je n'aurais pas été d'accord avec vous, mais pour une fois, je ne peux que confirmer votre prédiction.

- Que veux-tu dire ? demanda François/D'Artagnan.

Phoenix soupira, je sentis que le moment était venu. Tous mes muscles se raidirent comme mon pouvoir se tenait prêt à se déchaîner pour contrer toute menace éventuelle. Je n'avais aucune idée de l'accueil qui me serait réservé.

- Croyez-moi, Finn n'avait pas l'intention de me laisser partir et a tout fait pour empêcher toute tentative d'évasion de ma part.

- Mais alors, comment t'en es-tu… snif… sorti ?

- Quelqu'un m'a aidé… et ce quelqu'un attend derrière cette porte.

Un grand silence tomba sur l'assemblée présente. Chacun devait se demander qui pouvait être cet allié inespéré que Phoenix avait ramené dans leur repaire secret au mépris de toute sécurité et sans même demander leur avis.

La clenche s'activa et le battant s'entrouvrit. Phoenix me laissait encore le choix. À moi de voir si je le rejoignais ou si je prenais mes jambes à mon cou dans l'hiver des Appalaches.

Je pris une grande inspiration et avançai.

Rien ne se passa de prime abord puisque ma capuche cachait toujours mon identité à ces gens, mais une seconde plus tard, quand je la rabattis, ce ne fut plus du tout la même chose.

*

Dès mon arrivée, mes yeux avaient viré au rouge sombre, réaction typique d'auto-défense. C'est ainsi que les personnes me virent quand je me dévoilai à elles, m'étant positionnée d'instinct à côté de leur ange.

Il y eut d'abord un moment de flottement, puis, une explosion de voix criant mon nom. Je vis du coin de l'œil la belle femme blonde en pyjama rose s'évanouir dans les bras d'un homme aux cheveux noirs coiffés en catogan avant que toute la foule ne se prépare à se jeter sur moi.

Mue par l'instinct de conservation, je me préparais à user de mon pouvoir de télékinésie pour repousser la vague quand Phoenix vint se placer juste devant moi, coupant l'herbe sous le pied des autres.

Levant les mains pour les stopper dans leur élan, il s'écria pour couvrir le bruit ambiant :

- Elle a perdu la mémoire. Reculez !

Le silence s'imposa de nouveau, après que tous se furent exécutés, les yeux encore exorbités par le choc causé par mon apparition inopinée. On entendait seulement le dénommé François tapoter les joues de son épouse en prononçant son nom pour la faire reprendre pied dans le présent.

- Elle ne se souvient d'aucun d'entre nous. Mieux vaut que vous ne la pressiez pas trop.

- Mais si elle ne se souvient de personne, comment se fait-il qu'elle t'ait aidé à t'échapper ? Et que lui est-il arrivé ?

Phoenix me jeta un coup d'œil puis reporta son attention sur l'homme aux yeux noisette qui venait de l'interpeller.

- Les réponses aux questions viendront en temps voulu. Pour l'heure, Sam réintègre sa famille.

Je sentis une étincelle de joie s'allumer dans mon néant personnel. Peut-être que j'étais à ma place ici en fin de compte…

- Comment oses-tu nous mettre en danger de la sorte en la ramenant dans notre quartier général ?!

… ou pas. Une voix que je n'avais pas entendu se mêler aux élans de bienvenue ayant accueilli Phoenix s'éleva, grondant de colère contenue mais dévastatrice.

- Je ne vous demande pas votre avis, Blodwyn, cracha mon protecteur, dont la tension soudaine me remit aussitôt sur le qui-vive.

Une silhouette menue écarta sans ménagement les deux femmes sur son chemin, une jeune beauté d'une vingtaine d'années et une autre ayant la cinquantaine d'après ses cheveux gris permanentés.

- Hé ! grognèrent-elles en rétablissant difficilement leur équilibre.

La jeune fille rousse qui s'avançait vers nous irradiait une aura royale malgré ses dix-sept ans apparents. Son regard et son maintien m'indiquaient qu'elle devait avoir de hautes fonctions depuis très longtemps. Blodwyn, donc.

Quelle modestie ! Elle nous toisait impitoyablement, se dressait comme une reine face à nous alors qu'en vérité, Finn lui avait ravi son trône.

- Et c'est arrivé par ta faute, Samantha Watkins. Sans toi, mon trône n'aurait pas été réduit à l'état de cendres avec tous mes frères !

Génial… Une télépathe psychopathe adepte du contrôle total.

Mon soupir mental me valut un grondement menaçant et une présentation de crocs en bonne et due forme. Ok, tu veux la jouer comme ça ?

Le mien fut plus sauvage et plus assourdissant.

À qui croyait-elle donc qu'elle avait affaire ? Elle n'avait qu'un autre pas à esquisser avant que je me jette sur elle pour lui apprendre la politesse. J'en trépignais déjà d'impatience, du coup, je ne sais pas quelle expression j'avais, mais elle dut bien montrer mon état d'esprit pour que tout le monde fasse un pas en arrière, Blodwyn comprise.

- Sam a survécu à l'explosion de Harper Hill, mais Finn a contraint James à manipuler son esprit et à la convaincre qu'elle était sa fille…

Un frisson parcourut l'assistance, des regards de pitié me balayèrent.

- C'est justement grâce à ses pouvoirs qu'elle a pu voir la vérité et empêcher James de faire la même chose avec moi. Sans elle, je ne serais pas là devant vous.

- Si c'était pour nous ramener cette bombe à retardement, tu aurais mieux fait de t'abstenir !

Un « Oh ! » outré se fit entendre de la part de tout le monde, quant à moi, il me fallut tout mon self-control pour ne pas carboniser Blodwyn sur place.

- Qu'est-ce qui te prouve que ce n'est pas un plan de Finn pour nous retrouver ? Elle travaille sûrement pour lui et profitera de ta faiblesse à son égard pour tous nous trahir dès que l'occasion se présentera.

- Je ne suis pas une traîtresse ! feulai-je avec hargne en faisant un pas en avant.

Les insultes ne me faisaient pas peur, mais je ne pouvais pas accepter qu'on remette en cause mon honneur. Même sans souvenir, il y avait des certitudes qui s'imposaient à moi sans hésitation ; mon intégrité en était une.

Phoenix lança son bras en travers de mon chemin pour m'arrêter et sans cesser de fixer sa supérieure avec fureur, il dit :

- Pour une des membres du cercle des plus grands sages ayant foulé cette terre, vous êtes franchement d'une bêtise navrante…

Les yeux de Blodwyn s'enflammèrent.

- Sam est notre unique espoir de gagner la guerre et sa présence ici est incontestable. Si vous ne l'acceptez pas, je le prends comme une déclaration de guerre envers ma personne. Alors soit vous la tolérez, soit nous réglons ça tout de suite.

Talanus voulut intervenir :

- Phoenix… Ce serait à l'encontre de tout ce qu'on a entrepris depuis sept mois, (il me coula un regard en biais) à l'encontre de ce que Sam t'avait dit avant de se sacrifier.

- Peu importe. Si Blodwyn n'est pas capable de passer par delà ses préjugés pour enfin faire preuve d'un peu de bon sens, elle n'a pas sa place avec nous. Par ailleurs, je suis sûr que Léthalée n'a jamais parlé d'elle dans l'avenir qu'elle a vu pour notre peuple. Je n'aurais donc aucun scrupule à la tuer si elle touche ne serait-ce qu'un cheveu de Sam.

- Tu oserais donc t'en prendre à moi, niant être aveuglé par tes sentiments pour cette femme ?! cracha Blodwyn, furibonde.

- Mes anciens sentiments n'ont rien à voir là-dedans ! Il serait temps qu'enfin vous ouvriez les yeux sur vos propres œillères. La puissance de Sam est un atout pour nous, elle n'a pas hésité à se retourner contre Finn et à m'aider à m'enfuir après tous les mensonges qu'il lui avait racontés et si quelqu'un peut le vaincre, c'est bien elle ! Si vous ne le comprenez pas, vous devriez reprendre des cours au lycée d'où vous vous êtes échappée !

Dans ses paroles, je ne savais pas si c'étaient les mots *anciens sentiments* indiquant que Phoenix ne m'aimait plus comme avant ou bien sa façon de parler de moi comme d'un outil efficace qui me meurtrissait le plus la chair. Toujours est-il que son discours me frappa, au sens premier du mot.

Qu'est-ce que ça voulait dire ? Avec ce qui s'était passé, je ne pouvais pas être encore amoureuse de lui ! Je m'en souvenais à peine ! Non, c'était impossible... Cette douleur ne pouvait pas venir de là...

Mon cerveau cessa d'analyser cette pensée pour ordonner à mon corps de réagir au plus vite.

- Tu vas me le payer !

Heureusement que mon instinct avait senti le désastre arriver car plus vite que l'éclair, je passai devant Phoenix pour faire barrage de mon corps à la diablesse rousse qui courait pour lui sauter à la gorge et levant le bras, je stoppai cette dernière en plein bond, l'immobilisant au-dessus du sol. Puis, alors que les spectateurs prenaient seulement conscience de ce qui était en train de se produire et nous regardaient avec effarement, je laissai mes crocs sortir et mes yeux s'illuminer d'une promesse de mort comme l'étau invisible obéissant à mes ordres se resserrait autour du cou de celle dont la douleur soudaine avait vite ôté l'expression de sauvagerie sur son visage pâle.

- Sam ! intervint Phoenix en se plaçant à mes côtés. Non !

Je ne réagis pas, trop concentrée sur Blodwyn qui se débattait pour se libérer, en vain. Ses yeux étaient exorbités et les os de son cou commençaient à craquer.

- Elle t'a attaqué… feulai-je, sans cesser de fixer haineusement ma victime. Je pourrais tout aussi bien la carboniser sur place…

À ces mots, une flamme apparut dans mon autre main, ce qui fit sursauter toute l'assistance.

- Ce n'est pas la première fois que Blodwyn et moi avons ce genre… d'échange. (Je haussai les sourcils) Ce n'est pas pour autant que nous voulons la mort de l'autre.

J'allais y réfléchir quand le bel homme aux yeux noisette s'avança :

- Tu ne dois pas la tuer, Sam. Tu n'es pas comme ça !

Cela lui valut d'être repoussé par un mur télékinétique que je n'avais même pas convoqué, et une mise en garde de ma part suffisamment claire pour le faire taire : je grondai férocement dans sa direction.

Phoenix, après avoir lancé une œillade mécontente à l'empêcheur de tourner en rond reporta son attention sur ma personne.

- Matthew a raison. Tu n'es pas comme ça.

J'eus un ricanement grinçant.

- Vous avez tort ! *Tu* as tort ! Tu ne sais pas qui je suis, je n'en sais rien moi-même.

Je ne voulais pas lui faire de mal, mais je n'arrivais pas à oublier ce qu'il avait dit sur mon compte tout à l'heure. Comment affirmer que j'agirais de telle ou telle sorte alors que pour lui, je n'étais plus la femme qu'il avait toujours connue et aimée ?

Sa réaction me surprit.

Il posa sa main sur mon bras tendu vers Blodwyn devenue violette, et me regarda avec un mélange de résignation et de détermination qui me percuta.

- Alors laisse-nous t'aider à te reconstruire. Si tu ne te sens pas bien ici, tu pourras partir quand tu le voudras.

Je le dévisageai, longuement. Il me proposait de rester avec eux et de réapprendre à les connaître comme si on repartait de zéro, et cela, sans rien attendre en retour… Il me laissait libre aussi de les quitter dès que je le souhaiterais… Il était donc prêt à me laisser *le* quitter, *lui* ? Que devais-je en déduire ? Était-ce parce qu'il tenait trop à moi ou justement parce que cette étrangère face à lui ne lui inspirait aucun sentiment ?

J'étais complètement perdue, choquée au point d'en oublier Blodwyn qui s'effondra au sol dans un bruit sourd. Pourquoi avais-je cette impression que mon âme venait de se fendre en deux ?

- Misérables ! s'écria cette dernière.

Encore sonnée, je ne réagis pas assez vite quand une silhouette blonde nous dépassa pour se poster devant elle.

- Maintenant ça suffit ! La présence de Sam ici n'est pas négociable. Vous êtes peut-être la plus haute autorité de cette villa, mais souvenez-vous que sans notre soutien, cette autorité n'est qu'honorifique et jusqu'à preuve du contraire, vous êtes la seule réfractaire à son retour parmi nous !

Elle laissa un petit silence pour permettre à un éventuel réfractaire bis de se faire connaître, ce qui n'arriva pas.

- Sam est notre amie, elle reste ici, fin de la discussion !

La harangue enflammée d'Angela me sidéra, d'autant qu'elle chancelait encore après son évanouissement. Non seulement ses mots étaient un baume pour mon cœur meurtri, mais en plus, ils avaient le mérite d'avoir cloué le bec à celle à qui ils étaient destinés…

- Mais…

… Ou presque.

- *N'allez pas plus loin ou je n'hésiterai pas une seconde à raconter pourquoi vous choisissez systématiquement le sang de Matthew quand vous venez vous servir dans la cuisine.*

Pour un œil humain non averti, les lèvres de ma défenseuse n'avaient pas remué. Pour un œil et une ouïe vampiriques, c'était une autre histoire : le chuchotement nous était parvenu clairement et eut l'effet escompté, à savoir réduire Blodwyn au silence complet. Étant donné le personnage, c'était un exploit ! Exploit laissant supposer que notre Grande alliée tenait à ce que son jardin secret le reste éternellement, surtout concernant Matthew.

- Très bien, mais ne me dites pas que je ne vous ai pas prévenus, déclara-t-elle en faisant demi-tour pour aller s'enfermer dans sa chambre.

Nous la suivîmes tous du regard jusqu'à ce que la porte claque puis Angela se retourna dans ma direction et commença à s'approcher. Tout le monde se raidit, à commencer par moi.

- Angela… prévint François, inquiet.

Son épouse l'ignora et me dévisagea, comme pour chercher de quelconques changements dans mon physique.

- Tu t'es teint les cheveux récemment.

Je fronçai les sourcils, je ne m'attendais pas à ce constat simple en guise d'amorce de conversation, pourtant, la réponse me vint toute seule.

- Il voulait que je sois rousse. Je lui ai fait comprendre qu'il pouvait aller se faire voir.

Angela m'offrit un sourire timide…

- Ça ne m'étonne pas de toi, tu n'as jamais été douée pour parler aux gens.

… que je lui rendis… un peu.

- Voilà une chose de mon passé sur laquelle je n'ai aucun doute.

Elle s'arrêta à quelques centimètres de moi, toute l'assistance retenait son souffle.

Il y eut comme un déclic.

L'instant d'après, je la serrais contre moi en savourant ce contact inédit et pourtant si familier comme elle me rendait mon étreinte en éclatant en sanglots.

- Tu es… snif, ma… snif, sœur de cœur ! J'ai cru mourir… snif, quand Phoenix est revenu sans toi ! Snif !

Je ne savais pas pourquoi je l'avais enlacée, mais je m'en fichais, j'étais trop bien pour m'en soucier. Les yeux fermés, j'entendais les reniflements indiquant que mon amie retrouvée n'était plus la seule à pleurer. Un bruit de trompette nous fit d'ailleurs tous sursauter.

- Papa !

- Désolé, fils mais…

Je n'eus que le temps d'écarter Angela et d'ouvrir les bras pour réceptionner celui qui devait être Danny Robertson, lequel trempa mon manteau en même temps que ses larmes dégoulinaient dans mon cou pendant qu'il m'écrasait contre sa grosse bedaine.

Wow ! pensai-je tout à coup quand tous les humains, mus par un signal inaudible, se précipitèrent pour m'enlacer en même temps sans se soucier de savoir si je les repousserais. Tous pleuraient et se mouchaient à moitié sur moi, certains sanglots étant plus bruyants que d'autres. L'émotion la plus vive venait de Matthew, qui ne laissait passer aucun son mais dont la respiration terriblement désordonnée derrière, sur ma nuque, en était le témoin.

Paralysée par ces nouvelles démonstrations d'affection, je n'en ressentais pas pour autant de gêne, au contraire. Même si tous ces visages m'étaient encore inconnus jusqu'à il y a quelques minutes, je sentais au plus profond de moi qu'ils avaient leur place dans mon cœur. Alors même si je ne retrouverais sûrement jamais ni mémoire ni bonheur, j'acceptais ce cadeau de bienvenue.

Du moins jusqu'à ce que je réalise que Phoenix s'était volontairement écarté de l'attraction de foire que j'étais devenue pour discuter avec ses deux supérieurs si impressionnants par leur charisme, Talanus et Ysis. Là, le semblant de joie qui venait d'apparaître en moi s'envola pour ne plus laisser que le vide qui m'habitait depuis ma renaissance à Indianapolis.

Une certitude s'affirma alors dans mon esprit : j'aurais tout donné pour ne pas avoir oublié cet homme-là.

*

Le reste de la nuit passa comme un tourbillon. Je fus sollicitée de toutes parts pour raconter mon histoire, chose que j'avais refusée catégoriquement, un peu sèchement d'ailleurs ; d'abord parce qu'il n'y avait rien à dire vu que je ne me souvenais de rien, et ensuite, parce que je ne voulais pas refroidir la chaleur des retrouvailles avec le déroulement meurtrier de notre évasion collective. Tout le monde, bien sûr, se rabattit sur Phoenix qui discutait encore avec ses supérieurs et celui-ci, en levant les yeux au ciel, rendit les armes en se dirigeant vers le canapé.

Bien que j'étais curieuse moi aussi d'entendre son récit pour combler certains trous dans ma mémoire, je restai debout, à l'écart du groupe qui continuait encore à me dévisager comme si j'allais disparaître à un moment ou à un autre, comme la chimère que j'étais sûrement. Un seul ne posa pas un instant ses yeux sur moi, celui-là même qui prit la parole pour expliquer comment il avait menti à ses amis pour saisir l'occasion de se venger de son pire ennemi lors d'une rencontre organisée dans une église de la périphérie d'Indianapolis.

- Et tu t'es fait capturer… le morigéna l'homme à l'allure de mousquetaire avec dans le regard une expression signifiant « Je te l'avais bien dit, mais tu en as encore fait à ta tête, triple buse ! ».

Phoenix se contenta de hausser les épaules.

- En vérité, j'étais sur le point de tuer Finn.

Tout le monde, vampires millénaires compris, émit un « Ah ?! » de surprise et d'admiration. Il poursuivit :

- J'y serais parvenu si… (mes dents grincèrent, j'avais compris) si Sam ne m'avait pas arrêté.

- Quoi ?! s'écrièrent-ils tous.

Ils m'observèrent avec étonnement, augmentant mon malaise. Par réflexe défensif, mes crocs s'allongèrent et mes pupilles devinrent rouges. Le malaise changea de camp.

- Ce n'était pas sa faute, intervint notre narrateur. Finn avait capturé James et il s'est servi de ses dons pour modifier la mémoire de Sam après qu'il eut retrouvé son corps inconscient avant moi à Harper Hill. (Il marqua un temps d'arrêt pour reprendre le contrôle de ses pupilles de plus en plus luminescentes, témoignant d'une colère intense difficile à contenir) Nous pensions tous qu'elle était morte, mais son pouvoir de pyrokinésie l'a protégée de l'explosion qu'elle a provoquée ; tout ça pour être manipulée après son réveil par un meurtrier se faisant passer pour son créateur afin de s'assurer sa loyauté.

Un lourd silence tomba dans le salon. La façon dont Phoenix racontait cet épisode avec la colère et le chagrin qu'on percevait dans chaque mot me transperçait le cœur et cette sensation m'exaspérait au plus haut point, moi qui voulais plus que tout prendre du recul par rapport à ce lien qui nous unissait auparavant, en vain.

- Ça ne l'a pas empêchée de vouloir me sauver. Deux fois.

Je tiquai. J'avais donc tenté une première fois de le faire évader ? Ce fut un échec, à l'évidence.

- Elle est venue à moi pour trouver des réponses et je ne sais trop comment, ses souvenirs lui sont revenus d'un seul coup…

Je déglutis difficilement, je n'osais pas imaginer ce qui s'était passé à cet instant de peur qu'une nouvelle vision de nous deux enlacés ne s'impose à moi.

- … Mais Finn est arrivé juste après et est parvenu à l'assommer. James a dû recommencer son travail. Je croyais que tout était perdu quand elle est revenue pour me délivrer alors même que toute trace de moi avait disparu dans son esprit.

Angela eut un hoquet de stupeur horrifiée :

- Mais alors, ça veut dire que vous deux…

Affreusement gênée par ce qu'elle sous-entendait, je détournai la tête, trouvant plus acceptable la vue du dehors que celle des gens qui m'entouraient. Heureusement, car je manquai m'étouffer en entendant ce qui suivit :

- Oui, Angela. Je suis un étranger pour elle, comme vous tous.

L'atmosphère me parut soudain irrespirable et j'aurais tout donné pour qu'on ouvre les fenêtres malgré les froides températures du dehors. Comment ne pas être frappée par l'emploi de ce terme si dur et pourtant si approprié pour désigner le fossé entre toutes ces personnes et moi ? Pourtant…

- Je suis là parce qu'en dépit de mon absence de souvenirs vous concernant, j'ai envie de vous aider à lutter contre Finn. Je veux me battre à vos côtés.

Nous n'étions pas si différents, nous poursuivions le même but. N'était-ce pas suffisant pour que j'aie ma place parmi eux ? Je n'étais plus leur Samantha Watkins, mais je pouvais quand même leur apporter mon soutien à défaut de mes anciens sentiments.

En tout cas, mon intervention ne déclencha guère l'enthousiasme à voir la tête de ceux qui m'avaient accueillie. Du moins…

- Ta place est ici, peu importe qui tu crois ou ne crois pas être.

Ysis s'était levée, majestueuse dans sa longue robe noire, ses yeux verts éclatants comme deux émeraudes, sa chevelure noire laissée libre cascadant sur ses épaules dénudées. Elle s'approcha de moi en me scrutant de haut en bas puis, sans se soucier de mon mouvement de recul ou de mon feulement d'avertissement, elle s'empara de mes mains pour les serrer dans les siennes. J'aurais pu les lui retirer, mais mon instinct me soufflait de n'en rien faire.

- Tu es chez toi, Samantha Watkins, et ton retour annonce que la roue du Destin va de nouveau se mettre en marche.

Phoenix émit un grondement bas qu'elle ignora royalement puisqu'elle me plaqua contre elle avec la force d'une équipe de rugbymen survoltés au grand complet.

- Tu m'as manquée, dit-elle en me relâchant.

Je n'osais pas poser mes mains sur elle, du coup, mes bras raides et écartés devaient me donner l'air ridicule.

- Euh… merci.

- Nous ne te poserons plus de questions sur ce que tu as subi dans l'antre de Finn à moins que tu veuilles nous en faire part de ta propre initiative…

Sa déclaration sonna comme un ordre ne souffrant aucune réplique à l'ensemble de l'assistance.

- … Phoenix va te faire visiter les lieux et ensuite, vous vous restaurerez dans la cuisine.

- Euh… Ok.

Cette femme me perturbait à me regarder avec la tendresse d'une mère pour sa fille alors qu'elle irradiait pourtant une autorité et un charisme écrasants.

- Phoenix ! appela-t-elle sèchement.

L'intéressé ne devait pas s'être levé assez vite pour qu'elle l'interpelle ainsi. Peut-être aussi qu'il n'avait pas envie de passer plus de temps avec moi…

Lorsqu'il arriva à ma hauteur et qu'il m'enjoignit de le suivre, j'eus envie de lui balancer à la figure que si ça l'ennuyait tant que ça de me faire une visite guidée, je pouvais très bien me débrouiller toute seule, ce n'était pas comme si la villa faisait la taille de Disneyworld ! Je me contins néanmoins et lui emboîtai le pas, songeant que son comportement n'aurait pas dû m'irriter de la sorte et que je ne devrais pas avoir non plus autant envie qu'il se tourne vers moi avec l'expression tendre qu'il avait affichée en me voyant lorsque j'avais déboulé dans sa cellule. Il semblait que son attitude douce et protectrice se soit évaporée à la minute où nous avions franchi le seuil du salon, c'était plus que déstabilisant.

Tout le temps que dura ce petit tour, je serrai les dents, véritablement déroutée par la sensation de vouloir m'approcher toujours plus près de mon guide, avec la peur constante d'être rejetée. De fait, je restai muette du début à la fin, alors même qu'au fond, j'étais admirative de l'architecture de la bâtisse. Tout y était confortable et grand luxe alors qu'elle était conçue pour passer inaperçue à travers les bois des Appalaches. Pour nous protéger du soleil, les fenêtres étaient pourvues de volets automatiques dont l'activation se faisait par des boîtiers muraux ou par des télécommandes à disposition de tous.

Le hall d'entrée par lequel j'étais arrivée était assez spacieux et donnait à gauche sur une grande cuisine séparée de la salle/salon un peu plus loin, là où je pouvais encore entendre les conversations animées des gens qui m'avaient accueillie, et dont, évidemment, j'étais au centre. Je vis le grand bureau qui servait de salle des opérations pour les chefs de la Résistance et plus loin, une salle de sport pourvue en équipements dernier cri. La plupart des chambres étaient au rez-de-chaussée sauf celle des propriétaires, la plus grande, une véritable suite avec salle de bain en marbre et boudoir personnel (décoré de façon étrange avec tout un tas d'objets hétéroclites), qui se situait au premier étage et dont l'accès se faisait par un escalier tournant donnant directement dans le séjour. Il y avait pourtant une dernière chambre sur ce niveau, à laquelle on accédait par un second escalier depuis le hall d'entrée. Plus excentrée et donc plus au calme, je ne fus par surprise que Phoenix me révèle que c'était lui qui y dormait.

Plus petite que les autres, elle bénéficiait tout de même d'un dressing et d'une salle de douche attenante décorée en des nuances de noir et de blanc très élégantes. La pièce était très sobre, aucun tableau ou bibelot ne venant égayer les murs blancs contrastant avec le noir d'encre de la literie. Mon attention fut toutefois attirée par le meuble de chevet garni de différents livres et sur lequel en trônait un ouvert, retourné pour conserver la page. Sentant le regard de Phoenix suivre tous mes gestes, je me dirigeai vers l'ouvrage et le saisis en m'asseyant sur le lit.

Je fronçai les sourcils en lisant le titre.

- *Le traité sur la tolérance* ? demandai-je en observant son lecteur, lequel se tenait raide comme du bois, de petits éclairs dansant dans ses prunelles. Tu aimes Voltaire ?

Je voulais être aimable, mais ma tentative tomba à plat ; il se mordit la lèvre et changea de sujet :

- Cette chambre est à toi désormais.

- Quoi ?

- Tu dormiras ici, répéta-t-il, plus sèchement, cette conversation lui déplaisant manifestement.

Je secouai la tête pour me remettre de ma surprise.

- Mais… et toi ?

- Je dormirai ailleurs.

- Où ?! Toutes les chambres sont occupées ! Ginger et Valérie comme Matthew et Danny font déjà chambre commune !

Je débarquais dans sa vie comme un cheveu sur la soupe et en plus, j'allais l'éjecter de sa chambre ? N'importe quoi !

- Certainement pas !

Il ferma les yeux une seconde, sa voix quand il reprit la parole se faisant plus douce… mortellement plus douce.

- Cette décision ne t'appartient pas.

Où était l'homme attentionné du motel après Indianapolis ? Son agressivité me perturbait, mais je ne me laisserais pas intimider !

- Je n'ai pas besoin de tant d'égards, tu n'as pas à sacrifier ton confort pour le mien ! Je ne suis pas une diva, je peux dormir autre part !

- Cesse de me contredire et contente-toi d'accepter mon offre !

Les pupilles de mon interlocuteur brillaient désormais de colère, ses crocs venaient de s'allonger. Il en faudrait plus pour m'impressionner !

- Je n'ai aucun ordre à recevoir de toi ! grondai-je. Si je ne veux pas prendre ton lit, je ne le prendrai pas, point final !

Il fut devant moi en un centième de seconde, fulminant littéralement de rage…

- En tout cas, une chose n'a pas changé chez toi ! Tu fais toujours tout pour m'énerver !

Cette proximité soudaine me mit brutalement mal à l'aise quand toutes mes fibres se mirent à vibrer en espérant un véritable contact. Cela galvanisa ma fureur.

- Et toi, tu crois encore que je suis une poupée de porcelaine prête à casser au moindre choc ! Je ne suis plus humaine depuis longtemps ! Et je ne suis plus comme avant Indianapolis !

À peine avais-je crié ces derniers mots que je les regrettai aussitôt. Je voulais tellement que Phoenix me regarde comme une égale et non comme une femme à protéger, que je venais de retourner le couteau dans la plaie de son cœur meurtri d'avoir perdu l'amour de sa vie, ayant récupéré à la place un pâle reflet à fleur de peau, toujours sur la défensive.

Le feu dans ses yeux mourut, comme mourut une part de moi quand son expression passa de la colère au chagrin le plus vif. J'étais figée, au point que je n'esquissai aucun geste de recul lorsque sa main hésitante se posa sur ma joue pour une caresse à la douceur de la soie. Perdue dans les abysses océaniques de ses prunelles, je sentis néanmoins tous mes muscles se contracter quand de ma joue, sa main glissa vers mes cheveux. Nous étions si proches l'un de l'autre…

Pourquoi n'arrivais-je pas à faire marche arrière ? Pourquoi ses lèvres m'hypnotisaient-elles autant ?

Les épaules de Phoenix se soulevaient et se baissaient au rythme d'une respiration difficile pourtant inutile. Son expression avait subitement changé, laissant la place à quelque chose de plus mystérieux, entièrement dirigé vers moi. Tout mon être s'affolait.

Non !

Je me libérai brusquement, reprenant mes esprits par la même occasion. J'avais mis de la distance entre nous, mais je voyais nettement mon compagnon serrer les poings à en faire blanchir les jointures de ses doigts.

- Il vaudrait mieux reprendre cette conversation plus tard, tu dois d'abord reprendre des forces, dit-il d'un ton neutre ne laissant rien paraître de ses émotions.

Je ne voyais pas quoi lui répondre, par conséquent je le suivis sans mot dire dans la cuisine où tout le monde nous attendait, deux grands bols de sang sentant divinement bon disposés sur la grande table en céramique située près des quatre fenêtres de la pièce.

Le sourire des humains disparut quand ils avisèrent nos têtes, à Phoenix et à moi, et les visages plus graves des vampires laissaient présager que notre conversation houleuse en haut avait été entendue par d'autres que nous.

Je m'assis et entamai mon repas en silence. Une drôle d'atmosphère régnait dans la pièce comme Phoenix m'imitait et personne ne s'adressa la parole tout le temps que dura ce moment. Encore une fois, j'étais à l'origine de l'embarras général parce que je ne savais pas comment me comporter devant ces gens. Ils semblaient attendre de moi quelque chose que j'ignorais et que de toute façon, je doutais de pouvoir leur donner.

Peut-être pourrais-je leur donner autre chose...

- Phoenix m'a montré l'endroit où vous organisiez la Résistance. Dites-moi quoi faire et je vous aiderai en ce sens pour combattre les desseins de Finn.

Génial... Moi qui voulais rétablir le dialogue, avec mon aimable proposition, je venais d'aggraver encore l'ambiance. Tout le monde se regardait, gêné.

- Il serait préférable que seuls François, Talanus, Phoenix et moi restions avec Mademoiselle Watkins dans l'immédiat, suggéra Ysis.

Ok... Étant donné la rapidité avec laquelle les humains déguerpirent de la cuisine, je supposai que ce qui allait suivre ne me plairait pas. Il n'était pas difficile de comprendre que l'effectif réduit uniquement composé de vampires aurait pour rôle de contrer une éventuelle explosion de colère.

- François, je t'en prie.

Ysis devait estimer que le risque que je m'en prenne au mousquetaire à l'allure de saint était limité. Ça demandait à voir.

- Sam, commença-t-il, nerveux. Crois bien que nous sommes heureux de ton retour et que ta présence ici...

Mon feulement et le passage de mes pupilles au rouge profond furent efficaces pour stopper son entrée en matière trop diplomatique. Il changea son fusil d'épaule :

- Ok... Nous savons que tu veux nous aider à lutter contre Finn, mais tu dois comprendre que la prudence est vitale pour nous.

Je commençais sérieusement à perdre patience.

- Viens-en au fait, François !

Ce fut Phoenix qui parla à sa place :

- Tu resteras à l'écart de nos plans le temps qu'on puisse te faire confiance.

Je le fixai, fronçant intensément les sourcils, comme si ça pouvait m'aider à encaisser ce qu'il venait de me dire de manière si froide et implacable.

- Tu ne me fais pas confiance, alors ?

Malgré mes efforts, mon sentiment de trahison perça à travers ma voix. Ça eut pour effet tout de même de craqueler le masque impassible de mon interlocuteur qui se mit à fixer à son tour Talanus et Ysis avec colère :

- Cette décision n'est pas de mon fait. Tu m'as sauvé et j'ai entièrement confiance en toi.

Il ne me regardait pas, mais j'eus l'impression qu'un autre message se cachait derrière celui qu'il venait de m'envoyer. Je n'eus pas la réponse, mais je ressentis un vif soulagement à ces paroles. Son opinion comptait pour moi, même si nos relations étaient compliquées.

- Tu as également toute ma confiance, jeune Sam, renchérit Ysis en croisant les bras et en foudroyant son mari du regard, m'indiquant ainsi de qui venait la décision de me mettre à l'écart.

Talanus se justifia :

- Blodwyn est la dernière des Grands encore en vie et nous sommes soumis à son autorité. Je ne partage pas son opinion concernant le danger que vous représentez, Samantha, mais il ne faut pas oublier que vous êtes passée entre les mains de James et on ne sait pas ce qu'il a pu vous mettre dans la tête. Vous tenir éloignée du centre décisionnel le temps qu'on soit sûrs que nous pouvons vous faire confiance me paraît raisonnable.

Cet argument, présenté de la sorte, n'était pas dénué de fondement, effectivement, mais au fond de moi, je savais que ces précautions étaient une perte de temps. J'avais choisi mon camp.

- Et que ferai-je pendant ce temps ? De la broderie ?

Mon sarcasme était fortement teinté d'amertume. Je n'étais pas venue ici pour me tourner les pouces en attendant que les autres trouvent des solutions pour combattre notre pire ennemi.

Je me levai, je ne voulais plus voir personne.

- Bon, eh bien, vu que je ne vais servir à rien dans l'immédiat, je suppose que vous ne voyez pas d'inconvénient à ce que j'aille me promener un peu dehors.

- Sam… appela Phoenix alors que je me dirigeais hors de la pièce.

- Ne t'inquiète pas. Je ne vais pas courir en ville pour vous dénoncer, je reste dans les parages.

Je les ignorai et les quittai donc sans remords pour prendre mon manteau et aller respirer l'air frais de la nuit. Mes pieds s'enfonçaient dans la neige, mais je m'en fichais, j'avais besoin de m'isoler.

Je commençais à m'interroger sur le bien-fondé de ma décision d'accompagner Phoenix dans cette villa où l'on refusait que je participe à l'effort de guerre. Si j'étais partie de mon côté, j'aurais pu travailler à faire échouer les plans de Finn sans rendre de comptes à qui que ce soit ! J'avisai une souche d'arbre un peu plus loin dans le bois qui jouxtait la bâtisse et m'y assis pour réfléchir.

Effectivement, en volant de mes propres ailes au lieu de me laisser transporter en ce lieu, j'aurais pu agir selon mes envies, selon mon instinct et… j'aurais été totalement seule. Encore une fois, je compris que la solitude n'était ni dans mes envies, ni dans mon instinct. Au contraire, je sentais que j'avais fait le bon choix en suivant Phoenix ; le seul choix à vrai dire…

Si seulement les choses pouvaient être plus simples ! Si seulement on ne m'avait pas ôté la mémoire ! Je ne serais pas là à me demander systématiquement quoi dire et quoi faire pour m'intégrer, je serais certainement plus sereine et heureuse d'avoir retrouvé des gens que j'aimais et… l'homme que j'aimais…

Je chassai cette pensée. Je préférais éviter d'imaginer la façon dont Phoenix et moi nous aurions fêté nos retrouvailles dans ce cas, c'était trop... Bref !

J'inspirai un grand coup puis remontai mes genoux pour y poser ma tête. Le paysage enneigé nocturne, si calme et si beau, m'aidait à me détendre. Je dus rester un bon nombre d'heures à l'admirer car petit à petit, les lumières de la villa s'éteignirent et les battements de cœurs à l'intérieur se firent plus doux et réguliers, signe que leurs propriétaires humains s'étaient endormis.

Il était très tard donc, quand je réapparus sur le seuil de ce qu'il me faudrait accepter comme étant mon nouveau chez-moi, et me figeai, une fois passé le sas d'entrée, à la vue des sacs pleins d'affaires que Phoenix descendaient de sa chambre. Personne d'autre n'était dans les environs.

- Que fais-tu ? attaquai-je aussitôt en lui barrant le passage.

J'étais sûre que si je n'avais pas agi de la sorte, il serait passé devant moi sans un mot. Là, à moins qu'il ne me renverse, il serait obligé de m'affronter.

- Que crois-tu que je fais ?!

Son ton impatient me hérissa, mes yeux passèrent au rouge. Il frémit d'indignation quand je lui arrachai des mains l'un des sacs en question.

- Non !

- Sam ! Cette discussion est stérile, l'aube approche et je suis fatigué.

- Moi aussi, Phoenix. Je suis fatiguée à l'avance de savoir que je n'arriverai pas à dormir dans ce lit que tu m'imposes !

Il allait contre-attaquer, mais je posai ma main sur ses lèvres pour lui intimer le silence. Gagné, cela fonctionna.

- Cette discussion est stérile, je te l'accorde, alors je te propose un compromis.

Il haussa les sourcils, perplexe.

- Toi et moi, on dort dans cette chambre.

Ses sourcils faillirent s'échapper de son visage tant ils se relevèrent pour marquer sa stupeur, je m'empressai donc de rectifier :

- Tu dormiras dans ton lit et moi, tu n'auras qu'à me fournir un matelas et des draps propres, ça ira très bien.

J'estimai que je pouvais ôter mes doigts de sa bouche pour lui permettre de me donner une réponse. Son visage conservait une expression de surprise, mais je voyais bien qu'il réfléchissait sérieusement à ma proposition.

- C'est d'accord. Mais tu prends le lit et je prends le matelas.

Le ton de sa voix témoignait du fait que c'était à prendre ou à laisser.

- Très bien.

Pour la première fois depuis que nous avions mis les pieds dans la villa, il s'autorisa à me sourire un peu.

- Il semble que nous soyons parvenus à nous mettre d'accord.

Pour toute réponse, je tendis la main pour qu'il me donne son deuxième sac, ce qu'il fit après une petite hésitation. Je lui laissai le passage.

En arrivant dans ce qui était désormais officiellement ma chambre à coucher, j'eus la surprise de voir un pyjama et toutes sortes de vêtements sur mon lit. Je devinai que les femmes de la maisonnée s'étaient donné le mot pour me fournir une garde-robe provisoire en attendant qu'elles puissent m'en procurer une nouvelle à Erwin. Saisissant le pyjama en flanelle violet à motifs floraux d'un rose assez vif, l'émotion me submergea. Je ne savais pas si j'avais réellement ma place avec tous ces gens, mais cette attention si délicate me fit l'espérer grandement.

En sortant de la douche avec mon vêtement de nuit, je vis Phoenix esquisser un sourire en coin pour ce qui, pour un vampire, ressemblait à un sac poubelle d'un nouveau genre, mais je m'en fichais. Je me glissai sous mes draps, réalisant au même instant combien j'avais besoin de sommeil. Mon compagnon de chambrée alla prendre sa douche aussi et quand il réapparut, la peau de son torse nu encore humide et son pantalon de pyjama noir tombant un peu trop bas sur ses hanches, je jugeai préférable de me tourner de l'autre côté en fermant les yeux très fort tout en souhaitant que Morphée m'emporte rapidement dans ses bras.

- Bonne nuit, dit simplement Phoenix, sans un mot de plus.
- Bonne nuit, répondis-je, ne sachant quoi dire d'autre.

Nous étions censés repartir sur une base plus saine, or, ce nouvel échec pour une communication aussi simple m'alerta pour la suite. Et si nous ne parvenions pas à briser cette glace qui semblait vouloir créer un mur entre nous ?

Les semaines qui suivirent me prouvèrent que j'avais raison de me poser la question. Non seulement la glace perdurait malgré l'approche des beaux jours, mais au fil du temps, elle s'était transformée en véritable muraille, dont je commençais à pressentir le caractère infranchissable.

Je n'avais aucune idée de comment tout cela allait se terminer.

*

Nous étions début avril, cela faisait un peu moins de deux mois que j'avais intégré la villa. J'aurais dû être satisfaite puisque désormais, je pouvais assister les chefs de la Résistance dans l'organisation de celle-ci, mais cette victoire avait un goût amer dans le sens où à côté, ça n'évoluait pas. Mes relations avec les habitants de la villa, sans être mauvaises, étaient au point mort. Je n'arrivais pas à me départir de ma retenue malgré le plaisir que j'avais à les côtoyer, ce qui les poussait à adopter une attitude prudente plus qu'amicale envers moi. Je ne pouvais guère leur en vouloir, après tout, ils découvraient une autre femme que celle qu'ils avaient toujours connue et aimée…

Cela aussi, j'avais du mal à vivre avec au quotidien. Que diriez-vous si vous aviez l'intime conviction que votre entourage s'accommodait simplement de ce que vous étiez devenu en regrettant celui ou celle que vous étiez ?

Je ne parle pas de Phoenix encore... Quand nous ne nous emmurions pas chacun dans le silence, nos échanges ne se limitaient qu'à quelques mots neutres sans grand intérêt. Petit à petit, cette situation me pesait et pour trouver un exutoire à mon malaise, je me réfugiais dans la solitude des bois ou de la salle d'entraînement quand elle était libre. Je m'exerçais aussi à la maîtrise de mes pouvoirs à l'extérieur pour éviter tout accident. La pyrokinésie ne posait pas de réel problème, mais la télékinésie se refusait à mon contrôle et vidait mon énergie. C'était frustrant.

En fait, je me sentais incroyablement seule.

Un soir où rien n'était prévu, la semaine ayant été épuisante sur le plan physique, je m'autorisai à me réveiller plusieurs heures après le coucher du soleil. La chambre était vide, évidemment, car Phoenix s'arrangeait depuis longtemps pour que nous n'ayons que très peu de tête-à-tête, ce qui m'arrangeait, dans une certaine mesure, et j'allai me doucher pour enlever les dernières brumes de sommeil qui flottaient devant mes yeux.

J'avais aussi très soif, constatai-je en claquant ma langue contre mon palais et en frottant ma gorge douloureuse. J'enfilai rapidement un jean, un chemisier blanc et des ballerines noires puis sortis de la chambre pour gagner le rez-de-chaussée.

Je n'entendais pas de cœur battant, ce qui me laissait supposer que nos amis humains avaient décidé de faire un tour en ville pour se ravitailler. François devait les escorter, c'était la règle si les sorties se faisaient après le coucher du soleil et toujours à titre exceptionnel.

Pas d'autre vampire non plus dans la cuisine où je me servis un grand bol de sang que je fis réchauffer à la bonne température. Les effluves de ce liquide revigorant me chatouillant les narines attisèrent le feu dans ma gorge, déjà à un stade critique. Je mourais de faim.

Heureusement, mon breuvage fut rapidement prêt et je décidai de le boire dans le séjour, confortablement installée sur le canapé. J'évitais de faire ça devant les humains en général pour ne pas les dégoûter, mais vu qu'ils étaient absents, et que j'avais un peu de temps à tuer, autant en profiter.

En me dirigeant vers le séjour, j'entendis en très fin fond sonore une mélodie que je ne reconnus pas, avant qu'elle ne soit coupée par l'animateur radio pour une offre de voyage à condition pour l'auditeur candidat de répondre à des questions de culture générale.

En arrivant dans le salon, mon humeur au beau fixe se dégrada quelque peu quand je vis que le seul autre occupant de l'espace, voire de la villa étant donné l'absence d'activité que je percevais, était Phoenix.

Phoenix… Je me repris suffisamment vite, je pense, pour qu'il n'ait pas remarqué que je m'étais figée une seconde à sa vue. Il était assis dans ce même canapé que je convoitais et lisait le journal, une tasse vide reposant sur la table basse devant lui. Il portait, chose exceptionnelle, un jean noir et une chemise de la même couleur dont les premiers boutons n'étaient pas mis. C'était la première fois que je le voyais porter des vêtements décontractés et loin de l'affadir, cela lui conférait un charisme encore plus incroyable que d'ordinaire. Ceci associé à cette mèche rebelle qui retombait mollement devant ses yeux concentrés sur les nouvelles du jour, j'étais comme hypnotisée par le magnétisme de cet homme… et totalement décontenancée par la vague de chaleur qui m'embrasa tout entière de l'intérieur au même instant.

Mais où étaient les autres ? pensai-je en me forçant à reprendre ma route vers ma destination, le fauteuil (hors de question de m'asseoir à côté de lui).

- Bonjour, Sam.

Il n'avait pas levé les yeux et sa voix était tout à fait neutre, mais j'étais sûre qu'il avait suivi mes moindres faits et gestes depuis mon arrivée. Pourvu que mon trouble lui ait échappé !

- Hum, bonjour, Phoenix. Nous sommes seuls ?

J'avais essayé de paraître la plus normale possible, mais j'avais plutôt l'impression d'être tendue comme un arc, et quand mon interlocuteur braqua son regard dans le mien, j'eus quelques difficultés à déglutir.

- François a accompagné Angela en ville. Je crois qu'ils ont parlé de dîner, les autres ont parlé de cinéma, ils ont un horaire de retour à respecter. Talanus et Ysis ont emmené Blodwyn voir le terrain de repli qu'ils ont finalisé.

- Ne sommes-nous pas déjà sur un terrain de repli ? dis-je, sarcastique.

Je ne pouvais que louer la prudence de ces anciens chefs de secteur devenus malgré eux les premières cibles du plus dangereux vampire de la terre. Toutefois, mon envie de me venger de Finn concurrençait un peu celle de fuir la bataille pour gagner plus sûrement la guerre.

- C'était la seule chose qui n'était pas terminée quand nous sommes venus ici. Le terrain est à l'écart de la propriété et il fallait éviter qu'il soit accessible aux randonneurs. Il y a un petit avion qui nous y attend en cas d'attaque.

- J'aurais bien aimé être au courant.

- Tu l'es maintenant.

Le ton réfrigérant qu'il avait employé me hérissa, mais au lieu de déclencher une dispute, je ravalai ma fierté et m'assis pour prendre mon petit-déjeuner en écoutant les questions posées par l'animateur radiophonique aux candidats dont certains auraient mérité de retourner à l'école. Franchement ! Dire que Londres était la capitale de la France, c'était aussi nul que de dire que *Homer Simpson* avait le QI d'Einstein !

Je faillis même m'étrangler quand l'un des auditeurs alla jusqu'à répondre que l'un des précurseurs des mouvements pacifistes non violents du XXe siècle s'appelait... Hitler ! Excédée par le niveau général de ces auditeurs tout comme devait l'être l'animateur dont la voix me laissait purement et simplement supposer qu'il était au bord du suicide, je fus soulagée quand il décida d'abréger nos souffrances en faisant gagner un type du Kansas tout heureux que sa question sur le nombre de pétales d'un trèfle porte-bonheur le fasse partir à Las Vegas. Ce ne serait sûrement pas là qu'il développerait sa culture générale, mais au moins, il pourrait s'y amuser. Merci à cette petite plante verte…

Je fronçai les sourcils et portai la main au collier autour de mon cou qu'un trèfle argenté ornait joliment. Je savais sa provenance tout comme ce qu'il signifiait. À quoi pouvait bien ressembler cette sœur que Phoenix chérissait au point de garder ce souvenir pendant cinq siècles, décidé à ne s'en séparer que pour le donner à la femme qu'il aimait… l'ancienne Samantha ? Pourquoi n'avait-il pas voulu que je le lui rende ? Pourquoi sentais-je que rien ne me pousserait à l'enlever ?

Perdue dans ma contemplation, mon sang se figea dans mes veines quand je m'aperçus, en levant les yeux, que Phoenix ne lisait plus son journal et qu'il fixait mes doigts tenant son collier avec une lueur dangereuse dans les pupilles. Aussitôt, je le lâchai, comme s'il m'avait brûlée au troisième degré, et détournai le regard pour me concentrer sur la vue de l'extérieur qu'on avait grâce à l'immense baie vitrée courant sur l'ensemble de la pièce. Malgré tout, je captais son attention et je devinais que ses pensées avaient dû suivre le cours des miennes. D'absurde, l'atmosphère entre nous devint horriblement pesante et le silence, écrasant.

Juste au moment où je me faisais cette réflexion, « Every breath you take » de *The Police* se fit entendre dans les haut-parleurs. J'adorais The Police, j'adorais cette chanson, j'adorais ce message d'amour qu'elle véhiculait… en général. Là, elle me fit perdre le contrôle.

Comment pouvais-je, alors que le poids du regard de l'homme en face de moi m'écrasait déjà, supporter d'entendre : « *À chaque souffle, chaque mouvement, je serai là, à te regarder* » ? Et pire encore, comment pouvais-je ne pas perdre pied quand Sting prononça les mots renvoyant à une situation à laquelle je refusais systématiquement de réfléchir ?

« *Oh, ne vois-tu donc pas, que tu m'appartiens ?* »

C'en était trop. Je me levai comme une furie et sans mesurer ma force, j'ouvris la porte vitrée, manquant la fracasser dans la manœuvre, et me ruai à l'extérieur en direction des bois.

Je savais que ma réaction était ridicule, je savais que je n'aurais pas dû m'emporter ainsi, mais le tourbillon d'émotions engendré par ce à quoi renvoyaient les paroles de la chanson ne m'était plus supportable... Être près de Phoenix à cet instant ne m'était plus supportable.

Je ne comprenais pas pourquoi cet homme déclenchait en moi tant de sentiments disparates alors que je ne me souvenais pas de ma vie d'avant à ses côtés et la violence de ceux-ci me faisait peur. J'avais peur de Phoenix, j'avais peur de ce qu'il éveillait en moi et que je n'arrivais pas à déterminer, j'avais peur de ressentir à nouveau les choses alors que jusqu'ici, j'avais réussi à fonctionner comme une machine efficace dans son rôle de résistante à l'oppresseur et dont elle rêvait de se venger.

L'air frais de la nuit me fit du bien et petit à petit, je commençai à me détendre. Un loup solitaire en chasse s'arrêta à quelques mètres de moi pour me montrer les crocs. Cela me fit revoir Phoenix et sa façon désagréable de me scruter tout à l'heure. Je soupirai, attendant que le canidé s'éloigne, mais cet imbécile continuait à me gronder dessus pour me pousser à reculer.

- Dégage ! m'écriai-je dans ce qui tenait plus d'un rugissement que d'autre chose.

L'animal poussa un couinement plaintif et s'enfuit sans un regard en arrière. Je m'assis lourdement par terre et contemplai le ciel.

Je ne sais combien de temps je restai sur place, tout ce que je sais, c'est qu'il me fallut une éternité avant d'avoir le courage de revenir à la villa pour être capable de regarder à nouveau Phoenix dans les yeux. Je m'en voulais d'être partie de cette manière, comme si j'étais en colère contre lui, alors qu'en fait... en fait rien du tout. Je ne comprenais pas ce qui m'arrivait.

Je marchais lentement au retour, profitant de l'air agréable de la nuit pour retrouver définitivement le calme que j'avais perdu quelques heures plus tôt. En arrivant, je vis une des deux voitures garée dans l'allée. Cela me rassura, au moins je ne serais plus seule avec un ex dont je ne gardais aucun souvenir.

Il m'aurait paru incongru de repasser par la porte vitrée alors je rejoignis le porche pour entrer. En avisant mon reflet dans le miroir de la penderie, je me dis qu'un coup de peigne ne serait pas superflu, toutefois, la faim détrônait la coiffure dans mes priorités. Je me dirigeai donc vers la cuisine…

Et stoppai en entendant les voix.

- Il faut lui laisser le temps, ça peut s'arranger.

Je reconnus le ton grave de François. Il ne semblait pas s'être aperçu de mon retour.

- Je ne suis pas d'accord…

Un rire sombre s'éleva, j'aurais reconnu cette voix de velours entre mille.

- … James a fait du bon travail.

Je me raidis. Inutile de se questionner davantage sur le sujet de leur conversation. J'avais conscience que j'aurais dû partir, non pas parce que cela ne se faisait pas d'écouter aux portes, mais parce qu'il se pouvait que je n'aimerais pas ce que j'allais entendre. Et effectivement :

- Tu es peut-être trop impatient. Elle a décidé de venir avec toi alors qu'elle aurait pu partir de son côté, c'est déjà beaucoup.

- Elle est pragmatique. Elle sait que seule, elle a plus de chances que Finn la retrouve.

Une énorme brique me tomba dans l'estomac en entendant ces paroles.

- Tu ne penses pas que c'est parce qu'elle a voulu te suivre toi ? Pourquoi vois-tu toujours le négatif ?

J'entendis soupirer.

- Il y a un étrange malaise chaque fois que nous nous retrouvons seuls tous les deux. C'est à peine si tout à l'heure nous nous sommes échangés deux mots avant qu'elle ne parte comme une tornade vers les bois en manquant briser les vitres du salon. Elle a changé, François. J'espérais comme toi que le temps l'aiderait à retrouver la mémoire, mais il passe et elle reste... sauvage.

Il y eut un court silence, puis :

- Tout n'est pas perdu, mon ami.

- Peut-être. Mais en ce qui me concerne, je sais ce qu'il me reste à faire.

- Quoi donc ?

- Accepter que je ne retrouverai jamais la femme que j'ai aimée avant.

Je n'entendis pas la réplique de François, non. Tout ce que mon ouïe captait, c'était un grondement terrible provoqué par mon sang cognant furieusement contre mes tempes avant que celui-ci ne semble quitter mon corps pour ne laisser qu'une enveloppe vide bonne à jeter. Puis, une fois mes sens revenus, je n'eus pas l'occasion d'être soulagée car une immense vague de souffrance se fracassa dans tous les recoins de mon corps, y cherchant mon cœur et mon âme pour les déchiqueter en morceaux. La douleur était tellement atroce que je dus me mordre le poing pour ne pas hurler.

Ni une, ni deux, je fis demi-tour et volant plus que courant, je montai les escaliers pour rejoindre la chambre que je partageais avec celui qui venait de me blesser si cruellement. Après cela, il était hors de question qu'il me rejoigne à l'aurore, alors je tournai la clef dans la serrure pour m'enfermer. Il comprendrait le message.

À peine avais-je exécuté cette opération que je dus utiliser le reste de mes forces pour me jeter sur le lit où, pour étouffer les sanglots qui jaillissaient de manière incontrôlable hors de moi, je m'enfonçai les crocs dans mon poing déjà ensanglanté. Ma main serait inutilisable le lendemain sans un apport conséquent en hémoglobine, mais je m'en fichais.

Tout ce qui comptait, c'était ma prise de conscience de la vérité alors même qu'elle me jetait dans un abîme d'horreur absolue.

Phoenix disait que j'avais changé. C'était sûrement vrai, pourtant mon cœur, lui, saignait du fait qu'en ce qui concernait ses sentiments pour moi, c'était également le cas.

Phoenix aimait la femme que j'avais été, il n'aimait pas celle que j'étais devenue.

Je le savais déjà.

Mais désormais, il fallait compter sur le fait que cela venait de me briser.

*

La suite de cet épisode est difficile à raconter tant ce fut douloureux pour moi. Je n'avais pas besoin d'aller voir mes symptômes sur internet ou consulter un psychologue en direct pour savoir que j'avais sombré dans une phase dépressive. J'étais si mal que je m'isolais les trois-quarts du temps, fuyant le contact de toute compagnie, à commencer par celle de celui qui m'avait rejetée.

De toute façon, Phoenix avait si bien compris le message de la porte close que le lendemain, alors que je venais de passer la nuit complète dans les bois à courir et m'entraîner, j'avais constaté en revenant dans la chambre pour la journée que son matelas et toutes ses affaires avaient été transportées autre part.

Mon attitude renfermée, pire encore que les semaines précédentes, ne passa pas inaperçue, évidemment, et il y eut plusieurs tentatives d'Angela, Matthew, Valérie, Ginger et Danny, plus François et même Ysis, pour me pousser à la confidence sur ce qui me tourmentait, mais malgré mon désir de me libérer de mon fardeau, de profiter de l'amitié que m'offraient ces gens extraordinaires, quelque chose m'en empêchait, comme si la seule personne capable de percer la carapace que je m'étais forgée par instinct après mon second réveil du coma, c'était Phoenix : l'homme qui ne voulait pas du seul moi que je pouvais lui donner et qui ne faisait pas un effort pour me montrer un minimum de gentillesse. Assurément, il me fuyait comme je le fuyais.

Moralité, je ne pense pas avoir besoin de m'appesantir davantage sur le caractère insupportable de la situation, situation qui étrangement, me laissait une drôle d'impression de déjà-vu, comme si mon être agonisait d'éprouver à nouveau la brûlure d'une lame chauffée à blanc dépeçant mon cœur et mon âme selon son bon plaisir. Vous comprendrez donc que je ne m'étende pas sur ces quelques jours cauchemardesques où je camouflai ma détresse par une expression de constante fureur. Même Blodwyn me laissait tranquille, pour vous dire.

Fut un moment où il fallut bien que ça cesse, d'une manière ou d'une autre.

Et ce fut de la plus horrible des façons.

Alors que je venais de faire mon entrée dans la cuisine pour aller me chercher un verre de sang en guise de petit-déjeuner (et de dîner et de souper, vu que je ne mangeais quasiment plus rien), j'ignorai le fait que les conversations moururent au même moment autour de moi. Tout le monde s'était tu à mon arrivée, ce qui me laissait peu de doutes quant à l'objet de la discussion.

Une fois ma nourriture liquide avalée, je sortis en direction du bureau où je consultai tous les rapports envoyés par nos espions aux quatre coins du monde attestant d'un regain d'activité de mon ancien mentor. Il se montrait désormais à ses sujets, si l'on pouvait dire, chose qu'il avait mise entre parenthèses pour me former pendant tous ces mois. D'après les dernières informations à notre disposition, il s'était trouvé récemment en Argentine, mais suivre sa trace se révélait extrêmement compliqué de sorte que, quand nous obtenions un indice sur son lieu de villégiature, il en était déjà parti depuis plusieurs jours. Comment vouliez-vous organiser un assassinat dans ces conditions ?! C'était plus que frustrant, d'autant que nous avions su qu'une cellule de résistants londoniens avait été découverte et que ses membres avaient été torturés et supprimés, heureusement, sans avoir livré de renseignement capital. Mon marasme personnel ne m'empêchait pas d'éprouver de la tristesse pour ces hommes et ces femmes qui s'étaient engagés pour défendre leur liberté de penser qu'on peut vivre en harmonie les uns avec les autres. Il était loin le temps où je me réveillais à Indianapolis en pensant que j'avais un cœur de pierre me permettant de tout supporter…

Justement, je ne supportais pas cette victoire permanente de Finn sur nous qu'il affichait en s'affichant lui-même devant son public surnaturel. Il savait que nous n'étions pas de taille contre lui et mon désir de vengeance ne pouvait l'accepter. Je voulais vraiment qu'il paye pour ses crimes envers moi, certes, mais surtout contre les innocents, humains et vampires qu'il annihilait dans le but de conserver un pouvoir si longtemps rêvé.

À défaut de l'avoir lui entre mes mains, je me contenterais de me charger des chefs de secteur de ses principaux fiefs, dont je tenais les photos des visages entre mes mains. Tous transpiraient l'ignominie au premier coup d'œil, tous me donnaient envie de quitter mon abri pour améliorer le niveau de mes mortelles capacités sur eux. Parmi ces hommes, le chef de secteur des Balkans, le tristement célèbre Tibor, se prétendant descendant de Dracula depuis plusieurs siècles alors qu'il n'avait rien à voir avec la Roumanie (à croire qu'ils connaissaient déjà le crack au Moyen-âge), était sûrement celui qui se donnait le plus de mal pour être en tête de liste des ordures que je me ferais un plaisir de liquider. Ses crimes étaient si nombreux et si abominables que son entourage lui-même se méfiait de ses sursauts de cruauté pouvant s'abattre sur tout être à sa portée dans ces moments-là. Je voulais leur mort, à tous… mais pour cela, il nous fallait un plan de grande envergure nécessitant une prudence optimale passant par une phase de renseignement longue et difficile. Patience donc…

Je quittai la pièce juste avant le moment où je savais que les vampires de la maisonnée ainsi que le représentant du Cercle de Mellindra en prendraient possession pour procéder aux ajustements dans l'organisation de la Résistance mondiale, et me rendis dans la salle d'entraînement.

Il n'y avait vraiment que dans cet espace où j'épuisais mon corps que je parvenais à trouver un peu de repos de l'esprit, lequel se concentrait sur les étirements et les enchaînements impossibles que je lui imposais plutôt que sur mes tourments intérieurs (c'était le but recherché). Tout y passait : gymnastique, poids, sport de combat, lancer de couteau. J'exécutais plusieurs exercices de jujitsu à grande vitesse, donnant l'illusion d'une véritable danse mortelle pour tout profane qui serait entré là par hasard quand au lieu dudit profane, un expert en la matière, en pénétrant dans la pièce entouré d'une aura de colère noire, manqua me faire perdre l'équilibre, ce qui aurait eu pour conséquence de sérieusement m'empaler avec le couteau en argent que je tenais dans ma main.

- Toi et moi nous avons un grave problème !

Cela faisait des jours que nous ne nous étions pas adressés la parole et des mois que nous ne nous étions pas comportés avec égards l'un pour l'autre, alors à moins qu'il ne soit bouché ou complètement stupide, oui, nous avions un grave problème ! En tout cas, Phoenix venait de faire une entrée aussi impolie que fracassante. Vu que la salle d'entraînement était la seule pièce de la villa où les murs avaient été renforcés au plomb pour éviter de les démolir à chaque passe d'arme, il pouvait me crier dessus à loisir, il n'y aurait pas de témoin pour l'entendre. D'ailleurs, son état d'esprit lisible sur la dureté de ses traits m'indiquait qu'il ne s'en priverait pas.

Involontairement, je retroussai mes lèvres pour lui adresser un rictus mauvais.

- Tu vois, c'est exactement de ça dont je veux parler ! cracha-t-il, ses yeux irradiant cette lueur métallique entre le bleu et le blanc si horrifique.

Il était furieux contre moi, et cependant, je n'arrivais pas à m'empêcher d'éprouver de l'admiration pour le charisme qu'il dégageait à cet instant. Mieux valait que je quitte les lieux.

- Où vas-tu ?! tonna-t-il comme je ramassais mes chaussures et que je me dirigeais vers la porte.

- Cette conversation ne m'intéresse pas, je préfère m'en aller.

J'allais m'exécuter quand je sentis une résistance autour de mon bras droit. La seconde suivante, je me retrouvais tirée en arrière pour une confrontation dont je n'avais aucune envie. Il était des yeux dans lesquels plonger équivalait à un aller simple vers les abysses…

- Laisse-moi ! m'écriai-je en dégageant brutalement mon bras de sa poigne et en voulant le contourner.

Je pensais qu'il allait s'incliner devant ma détermination, mais il me saisit les deux bras et me ramena violemment devant lui. Mue par l'instinct, je réagis à l'agression en utilisant mon pouvoir de pyrokinésie sur moi-même. J'espérais faire reculer Phoenix en lui brûlant ses mains restées sur ma peau.

Malheureusement, je dus vite me rendre compte que mon plan avait une faille.

- Qu'est-ce que tu fais ?! Lâche-moi ! Mon pouvoir risque de te blesser gravement !

Contre toute attente, l'ange raffermit sa prise, les dents serrées, sans doute pour ne rien laisser paraître de la douleur qu'il éprouvait. De la fumée et une odeur âcre de brûlé se dégageaient de ses paumes.

- Non, sans rire…

Paniquée par l'idée de vraiment lui faire du mal, je rappelai les flammes sur mon corps. Ne restaient plus que lui et moi.

- Qu'est-ce que tu veux ?! attaquai-je, pour masquer ma terreur d'être ainsi dans ses bras.

Il me fixait avec une expression si implacable que je devais me concentrer pour ne pas trembler. C'était un comble, alors qu'en théorie, je pouvais l'envoyer voler à plusieurs mètres de là !

- Je veux comprendre ce qui t'arrive ! Je veux que tu me dises pourquoi tu te comportes comme si nous étions tous tes ennemis !

Sans le vouloir, il me secoua vivement en même temps qu'il parlait. Pour le coup, cela raviva mon instinct de conservation :

- Je n'ai rien à te dire, fiche-moi la paix ou…

- Ou quoi, Sam ?! Tu en es au point où tu me menaces ?!

- Ne dis pas n'importe quoi !

- Alors parle-moi ! Dis-moi ce que tu as sur le cœur !

Mon cœur ? Il voulait que je lui parle de mon cœur ? Pourquoi ? Pour qu'il me rie au nez si je lui avouais ce qu'il contenait ? Non, hors de question.

- Ne peux-tu pas accepter mon besoin de solitude ? Ne peux-tu pas envisager que je n'ai tout simplement pas envie de m'ouvrir à toi ?

Il encaissa la gifle verbale sans ciller, ou presque.

- Tu as accepté de rejoindre nos rangs, et nous t'avons tous fait une place dans cette villa, la moindre des choses, ce serait de ne pas faire comme si tu méprisais tout le monde !

Sa façon de voir les choses me souffla.

- Es-tu en train de me traiter d'ingrate arrogante ?!

En un éclair, la rage déferla dans mes veines. Comment osait-il me parler ainsi ?!

- Je ne fais que te mettre face à tes responsabilités.

Estomaquée par l'hostilité dont il faisait preuve à mon égard et par cette réplique hautaine et méprisable, je lâchai un grondement sauvage.

- Comment oses-tu m'insulter de la sorte ?! J'aurais pu partir de mon côté si j'avais voulu, mais j'ai suivi mon instinct qui me disait de te suivre pour continuer le combat avec des gens qui en valaient la peine ! Je n'ai jamais prétendu savoir comment me comporter avec vous pour m'intégrer, mais je pensais tout de même que vous aviez compris que je vous respectais !

- Ce n'est pas l'impression que ça donne, pourtant ! Je peux comprendre que tu veuilles me mettre à l'écart étant donné notre passé commun, mais le reste des habitants de la villa ne le mérite pas ! Ton comportement est inacceptable !

Certes, en me repliant sur moi-même pour me protéger de la douleur de n'être qu'une copie non conforme à la Sam originale, j'avais érigé une nouvelle épaisseur de mur envers mes compagnons, les tenant de fait à l'écart de mon nouveau moi. Je comprenais que de leur côté, ce ne devait pas être facile, mais de là à prendre mon besoin de recul pour de l'arrogance, et que cette accusation me soit formulée par celui-là même qui en expliquait le motif...

C'était trop, je m'enflammai, au sens propre comme au sens figuré. Phoenix retira enfin ses mains pour se protéger des flammes qui entouraient tout mon corps d'un véritable halo mortel.

- Pour qui te prends-tu ?! Tu me parles de mon comportement quand toi-même tu fais tout pour que je ne me sente pas à ma place ! Depuis que nous sommes arrivés ici, soit tu t'arranges pour m'éviter, soit tu grinces des dents dès que tu m'adresses la parole ! Tu ferais bien de te remettre en question, toi aussi ! Je t'insupporte, tu me le fais payer et je devrais te remercier ?! À l'évidence, le plus injuste dans l'histoire n'est pas celui qu'on croit !

Il semblait que ce fut à son tour d'être choqué par les accusations à son encontre. Son expression passa de la stupeur à l'atterrement puis à la froideur de la banquise. Il s'apprêtait à mettre fin à la discussion par une répartie sanglante.

Il alla droit au massacre :

- Il faudrait donc que je m'excuse d'être mal à l'aise en présence du fantôme de la femme que j'aime ?

La manière dont il prononça sa réplique, à la fois neutre et réfrigérante, me causa autant de douleur que les mots en eux-mêmes, dont chacun me poignardait plus sûrement que cent mille lames en argent chauffées à blanc. Le tsunami de souffrance qui inonda mon âme me fracassait si bien que le halo de feu qui m'entourait disparut tout à coup sans que je m'en préoccupe vraiment.

Non, je restais simplement à fixer Phoenix comme une sotte, espérant, les secondes s'écoulant, avoir mal entendu. En vérité, j'avais beau avoir surpris la conversation qu'il avait eue avec François et avoir subi les pires tortures depuis, je fus étonnée de voir à quel point le fait qu'il me dise en face que je n'étais pas assez bien pour lui pouvait encore me détruire.

C'était comme si les derniers morceaux de mon âme meurtrie venaient de se briser, ne laissant plus de moi qu'une fine poussière que le vent n'avait plus qu'à emporter. Je n'avais plus la force de lutter, je n'avais même plus la force d'être furieuse.

Il me fallut un véritable trésor de volonté pour prononcer les mots suivants :

- Je suis désolée de n'avoir su que faire en sorte que vous ayez tous une piètre opinion de moi.

Et encore, ce ne fut qu'un murmure chevrotant inaudible pour un humain. Je ne savais pas si Phoenix l'avait entendu vu que j'avais baissé la tête pour qu'il ne voie pas mon expression dévastée.

Il me fallait toutefois terminer :

- Dis-leur, je t'en prie, que ce n'était pas ce que je voulais.

N'ayant plus le courage d'affronter mon interlocuteur, je le quittai pour rejoindre mon abri diurne. À ce stade, j'aurais tout donné pour qu'il me rattrape et me demande pardon de m'avoir dit ce qu'il ne pensait pas. Bien sûr, il n'en fit rien.

Comme je passais en trombe par le salon pour parvenir à ma destination, il y eut des hoquets de stupeur et un très inquiet... :

- Sam ? formulé par Matthew.

J'eus beau faire, je ne réussis pas à empêcher mes sanglots de sortir avant d'être dans la tranquillité de ma chambre, ce qui eut pour conséquence, alors que je montais les escaliers, d'entendre Ysis entrer dans une rage terrible :

- Par Osiris, Phoenix ! Qu'est-ce que tu as été lui dire ?! Nous étions pourtant d'accord pour la laisser tranquille le temps qu'elle revienne vers nous !

Je claquai la porte et fus soulagée de ne pas capter la suite de l'échange grâce à mon ouïe surnaturelle. Je supposai qu'elle l'avait rejoint dans la salle d'entraînement, le plomb rendant leurs propos inaudibles. Je m'assis par terre et fermai les yeux, goûtant cette solitude me permettant de tenter de retrouver, non pas la paix de l'esprit, c'était terminé, j'en avais conscience, mais au moins un semblant de calme.

Il fallait être lucide néanmoins, ce répit n'était que provisoire et d'autres confrontations ne manqueraient pas de survenir si je restais.

Si je restais…

Je rouvris les yeux. Je pris brutalement conscience qu'il y avait une échappatoire à ma situation, une solution qui me permettrait, non pas d'oublier ma douleur, mais tout du moins de la canaliser par le fait qu'on ne l'attise plus à chaque moment qui passe par des paroles ou des regards blessants… C'était simple en vérité.

Il fallait que je parte.

*

- Il faut que je parte… répétai-je à haute voix, comme pour me convaincre du bien-fondé de cette décision abrupte.

J'étais venue ici parce que mon instinct me soufflait que je devais suivre Phoenix pour retrouver ma place dans ce monde. Qu'y avais-je gagné ? Le sentiment d'être une intruse, le sentiment d'être un emballage raté qu'on n'ose pas reporter au service après-vente pour non-conformité.

Je n'étais pas leur Samantha Watkins et jusqu'ici, je l'acceptais… jusqu'à ce que je me rende compte que je me berçais d'illusions… jusqu'à ce qu'il les brise en me brisant en même temps…

Je bondis brutalement sur mes pieds et entrepris de remplir un sac à dos avec tout ce qu'il pouvait contenir en affaires de rechange. J'avais conscience qu'il me faudrait partir vite et sans bruit, ce qui excluait d'aller chercher du sang dans la cuisine.

Phoenix pouvant voler, il me rattraperait également très rapidement si je prenais l'une des voitures du garage dont il entendrait le moteur vrombir ; je devrais donc courir à travers les bois jusqu'à Mars Hill, au sud de Flag Pond, en veillant à trouver un abri pendant la journée me dissimulant à la fois au soleil et aux randonneurs.

Deux minutes plus tard et j'avais entassé tout ce que je pouvais dans mon sac, ma détermination s'affirmant de plus en plus quant à mon plan d'évacuation. J'actionnai doucement la clenche de ma porte et jetai un coup d'œil par l'entrebâillement pour voir si le chemin d'accès vers la sortie était libre. Rassurée, je me concentrai sur mes sens pour capter les conversations de la villa et fus soulagée de repérer tout le monde en train de discuter dans le salon.

Les habitants avaient de quoi jaser pendant un moment, c'était parfait.

Doucement, sans un bruit, je descendis les escaliers et franchis le sas d'entrée sans encombre. J'y attrapai mon manteau, puis inspirant un grand coup, j'ouvris la lourde porte donnant accès à l'extérieur. L'air était frais et sentait bon la flore printanière locale ; je le perçus comme un signe, je pouvais partir.

Après avoir mis le sac à dos sur mes épaules, j'avançai droit devant moi en direction de la lisière de la forêt, m'attendant à chaque instant à entendre Phoenix me rappeler pour me retenir à ses côtés.

Je voulais le fuir mais j'espérais en même temps qu'il me rattrape et ces deux émotions si contradictoires me mettaient hors de moi. C'était tellement plus simple quand j'avais envie de tuer tout le monde après le deuxième traitement de James ! Non, il ne valait pas mieux que je parte, *il fallait que je parte* !

Je me retournai pour voir une dernière fois, à défaut des gens, les lieux que j'allais quitter. Là, où j'étais, je pouvais voir les lumières du salon sans que ses occupants ne puissent se douter que je les abandonnais.

Je grimaçai. Je n'aimais pas l'idée de les abandonner... mais pour ne plus avoir à supporter encore la déception de Phoenix que je ne sois pas comme j'aurais dû être, j'étais prête à tout sacrifier : mes amis, la Résistance, ma vengeance, tout.

Étais-je cependant obligée de me terrer comme un rat en attendant que la guerre touche à sa fin ? Ce n'était pas mon genre. Peut-être que je pourrais tout de même rejoindre un autre réseau d'opposants et les aider à combattre Finn, je ne savais pas, mais tout ce qui m'importait, c'était de mettre le plus de distance possible entre Phoenix et moi.

Phoenix...

Une douleur me transperça la poitrine et un sanglot s'échappa de ma gorge. *Reprends-toi !* pensai-je en secouant la tête.

Il était vraiment temps que je m'en aille... avant que je ne change d'avis.

- Sam ?

Je sursautai.

Cette voix, reconnaissable par sa douceur toute inégalable, m'avait apostrophée depuis le garage et je me serais fracassé la tête contre un mur pour avoir oublié de noter Angela dans le décompte des individus à cœur battant présents dans le salon.

Au bruit de ses pas, je compris rapidement qu'elle venait vers moi. Me restait alors deux options : rester et lui expliquer que j'allais m'enfuir loin d'ici sans prévenir quiconque de mes intentions et sans me préoccuper du fait que j'allais trahir son amitié, ou bien utiliser mes dons vampiriques pour m'échapper à toute vitesse, évitant ainsi ses questions et sa déception.

Mon regard était braqué vers la forêt, je voyais même les petits animaux y évoluer sans se douter du drame qui se jouait à quelques mètres d'eux. C'était à ma portée...

Je me mis à courir.

- Sam.

J'avais atteint en une seconde à peine les zones plus sombres de la forêt quand mon nom, prononcé sans hausser le ton, comme pour éviter d'attirer l'attention des autres habitants de la villa par un cri d'inquiétude, me fit freiner des quatre fers.

Je voyais parfaitement au loin Angela se tenir à l'orée des bois, cherchant désespérément à me distinguer à travers les hautes silhouettes des arbres me dissimulant à sa vue. J'aurais pu reprendre ma course, mais au lieu de ça, je m'appuyai contre un tronc centenaire et fermai les yeux.

- Sam. Je veux juste… te parler. Ensuite… (sa voix se perdit) tu décideras.

Je me mordis la lèvre qui saigna. Le conflit intérieur me rongeait littéralement le corps et l'esprit. En retournant là-bas, je risquais de changer d'avis et de souffrir à nouveau car rien n'évoluerait ; Phoenix me verrait toujours comme un colis endommagé. Quel intérêt ?

- Sam…

Angela fondit en larmes et j'ouvris les yeux pour la voir s'écrouler à genoux dans l'herbe. L'instant suivant, j'entourais Angela de mes bras pour la réconforter.

- Chhht… Je suis là, murmurai-je, dans ses cheveux.

Il lui fallut plusieurs minutes pour se calmer et pour accepter de décrocher ses doigts de mon manteau.

- Je t'en prie, ne m'abandonne pas ! dit-elle en reniflant entre chaque mot, me broyant le cœur au passage.

Comme je le redoutais, ma détermination flancha sévèrement face à elle. Il fallait pourtant que je la quitte.

- Tu ne comprends pas, je ne peux pas rester, dis-je d'une voix douce mais ferme.

Elle ouvrit de grands yeux de biche effrayée.

- Pourquoi ?

Je soupirai. Comment lui dire sans la heurter ?

- Il vaut mieux pour tout le monde que je reprenne la route.

- Je ne comprends pas, explique-toi !

J'avais du mal à trouver les mots, ce qui me fit me rendre compte à quel point mon départ précipité était lâche. Et lâche, je l'étais encore.

- Écoute, il n'y a rien à comprendre. Je dois m'en aller, c'est tout.

Chose imprévue, Angela passa en un quart de seconde de la biche innocente à la lionne enragée et elle me repoussa tant et si bien que la surprise me fit perdre l'équilibre ; je chus sur les fesses.

- Samantha Watkins ! Tu vas me dire immédiatement pourquoi tu t'apprêtais à partir d'ici comme une voleuse en laissant derrière toi tous les gens qui t'aiment et à qui tu briseras le cœur quand ils l'apprendront ! Tu fais partie de notre famille !

Ce fut à mon tour de voir rouge.

- Arrête ! Arrête de faire comme si tout était comme avant entre nous tous ! Tu crois que je ne sais pas comme je vous mets mal à l'aise ? Tu crois que je ne sais pas combien vous êtes déçus que je n'aie pas retrouvé la mémoire et que vous soyez obligés de vous contenter de ce que je suis maintenant ? J'ai essayé de me rapprocher au mieux du souvenir de celle que vous aimiez tous, mais elle m'est toute aussi étrangère que je le suis pour vous ! J'ai cru m'accommoder de cette situation, mais je me voilais la face ! Je ne la supporte plus ! m'écriai-je, gagnée par un désespoir de plus en plus profond.

Le silence entre nous s'éternisa, sûrement pour qu'Angela digère ce que je venais de lui balancer à la figure. Je m'attendais à ce qu'elle le rompe pour me traiter d'ingrate et d'injuste, mais à ma grande surprise, ou plutôt, j'aurais dû m'y attendre avec cet ange descendu du ciel, j'eus droit à un sourire irradiant une bonté sans borne. J'en fus complètement désarmée.

- Tu te rends compte que c'est la première fois que tu te confies à moi depuis que tu es revenue ?

Je cherchai quelque chose à répondre. Je ne dis rien, il n'y avait rien à dire. Elle avait parfaitement raison. Depuis mon retour dans le monde conscient, je n'avais pas su faire retomber cette méfiance que j'avais érigée comme un mur autour de moi. J'avais étrangement une confiance aveugle en Phoenix et je lui aurais immédiatement confié ma vie, mais nos relations étaient compliquées et je n'arrivais pas à passer au-delà de mes barrières avec nos amis. De fait, malgré mon plaisir de les côtoyer, je ne me livrais jamais à eux. Angela avait été ma meilleure amie et elle devait aussi souffrir de ce personnage distant que je lui présentais malgré moi et surtout malgré la profonde affection que j'avais pour elle.

- Je suis désolée.

Je l'étais réellement. Elle me prit les mains.

- Tu n'as pas à t'excuser de te sentir perdue. À ta place, je ne sais pas comment je réagirais, mais ne m'en veux pas si je te dis que la fuite n'est pas la solution.

Je baissai la tête.

- Qu'est-ce que ça changerait que je revienne ? Je serai toujours moi et pas celle que vous attendiez vraiment.

- Tu es injuste.

Je lui repris mes mains. Angela allait entrer dans des récriminations justifiées, mais que je ne voulais pas entendre. Je fis un pas en arrière.

- Je veux dire, tu es injuste envers toi-même, dit-elle en comblant à nouveau la distance entre nous.

Je la fixais, perplexe, mais elle ne cessait de me regarder avec ce sourire bienveillant qui me réchauffait l'âme quand j'aurais cru cela impossible.

- Tu as toujours eu une si piètre opinion de toi-même. Tu as mis du temps pour prendre confiance en toi et c'est comme s'il te fallait tout recommencer. Tu es différente, certes, mais tu es et resteras à jamais mon amie, celle à qui je peux tout confier, celle qui me soutient dans tout ce que j'entreprends et qui encore maintenant, est un exemple pour moi de force et de volonté.

J'eus un ricanement nerveux.

- Alors que je m'apprête à m'enfuir plutôt que d'affronter mes problèmes ?

- Tu aurais pu t'enfuir loin de cette guerre, mais tu as choisi de te battre. Tu détiens une puissance incroyablement dangereuse, mais tu parviens à la contrôler et à la mettre au service du bien.

- Je ne suis pas aussi bonne que tu sembles le penser. Il y a beaucoup d'ombre en moi, Finn a bien travaillé.

- Mais tu as le choix de laisser ce travail continuer à te ronger ou enfin t'en libérer pour accepter celle que tu es. Contrairement à ce que tu penses, nous sommes heureux de t'avoir retrouvée, et peu importent les changements qui se sont opérés en toi. Tu es notre amie, tu es ma sœur et je t'aime, ça ne changera jamais.

Son discours enflammé fit flancher un peu plus ma détermination. Je restai silencieuse.

- Il est temps que tu prennes confiance en toi. Tu as beau dire que tu te sens une étrangère face à celle que tu as été, quand je te vois maintenant, alors qu'enfin tu ouvres ton cœur, tu lui ressembles plus que tu ne l'imagines.

Elle était dangereusement proche de me convaincre, Angela avait une façon de présenter les choses si simple et si douce qu'il en était difficile de ne pas la croire. Cependant, un dernier élément m'empêchait de totalement me ranger à ses arguments.

- Tu as peut-être raison, en ce qui vous concerne… Mais… j'ai peur que ce ne soit pas suffisant pour tout le monde.

Ma voix n'était plus qu'un murmure. Angela haussa les sourcils.

- Quand tu dis tout le monde, je suppose que tu veux parler de Phoenix.

Mon silence lui donna la réponse à sa question, sonnant plus comme une affirmation plutôt qu'à une interrogation. Elle soupira.

- Alors c'est lui que tu fuis en réalité. Dis-moi pourquoi.

Je lui tournai le dos, incapable de mettre des mots sur ce que hurlait mon cœur.

- Sam.

L'autorité perçant dans cette voix si douce était indéniable. Cette femme était décidément extraordinaire, elle aurait pu se faire obéir des mercenaires les plus impitoyables si elle l'avait voulu. J'inspirai.

- Parce que... je cherchais des réponses, et que je les ai trouvées.

- À quelles questions ?

- Pourquoi ai-je choisi de suivre celui qu'on m'avait présenté comme mon ennemi ? Pourquoi dans la bataille d'Indianapolis, mon pouvoir s'est déchaîné quand il a été blessé ? Pourquoi chacun de ses contacts provoque en moi un tourbillon de sensations inexplicables ? Et surtout...

- Surtout ?

- Pourquoi ai-je le sentiment que se séparer c'est mourir [9]?

- Tu as trouvé ces réponses.

- Oui.

Un nouveau silence s'abattit entre nous. Puis :

- J'ai cru pouvoir mettre mon amertume de côté pour me battre avec vous tous contre Finn. Ça m'est impossible maintenant que je sais que je ne serai jamais digne de son amour.

- Qu'est-ce que tu en sais ?! dit-elle, choquée.

- J'ai entendu sa conversation avec François il y a peu, c'était limpide. Et puis... tout à l'heure, il m'a clairement fait comprendre que pour lui, je ne suis... rien.

Angela m'attrapa par les épaules et me secoua vigoureusement.

- Est-ce que tu t'entends ? (Elle secoua la tête, atterrée) Écoute-moi, Samantha. Tu es et tu resteras à jamais l'amour de sa vie !

J'allais me reculer, incapable d'en entendre davantage, mais la force avec laquelle elle m'obligea à lui faire face me prit au dépourvu. Son visage s'empourpra d'indignation.

---

[9] « Se séparer, c'est mourir », clin d'œil au *Papillon des Ténèbres* de la saga *Les seigneurs de l'ombre*, de Gena Showalter.

- C'est à croire que vous aimez vous faire souffrir tous les deux ! Vous avez toujours été si empotés dès qu'il s'agissait de mettre à plat vos sentiments respectifs ! Vous avez passé plus d'un an à ignorer ce que vous représentiez l'un pour l'autre et le résultat fut qu'en plus de vous blesser mutuellement, vous n'avez eu que très peu de temps pour profiter de votre amour quand enfin vous vous êtes décidés à cesser d'être stupides ! Et là, il faut tout recommencer !

Je n'aimais pas spécialement la façon dont elle présentait les choses, mais quelque part au fond de moi, mon double intérieur hochait la tête à chaque affirmation, ne faisant que confirmer ma propension à la bêtise la plus crasse sentimentalement parlant. C'était vexant ; et ce n'était pas fini.

- Sache que j'ai déjà eu cette conversation avec toi donc je te dirai la même chose ! Aie confiance en toi ! Tu n'es plus l'ancienne Samantha Watkins ? Et alors ?! Tu es la nouvelle Sam, forte, impitoyable, et méritant une bonne correction pour s'être autant renfermée devant des gens qui l'adorent telle qu'elle est ! Phoenix n'est pas différent, c'est toi qui crois qu'il l'est et en le repoussant comme tu le fais par peur de tes sentiments, tu ne fais que le pousser à s'éloigner de toi ! Tu dois croire en toi pour qu'il puisse croire de nouveau en vous, ce n'est quand même pas compliqué, un enfant de cinq ans peut le comprendre !

Estomaquée par sa verve incisive tout autant que par le contenu de celle-ci, je me contentais de la fixer bêtement.

- Tu vois ? Quand tu me regardes avec ces yeux de merlan frit, je te retrouve ! Laisse-toi un peu aller, autorise-toi à ressentir les choses sans avoir peur d'être déçue, tu ne le seras pas, je te le garantis !

- Angela…

- QUOI !

- Tu es en train d'arracher les coutures de mon manteau.

- Oh !

Elle me lâcha immédiatement et se recula d'un pas, penaude. Je continuai à l'observer puis, une sorte de déclic s'opéra en moi...

Je me mis à rire.

Je riais tant et si bien que je dus poser à terre mon sac à dos pour pouvoir me tenir les côtes.

- Tu te moques de moi ?! s'écria mon amie, outrée, en mettant ses poings sur ses hanches.

Je ne sais si ce fut son geste ou le ton aigu qu'elle employa qui me perdit, mais mon fou-rire s'accentua au point que je dus me tenir à elle pour ne pas m'écrouler au sol. Ce faisant, elle se mit à rigoler elle aussi et partant dans un grand éclat, elle se cramponna à moi en serrant les jambes du fait qu'à la différence des vampires, elle ne pouvait ignorer sa vessie trop pleine.

Nous restâmes plusieurs minutes ainsi, à la lisière des arbres, à tenter de nous remettre de nos émotions sachant que de mon côté, je sentais que je venais de me libérer d'un énorme poids. Et ce fut dans les larmes de joie de mon amie que je réalisai combien cette idée de fuite en avant était une erreur.

Car je le ressentais désormais plus fort que jamais...

Me séparer de lui c'était mourir.

Angela me sauta au cou quand je lui dis que je décidais de rester et nous rentrâmes toutes les deux dans une humeur joyeuse quoique un peu stressée pour ma part. Je venais de décider de prendre mon sort en mains en abandonnant mes peurs et ma méfiance vis-à-vis des autres, changement qui ne passerait pas inaperçu et qui risquait d'en désarçonner plus d'un étant donné ma dispute précédente avec Phoenix. Je n'étais pas vraiment sûre de savoir comment m'y prendre mais je sentais qu'Angela m'aiderait en ce sens.

La plaie béante dans ma poitrine, sans être vraiment fermée puisque je n'avais pas réglé mes problèmes avec mon ange, s'apaisa suffisamment pour me permettre d'espérer que les choses changeraient pour le bien de tous.

Je commençai par mettre à l'abri des regards le sac à dos compromettant et laissai mon amie m'entraîner dans la cuisine pour prendre un verre bien mérité. Elle mit la main sur l'alcool de prune d'Ysis qui traînait dans un placard et s'en servit un grand verre avant de m'en tendre un autre.

- Il me semble que ça te fera plus d'effet qu'à moi, dis-je en ricanant.

Son discours sur ma confiance en moi trottait encore dans ma tête, mais je n'étais pas prête à vraiment y réfléchir. Ce qu'elle avait bousculé en mon for intérieur n'était pas tant cette façon que j'avais de me rabaisser et que je sentais réelle, mais plutôt la façon dont j'avais inconsciemment refoulé mes amis par peur de mes émotions. Quelque part, malgré son horrible façon de me l'asséner, Phoenix avait eu raison tout à l'heure, ils ne le méritaient pas. Je voulais réparer ça, je voulais redevenir la meilleure amie d'Angela, vraiment, surtout maintenant qu'elle m'avait certifié m'accepter comme j'étais.

- On parie, ma grande ?

Elle s'avala la liqueur cul-sec.

- Tu es folle ?! C'est un tord-boyau et en plus, c'est dégoûtant ! Je ne sais pas comment Ysis fait pour avaler cette horreur !

- Hic ! Arrête de faire ta mijorée ! Tu es une vampire oui ou crotte ?!

Je n'en revenais pas ! À peine un verre et mon amie retrouvée avait déjà disparu pour laisser la place à son double pochtronne dont le langage était digne des marchés aux poissons du Paris du XVIIe siècle ! Bah !

J'avalai le reste de la bouteille au goulot pour faire bonne figure.

- Haaaaahahaaaa… hic ! Attends, je vais voir ce que not' pote Cléopâtra a en réserve !

De manière un peu aléatoire et surtout en ricanant bêtement, Angela fouilla dans le même placard à alcool et en retira trois bouteilles de vodka qu'elle me tendit à l'aveuglette. Je devais reconnaître que je m'amusais follement, le cœur léger comme il ne l'avait jamais été depuis mon réveil. Nous n'étions pas un exemple à suivre, certes, mais je passais un très bon moment.

- Ooooooooooh !

- Quoi ?! dis-je, craignant qu'elle ne se soit coincé la tête dans le placard où elle avait presque plongé.

Elle en ressortit avec une bouteille au contenu bien vert.

- Tu entres dans une autre catégorie, là, Angela. Avec ça, tu ne vas pas tenir le choc et François va me tuer ! Je me demande comment Ysis a pu se procurer de l'absinthe... Hé !!!

- Quwââ ? Redonne-moi ma piquette !

Je venais de lui retirer la bouteille qu'elle s'apprêtait à boire comme moi tout à l'heure.

- Tu veux te brûler la gorge ?! Ce truc rendait les gens complètement fous au XIXe siècle ! Ça se prend dans une cuillère avec un sucre !

Angela gloussa puis me fit un « Chhht ! » peu gracieux me signifiant qu'à force de râler, j'allais attirer ceux du salon qui discutaient encore de... je ne sais quoi, en fait. La vue de mon amie en mode éclate totale me déconcentrait.

Après avoir avalé comme elle plusieurs sucres arrosés d'absinthe, je crus toutefois préférable de limiter l'éclate à la vodka et sans être ivre, je devais reconnaître que je me sentais plutôt gaie, au point que lorsqu'Angela se mit à chanter « I will survive » de Gloria Gaynor (très approprié pour notre situation à tous) doucement d'abord, puis en hurlant et se trémoussant sur la table, je me laissai emporter par une nouvelle hilarité, jouant à me tourner et me retourner comme dans *The Voice*, mes gestes faisant entrecouper le fond sonore d'un « Ouaaaaaiiiis » ou d'un « Bouuuuuh » en fonction de l'un ou de l'autre.

Évidemment, elle tomba comme une masse et ne dut qu'à mes réflexes vampiriques de ne pas s'être ouvert le crâne sur le carrelage, chose dont elle n'avait absolument pas conscience vu que comme moi, alors que nous étions toutes les deux assises par terre, elle riait à gorge déployée… Enfin dans son cas, elle hennissait.

J'aurais dû me sentir gênée quand tous les habitants de la villa, attirés par le bruit, nous trouvèrent ainsi, bras et jambes emmêlés, mais au contraire, c'était la première fois que je me sentais vraiment bien, comme si tout en moi avait attendu désespérément que je commence à lâcher prise pour qu'enfin je retrouve ma place auprès de ma famille.

Alors quand François me jeta un faux regard noir en passant un bras sous les épaules de sa femme et qu'il me laissa l'aider à la porter dans leur chambre cuver l'alcool qu'elle avait ingurgité, je lui offris un sourire éblouissant. Il parut légèrement décontenancé, mais je m'en fichais.

Je l'adorais.

J'étais là.

*

Le lendemain soir, je sortis comme à mon habitude prendre l'air pendant qu'humains et vampires se retrouvaient pour déguster leur repas, qui solide, qui liquide. La lune brillait plus fort que d'habitude, on voyait parfaitement le ciel étoilé, véritable voile d'encre parsemé de lumières scintillantes. C'était… magique et presque réconfortant dans ma situation de voir quelque chose de si beau.

Je n'avais pas faim. La discussion que j'avais eue avec Angela avait tourné en boucle dans mon esprit toute la journée, rendant mon sommeil impossible. La veille, après avoir bordé mon amie trop saoule pour le faire elle-même, j'avais surpris tout le monde en entreprenant Danny pour une conversation animée sur la composition parfaite d'un bon muffin au chocolat et en invitant Ginger et Valérie à participer à celle-ci en tant que spécialistes en cacao. Matthew, après nous avoir longuement observés, finit par s'en mêler et se fut dans la bonne humeur générale que se termina la soirée pour les humains. Quant aux vampires, si l'on exceptait les regards mauvais de Blodwyn qui supportait à peine que je participe désormais aux réunions de planification de la Résistance, ils ne firent aucun commentaire sur mon soudain revirement d'attitude et je ressentis même un élan chaleureux de la part d'Ysis lorsque je pris la parole (chose assez rare) pour proposer ni plus ni moins la première offensive donnant l'impulsion à celle, massive et générale qui mettrait à bas le tyran. Mais pour ce faire, il nous faudrait repousser la contre-attaque qui ne manquerait pas de se produire et pour laquelle nous devions trouver un moyen de mobiliser les vampires qui étaient restés neutres dans le conflit, par peur des représailles.

Les mois qu'avaient passés mes amis retranchés dans cette villa avaient été plus que productifs puisque leur tactique d'espionnage de l'ennemi et de collecte des données avait permis de connaître précisément les lieux et les personnalités stratégiques de son pouvoir. Ainsi, on savait qui il fallait abattre dans les pays où le Grand Changement avait été aboli, tout comme on savait que dans les pays où le mode de consommation à la source n'avait pas changé, la grogne empirait de manière assez importante contre une autorité de plus en plus dictatoriale pour préserver un Secret pour le moins proche d'éclater au grand jour si rien n'était fait pour y remettre de l'ordre. Je réalisais que cet accord conclu par les Grands avec le Cercle de Mellindra, sur le passage de l'ensemble du monde vampirique au Grand Changement sur les soixante prochaines années, l'avait été parce qu'il devenait désormais difficile de faire autrement. Les pays du Sud, y compris les PMA[10] où les vampires les plus assoiffés s'en donnaient à cœur joie, ne mettraient plus longtemps à s'apercevoir que leurs problèmes politiques ou les ravages causés par le SIDA n'expliquaient pas

---

[10] Pays les moins avancés de la planète selon les critères de l'IDH (indice de développement humain).

totalement leur taux de mortalité. De fait, les sages avaient décidé un passage au Grand Changement en douceur pour une transition acceptable par tous, et surtout pour éviter une guerre avec les humains, bien trop supérieurs en nombre pour ignorer le risque de génocide de la race vampire. Finn avait joué les démagogues face aux « puristes » pour gagner leur soutien, et ainsi prendre le pouvoir ; ces gens pensaient qu'il défendait leur mode de vie… En réalité, il n'avait toujours eu qu'un seul objectif, peu importait ce qu'il lui faudrait faire pour y parvenir.

Je voulais le faire tomber… et le tuer. Pour cela, il nous fallait un bon plan et l'idée de cette première phase d'attaque avait séduit toute l'assistance, y compris Blodwyn : je l'avais déduit car elle ne m'avait pas traitée de demeurée démoniaque. Talanus partit ensuite dans l'organisation des détails comme le général romain qu'il était et le résultat fut que nous nous séparâmes tous avec la certitude que les hommes choisis par Finn pour succéder à ceux qu'il avait assassinés avaient du souci à se faire. Il nous restait à trouver le moyen de rallier le plus grand nombre à notre offensive mais au moins, c'était un début.

Au moment de nous souhaiter un bon repos, j'avais failli demander à Phoenix de rester avec moi, mais je n'en avais pas eu le courage, c'est pourquoi ce temps pour faire le point à l'écart de mes amis m'était absolument nécessaire. On pouvait dire que mon insomnie m'avait donné cette chance et au coucher du soleil, j'avais suffisamment médité seule dans ma chambre, en tournant et retournant dans mon lit, pour arriver (hormis à faire de mes draps un gros paquet de nœuds) à la conclusion que jusqu'ici, je n'étais jamais parvenue à formuler, même dans mon esprit…

J'aimais Phoenix.

C'était clair depuis le début et néanmoins, j'avais toujours refusé de me l'avouer par peur d'être rejetée. Quand mon amie m'avait expliqué que c'était justement à cause de cela que nous avions lui et moi finalement si peu profité de notre amour avant que Finn ne vienne tout gâcher, j'avais compris à quel point j'étais dans l'erreur. Nier mes sentiments ne ferait que me torturer et déliter un peu plus ma relation déjà tendue avec l'homme de ma vie. Mais comment lui dire que mon comportement des derniers mois était la conséquence de la terreur inconsciente que j'éprouvais à l'idée qu'il ne pourrait jamais m'aimer, moi, le reflet si peu ressemblant de son Amour Absolu ? Comment lui demander d'oublier celle qu'il avait voulu épouser pour celle qui lui rappelait tous les jours qu'il l'avait définitivement perdue ?

Mon Dieu…

La souffrance serait-elle mon fardeau éternel pour payer le prix de toutes les vies que j'avais prises ?

Je regardai la lune à nouveau, et pensai à Léthalée.

Je me rendais compte que malgré tout ce qui s'était passé, je n'avais jamais vraiment cru en elle. Elle avait beau être apparue dans et en-dehors de mes rêves, pour moi, elle restait une entité propre aux légendes, ce qui m'empêchait finalement de croire en ses prophéties. Pour elle, j'étais la clef d'un avenir meilleur, à condition de débarrasser le monde de Finn, le plus vieux représentant de la race qu'elle avait créée. L'ironie du sort ? Toujours est-il que j'avais beau vouloir la mort de ce dernier, je n'avais jamais vraiment envisagé la lui administrer avant de devenir une sorte de guide pour le reste de la communauté. Je ne recherchais pas le pouvoir, loin de là, tout ce que je voulais, c'était me venger et trouver un peu de paix. Cependant, il ne fallait pas se voiler la face, la paix serait difficile et surtout longue à obtenir en admettant que je tue Finn. Je n'arrivais pas à m'imaginer dans le monde que Léthalée prévoyait pour moi.

C'était peut-être ça qui posait problème au bout du compte.

Les paroles d'Angela me revinrent en mémoire et j'en déduisis ceci : je n'avais jamais cru en moi, ce qui m'avait amené à me sacrifier pour rien à Harper Hill ; je n'avais jamais cru être digne de l'amour de Phoenix, c'est pourquoi je n'avais pas hésité à le laisser tout seul, sans savoir vraiment à quelle douleur je l'exposais ; je n'avais pas cru avoir ma place dans cette villa avec ces gens extraordinaires, moi qui, brisée de l'intérieur, ne leur présentait qu'un visage empreint de méfiance et de retenue ; je n'avais jamais cru à cette histoire de sauveuse de la race vampire, ce qui m'avait amenée à penser que cette Résistance à qui j'offrais mon aide n'avait finalement aucune chance.

Je tenais là le cœur de tous mes échecs : je n'avais pas foi en moi. J'avais confiance, oui, mais seulement jusqu'à un certain point et c'était désormais insupportable.

J'expirai longuement.

Il était temps que ça change. Il était temps que *je* change. Je ne pouvais plus me permettre de me déprécier en en ignorant les conséquences sur les autres, je ne devais plus occulter les prédictions de la Nuit sous prétexte qu'elles me présentaient sous un jour auquel je ne pensais pas ressembler. Je devais accepter…

Face à la majesté du ciel nocturne, ma voix ne flancha pas :

- Je suis prête. Maintenant je crois…

Soudain, la lune se mit à briller plus intensément comme une brise faisait voleter mes cheveux, caressant ma peau avec toute la délicatesse d'une main maternelle.

- Je suis fière de toi, Samantha Watkins… N'oublie pas, le pouvoir est dans l'Unique…

Une force mystérieuse m'envahit au moment où je me débarrassai enfin de tous les doutes qui s'étaient accumulés en moi avant et après mon amnésie. Cette fois-ci, j'inspirai l'air du renouveau et fermai les yeux pour sentir dans toutes mes fibres cette sensation de liberté de l'âme et de l'esprit.

Je n'étais plus la Samantha Watkins de Kerington, c'était un fait, mais j'étais moi et désormais, c'était amplement suffisant.

Ce fut sur cette réflexion qu'il se décida enfin à me rejoindre…

*

Le fantôme de mon cœur s'emballa en reconnaissant dans mon dos le pas feutré de celui que j'aimais.

- Angela m'a dit que tu voulais me parler…

Ma vérité mise à nue me faisait désormais voir les choses autrement, comme notamment sa façon de rester légèrement en retrait que j'aurais interprétée il y a peu comme un besoin de m'éviter. Là, je comprenais qu'au contraire, Phoenix respectait cet espace vital que je lui avais si instamment demandé de ne pas envahir. C'était une marque de considération appréciable… et inutile.

- C'est un spectacle apaisant, tu ne trouves pas ? dis-je pour briser la glace en montrant le ciel. C'est aussi beaucoup plus beau quand on l'admire à deux.

Allait-il saisir la perche que je lui tendais, moi qui le fuyais depuis si longtemps ? Je manquai soupirer de soulagement quand il prit place à mes côtés et n'osai pas vraiment le regarder en face.

- Tu as toujours aimé les documentaires sur l'univers. Tu m'as dit une fois que si tu n'étais pas si nulle en mathématiques, tu aurais fait des études pour devenir astrophysicienne ou volcanologue.

Phoenix regardait aussi droit devant lui et ne semblait pas vouloir combler le silence qui venait de s'installer entre nous. Je n'y pouvais rien, j'étais émue qu'il se souvienne de choses aussi anecdotiques, qui n'avaient dû venir dans la conversation qu'une fois en tout et pour tout. Mais si je ne voulais pas qu'il se renferme, il allait falloir que je fasse un effort.

- Je déteste toujours autant le calcul… et m'occuper des fleurs aussi.

Cette fois, j'avais réussi à le faire se tourner vers moi. Il me dévisageait, l'air perplexe.

- Tu mettais tout le temps des fleurs dans des vases au château ! Et c'est toi qui as insisté pour qu'on fasse ce potager !

Enfin j'avais une excuse pour sourire ! Je ne me fis pas prier et lui en offris un de malice. Gagné, il ne me lâchait plus du regard.

C'était vrai que depuis nos retrouvailles, on pouvait compter sur les doigts d'une seule main les moments où je m'étais laissé aller à lui sourire, et encore, avec retenue.

- Je ne me souviens pas de cela, mais je peux faire une supposition : comme je n'ai pas la main verte, je devais cueillir ces fleurs avant qu'elles finissent grillées au soleil d'été et je les changeais régulièrement parce que je ne mettais pas beaucoup d'eau dans les vases. (Phoenix réfléchissait à mes paroles) Quant au potager, laisse-moi deviner… Tu as gardé de ton enfance paysanne le goût pour la terre, n'est-ce pas ?

- Oui.

- Alors j'ai dû penser que cela te détendrait de t'y investir, pas que j'escomptais en récolter quoi que ce soit.

Il se gratta le menton, pensif, puis :

- Maintenant que j'y réfléchis, je ne te voyais jamais avec un arrosoir… Et ce potager ne donnait effectivement pas grand-chose. Mais tu as eu raison, ça me détendait, quoique je préférais nettement nos marathons dvd. Je t'avoue que *Stargate Sg-1* me manque sérieusement.

Je m'esclaffai, ce qui lui occasionna un léger mais visible frémissement. Je fis comme si de rien n'était.

- J'ai réussi à télécharger tous les épisodes de la première saison. Il va falloir rattraper le temps perdu !

Phoenix s'assombrit immédiatement. Quelle imbécile ! Indécrottable maladroite incapable d'aligner trois mots cohérents ! N'aurais-je pas pu trouver mieux comme approche de réconciliation plutôt que cette invitation grossière et malvenue ?!

- Pardon.

- De quoi ? s'enquit-il, la mine toujours aussi sombre.

Je baissai la tête, dépitée.

- Je n'aurais pas dû te proposer ça alors que c'était un moment que tu partageais avec… elle.

Je ne voyais pas comment parler autrement de l'autre moi, celle à qui il avait donné son cœur.

- « Elle » ?

Je me sentais encore plus ridicule. La conversation devant tourner à la séduction était en train de virer à la catastrophe par ma faute.

- Hum… Tu sais bien… L'autre Samantha, celle que tu aimes et pas… moi.

Phoenix grinça des dents. Génial, en plus je l'avais mis en colère. Mon ciel étoilé ne me serait plus d'aucun secours maintenant.

- Oh, bon sang... soupirai-je. Il n'y a pas qu'en maths que je suis nulle… Dire que j'y croyais pour une fois…

Mon interlocuteur sembla complètement perdu. Je ne pouvais pas l'en blâmer.

- Qu'est-ce que tu es en train de me dire, Sam ?

J'eus l'impression que mes joues prenaient feu sous le poids de son regard. Je n'aspirais plus qu'à une chose, lui échapper.

- Oh… rien. En fait, il vaut mieux rentrer, tu ne crois pas ? Les autres vont se demander ce qu'on fait.

Je fis demi-tour, complètement démoralisée par la tournure de la situation. C'était bien la peine d'avoir une révélation mystique pour en arriver à me ridiculiser de la sorte !

Seulement, je n'avais pas fait un pas que Phoenix me retenait par le bras et me ramenait vers lui, oubliant la distance minimum nécessaire à mon stupide espace vital.

- Samantha !

Je me liquéfiai entre ses bras. Ma grande confiance de tout à l'heure s'était envolée depuis belle lurette.

- Je…

Je n'achevai pas ma phrase, je me mordis plutôt la lèvre au sang.

- Zut !

J'allais m'essuyer la goutte qui y perlait, mais Phoenix me devança. Mes genoux flageolèrent sous sa caresse et mes cellules hurlèrent leur frustration quand il retira sa main.

- Parle-moi, Sam. Il y a quelque chose que tu ne me dis pas et je ne te laisserai pas partir tant que tu ne m'auras pas tout expliqué.

Il me fixait avec une telle intensité, des éclairs bleutés dans ses prunelles, que j'en étais hypnotisée.

- Je… Tu… Je ne sais pas quoi dire, tu me fais perdre le fil.

Imperceptiblement, il combla les derniers centimètres entre nous, m'emprisonnant toujours de ses yeux métalliques. Si c'était comme ça qu'il voulait que je me lance dans un grand discours bien construit, c'était mal engagé.

- Samantha… Je dois savoir.

La tension qui raidissait ses muscles et contractait sa mâchoire eut raison de mes dernières réticences. Très bien. À moi maintenant.

- Phoenix… Je sais à quel point tu aimais l'ancienne Samantha Watkins et je n'ose imaginer quelle fut ta souffrance de la perdre ce jour-là à Harper Hill…

Ses yeux s'embrasèrent immédiatement, il serra les poings, sûrement pour contenir un afflux de souvenirs douloureux.

- … Ce que je veux te dire, c'est que je ne suis pas elle. (Il ferma les paupières, sa tension s'accrut encore d'un cran) Je ne suis pas aussi enjouée, c'est tout juste si j'arrive à voir le positif dans ce qui m'entoure ; j'ai du mal à accorder ma confiance, et j'ai encore du mal à croire en l'avenir. Quand je me suis réveillée après le second traitement de James, je ne savais pas qui j'étais et je me sentais perdue. J'avais réussi à mettre mes sentiments de côté pour fonctionner un peu comme une machine, mais je sentais que ma place était ailleurs. J'ai cru qu'elle était ici… Je ne m'attendais pas à ça…

Envahie par une brusque émotion, je me tus un instant.

- Parle-moi, Sam. Je t'en prie.

J'inspirai vivement puis repris, ma voix s'élevant sans que j'en aie conscience :

- Je pensais parvenir à supporter vos regards sur moi, je pensais même qu'ils ne m'atteignaient pas, mais vivre avec vous et voir tous les jours dans vos yeux à quel point je n'étais pas celle que vous attendiez…. Je savais pertinemment que je n'étais que l'ombre de l'ancienne Samantha, un reflet brisé dont on ne sait que faire des morceaux. Je m'en accommodais jusqu'à ce que…

- Dis-moi, m'ordonna-t-il d'une voix douce.
- Jusqu'à ce que j'entende ta conversation avec François.

Mon interlocuteur sembla dérouté.

- Quand tu as dit que j'étais une étrangère pour toi…

Cette fois, la lumière se fit dans son esprit. Il voulut parler, mais je posai ma main sur ses lèvres pour lui intimer le silence. Il fallait que j'aille jusqu'au bout pour me libérer de mon fardeau.

- C'est à cet instant que la vérité s'est imposée à moi, quand une vague de douleur infernale m'a atteinte de plein fouet au point de devoir rebrousser immédiatement chemin vers le calme de notre chambre. Moi qui croyais avoir muselé tous mes sentiments, je me trompais ! (Phoenix haussa les sourcils devant ma véhémence) Car comment continuer à nier que son cœur appartient à un homme quand il se brise après avoir pris conscience qu'on ne sera jamais assez à la hauteur pour s'en faire aimer ?

Phoenix chancela, comme s'il venait de prendre un coup de poing en pleine poitrine. Il serrait tant les mâchoires que je m'étonnais qu'elles ne se soient pas encore réduites en poussière. Malgré son trouble, je devais continuer, c'était devenu vital pour moi de tout lui avouer.

- J'ai toujours su qu'il y avait un lien entre nous, mais j'ai tout fait pour refouler les élans de mon cœur et de mon corps qui m'attiraient irrésistiblement vers toi, parce que je n'arrivais pas à accepter la situation. Comment, en effet, pourrais-tu m'aimer comme tu avais pu l'aimer elle ? Je voulais garder mes distances comme toi tu les avais prises parce que j'avais trop peur de souffrir et finalement, c'est ce qui s'est produit, au point qu'après que tu m'eus clairement qualifiée de fantôme de la femme que tu aimes, sans Angela, je vous aurais quittés hier.

Un grondement bas échappa à mon compagnon, je n'avais aucune idée de ce qu'il pensait de tout ça. En tout cas, ses poings serrés à s'en faire blanchir les jointures de ses articulations m'indiquaient que ce qu'il montrait à la surface ne devait être que le quart du tiers de ce qui se passait en-dessous.

- Comment t'a-t-elle fait changer d'avis ?

Le ton neutre avait disparu, la colère froide et menaçante l'avait remplacé.

- En me mettant devant mes propres erreurs.

- Lesquelles ?

- Il y en a beaucoup, mais la plus importante est qu'en persistant à ne pas vouloir croire en moi-même, je n'ai fait que causer de la souffrance à mon entourage. (Je pris une grande inspiration) C'est terminé. J'ai décidé d'accepter celle que je suis et tout ce que ça entraînera comme conséquence. Je ne suis peut-être plus comme avant, mais je pense que mes sentiments envers chacun de vous font que j'ai ma place à vos côtés dans cette guerre et… font que j'ai ma place auprès de toi…

Les épaules de Phoenix se soulevaient et s'abaissaient violemment maintenant.

- Tout ce que je te demande, à défaut d'éprouver la même chose à mon encontre, c'est d'entendre que malgré tout ce que nous avons traversé, malgré tous les changements qui se sont opérés en moi, je n'ai en réalité, jamais cessé et ne cesserai jamais de t'aimer.

Un grand silence nous entourait, comme si la nature elle-même retenait sa respiration quant à ce qui allait suivre. Pas un souffle de vent, pas un chant d'oiseau, pas un cri d'animal dans la forêt ; le temps était suspendu aux lèvres de l'homme qui me faisait face, ses yeux toujours luminescents braqués dans l'angoisse lisible dans les miens.

Et puis…

Sa bouche s'abattit sur la mienne comme ses mains m'attiraient contre lui pour me retenir captive entre ses bras. Je n'eus aucune hésitation et acceptai son baiser avec une joie si intense que ce fut à mon tour de chanceler. Je passai mes doigts dans ses cheveux en savourant la caresse si douce de sa langue autour de la mienne et m'envolai lentement mais sûrement vers le Paradis à mesure qu'il me pressait contre son torse dont la chemise qui le recouvrait ne cachait en rien la fermeté de ses abdominaux. Je ne pus me retenir plus longtemps et entrepris de caresser cette peau à travers le fin tissu de son vêtement, aucune parcelle de son dos et de son torse n'étant oubliée dans cette exploration.

Un grondement profond y répondit, gage de bien-être, achevant de me faire chavirer l'âme. Mon Dieu... J'avais pris conscience que j'aimais cet homme, mais je réalisais seulement à cet instant, pendant que mon corps s'embrasait dans cet échange incroyablement romantique, à quel point je lui étais attachée.

Il était mon ancre, mon phare, mon guide, le Tout qui conditionnait mon existence, l'univers dans lequel j'évoluais et pour lequel je vivais. Sans lui je n'étais rien, sans lui, je n'étais qu'une enveloppe vide avançant dans le néant. Une nouvelle certitude s'imposa alors à moi : mon amour pour lui était aussi absolu que mon besoin de parcourir chaque centimètre carré de son corps avec mes doigts.

Je ne sais s'il le ressentit lui aussi, toujours est-il que sans s'arrêter de m'embrasser, il m'attrapa sous les cuisses pour me porter dans ses bras.

Je ne vis même pas le moment où ma main se leva d'elle-même pour imposer à la lourde porte-fenêtre de la villa de s'ouvrir afin de nous laisser passer, tout comme je sentis à peine le vent me fouetter le visage quand il nous y engouffra à pleine vitesse, montant les escaliers vers sa chambre en ignorant les hoquets de stupeur des personnes présentes au rez-de-chaussée qui durent s'écarter rapidement pour ne pas se faire renverser.

J'entendis simplement le battant se refermer violemment derrière nous avant que mon compagnon ne me dépose au sol, s'écartant de moi pour me contempler comme s'il revoyait le Soleil pour la première fois depuis un demi millénaire qu'il foulait la Terre sous la protection de l'astre de la Nuit.

Ce fut à mon tour de recevoir un coup de poing dans la poitrine quand son regard me balaya en irradiant un amour inconditionnel que je n'aurais jamais pensé être en droit d'espérer.

Cette nuit, un nouveau tournant venait de bouleverser ma vie et je n'eus nul besoin d'Angela ou de Léthalée pour me rassurer alors que je m'y engageais.

Non. Cette fois-ci, il n'y avait aucune raison d'avoir peur. J'étais sûre.

J'y croyais.

*

L'étreinte fougueuse et fusionnelle que nous avions partagée dans le jardin se transforma, arrivés dans la chambre, en quelque chose de plus calme, de plus doux et surtout, de plus profond.

Phoenix commença par me caresser le visage, comme pour en dessiner les traits dans son esprit. Je fis de même, suivant l'arête volontaire de son menton, allant jusqu'aux cheveux à la douceur de la soie où mes doigts glissaient dans un ballet extatique. Je me noyais dans ses prunelles océaniques où les éclairs ne cessaient d'illuminer les vagues d'émotions qui m'enveloppaient dans un cocon de bonheur indestructible. Lorsqu'il m'amena contre lui pour m'embrasser le front et me tenir simplement dans ses bras, mon cœur explosa en un milliard d'étincelles.

- Je t'aime, dis-je dans un murmure, emportée par le tsunami émotionnel qui n'avait pas encore fini de se fracasser dans toutes les parties de mon corps et de mon âme.

Il ne me répondit pas, mais emprisonna doucement mon visage entre ses mains pour le guider vers le sien. Son baiser fut si pur, si parfait, qu'aucun mot n'aurait été approprié pour exprimer ce qu'il venait de me transmettre à travers ses lèvres. J'en fus si bouleversée qu'un sanglot m'échappa, suivi de nombreux autres. Je le serrai contre moi comme pour me fondre en lui tandis qu'il me chuchotait des mots à l'oreille dans une langue que je ne connaissais pas, peut-être du celte. Je finis par me reprendre, notamment lorsque sa bouche quitta mon oreille pour m'effleurer la nuque alors que ses mains s'activaient à descendre la fermeture éclair dans le dos de ma robe. Ne pouvant souffrir du froid, je n'aurais pas dû frissonner lorsque le tissu tomba le long de mon corps pour se retrouver à mes pieds, mais la température ambiante n'avait rien eu à voir là-dedans, seul mon volcan interne, en pleine éruption, en était à l'origine.

Ce fut lui qui me poussa à entreprendre de déboutonner la chemise de mon compagnon dans un silence rompu uniquement par nos respirations saccadées et empreintes d'un désir de plus en plus prégnant. Phoenix se chargea de la retirer comme mes doigts s'étaient déjà posés sur la peau satinée de son torse sculptural, m'émerveillant de sa douceur et de sa force. Je déposai en même temps de petits baisers sur sa poitrine virile, m'arrangeant ensuite pour le contourner et sans cesser de le caresser, de renouveler l'opération dans son dos, suivant la ligne profonde et transversale de la cicatrice que son maître lui avait faite. Chaque fois que mes lèvres frôlaient ses épaules, un frisson le parcourait et ses bras se tendaient comme pour s'empêcher de mettre fin à ce supplice sensuel en me ramenant devant lui.

Une impression de déjà-vu m'assaillit brutalement et, lovée contre le dos de l'homme que j'aimais, j'eus une vision de moi, vêtue d'un déshabillé rouge plus que sexy, pratiquement dans la même position où j'étais actuellement. C'était étrange mais j'oubliai tout dès que je l'entendis :

- Tu m'as tellement manqué…

Son murmure, rauque et incroyablement ému, me tira immédiatement de ma rêverie pour me ramener dans le présent. En revenant face à un Phoenix tremblant, j'eus le cœur broyé en identifiant dans ses prunelles une lueur qui aurait pu le plus s'apparenter à des larmes s'il avait été humain. Je posai ma main sur sa joue et il ferma les paupières, s'appuyant contre ma paume.

- J'ai vécu l'enfer et encore maintenant, alors que tu es là avec moi, j'ai l'impression que si j'ouvre les yeux, je vais me rendre compte que je suis en train de rêver et que tu vas disparaître à nouveau.

Submergée par la compassion au regard de ce qu'il avait souffert quand il me croyait morte, je l'embrassai... longtemps...

Puis :

- Si tu m'aimes encore, si tu aimes cette pâle version de celle que j'étais avant, alors sache que je ne partirai plus jamais.

La lueur dans le regard de mon compagnon s'intensifia. Il me prit encore le visage entre ses mains.

- Je n'ai jamais cessé de t'aimer et crois-le ou non, je t'aime plus encore maintenant.

Un tremblement de terre me ravagea à ces mots, un fol espoir, impossible à canaliser, s'insinuait déjà jusque dans les plus petits recoins de mon être. C'était impossible, j'avais dû mal entendre.

- Je comprends que mon attitude depuis nos retrouvailles te fasse douter de mes paroles, mais elles sont on ne peut plus vraies. Tu as changé, c'est évident, mais mon cœur t'a néanmoins reconnue et au final, c'est tout ce qui compte. C'est ce que j'ai dit à François lors de la conversation dont tu n'as entendu que le début. J'avais si peur de te pousser à partir en t'effrayant avec mes sentiments que je n'ai réussi qu'à te paraître insensible.

- Mais... ce que tu m'as dit dans la salle d'entraînement...

Phoenix ferma les yeux et inspira.

- Tu m'as fait sortir de mes gonds, j'étais hors de moi. Je n'en pensais pas un mot et je regrette amèrement de m'être comporté de manière aussi stupide. Pardonne-moi.

Un nouveau sanglot monta dans ma gorge et je savais que si je le laissais passer, je passerais sûrement la nuit à pleurer. Ce fut donc avec une voix éraillée que je lui répliquai :

- Il est temps que toi aussi tu croies en nous.

Il s'esclaffa doucement.

- Tu as raison. À une époque tu m'aurais traité d'handicapé des sentiments, comme Ysis me l'a si aimablement notifié hier.

Je souris et posai mon front contre le sien.

- Alors tu aurais dû me traiter d'hypocrite en retour.

Nous nous tûmes le temps de digérer chacun l'aveu de l'autre. Phoenix m'aimait malgré mes blessures psychologiques et je l'aimais plus que tout alors que son souvenir avait déserté ma mémoire.

Il était temps pour nos deux âmes d'entamer leur guérison pour n'en former plus qu'une…

Maintenant.

Précautionneusement, il fit descendre les bretelles de mon soutien-gorge sur mes épaules avant de poursuivre sa caresse le long de mes bras. Il entrelaça ensuite ses doigts aux miens et tout en m'embrassant, il guida mes mains vers sa poitrine. Occupée à explorer cette peau lisse et parfaite, je lui laissais le champ libre pour achever de me dévêtir et j'entendis nettement le craquement de ma culotte quand Phoenix choisit de m'en débarrasser sans pour autant quitter mes lèvres dans la manœuvre.

Ses mains sur mon corps nu enflammaient toutes mes fibres les unes après les autres et je dus me retenir pour ne pas réserver à sa ceinture et son pantalon le même traitement qu'à mon sous-vêtement. Je m'astreignais à la douceur quand toutes mes cellules se tendaient d'anticipation et lorsque, enfin, ce qui restait de tissu entre nous tomba par terre à ses pieds, elles manquèrent carrément se liquéfier sur place.

Aucun de nous deux n'avait commencé à toucher l'autre autrement que dans des endroits très sages et jusqu'ici, cela m'allait bien. Seulement, le voir et surtout le sentir nu contre moi alors que nos langues dansaient un ballet démentiel dans nos bouches, me fit prendre feu… littéralement.

- Wow ! Sam ! s'exclama Phoenix en s'écartant brusquement.

Sa peau guérissait rapidement, mais les deux brûlures sur ses pectoraux étaient encore visibles. Mon Dieu… Si je m'embrasais ainsi chaque fois que j'étais gagnée par l'excitation, nous ne pourrions jamais nous toucher ! Mais pourquoi avait-il fallu que j'hérite de ces maudits pouvoirs ?!

- Je suis désolée, dis-je, misérablement.

Autant dire qu'il ne me restait plus qu'à me rhabiller ! *Bordel de…* pensai-je.

Phoenix fut sur moi avant même que je me dirige vers ma robe.

- Moi pas !

Sa main derrière ma tête et l'autre sur mes reins m'empêchaient de revendiquer toute retraite alors que malgré mon envie de lui rendre son baiser avec violence, je voulais surtout m'échapper pour lui éviter de se transformer en barbecue. Toutefois, sa détermination farouche eut raison de ma résistance et en fondant contre lui, sa peau grésilla légèrement au contact de la chaleur intense de la mienne. Comment pouvait-il supporter le contact sans souffrir ?

Son grondement primaire de satisfaction acheva de balayer mes doutes et sans regret, je poussai mon exploration tactile plus au sud, au niveau du galbe de ses fesses athlétiques. Cela me valut de me retrouver en un centième de seconde allongée sur le lit, à pousser mon premier cri d'extase quand Phoenix entreprit alternativement d'embrasser et mordre chacun de mes seins. Je n'avais pas anticipé le déchaînement de mon pouvoir de télékinésie malgré l'avertissement constitué par le crépitement de l'air entre mes doigts, de fait, nous sursautâmes tous les deux quand tous les objets disposés dans la pièce (livres, téléphones portables par exemple) s'envolèrent pour retomber sur le sol dans un grand fracas.

- Il vaudrait peut-être mieux tout arrêter avant que je ne détruise les lieux et blesse quelqu'un, soufflai-je, à peine remise de mon orgasme.

Pour toute réponse, le visage de Phoenix disparut entre mes cuisses où il s'employa à me faire atteindre les sommets de l'excitation. Seulement, la peur de déclencher un cataclysme m'empêchait de me donner complètement et malgré mon plaisir, je me crispai pour tenter de garder un minimum de contrôle. Phoenix le ressentit et revint à moi, me caressant les cheveux :

- Ce ne sera pas la première fois que nous détruisons une chambre tous les deux. J'ai entièrement confiance en toi et tu as dit toi-même qu'il était temps que tu en fasses autant. Tu es plus forte que tes pouvoirs et tu le sais. Maintenant, laisse-toi aller.

Son discours eut raison de mes craintes. Effectivement, comment espérer contrôler mes pouvoirs un jour si je pensais dès le départ qu'ils étaient indomptables ?

J'embrassai Phoenix avec fougue, lui signifiant ainsi que ses arguments avaient fait mouche. Il ne me laissa pas le temps de le remercier puisque moins de dix secondes après le début de notre baiser, il se retira pour enfoncer ses crocs dans mon cou et deux de ses doigts en moi.

L'effet jumelé de l'aspiration de mon fluide vital et du mouvement de va-et-vient dans mon intimité me fit défaillir et des flammes apparurent dans mes paumes. Heureusement, la force nouvelle que je sentais couler dans mes veines me permit de les faire disparaître et de labourer ensuite de mes ongles le dos de mon amant à mesure que la jouissance enflait en moi.

En criant son nom, je ne fis même pas attention au tremblement du lit sous nos corps emmêlés, non. L'instant d'après, je fis rouler Phoenix sous moi et entrepris de faire ce que depuis le début, je voulais, à savoir explorer de mes lèvres chaque centimètre carré de son corps offert et pour m'en garantir l'immobilisme, je disposais d'une arme redoutable.

- Sam ? Que… ?

- Ne bouge pas.

L'aurait-il voulu qu'il n'en aurait de toute façon pas été capable. Avec mon don, je n'avais aucunement besoin de menottes pour avoir mon amant à ma merci et c'était totalement électrisant, surtout quand ce dernier se mit à haleter de plaisir.

J'avais commencé par lui embrasser le front, les joues et la bouche en de doux baisers destinés à lui rappeler combien il comptait pour moi, puis, j'étais descendue de sa mâchoire (la mordillant au passage) à son cou avant de me diriger vers sa poitrine où je lui infligeai le même traitement auquel il m'avait soumis. Plusieurs gémissements lui échappèrent, mais ce n'était pas encore assez satisfaisant pour moi alors pour le perdre complètement, je continuai ma descente jusqu'à son point le plus sensible.

Même si en théorie c'était la première fois que je pratiquais l'amour charnel avec Phoenix en raison de mon amnésie, j'agissais à l'instinct, laissant mon corps prendre les rênes de ce que lui n'avait pas oublié. C'est ainsi que les halètements devinrent plus forts et les gémissements de plus en plus nombreux. Je sentais que j'allais bientôt parvenir à mes fins quand :

- Sam, ne te crois pas obligée de…

- Chht… le coupai-je. Je t'appartiens, c'est un fait. Maintenant, laisse-toi aller à ton tour et prouve-moi que la réciproque est vraie.

Je m'activai derechef à lui faire plus encore perdre la raison, et je sus que j'avais enfin gagné lorsque :

- Je t'appartiens ! hurla-t-il tandis qu'il me transmettait son extase en frémissant de tout son corps.

Je me lovai ensuite dans ses bras pendant qu'il revenait doucement dans le présent.

- Maintenant j'en suis sûre, dis-je, comblée de bonheur à l'idée de lui inspirer tant d'ardents sentiments, aussi puissants si ce n'est plus que ce qu'il avait pu éprouver pour l'ancienne Sam.

Il m'embrassa tendrement sur le front avant de s'emparer de mes lèvres tout en s'arrangeant pour prendre le dessus.

- Je veux moi aussi la preuve que tu es à moi.

Il n'attendit pas une seconde de plus et me pénétra tout en remontant mes cuisses contre ses hanches pour nous donner plus encore l'impression que nos deux âmes ne faisaient qu'un, comme nos deux corps imbriqués le prouvaient déjà.

Il ne cessa de me contempler quand il commença à bouger lentement et plusieurs fois, bouleversée par l'inondation de sensations que je ressentais, je ne pus m'empêcher de lever la tête pour chercher ses lèvres et les boire désespérément.

Toutefois, à un moment donné, je n'en fus plus capable. En effet, sans crier gare, ce mouvement si gracieux et si doux se transforma en puissants coups de reins, cherchant à aller toujours plus profondément au cœur de mes entrailles pour disloquer mon esprit conscient à mesure qu'un plaisir insoutenable prenait naissance à cet endroit, enflant et enflant inexorablement jusqu'à un stade où je me demandai si malgré ma force de vampire, j'allais y survivre.

Mes gémissements effrénés redoublèrent d'intensité quand Phoenix, sans ralentir la cadence, se jeta tous crocs dehors sur mon cou pour boire mon sang en grondant d'une manière si bestiale et si primitive que ce son, plus que la morsure, faillit me conduire immédiatement à l'orgasme.

Une chose étrange se produisit alors.

Mon compagnon avait continué à s'abreuver du nectar que je recelais tout en me faisant l'amour violemment et mon Dieu (!) j'adorais ça ! Mais à un moment donné, je ressentis une drôle de vibration dans l'air, ce qui m'amena à penser que mon pouvoir allait de nouveau se manifester. Or, je pris conscience que cela ne venait pas de moi. Quelle pouvait en être l'origine ? J'eus la réponse quand Phoenix cessa de me boire et qu'il se redressa pour chercher mon regard.

Mon sang se figea dans mes veines.

Les vampires ont ceci de particulier qu'en cas de brusque montée émotionnelle (que ce soit à la perspective de la chasse ou du sexe), leurs yeux s'illuminent d'une lueur jaunâtre. Dans l'histoire de cette race, seules quelques exceptions à la règle avaient vu le jour, dont deux encore en vie aujourd'hui, lesquelles se distinguaient de la masse l'une par une intense lumière rouge, l'autre par une lueur entre le bleu et le blanc, saisissante pour qui la voyait pour la première (et souvent la dernière) fois.

Sauf qu'en cet instant précis où ces deux êtres se livraient à des ébats plus que débridés, seul le rouge dominait.

- Mon Dieu, Phoenix ! m'exclamai-je devant ce phénomène.

J'avais peur d'avoir infecté mon amant d'une quelconque façon, mais lui-même ne semblait s'être aperçu de rien. Il se contenta de m'offrir un sourire carnassier.

- C'est bien, mon amour, mais ce n'est pas encore suffisant. Je veux moi aussi que tu me prouves que tu m'appartiens.

- Non, tes pupilles brillent… en rouge !

Il eut la bonne idée de paraître perplexe quelques instants vu que moi-même, j'étais paralysée par la terreur.

- Je… C'est mon sang ! Tu n'aurais pas dû boire mon sang ! m'écriai-je, subitement inspirée puis complètement dévastée. Je suis tellement désolée, je ne veux pas qu'il t'arrive malheur à cause de moi. Si jamais tu étais blessé parce que je t'ai rendu malade, je ne me le pardonnerais pas ! Il faut qu'on arrête, je suis toxique pour toi, je…

Je commençais à le repousser pour l'inciter à se dégager de moi quand avec une force et une violence inouïe, il me plaqua contre le matelas pour ensuite m'embrasser furieusement, sans chercher à y mettre la moindre douceur. J'aurais voulu être choquée par son attitude plus qu'agressive mais étonnamment, la part la plus sombre en moi la trouva purement jouissive. Non ! Il fallait que je me reprenne ! Je tentai de mobiliser mon pouvoir de télékinésie mais évidemment, celui-ci choisit ce moment pour me faire faux bond.

Phoenix s'écarta légèrement. La lueur avait disparu, mais le bleu azur de ses pupilles n'avait toujours pas remplacé ce rouge-bordeaux sombre qui lui donnait une allure inquiétante mais non moins incroyablement attirante et quand il posa son index sur mes lèvres pour me faire taire, je n'étais de toute façon pas en état de dire quoi que ce soit tant son visage me subjuguait.

- Écoute, Sam. Cesse de chercher des explications dramatiques à tous les phénomènes qui te concernent. Tu ne te rappelles sûrement pas ce que je t'ai dit quand James a bu ton sang d'humaine après que tu as sauvé tous ces enfants l'an passé. Eh bien je t'ai dit que ton sang avait pour propriété incroyable, en plus d'être délicieux, de redonner de la force à celui qui le buvait, c'est pour ça que j'ai interdit à James de le raconter à qui que ce soit. Quand tu es devenue vampire, cette propriété s'est accrue. Je ne me suis jamais senti aussi puissant qu'entre tes bras, ceci n'est pas une métaphore, c'est la vérité. Ce que tu as vu dans mes yeux n'a rien de terrible ou de mortel, c'est simplement l'illustration de la force que tu me transmets en te donnant à moi. Je n'ai absolument pas peur et tu ne dois pas non plus avoir peur pour la simple et bonne raison que nous sommes faits l'un pour l'autre. Avant toi, je n'existais pas ; sans toi, je n'existe plus. Tu ne me feras aucun mal sauf si tu t'obstines à refuser de me donner la preuve dont j'ai besoin pour recommencer à vivre.

Il se tut et m'observait. J'étais trop estomaquée pour répondre. Encore une fois, j'avais pris peur des conséquences de mon pouvoir sur lui, encore une fois, je n'avais pas eu assez confiance en nous au point de manquer le blesser véritablement par ma fuite. Il avait besoin d'une preuve que je lui appartenais ?

En un éclair, je soulevai mes hanches pour que nos chairs se rencontrent au point le plus profond de mon plaisir et plaquai mes mains sur ses fesses pour le pousser à reprendre là où il s'était arrêté.

Il ne se fit pas prier.

Les assauts furieux que je subissais m'emmenaient au Paradis et mon être était si transporté par le plaisir que c'était comme si plus rien n'existait hormis la conscience de vivre un moment extraordinaire dans les bras de l'homme que j'aimais. Et quand le fourmillement dans tout mon organisme devint frémissement puis vibration pour enfin se transformer en explosion cataclysmique phénoménale, je perdis tout contrôle sur moi-même.

Comme je poussais un hurlement de jouissance infinie, mon pouvoir se déchaîna et je réalisai à peine qu'autour de moi tout tremblait : le lit, les meubles, les murs…. En bas, des cris retentirent quand plusieurs fenêtres se brisèrent en mille morceaux, mais ce qui me fit vraiment revenir sur Terre, ce fut le rugissement sauvage à mon oreille quand Phoenix jouit à son tour, puis le craquement sonore du bois quand notre support s'effondra sous notre poids.

Je ne m'en souciais aucunement et passai plutôt ma main sur la joue de mon amant. Malgré la difficulté pour lui aussi de reprendre pied dans le présent, son regard sur moi était implacable et… attendait.

- Je suis à toi, murmurai-je.

Le sourire innocent et sincère qu'il m'offrit le transfigurait. J'étais en face d'un ange, un vrai.

- C'est un fait, répondit-il, une lueur d'amusement brillant dans ses prunelles redevenues aussi bleues que l'océan.

Il s'allongea à côté de moi et je nichai ma tête dans son cou. Nous restâmes ainsi un petit moment, savourant ce calme après l'intensité de la fusion de nos deux êtres.

Quelques minutes plus tard, je m'esclaffai soudain en pensant aux dégâts dont j'étais responsable.

- J'imagine déjà l'accueil de Blodwyn quand nous descendrons rejoindre tout le monde.

Phoenix se redressa sur un coude et déposa un doux baiser sur mes lèvres.

- Parce que tu as déjà envie de quitter cette chambre, toi ? me susurra-t-il.

Le frisson d'anticipation qui me parcourut quand ses doigts frôlèrent mon sein droit lui donna la réponse.

*

- *Tue cet homme, Linn. Je suis sûr que tu peux le décapiter par ta simple volonté, nom de Dieu ! Mets-y du tien !*

La voix chargée de colère et de frustration de Finn m'impressionnait, mais pas autant que le regard désespéré du prisonnier qu'on avait amené devant moi pour me servir de cobaye et qui, associé à son visage juvénile (ce garçon avait dû être transformé vers ses dix-huit ans), me bloquait complètement. Jusqu'ici, Finn s'était contenté de m'entraîner face à Karim et à des cibles inanimées, mais en cet instant, je compris qu'il voulait me faire passer dans une catégorie supérieure. Ce n'était pas comme avec les deux Italiens dont j'avais empêché la fuite alors qu'ils avaient tenté de m'attaquer. Là, on voulait tout bonnement que je commette un meurtre de sang-froid.

- *Je n'y arrive pas, maître.*

Le jeune vampire agenouillé devant moi, l'arme de Karim pointée sur sa tempe, faisait de gros efforts pour paraître digne malgré sa frayeur. Comment tuer quelqu'un qui vous inspire du respect ? Comment tuer une personne qui malgré ses siècles d'existence, m'apparaissait comme un adolescent perdu et désespéré ? Comment tuer gratuitement ?

- *Je ne suis pas prête, soufflai-je, consciente que mon aveu d'échec me vaudrait une série d'os brisés dès que le prisonnier serait reconduit dans sa cellule.*

Un soupir, puis le silence. Et ensuite :

- *Très bien, Linn. Tu as fait ton choix. Karim.*

Je m'attendais à ce que notre intendant raccompagne le détenu, mais au lieu de ça, il descendit un peu le canon de son arme et fit feu. Sa victime s'écroula au sol, la gorge percée d'un trou duquel s'échappaient des flots de sang, mais ç'aurait été encore trop magnanime de le laisser se vider ainsi alors Karim se saisit de la barre métallique que Finn avait l'habitude d'utiliser sur moi et entreprit de… massacrer, il n'y avait pas d'autre mot, le pauvre garçon baignant dans son fluide vital.

- Qu'est-ce que vous faites ?! m'écriai-je.

Ce fut Finn qui me répondit d'une voix très calme.

- Les deux hommes que tu as stoppés nous montrent que tu sais prendre les bonnes mesures en cas d'attaque, mais en tant que ma fille, tu dois toi aussi faire preuve d'une détermination implacable. La moindre faiblesse et on ne te respectera plus.

J'étais abasourdie par cette froide explication.

- Vous voulez que je le torture juste pour prouver que je suis capable de m'imposer ?!

Je n'obtins pas de réponse. C'était limpide.

Maintenant, quelles étaient mes options ? Soit je laissais ce garçon se faire exploser les os un à un pour subir ensuite le courroux de Finn (ce qui ne serait utile pour personne) soit j'échappais à ma propre torture en acceptant de devenir un bourreau à mon tour, épousant ainsi mon destin de fille de dirigeant du monde vampirique. Tu parles d'un choix !

Le hurlement d'agonie de l'adolescent immortel me décida. Ses cordes vocales s'étaient régénérées et désormais, j'allais bénéficier du son en plus de l'image.

- Pousse-toi, Karim.

L'intendant s'arrêta dans son élan, le bras en l'air, et me fixa, quelque peu surpris et… déçu. Cette ordure aurait sûrement voulu que je reste là à ne rien faire pour qu'ensuite il puisse se repaître du spectacle de mes os brisés. Il s'exécuta cependant et rejoignit son maître resté en arrière.

Je m'approchai de celui qui serait ma victime, feignant l'indifférence devant ses sanglots de petit garçon. Je fis en sorte de me placer de façon que mes formateurs ne puissent voir nos visages respectifs et m'agenouillai à ses côtés.

- Tu as entendu ce que mon maître a dit, ton temps sur cette terre est révolu, déclarai-je durement en feulant mortellement.

L'important était de donner le change alors je ne perdis pas de temps et pivotai son bras d'un coup sec pour le retourner complètement, de multiples craquements et un cri déchirant accompagnant mon geste.

- Allons, allons, ce n'est pas si terrible. Pour ma part, je ne compte même plus le nombre de fois ou je dois me réhydrater pour remettre les os de mes bras en place.

Ma victime me dévisageait avec douleur et effroi, c'était sûr qu'entre mes yeux rougeoyants et mes crocs sortis à leur maximum, je devais avoir le physique de la tâche qu'on m'avait confiée. Comme j'infligeais à sa jambe le même traitement, je dus batailler dur pour que la lueur disparaisse et qu'enfin, il puisse lire mes véritables sentiments quant à ce que je lui faisais subir. À sa façon d'écarquiller les yeux comme ceux-ci se mettaient à briller étrangement, comme s'ils se remplissaient de larmes, je compris que la compassion que j'éprouvais à son encontre mais qu'il était indispensable que je dissimule aux deux hommes derrière moi, ne lui avait pas échappée.

- Il paraît que les os de la nuque ne font pas le même bruit que les autres articulations quand on les arrache du reste du corps. Je suis curieuse finalement de vérifier ça.

Nos regards se croisèrent. Il hocha imperceptiblement la tête pour valider mes intentions et malgré l'horreur de la mort à venir, ses prunelles me remerciaient.

L'instant d'après, je plaquais mes mains autour de son cou et en pivotant tout en tirant d'un coup sec, sa tête se sépara de son corps. La vitesse à laquelle il se décomposa me fit supposer que le jeune homme que je venais d'assassiner n'en était pas un et qu'il avait dû venir au monde au moins un millénaire avant que je n'écourte de manière inacceptable son existence.

Révulsée, il fallait tout de même que je conserve un semblant de calme pour répondre à ceci :

- Je croyais que tu n'étais pas prête, Linn.

Je me retournai vivement et foudroyai d'un regard écarlate mon mentor.

- Pour qui me prenez-vous ? Une pauvre minette effarouchée ? J'ai dit que je n'étais pas prête à décapiter quelqu'un avec mon don de télékinésie encore trop aléatoire, je n'ai jamais dit que j'avais des scrupules à le faire à mains nues ! Si l'un de vos hommes me prend toujours pour une sainte nitouche, je serai ravie de lui prouver, comme à vous, le contraire ! Maintenant, en avons-nous fini ? Le soleil va bientôt se lever et j'aimerais cette fois-ci pouvoir me doucher avant de m'écrouler dans les bras de Morphée !

Karim et Finn m'avaient fixée tout au long de ma tirade. Au silence qui s'ensuivit, je craignis un instant avoir échoué à les manipuler. Mais heureusement, Finn s'écarta du chemin de la sortie et fit un signe de main pour m'inviter à l'emprunter.

Je saisis ma chance et m'y dirigeai, le dos bien droit et le visage tout à fait neutre. J'avais réussi à conserver mon impassibilité de façade jusqu'à ce que j'arrive dans le couloir, quand derrière moi j'entendis :

- Je suis fier de toi, ma petite Linn...

Je serais tombée du lit si un bras ne m'avait pas fermement retenue alors que je me débattais comme une folle.

Dans un premier temps, je crus que c'était Finn qui m'enlaçait pour exprimer sa fierté de m'avoir transformée en monstre et je hurlai.

- Sam ! Sam !

La voix de velours, bien réelle et différente de celle chargée de mépris de mon ancien père adoptif, associée à un rude plaquage contre une poitrine douce à l'odeur envoûtante, me ramena dans le présent.

Mon Dieu... pensai-je en m'accrochant à Phoenix comme une naufragée à un radeau.

- Tu as fait un cauchemar ! Je suis là, je suis là...

Son étreinte et ses caresses dans ma chevelure amorçaient le processus de détente de mes muscles, que j'avais intensément contractés dans mon sommeil. Toutefois...

- Ce n'était pas un rêve. C'était un souvenir...

- Je ne trahirai pas ma promesse. Finn hurlera quand il mourra, feula Phoenix en me serrant davantage contre lui.

James m'avait-il ôté la mémoire de manière provisoire pour que des réminiscences parviennent à se glisser dans mon esprit conscient ou inconscient ? Je me souvenais de la vision dans le miroir ; ce ne pouvait pas être une hallucination, j'en étais sûre comme j'étais sûre que j'avais du sang sur les mains. Lors de mon second réveil auprès de Finn, j'avais stupéfié celui-ci par mon comportement impitoyable et cela ne m'avait posé aucune difficulté de pulvériser les vampires de la grande salle de l'hôtel d'Indianapolis. Mes amis retrouvés s'étaient également inquiétés de cette nouvelle facette de ma personnalité, beaucoup plus agressive.

Il y avait effectivement cette part sombre en moi qui ne reculerait pas devant la violence si le besoin s'en faisait sentir, mais j'avais vite compris qu'en-dessous couvaient des sentiments plus contrastés. Je l'avais compris avant même de retrouver l'homme de ma vie, quand j'avais fait le choix du moindre mal en mordant cette femme dans la cuisine. Visiblement, ce n'était pas la première fois que ça m'arrivait.

Pour autant, cela n'excusait en rien ce que j'avais fait... à plusieurs reprises. Je déglutis, un violent frisson me secouant tout entière.

- Ça va aller, Sam. Il ne peut plus te faire de mal.

Je fermai les yeux et inspirai. Après ce que je venais de vivre dans les bras de l'homme que j'aimais, je ne pouvais décemment pas lui cacher la vérité.

- Je suis une meurtrière, avouai-je, tout de go.

Ce que je craignais se produisit, mon amant se raidit. Je le dégoûterais certainement dans la minute à suivre mais tant pis, je devais le lui dire, quitte à ce qu'il ne veuille plus que je m'approche de lui. J'avais tué gratuitement, je devais en payer le prix.

- Je t'écoute.

Je mis un certain temps à lui expliquer comment certains souvenirs remontaient à la surface alors que d'autres refusaient de se dévoiler, me montrant ainsi une vérité que j'avais oubliée ou pour le cas présent, que j'aurais préféré ne pas me rappeler. J'entendis nettement les dents de mon compagnon grincer au fur et à mesure de mon récit et sans voir ses yeux, je devinais facilement qu'une véritable tempête d'éclairs devait se déchaîner dans ses prunelles océaniques.

- Des innocents sont morts par ma faute. Blodwyn a raison, je suis un monstre et je dois payer pour mes actes.

La brutalité avec laquelle Phoenix me saisit les épaules et m'écarta de lui me surprit avant qu'une vague de chagrin infini ne me submerge. Il ne voulait plus de moi. Je ne savais pas ce qui était pire : ça ou la culpabilité ?

C'en était trop, mon armure impitoyable déjà bien entamée avec les derniers événements se craquela une nouvelle fois.

- Cesse de pleurer !

L'ordre claqua comme un fouet, me faisant sursauter, et en affrontant le regard de mon partenaire, mon monde s'écroula. Une telle haine brillait dans ses yeux, une telle volonté de faire souffrir avant de tuer, que je ne pus m'empêcher de rentrer la tête dans les épaules. Je me doutais que mon aveu serait mal pris, mais je n'avais pas anticipé le fait d'inspirer tant de colère. Ma lèvre inférieure se mit à trembler, suivie de tout mon corps. Il fallait pourtant que je bouge, que je sorte de cette chambre pour fuir ce regard et demander à Blodwyn de faire ce que, depuis le début, elle voulait : m'exécuter. Car il était hors de question que je reste en vie en sachant que mon unique amour me détestait. Seulement, je n'étais plus capable du moindre mouvement. J'étais désespérée.

Phoenix me secoua vigoureusement.

- Bon sang, Sam ! Qu'est-ce que tu vas encore t'imaginer ?!

Il fulminait toujours, mais je ne comprenais plus rien.

- Ce n'est pas à toi que j'en veux ! J'avais déjà envie de massacrer Finn et ça ne s'est pas arrangé quand j'ai su qu'il t'avait battue, mais je ne soupçonnais pas qu'il t'avait à ce point détruite. S'il tombe entre mes mains je…

- Mais j'ai tué trois innocents ! le coupai-je.

Phoenix me saisit le visage et me força à le regarder droit dans les yeux.

- Ce n'est pas ta faute, articula-t-il en détachant bien chaque syllabe. Finn t'a manipulée d'une manière absolument inqualifiable.

- Mais le résultat est le même, ces gens sont morts de ma main.

Les pupilles de mon compagnon furent d'un coup zébrées d'éclairs.

- Nous sommes tous passés par là, Samantha. Un nouveau-né ne peut contrôler sa soif de sang dans les premiers temps, de fait, nombre d'humains, voire ceux de sa famille, en périssent. La mort de ces hommes est injuste, Finn en est entièrement responsable et c'est vrai que tu ne pourras rien y changer, je ne te mentirai pas. Mais la culpabilité ne sert qu'à se détruire et à détruire les autres. Je hais Finn pour ce qu'il t'oblige à supporter, mais tu vas devoir t'engager dans un processus difficile : il va te falloir apprendre à accepter.

- Je ne pensais pas qu'il serait possible que je haïsse Finn plus que je ne le hais déjà, soufflai-je, partagée entre le soulagement de savoir que la fureur de mon amant n'était pas dirigée vers moi et l'horreur de ce que j'avais infligé à ces trois hommes.

Phoenix m'attira de nouveau contre lui. Nous étions toujours nus et cette proximité, chair contre chair, me procurait un immense sentiment de paix après le cauchemar que je venais de vivre.

- Aime-moi, murmurai-je. Prouve-moi que je n'apporte pas que la mort et la destruction.

Phoenix me saisit de nouveau le visage pour y lire ce besoin irrépressible de me retrouver en étant entre ses bras.

- Oh, mon amour…

- Aime-moi, je t'en prie… dis-je, ma voix brisée par l'émotion.

Il posa délicatement ses lèvres sur les miennes et but ma détresse comme pour l'en extirper de mon corps, quitte à se l'approprier. Cela fonctionna car à mesure que la douceur se transformait en détermination farouche dans ses baisers, il me transmit une force qui me permit de faire le point sur ses arguments.

J'avais blessé, j'avais tué, c'était un fait, mais jamais au fond je n'y avais pris de plaisir et jamais je ne l'avais voulu. Le poids de ma conscience me suivrait toute mon existence, mais au moins Phoenix avait raison de dire qu'il ne devait pas m'empêcher d'avancer et d'essayer de me racheter en faisant de bonnes actions, notamment comme débarrasser le monde de la menace que représentait Finn. Je n'oublierais jamais le visage de ces trois vampires, je devais désormais honorer leur mémoire en me rappelant jusqu'où la barbarie pouvait mener… et comment l'amour pouvait la contrecarrer.

Je repoussai Phoenix pour que je puisse le chevaucher et sans cesser de l'embrasser, je fis en sorte que son corps s'emboîte dans le mien. Je ne voulais pas de préliminaires, je voulais seulement l'avoir en moi, sentir sa force à travers sa peau et ses caresses, sentir que malgré tout ce que j'avais fait, il m'aimait.

Je bougeai lentement, d'abord embrassant ses lèvres et son visage, explorant de mes doigts sa poitrine satinée puis, à mesure qu'augmentait mon excitation, grandissait en moi la conviction profonde que même en tant que vampire, je n'étais pas faite pour tuer, torturer, boire du sang ou fomenter des complots politiques. Non, Léthalée avait prévu depuis bien longtemps que je sois le feu indispensable à la survie de son phénix, j'étais née pour aimer *mon* Phoenix. En fait, j'étais née pour aimer tout court.

Alors que je me croyais totalement incapable du moindre sentiment après ma seconde renaissance, j'avais réalisé à quel point je tenais à mes amis : Angela, Matthew, Danny, Ginger, Valérie, Talanus et Ysis (Blodwyn, euuh... non). Ils étaient ma famille, j'avais besoin de leur amour et surtout de leur donner le mien. Il n'y avait que comme ça que je me sentais vivante et... forte. C'était une vision très novatrice pour une race qui exécrait ce qui lui apparaissait comme la plus grande des faiblesses. Il était peut-être temps que sa vision de la vie change, ne serait-ce que pour connaître un bonheur aussi intense que le mien d'être ainsi comblée.

J'évacuai toutes ces pensées, les gardant pour plus tard, afin de savourer l'instant présent. Mes mouvements se firent plus rapides, plus profonds et je savourai les halètements désordonnés de mon partenaire qui, tout en ayant posé ses mains sur mes hanches pour suivre mon rythme, avait fermé les yeux, totalement abandonné à la magie de l'instant. Je l'observai avec ravissement, détaillant la perfection de son magnifique visage et la douceur de sa peau recouvrant des muscles d'acier. Il était à moi. *À moi !*

Ce fut dans la joie de cette constatation que je renversai la tête en arrière pour libérer en un gémissement aigu l'extase extraordinaire qui m'inonda. Phoenix m'y rejoignit aussitôt, comme si ma propre jouissance lui avait donné le signal de la sienne.

Il m'attira ensuite contre lui et reprit ses caresses de ma chevelure pendant que je recouvrais doucement mes esprits.

- Si tu veux te reposer, n'hésite pas. Je veux bien te servir d'oreiller, susurra-t-il à mon oreille.

Je me raidis.

- J'ai trop peur d'affronter de nouveau dans mes rêves le poids de mon passé. Je ne suis pas prête.

Un baiser très doux sur le sommet de mon crâne me fit frémir.

- Personne n'est jamais vraiment prêt, mais il est parfois nécessaire de se lancer pour cesser d'avoir peur. De toute façon, je suis là, avec toi. J'ai toujours été là.

Je tiquai.

- Que veux-tu dire par *toujours* ?

- Si l'on met de côté ce qui s'est passé au motel, ce n'est pas la première fois que tu fais des mauvais rêves. C'est juste que cette fois-ci, tu t'en es souvenue.

- Quoi ?

- Quand nous sommes rentrés, tu dormais dans ce lit et moi sur un matelas par terre. Il est arrivé cependant que je te rejoigne quand tu te mettais à crier et à te débattre dans les draps.

Je restai coite, mi sidérée, mi outrée. Enfin :

- Pourquoi ne m'avoir rien dit ?! Pourquoi avoir continué à faire comme si de rien n'était alors que... alors que j'aurais pu me réveiller contre toi ?!

En fait, j'étais plus énervée par l'idée d'avoir raté une occasion de profiter du corps de mon amant que par mes cauchemars mystères.

Phoenix me caressa doucement la joue.

- Étant donné la méfiance que tu affichais, je n'avais pas envie de finir encastré dans le mur comme la dernière fois où tu as ouvert les yeux alors que je t'enlaçais. Les os de mon dos m'exhortaient à une certaine prudence. Et puis...

Ses traits se durcirent, son regard se voila.

- Assister à tes cauchemars me rendait fou parce que j'ignorais de quoi il retournait et que j'avais peur qu'en te demandant de te confier à moi, tu me rejettes et t'enfonces encore plus dans le mutisme. Je ne savais pas quoi faire d'autre à part rester près de toi et te serrer dans mes bras jusqu'à ce que la crise passe.

- Est-ce que les autres... savent ? demandai-je, atterrée.

- Avant que tu ne reviennes, ils avaient cessé d'accourir dès qu'ils entendaient mes propres hurlements. Je leur ai demandé d'agir de la même façon avec toi.

Il avait parlé vite, pour ne pas laisser sa voix s'érailler par la gêne. Sa douleur me faisait souffrir aussi.

- Phoenix…

- Je ne veux pas en parler, Sam, me coupa-t-il. Tout ce que tu dois savoir, c'est que maintenant que tu es là, je dors beaucoup mieux.

*

Plusieurs jours passèrent. Les habitants de la villa, bien sûr, n'avaient pas manqué soit de nous féliciter, soit de nous charrier lorsque Phoenix et moi étions descendus les rejoindre au terme de retrouvailles intenses placées sous le signe du bonheur le plus pur qui fût. Bien sûr aussi, Blodwyn nous avait fait un esclandre concernant les vitres qui avaient volé en éclats et dont le remplacement risquait d'attirer l'attention à Erwin. Phoenix avait trouvé l'argument pour la faire taire ou tout du moins la faire partir en jurant atrocement : il m'avait saisie par la taille et embrassée à pleine bouche plus fougueusement encore que tous les baisers que nous avions échangés dans notre chambre (que du coup, j'avais eu envie de regagner pour ne plus avoir de public m'empêchant de lui arracher ses vêtements avec les dents).

Ces moments avec Phoenix me rendaient heureuse, confiante en l'avenir et véritablement souriante et agréable avec tous, rien à voir avec la femme glaciale que j'étais jusque là. C'était comme si je retrouvais ma vraie place dans l'univers avec ma famille et l'homme que j'aimais à mes côtés. Tout le monde se réjouissait pour nous, même si nous ne pouvions passer autant de temps seuls tous les deux que nous le voulions étant donné la masse de rapports à lire et les réseaux à coordonner.

Nous étions parvenus à former de nouvelles cellules d'opposants dans les pays non soumis au Grand Changement et les informations récoltées nous confirmaient que le mécontentement grandissait dans ces régions.

Par ailleurs, on apprit une bonne nouvelle dans l'intermède. En effet, l'ancien chef de la garde diurne de Talanus et Ysis, Hedayat Javan, que tout le monde croyait mort dans l'explosion de la villa de Harper Hill, avait pu s'échapper avec l'un de ses hommes, Steve, de la prison où on les torturait, pour se réfugier dans une vieille gare abandonnée en Floride où il accueillait dans le plus grand secret tous ceux qui étaient pourchassés par le nouveau régime du fait de leur trop grande proximité ou sympathie avec l'ancien. Ayant eu vent de ce que nous faisions, il avait réussi à débusquer l'un de nos contacts et à se faire connaître auprès de nous.

Quelle ne fut pas ma surprise quand je vis sur l'écran de visioconférence cet homme séduisant au teint mat dont le visage me disait vaguement quelque chose, s'écrier mon nom avec joie et stupeur en me découvrant près de Phoenix, puis m'offrir un clin d'œil et un sourire coquin qui lui valurent une menace en bonne et due forme de la part de mon voisin quelque peu enragé. Ma surprise augmenta d'ailleurs en voyant l'intéressé éclater de rire en assurant à mon amant combien il était heureux de nous savoir à nouveau réunis. Je devais avoir loupé un épisode… un épisode où ce type avait dû essayer de me peloter, me susurra mon instinct.

Je me demandais aussi qui étaient les deux hommes derrière le pervers et conclus à la façon dont Valérie rougit violemment au salut de celui de gauche, que ce devait être le fameux Steve qu'elle évoquait parfois tristement avec Angela. Quant à celui de droite, ma mémoire bloquait dessus alors que j'étais certaine que nous nous étions déjà rencontrés, impression renforcée par son « *Bonjour, Mademoiselle Jones* » suivi d'un plongeon sous le bureau de son supérieur manquant provoquer une coupure de la communication.

- *Par Allah, Dennis Obson ! Combien de fois faut-il que je te dise de vérifier que tu ne marches pas sur tes lacets ?! (Il y eut un juron en iranien) Je me demande comment tu as survécu jusqu'ici sans t'empaler toi-même sur un pieu en argent !*

Pendant que Hedayat et Steve aidaient à relever le pauvre maladroit empêtré dans les fils électriques de l'ordinateur, j'avais surpris Phoenix en train de ricaner comme un adolescent et Talanus et Ysis se taper la tête avec la main. Visiblement, ils connaissaient ce Dennis Obson et sa propension à finir les quatre fers en l'air.

La discussion avait ensuite repris et on apprit que Steve et son supérieur, contrairement aux autres membres de la garde diurne, avaient été épargnés juste avant la bataille finale à Harper Hill pour qu'ils livrent toutes les informations concernant les activités de Talanus et Ysis. Pour ce faire, on les avait d'abord emmenés dans une sorte d'immeuble désaffecté réhabilité en prison où on les avait torturés, d'autant plus lorsqu'il fut avéré que leurs maîtres étaient devenus les chefs de file de la Résistance. Hedayat avait réussi à se libérer de ses entraves et en tuant tous ceux sur son chemin, il avait délivré Steve et les autres détenus qui, à défaut de solution de repli, l'avaient suivi dans plusieurs caches qu'ils avaient dû fuir à chaque fois en raison du don de Finn de retrouver ses cibles. Leur rencontre inopinée avec Dennis Obson et son petit stock de poussière de scandium leur avait permis de s'installer dans cette gare où ils étaient désormais en sécurité.

Il était prévu que nous reprenions rapidement contact et en attendant, nous travaillions toujours d'arrache-pied pour glaner un maximum d'informations sur les déplacements des chefs de secteur de l'Est du pays. Phoenix avait dû faire un voyage éclair à plusieurs centaines de kilomètres de là pour rencontrer un informateur ayant réussi à s'infiltrer dans la suite du dirigeant actuel du comté de Kerington, une brute du nom de Grady. J'aurais voulu l'accompagner, mais il m'avait fallu me ranger à l'avis général qu'il valait mieux que je reste invisible pour le moment tant je devais être activement recherchée par les sbires de Finn.

Il resta absent trois interminables jours à l'issue desquels il atterrit sur le perron, une heure après le crépuscule. Et alors que Blodwyn l'exhortait déjà à lui faire son rapport, il ne prononça pas le moindre mot avant que nous ayons échangé un baiser si passionné que même Talanus et Ysis, que rien ne choquait d'habitude, détournèrent le regard.

Il n'était pas très tard et ce baiser était une promesse sur ce que nous pourrions faire le reste de la nuit lorsqu'il aurait terminé son rapport.

Nous allâmes tous au salon pour écouter ce que notre ange avait à nous dire. Au bout d'un moment, je remarquai les regards de plus en plus fréquents de Matthew et François sur leurs montres. Leur inquiétude commençait à être perceptible.

- Que se passe-t-il ? demandai-je.

François prit la parole.

- Danny et Angela devraient déjà être revenus. Ils savent pourtant qu'ils ne doivent pas rester trop longtemps en ville après le coucher du soleil.

Je fronçai les sourcils, cherchant une explication plausible à ce manquement aux règles de notre sécurité.

- N'avaient-ils pas parlé de ramener des hamburgers de *Dari-Ace* ? Le restaurant n'est peut-être pas encore ouvert.

Matthew secoua la tête.

- Avant de partir pour acheter les courses, Danny m'a dit qu'il ramènerait de quoi faire du jambalaya pour me faire plaisir. Angela et Ginger adorent ça aussi.

Un lourd silence s'imposa tout à coup et l'atmosphère se chargea de plomb.

- Quelles sont les chances pour qu'un des vampires de Finn décide de venir faire du tourisme dans une ville à peine plus grande que Scarborough ?

Je m'étais décidée à poser la question qui brûlait toutes les lèvres.

- Infimes, me répondit Talanus, les dents serrées.

- Mais pas inexistantes, reprit Blodwyn. Nous avons pris un risque en permettant aux humains de s'y rendre. Ils doivent également être recherchés.

- Nous nous sommes toujours arrangés pour rentrer avant le coucher du soleil, se défendit Matthew.

- Je ne vous accuse pas, rétorqua Blodwyn avec une sorte de douceur amère dans la voix. Ces petits allers-retours dans ce bourg minuscule étaient le moins qu'on puisse vous autoriser étant donné ce que vous avez dû sacrifier en quittant Scarborough. Il vous a fallu à tous bien du courage pour tenir si longtemps écartés du monde afin de nous protéger, je respecte ça.

Matthew contemplait Blodwyn avec étonnement, il ne devait pas s'attendre à des paroles si bienveillantes de la part d'une vampire aussi peu portée sur les compliments. L'intéressée se mordit la lèvre et alla se poster devant la fenêtre pour guetter l'arrivée éventuelle de nos amis.

- Ils ont peut-être crevé sur la route.

François se tordait nerveusement les mains au risque de faire craquer ses os.

- Ils nous auraient contactés, raisonna Phoenix. Le réseau fonctionne plutôt bien pour une région si isolée.

Un autre silence tomba. Puis :

- Et s'ils avaient engagé des humains ?

Cette fois, l'atmosphère devint irrespirable.

- On évacue.

À peine Ysis avait prononcé ces paroles qu'un déclic général s'opéra. Tout le monde s'éparpilla à toute vitesse pour exécuter le plan de repli que nous avions mis au point pour parer à toute éventualité. Avec mon aide, Talanus entama le processus de destruction de tous les dossiers informatiques dont Ysis prit toutes les sauvegardes. Phoenix se chargea de contacter les cellules de résistance en leur envoyant un unique message : « repli immédiat sur sites de secours ; ne nous contactez pas », avant de se poster dehors avec François pour surveiller les environs.

Matthew alla chercher Ginger et Valérie dans leur chambre et j'entendis les cris de panique de la mère que la fille tentait de calmer, en vain.

Blodwyn se chargeait d'emporter dans un sac le matériel indispensable comme les faux passeports, les fausses cartes d'identité que nous avions convenu de prendre dans cette situation, et Ysis s'occupa des armes nécessaires à notre protection au cas où nous serions attaqués avant d'arriver à destination.

- Ysis ! Emmène Blodwyn et les humains et démarre l'avion pendant que nous finissons le travail ici, s'écria Talanus.

Celle-ci ne se fit pas prier et avec sa chef de secteur, elles attrapèrent Ginger et Valérie et les chargèrent sur leurs épaules sans se préoccuper de leur couinement de surprise.

- Je reste ! dis Matthew. Je veux aider.

- Il faut que vous nous suiviez ! ordonna Blodwyn dont l'autorité perçant dans sa voix était légèrement teintée de panique.

- Non ! Je ne suis pas sans défense, je veux participer aux recherches pour retrouver mon père et Angela !

Talanus me jeta un coup d'œil puis me fit signe d'aller régler le problème juste avant de se mettre à réduire en poussière tous les ordinateurs de l'espace. Rien d'exploitable ne devait subsister de nos activités.

L'heure était grave. Nous n'étions pas vraiment sûrs de ce qui était arrivé à nos amis, mais nous ne pouvions courir le risque de rester ici plus longtemps. La procédure devait être rapide et efficace pour tous et si Angela et Danny avaient été faits prisonniers, non seulement il était certain qu'ils révéleraient l'emplacement de la villa sous la torture, mais aussi celui de notre site bêta. Il nous faudrait donc improviser un nouveau lieu de retraite et le hasard n'entrait pas en ligne de compte.

C'est pourquoi je n'eus aucun remords quand je déboulai dans le salon contigu à notre salle de conférence pour saisir Matthew fermement et lui faire subir le même traitement que nos amies.

- Qu'est-ce que tu fais ?! Arrête ! Repose-moi, nom de Dieu !

Je ne l'écoutai pas et partis plutôt à la suite de mes supérieures hiérarchiques vers le petit terrain d'aviation en contrebas, bien à l'abri des regards. Nous atteignîmes le petit jet en un temps record et sans me préoccuper des jurons et des récriminations de Matthew, je l'harnachai solidement à son siège pendant qu'Ysis s'attelait déjà à démarrer les moteurs de l'appareil.

- S'il bouge, assommez-le ! ordonnai-je à la dernière des Grands.

Elle hocha la tête. Je fonçai dans le cockpit.

- N'attendez pas et foncez ! Je vous appellerai dès qu'on se sera sortis de là pour qu'on convienne d'un lieu de rendez-vous. Si celui auquel vous parlez ne vous donne pas le bon mot de passe, considérez que vous devrez continuer sans nous.

- J'ai confiance, répondit Ysis. Quel mot de passe veux-tu que nous utilisions ?

Je dis la première chose qui me passa par la tête.

- Kentwood.

Je n'attendis pas un quart de seconde et repartis dans l'autre sens sans un regard en arrière. Je ne pus qu'approuver mon initiative quand j'entendis, un peu plus loin, l'écho des premiers échanges de coups de feu.

Chapitre V : Course à la vie

*

Accélérant l'allure de ma course, j'arrivai comme un boulet de canon sur le champ de bataille et pris en quelques secondes la mesure de ce qui s'y jouait.

Phoenix, François et Talanus s'étaient retranchés dans la villa pour viser dans une relative sécurité la vingtaine d'hommes qui étaient sortis des fourgons garés un peu plus loin dont un, semblait-il, avait dû exploser avant d'avoir pu s'arrêter. Je soupçonnais Talanus d'avoir usé de son arme fétiche, le bazooka (un bon général d'armée devait savoir s'adapter aux technologies de son temps).

À la façon dont nos ennemis se contentaient, par un tir nourri, d'empêcher la fuite des hommes en face d'eux, j'en déduisis que des renforts n'allaient pas tarder à arriver pour tenter de nous prendre vivants et ainsi bénéficier des informations qu'ils pourraient nous soutirer en nous torturant. Nous avions tous connu notre part de torture et je me doutais bien que notre résistance acquise par cette expérience peu enviable nous vaudrait des sévices toujours plus inventifs pour nous faire parler. Finn était un maître en la matière et d'ailleurs, il s'en donnerait à cœur joie... enfin... pas pour moi. J'étais bien trop dangereuse pour qu'il prenne le risque de me laisser la vie, d'autant que James n'était plus et que de toute manière, son pouvoir ne marchait pas à cent pour cent dans mon cas. Non... Finn m'abattrait dès qu'il en aurait l'occasion et je soupçonnais d'ailleurs que ce devait être la consigne qu'il avait donnée à ses hommes dès qu'ils me verraient.

Encore fallait-il que je les laisse me toucher...

Fermant les yeux, j'inspirai très fort pour faire appel à la force de mon côté sombre. Depuis mon arrivée à la villa des Appalaches, j'avais fait des efforts pour retrouver cette part de lumière que je pensais avoir perdue en oubliant mon identité et en subissant la formation impitoyable de mon pseudo mentor. Seulement, pour combattre tant d'hommes en un temps assez court afin de fuir très loin d'ici le plus vite possible, il allait falloir que je retrouve la rage que j'avais éprouvée à mon réveil.

Pas de souci.

En une seconde, j'avais franchi le no man's land entre la villa et la lisière des arbres où les attaquants s'étaient positionnés, et faisant fi des balles en argent qui me touchaient déjà épaules et abdomen, je fauchai tous ceux à ma portée, soit avec mes crocs, soit avec mon don. Je décapitai ainsi deux assaillants avant de poursuivre mon chemin avec une mitraillette prise à l'un d'eux. C'était un véritable carnage que j'étais en train d'opérer, mais je ne pouvais me résoudre à en frémir vu ce que ces hommes avaient sûrement prévu pour nous et ce que leurs complices devaient déjà avoir fait subir à Danny et Angela.

De toute façon, je n'étais maintenant plus seule à massacrer à tout va. Talanus, Phoenix et François venaient de me rejoindre et faisaient des ravages dans les lignes ennemies. En quelques minutes, il n'y eut plus aucun bruit de tirs d'arme à feu ; ne restait plus que les hurlements…

- Où sont-ils ?! beugla François au visage du dernier survivant de notre contre-attaque qu'il maintenait contre un arbre grâce à son poing enfoncé au milieu de ses entrailles.

Du sang perlait aux lèvres de l'inconnu et le traitement de mon ami français n'encourageait pas vraiment à la confidence.

- Râââaâ…
- OÙ ?!!!

L'homme se contenta de sourire et de lui cracher au visage. Ce n'était pas une bonne idée… François ressortit sa main de son ventre en emportant ses organes en même temps, lesquels se déversèrent à terre dans un bruit mat. Comme Phoenix et Talanus, je ne cillai pas devant cet affreux spectacle ; aux grands maux, les grands remèdes. Enfin… beurk quand même.

- Tu vas me dire où ils sont ou les prochains attributs que tu perdras, ce seront ceux que tu portes en dessous de la ceinture.

L'autre ouvrit de grands yeux horrifiés. Les hommes tenaient plus que tout à leurs bijoux de famille ; pour les vampires, malgré leurs capacités régénératives, c'était la même chose… comme quoi, on ne se refaisait pas…

- Je n'en sais rien ! Je le jure ! Hiiiiiiiiiiiiiiiiiiiiiiiiiiiii !

C'était un coup de genou bien placé.

- Parle !

L'homme n'arrivait plus à prononcer le moindre son tant la douleur dans son entrejambe était intense. Je n'oubliai pas de noter cette technique dans un coin de ma tête ; simple, imparable.

- François, je ne pense pas qu'on en tirera quoi que ce soit avant que les renforts n'arrivent, dit Phoenix en posant une main sur son épaule.

- Je ne vais pas laisser passer ma chance de retrouver ma femme ! cracha l'intéressé.

- Je comprends, mais il faut partir d'ici. Talanus…

Mon ange fit un signe de tête vers le garage et son chef de secteur hocha la tête avant de s'y diriger. Il en ressortit une minute plus tard avec un pick up aux roues suffisamment larges pour passer sur n'importe quel type de terrain. Avec ça, on pourrait circuler en-dehors des routes à condition que le terrain ne soit pas trop escarpé. Toutefois, cela supposait de quitter les lieux… maintenant.

Au loin, on entendait des bruits de moteurs se rapprocher, autant dire qu'il ne fallait pas compter prendre la route principale pour notre évacuation.

- François ! m'écriai-je.

- Dis-moi où ils sont et je te jure que tu mourras vite ! s'entêta notre ami en secouant sa victime comme pour la disloquer.

- Je ne sais pas ! Je ne sais pas !

- DIS-LE-MOI !!!

Le premier 4x4 s'arrêta à bonne distance de nous dans un dérapage contrôlé ; en sortirent cinq hommes qui commencèrent à nous tirer dessus.

- FRANÇOIS ! hurla Phoenix en l'attrapant par le bras et en confrontant son regard au sien, voilé par la fureur et l'angoisse.

Les balles sifflaient autour de nous malgré la protection précaire que nous offrait le pick up, garé en travers du chemin. Le mousquetaire sembla reprendre ses esprits et malgré la douleur, hocha la tête avec résignation.

- Monte dans la voiture, dit Phoenix et alors qu'il s'exécutait, j'achevai sa victime d'une balle en plein cœur.

- Ils vont nous traquer ! dit Talanus, par la fenêtre ouverte, pendant que nous arrosions de projectiles nos ennemis.

- Pas si je reste en arrière pour les réduire en cendres ! m'écriai-je en tuant d'une rafale en argent un type qui venait d'armer un lance-roquette.

- HORS DE QUESTION ! vociféra Phoenix en me clouant sur place avec un regard assassin me dissuadant d'argumenter davantage.

La dernière fois que j'étais restée en arrière, il avait pleuré ma mort pendant six mois. Il me faudrait trouver une autre solution.

À moins que…

- Alors reste avec moi. À nous deux, on peut faire le ménage.

- Comment ?!

Je me tournai vers Talanus.

- Partez et ne vous arrêtez pas. Le mot de passe pour téléphoner à Ysis est Kentwood. (Me tournant ensuite vers mon ange) Porte-moi en t'arrangeant pour qu'on ne nous tire pas dessus le temps que tu te mettes à la bonne hauteur. Ensuite, fais-moi confiance.

Il hocha la tête.

- Partez !

Talanus démarra en direction du terrain d'aviation dans un crissement de pneus impressionnant. Une route secondaire en très mauvais état l'y attendait, au cas où surviendrait… un jour comme aujourd'hui.

Je ne pris toutefois pas le temps de le suivre des yeux car Phoenix m'avait entourée de son bras gauche et du droit, il mitraillait tout ce qui se trouvait au-dessous de nous pendant qu'il nous emmenait en altitude.

Certains des assaillants essayaient de nous viser malgré le feu qu'ils essuyaient, et deux 4x4 avaient démarré pour poursuivre Talanus. Il fallait faire ça vite et bien. Phoenix était en danger, je n'avais droit qu'à un seul essai.

- Et maintenant ? me demanda ce dernier sans cesser de tirer.

Je pris une grande inspiration, mes yeux s'enflammèrent à un niveau critique.

- Maintenant…

Je tendis brusquement les bras en avant et laissai la puissance de mon côté sombre s'écouler hors de moi en un jet de feu d'une puissance phénoménale carbonisant tout ce qui se trouvait en contrebas.

L'effort me fendait le crâne en deux. Ce n'était pas aussi facile qu'à Indianapolis et j'avais de grosses difficultés à faire surgir des flammes suffisamment grandes pour atteindre tout le monde. Heureusement néanmoins, la chaleur qu'elles dégageaient était si intense que rien n'y survivait, au point qu'il ne me fallut que peu de temps pour réduire en cendres toute menace. Mais cela avait eu un prix.

- Bon sang, Sam ! Tu saignes abondamment, il faut partir maintenant.

- Attends ! Il reste encore quelque chose à faire !

- Quoi ?!

Je ne lui laissai pas le temps d'approfondir l'interrogatoire et mis le peu de puissance qu'il me restait dans mon dernier objectif...

Ma vision se troubla quand le souffle de l'explosion de la villa qui fut notre refuge nous atteignit...

- SAM !!

Ce cri désespéré fut tout ce que mon esprit enregistra quand il fut happé par le néant.

*

Je pus d'abord bouger le petit doigt... puis la main et le poignet... Il me fallut un trésor de détermination pour desserrer les lèvres... Et plus encore pour ouvrir les yeux...

Ce ne fut qu'au bout d'un temps que je qualifierais d'infini que mes paupières acceptèrent de s'ouvrir afin de me permettre de prendre la mesure de ce qui m'était arrivé.

D'abord, je vis Phoenix endormi, assis sur une chaise, mais sa tête reposant sur mon matelas, près de ma cuisse. J'en déduisis qu'il devait faire grand jour au dehors... Ensuite, cette réflexion m'amena à deux constatations : la première était que je n'étais pas dans mon lit puisqu'il avait été réduit en cendres avec la villa des Appalaches, la seconde était que je n'avais aucune idée de l'endroit où l'on m'avait installée.

J'étais dans une sorte de petite chambre spartiate entourée de murs de béton sans aucune fenêtre (tant mieux en pleine journée), et des pochettes de sang vides étaient entassées pêle-mêle sur le sol, près d'un sac de vêtements propres. La porte en acier était fermée, me cachant la vue d'un couloir ayant peut-être pu m'éclairer sur notre site de repli. Il ne me restait plus qu'une solution déplaisante à ce problème :

- Phoenix, dis-je doucement.

J'adorais regarder mon amant dormir, son visage était si serein qu'il en devenait un baume apaisant pour mes nerfs en pelote, cependant, je devais le réveiller. L'intéressé se dressa d'un bond sur son siège et avisa l'origine de son réveil intempestif : moi. En un éclair, je me retrouvai prisonnière de ses lèvres pour un baiser incandescent à la saveur désespérée.

- Tu t'es presque vidée de ton sang… Ne me refais jamais ça… murmura-t-il les yeux fermés, sous le coup d'une douleur encore trop présente malgré le soulagement de ma reprise de conscience.

Je lui caressai la joue. Je ne pouvais pas faire une promesse que je n'étais pas sûre de tenir. J'avais fait ce qu'il fallait pour nous permettre de fuir sans crainte d'être suivis, peu importait que je me sois presque tuée dans la manœuvre. Autant changer de sujet.

- Où est-ce qu'on est ?

Au regard perçant qui s'ensuivit, je sus que Phoenix n'était pas dupe, mais il n'insista pas.

- Dans une ancienne base militaire. Hedayat et ses hommes s'y sont réfugiés dès qu'ils ont eu mon message.

Je comprenais mieux la décoration épurée, du coup.

- Est-ce qu'Ysis…

- Tout le monde est là. Enfin…

Il se tut. Je savais exactement à quels absents il pensait.

- A-t-on des nouvelles ?

J'avais dû rester inconsciente le reste de la nuit et une partie de la journée. C'était possible après tout…

Le mutisme de mon amant souffla ma lueur d'optimisme. J'avalai difficilement ma salive.

- Que… À quoi doit-on s'attendre ?

Phoenix soupira.

- Étant donné leur importance, ils seront maintenus en vie jusqu'à ce que Finn en décide autrement. Mais il faut être réaliste : ils seront atrocement torturés.

J'eus une soudaine envie de refermer les yeux et de me replonger dans un coma improvisé.

- Non…

- Nous avons déjà contacté tous nos hommes susceptibles d'avoir entendu des rumeurs concernant leur capture, mais Finn a dû cloisonner les informations et j'ai bien peur que rien ne filtre. Angela et Danny ne peuvent pas savoir où nous nous sommes cachés et nous nous sommes toujours arrangés pour aborder les détails de notre plan d'attaque pendant leur sommeil nocturne dans l'éventualité que… enfin bref. Finn ne tirera rien d'eux qui ne soit crucial pour lui ou nous et après cela, il les utilisera comme monnaie d'échange.

- Contre toi, tu crois ?

Il haussa les épaules.

- Moi ou Blodwyn, je ne sais pas lequel des deux il voudra le plus. Je l'ai encore rejeté alors cette fois-ci, je doute qu'il tente de me convaincre de passer de son côté. Il m'éliminera, purement et simplement.

Nous restâmes silencieux, une chape de plomb pesant sur nos épaules défaitistes.

- Où est François ?

Phoenix se raidit, mal à l'aise.

- Hum… Il a complètement perdu la tête il y a quelques heures et il a tenté de sortir de la base pour mener sa propre enquête.

- En pleine journée ?

- Hedayat a réussi à voler un van anti-UV.

- Et alors, il l'a pris ?

- Non, les gardes l'ont arrêté avant, mais il en a sévèrement amoché deux. Ils se sont mis à cinq pour l'empêcher de passer et de se débattre. L'un d'eux est venu me chercher pour que je le raisonne, mais il ne voulait rien entendre alors... hum...

- Alors quoi ?

- Je l'ai ligoté dans ses quartiers.

J'en frémis d'indignation.

- Depuis quand est-il attaché ?!

- Deux heures. J'attendais le coucher du soleil pour le libérer.

- Conduis-moi à lui, ordonnai-je en essayant de me lever.

Un vertige me fit partir à moitié en avant.

- Tu n'es pas en état d'aller où que ce soit.

- Je vais lui parler que ça te plaise ou non.

Il n'appréciait guère mon ton sans appel, comme le prouvaient les multiples éclairs qui zébraient ses prunelles.

- Je n'ai pas su le convaincre alors que je le connais depuis trois cents ans !

Je le foudroyai du regard, guère d'humeur à jouer à qui fait pipi le plus loin.

- Parce que tu as autant de tact qu'une charge de taureaux à Pampelune ! Maintenant, tais-toi et dis-moi où il est !

La colère, semblait-il, m'avait fait pousser des ailes et je trouvai la force de descendre de mon lit. Seulement, en descendre était une chose, rester debout en était une autre, et Phoenix lâcha un horrible juron quand il me rattrapa in extremis alors que mes jambes se dérobaient sous moi et que je manquai me fracasser le nez par terre.

- Tu n'es qu'une indécrottable entêtée ! Pour ça, tu n'as pas changé ! Nom de Dieu ! Tu viens de perdre la moitié de ton sang et tu as manqué de peu y rester ! Cesse de jouer à Superwoman, tu n'es pas invincible contrairement à ce que tu sembles croire ! Tes dons ne t'autorisent pas à être imprudente, c'est à croire que ça ne t'a pas suffi la dernière fois !

La colère qu'il irradiait était authentique, mais pas autant que la mienne à l'issue de ce discours injuste.

- C'est ce que tu penses ?! Que je joue à la superhéroïne au mépris de tout ? Comment peux-tu dire une chose pareille ?! Et quand vas-tu enfin cesser de me reprocher de t'avoir menti à Harper Hill, ce jour-là ?! C'est encore de ça dont il s'agit alors qu'on sait pertinemment que si les rôles avaient été inversés, tu aurais pris exactement les mêmes décisions que moi ?! Que ce soit clair ! Mes pouvoirs sont difficiles à contrôler, mais je sais qu'en me concentrant suffisamment, je peux les utiliser à notre profit.

- Au risque que ça te tue ! Encore une fois ! cracha mon interlocuteur, hors de lui.

- Arrête ! J'ai parfaitement compris la leçon ! Je t'ai trahi en me sacrifiant cette nuit-là. Mais regarde, je suis là maintenant et je suis bien plus puissante que je ne l'ai jamais été ! Tu dois accepter que j'utilise ces dons même si c'est dangereux ! Léthalée a dit que…

- JE ME FOUS DE LÉTHALÉE ! vociféra-t-il, me réduisant au silence.

Il se détourna et s'éloigna en direction de la porte. Je crus qu'il allait me laisser seule, mais son poing contre l'acier, qu'il déforma sous l'impact, me fit sursauter.

Il revint vers moi et s'assit sur mon lit en soupirant et en recouvrant doucement son calme comme le prouvait la disparition de la lueur métallique dans ses pupilles.

- Écoute. Tu avais déjà perdu tes forces à Indianapolis quand tu as mobilisé ton pouvoir et là, tu as carbonisé une villa entière et plusieurs voitures remplies d'ennemis. Tu marches sur un fil avec ces dons, j'en ai fait l'expérience il y a dix mois, et j'ai peur qu'un faux pas ne t'enlève définitivement à moi.

J'inspirai moi aussi pour diminuer ma tension. Se disputer à ce point alors que nous venions d'échapper à une attaque mortelle était plus que déraisonnable, c'était… puéril. Ce fut donc sur un ton plus conciliant que je repris :

- Je ne sais pas vraiment ce qui s'est produit à Harper Hill pour créer une telle explosion et je ne suis même pas sûre d'être capable de réitérer un tel exploit si je puis dire, mais tout ce que je sais, c'est que j'y ai survécu puisque Finn m'a emportée avec lui avant que tu ne reviennes sur les lieux.

- Peut-être… peut-être que ta puissance est effectivement plus grande que ce qu'on soupçonnait… (Il commençait enfin à se ranger à la voix de la raison) Mais toute puissante que tu es, tu n'en restes pas moins un être de chair et de sang pour qui une hémorragie massive est aussi fatale que pour un être humain.

Je soufflai. Visiblement, ce sujet resterait matière à discorde entre nous. Je ne comptais pas me ménager pour aider mes amis et lui pensait qu'en agissant de la sorte, je courais droit au suicide.

En vérité, je ne pouvais pas blâmer Phoenix pour cela vu que je n'avais effectivement aucune garantie que mon don ne vampiriserait pas mon énergie jusqu'à ma mort. Toutefois, je ne pouvais guère regretter mes actes dans les Appalaches. Nous avions pu nous échapper sans être suivis, ce qui, dans l'état des choses, était salvateur pour tout le mouvement.

- Je t'aime, Phoenix, mais il va falloir que tu apprennes à me faire confiance. Tu ne pourras pas m'empêcher de me battre de toutes mes forces pour ma famille. Tu agirais pareillement à ma place.

- Tu es une tête de mule, je devrais toi aussi t'attacher.

Sa répartie aurait pu me faire sourire si je n'avais pas le sentiment qu'il était tout à fait sérieux.

- Je n'irai pas au-delà de mes limites si c'est ce que tu veux.

Phoenix me fixa.

- Tu ne connais pas toi-même les limites de ton pouvoir. Il pourrait tout aussi bien se retourner contre toi.

- Je le maîtrise beaucoup mieux qu'il y a dix mois et je l'explore un peu plus chaque jour. Tu dois me faire confiance.

Il soupira.

- Très bien. De toute façon, je n'ai jamais eu le dernier mot avec toi. Promets-moi au moins de rester prudente.

- Je te le promets.

Il passa un bras sous mes cuisses et l'autre dans mon dos avant de me transporter vers les quartiers d'un François dont les vociférations et les injures me parvenaient depuis le couloir où un garde était posté. Le trajet avait été relativement court donc mon porteur ne m'apprit que l'essentiel concernant notre nouveau lieu de résidence. C'était une ancienne base militaire de Floride datant de la Seconde Guerre Mondiale, qui avait servi notamment à l'entraînement des recrues de l'armée de terre, d'où le nombre confortable de petites chambres disponibles. L'état-major en avait décidé l'abandon vingt ans plus tôt pour des installations flambant neuves dans un autre comté. Une dizaine de niveaux souterrains permettaient d'agir sans être vu de l'extérieur, ce qui pour nous vampires, de jour comme de nuit, était idéal. Les gens du coin, ayant eu vent de rumeurs concernant l'enterrement de déchets nucléaires sur le site, évitaient les lieux comme la peste, ce qui était encore une fois idéal pour nous ; surtout qu'il n'y avait aucun déchet nucléaire... En théorie nous étions en sécurité donc.

Du moins...

- François, c'est moi.

- ESPÈCE DE FAUX-FRÈRE ! COMMENT AS-TU OSÉ M'ATTACHER ?! VIENS LÀ QUE JE TE MONTRE CE QUE J'EN PENSE !

Eh bien ! Nous n'avions pas encore passé la porte de la cellule que les noms d'oiseaux volaient déjà.

Phoenix enclencha la poignée et entra.

Heureusement pour mes oreilles, François se tut dès qu'il me vit apparaître dans son champ de vision.

- Est-ce que... tu vas bien ?

Alors même qu'il ne pouvait se défaire des liens imposés par son meilleur ami pour l'empêcher de se ruer dehors chercher la femme de sa vie, mon ami mousquetaire s'enquérait d'abord de ma santé.

- Phoenix va te détacher, mais promets-moi d'abord de m'écouter avant de l'étriper.

Un grondement bas résonna dans mon cou. Mon porteur n'appréciait pas le début de mon discours. François lui jeta un regard mauvais puis hocha la tête.

- Bien. Phoenix…

Il me posa doucement à terre et s'exécuta. Notre mousquetaire se leva en se frottant les poignets et hésitant visiblement à se jeter sur l'homme aux bras croisés près de lui qui n'affichait aucun remords quant à ses actions à son encontre.

- Il ne fait pas encore nuit, François. Que crois-tu que tu feras quand tu seras dans ce mini-van ? demandai-je, sans préambule.

- Quelle question ! J'irai chercher ma femme, ta meilleure amie à ce que je sache !

Je m'attendais à ce coup bas de la part d'un homme désespéré, il ne me fit donc ni chaud ni froid.

- Et où iras-tu la chercher ?

- J'irai interroger moi-même le chef de secteur d'Asheville[11]. Il est forcément au courant.

- C'est une bonne idée à la base vu que la villa se situait sur sa zone d'influence, toutefois, j'espère que tu as pensé que cette éventualité était peu probable et qu'au final, c'est une stratégie vouée à l'échec.

- Pourquoi ?! demanda-t-il, son agressivité ressortant.

- D'une part parce que Finn n'a pas besoin d'expliquer ses faits et gestes à ses lieutenants et d'autre part parce que c'est exactement ce qu'il attendra que tu fasses.

- C'est Phoenix qui t'a dit de me dire ça ! Il m'a déjà sorti le même argument tout à l'heure, juste avant de m'assommer et de me saucissonner avec des chaînes en argent ! s'énerva-t-il.

---

[11] Ville de Caroline du Nord.

Au contraire de lui, je restai parfaitement calme.

- Tu te trompes. (Il haussa les épaules) Phoenix a vécu cent ans auprès de son père adoptif et sait combien cet homme est un stratège patient et doué, il a donc eu raison de te mettre en garde. Cependant, je n'ai pas eu besoin qu'il me répète ces informations. Je te rappelle que j'ai moi aussi eu droit à la formation de Finn, sous forme express d'accord, mais ses méthodes sont parfaitement claires. Il ne reculera devant rien pour nous mettre la main dessus. Si tu vas à Asheville tu y seras attendu et au final, tu seras capturé et tu ne reverras jamais Angela. C'est ce que tu veux ?

Il ne répondit pas, mais je lus nettement le doute s'inscrire sur les traits de son visage.

- Angela et Danny sont notre priorité, tu peux en être assuré, mais se jeter dans la gueule du loup ne leur rendra pas service. Il faut réfléchir à un moyen de les retrouver et de les sauver sans que Finn y gagne au change.

- Et pendant que nous tergiversons, ils vont leur faire du mal et Angela, ils voudront la…

Sa voix se brisa sur ce qu'il ne pouvait envisager. Moi non plus je ne voulais pas y penser, l'idée même de ce que ces barbares pouvaient lui infliger m'était insupportable.

- Il s'est produit quelque chose dans l'histoire de Finn qui a fait qu'il a toujours été impitoyable avec les violeurs, intervint Phoenix. Il ne permettra pas qu'on abuse d'elle.

François le regarda avec un espoir vite douché par ce qui suivit.

- Du moins c'est la seule chose qu'il ne permettra pas, en supposant que ses ordres soient respectés à la lettre.

Heureusement que j'étais assise car le monde se mit à tourner tout à coup. François manqua tomber à la renverse et il ne dut qu'aux réflexes de son ami de ne pas s'écrouler par terre.

- Il faut la retrouver.

- Et on va tout faire pour, mon ami, mais Sam a raison. Il nous faut un plan et quand il sera prêt, je te promets que je viendrai avec toi et que nous leur ferons payer chèrement leur infamie.

François le dévisagea comme pour s'en assurer et hocha la tête pour le remercier.

- Dès que j'aurai recouvré mes forces, je te promets de faire tout ce qu'il faut pour les détruire.

Phoenix me coula un regard sévère que je supportai. Contre toute attente, il hocha également la tête, pour me faire comprendre que désormais il me soutenait.

C'était tout ce que je voulais, ça, ainsi que retrouver Danny et Angela sans oublier de pulvériser tous ceux impliqués dans leur enlèvement. Ma bête sombre avait faim de vengeance, c'était le moins que je puisse lui donner.

*

Nous étions parvenus à convaincre François et Matthew de ne pas se lancer dans une entreprise inconsidérée, option à laquelle nous ne réfléchirions qu'en dernier recours. Ainsi, le temps d'adaptation à notre nouveau chez-nous se passa à s'arracher les cheveux à l'issue des nombreux rapports infructueux que nos contacts aux quatre coins du pays nous faisaient. Blodwyn avait évoqué la possibilité que Finn ait fait quitter le territoire américain à Danny et Angela, ce qui avait fait grimper mon angoisse et ma frustration à des niveaux critiques. Heureusement, quand Talanus répondit... :

- Non, je pense qu'ils les gardent aux États-Unis, pour faciliter le transfert en cas d'échange.

... je ressentis un léger mais très net soulagement. Chercher une aiguille dans une énorme meule de foin était déjà difficile, mais chercher une aiguille dans une meule de foin planétaire était tout bonnement impossible.

Malheureusement, la réduction sensible de notre périmètre de recherche au territoire national n'arrangeait pas nos affaires dans le sens où une fois les rumeurs (peu nombreuses) vérifiées, il ne restait aucun indice permettant de nous donner ne serait-ce qu'une piste pour retrouver nos amis. Trois jours et trois nuits déjà, et nous avions presque épuisé notre réseau d'espions à notre solde.

Hedayat faisait ce qu'il pouvait pour nous rendre la vie plus facile et se chargeait de l'organisation de la base en un véritable QG qu'il dirigeait de main de maître étant donné le respect qu'il inspirait aux vampires femmes et hommes qu'il avait sauvés. Ginger et Valérie avaient été écartées de nos réunions pour leur bien, mais nous les tenions informées de l'avancée des choses, ou de notre stagnation en vérité. À défaut de pouvoir nous aider, elles aidaient Hedayat et Steve à aménager les lieux au mieux pour la petite communauté d'une centaine de personnes rassemblées ici.

Je n'avais pas vécu les retrouvailles entre Steve et Valérie, mais force m'était de constater que ces deux-là étaient toujours fourrés ensemble. Je ne savais pas trop quels sentiments les animaient, mais il y avait anguille sous roche. Toujours est-il que Ginger, jamais à l'aise en présence de vampires à part François, paraissait détendue devant ce grand gaillard blond à l'allure de footballeur et au cœur d'or.

Matthew avait mobilisé les forces du Cercle de Mellindra dont les agissements étaient coordonnés par Joachim Balder, lequel transmettait ensuite les résultats à son fils par visioconférence. Balder avait été particulièrement sensible au rapt de Danny et Angela, les personnes les plus importantes au monde pour l'enfant qu'il avait cru mort, et qui s'étaient occupées de lui pour en faire l'homme loyal et courageux qu'il était devenu. De fait, il remuait ciel et terre pour tenter de les retrouver.

Au demeurant, après tout ce temps déjà passé à leur recherche, lui non plus n'avait pas fait la moindre avancée dans cette optique.

La situation devenait désespérante…

Peu à peu, j'entrevoyais la fin de cette histoire et elle se conclurait fatalement, à l'évidence. S'il l'avait voulu, Finn aurait déjà trouvé un moyen de nous contacter, ne serait-ce qu'en faisant circuler le bruit de sa volonté de marchander la vie de nos amis. S'il l'avait voulu…

Cela ne signifiait qu'une chose : il savait que nous interviendrions pour sauver Danny et Angela, mais que nous ne livrerions jamais à la place l'un d'entre nous, et son but en les gardant prisonniers n'était certes pas d'opérer un échange, mais juste de tirer un maximum de renseignements des seules personnes qu'il avait pu capturer ayant été les témoins de la mise en œuvre du mouvement de Résistance de grande envergure mené par ses plus grands ennemis.

Leur temps était donc compté. La situation était désespérée…

Le quatrième jour, n'arrivant pas à dormir, je me levai.

- Où vas-tu ? me demanda aussitôt Phoenix, qui depuis nos retrouvailles amoureuses, dormait contre moi en me serrant dans ses bras, comme pour s'assurer que je ne pourrais plus jamais le quitter.

- Je n'arrive pas à dormir, je vais marcher un peu.

Il grogna vaguement son assentiment et émit un léger ronflement la seconde suivante. Pour me laisser partir si facilement, c'était qu'il me faisait vraiment confiance, pensai-je.

De toute façon, je ne voyais pas où j'aurais pu aller, à part dans les marais pour aller soulager mes nerfs en jouant à qui mord le plus fort avec les alligators…

Après une douche rapide, je m'habillai et commençai à déambuler dans les couloirs sans but précis. Je voulais m'aérer l'esprit pour chasser ne serait-ce que quelques minutes la boule d'angoisse qui m'étouffait en permanence depuis notre retraite des Appalaches, mais c'était peine perdue, mon esprit me ramenait toujours vers Angela et Danny et ce qu'on devait leur faire subir à chaque instant. Je crus bon de m'installer dans l'ancien mess pour tenter de me détendre mais ce fut pire encore, j'étais sans cesse assaillie par les images des visages de mes amis passant d'un air doux et confiant en l'avenir à une expression de souffrance absolue. Mon pied partit tout seul ; une chaise s'envola pour aller s'écraser contre un mur dans un grand fracas métallique.

Il nous faudrait un miracle…

Je me levai d'un bond.

C'était d'un miracle dont nous avions besoin !

À la vitesse de l'éclair, je fonçai hors de la pièce en direction de la zone de repos de la base que j'avais quittée il y a peu, mais au lieu de revenir vers Phoenix, j'allai plutôt tambouriner contre la porte où dormait peut-être notre seule et unique chance de retrouver nos amis.

- Ysis ! Ouvrez-moi ! Ysis ! Ysis !

La porte s'ouvrit à la volée si bien que la surprise me fit continuer mon geste et je me retrouvai à tambouriner sur la poitrine d'un Talanus de très mauvaise humeur. Gloups !

- La nuit a été dure, Samantha Watkins ! J'espère que vous avez une bonne raison de venir nous déranger !

Je cessai de béer comme une idiote et me repris :

- Il faut que je parle à Ysis, c'est important !

Talanus détestait les entorses à la politesse et au protocole toutefois, en tant que général romain dans l'âme, il savait reconnaître une urgence quand il s'en présentait. Il s'écarta donc pour me laisser passer et referma la porte derrière nous avant d'allumer la lumière.

Ysis me contemplait en fronçant les sourcils comme pour chercher à lire dans mes pensées et même si elle n'avait pas ce don, il ne lui fut pas difficile d'en connaître la teneur à la façon dont je la dévisageais, avec un espoir déraisonnable.

Elle secoua la tête tristement :

- Je sais ce que tu vas me demander, mais je préfère t'avertir que ça ne fonctionnera pas.

Mon estomac tomba au fond de mes chaussettes.

- Pourquoi ? Vous avez le don de préscience ! Vous pourriez avoir une vision de l'endroit où ils sont retenus captifs !

- Je suis navrée, Samantha, mais c'est impossible.

- Mais enfin, pourquoi ?! m'énervai-je, subitement.

Elle me prit la main en m'offrant un regard compatissant.

- Parce que j'ai déjà essayé... Plusieurs fois.

Ma lèvre trembla puis ce fut mon corps tout entier, réaction physiologique naturelle pour repousser l'attaque du désespoir qui ne tarderait plus à m'emporter dans ses sombres abysses.

- Ce don ne marche pas sur commande, crois-moi, j'aurais bien voulu. Je ne vois que ce qui se présente à moi ou ce que me murmure la Nuit. Je suis profondément désolée, j'aurais aimé faire plus pour...

- Léthalée !

En criant, j'avais saisi son bras avec une telle force qu'un craquement sinistre retentit dans cette petite cellule où deux des plus importantes personnalités du monde vampirique avaient, à l'égal des autres, établi leur lieu de repos.

- Ysis !

- Oh !

- Tu me fais mal, mon amie.

Tout le monde avait réagi en même temps ; je m'écartai d'un bond en arrière pendant que Talanus se précipitait vers son épouse en m'insultant en latin. Je ne me rappelais ni ou ni comment, mais je savais avoir étudié cette langue morte alors le « grosse andouille maladroite » me vexa considérablement.

- C'est très malpoli, maître ! Je ne l'ai pas fait exprès ! me défendis-je.

Il allait me rugir à la figure, mais sa femme lui saisit plutôt le visage pour l'attirer brutalement à elle afin de se repaître de ses lèvres comme *Hannibal Lecter* le ferait d'un foie humain : avec une voracité toute raffinée. Vous me direz que Hannibal Lecter n'était pas romantique et que cette analogie est franchement déplacée ; je vous répondrai que vous n'étiez pas à quelques centimètres de ces amants qui devaient compenser la rareté de leurs étreintes, même chastes, en public, par des épisodes sensuels pour le moins explosifs en privé.

En tout cas, le baiser d'Ysis fit son petit effet car Talanus oublia son bras tout comme ma présence et qu'il remonta en un éclair la robe de nuit de sa femme sur ses cuisses pour se placer entre elles et... Argh !

Je plaquai violemment mes mains sur mes yeux pour les préserver d'un spectacle auquel je n'avais aucune envie d'assister. Pouah ! C'était comme si je visionnais un film porno en direct, lequel serait tourné par mes propres parents ! Pitié !

Je commençais déjà à me diriger vers la sortie quand j'entendis :

- Talanus, je te promets de te faire hurler de plaisir mais pour cela, il va me falloir un peu de sang pour réparer les os que Samantha a fêlés. Tu veux bien aller m'en chercher pendant que je discute avec elle ?

Je me ratatinai contre le mur en entendant le grondement mortel s'échapper de la gorge du général d'armée.

- C'est d'accord. Tu fais de moi ce que tu veux, comme toujours.

Un bruit de langues en combat singulier, puis je sentis un courant d'air quand, à mon grand soulagement, il passa sans un mot près de moi pour nous laisser seules avec Ysis.

J'ouvris les yeux au moment où elle rabattait sa robe de nuit en satin noir sur ses cuisses comme si de rien n'était. Puis, sans transition :

- Alors, tu parlais de Léthalée ?

J'évacuai à coups de pied mental le souvenir des événements des dernières secondes et me concentrai sur l'idée qui m'avait traversé l'esprit.

- Vous dites que vos visions sont aléatoires sauf quand elles vous sont envoyées par la Nuit.

- Oui, mais ce n'est rien de très concret, ce sont surtout des murmures que j'entends.

- Est-ce que vous lui posez des questions dans vos visions ?

Ysis me regardait, perplexe, elle ne devait pas comprendre où je voulais en venir.

- Ça m'arrive.

Mon sursaut de tension ne lui échappa pas.

- Et est-ce qu'elle vous répond ?

Elle prit le temps de la réflexion, me frustrant au possible.

- Non, je ne crois pas.

La déception était là, mais je ne pouvais pas m'y abandonner alors autant aller jusqu'au bout :

- Et si vous lui demandiez maintenant de nous révéler par une vision où sont Danny et Angela ?

Sa stupéfaction s'exprimait clairement sur son visage, ses yeux en amande soudain écarquillés.

- Quoi ? Tu délires. Léthalée est un esprit, ce n'est pas un vendeur de *Mac Donald's* à qui on passe commande en voiture à travers une boîte grésillante ! On ne la contacte pas comme ça !

Je lui saisis les épaules sans toutefois m'empêcher de noter que la princesse égyptienne avait déjà dû faire un tour au pays du hamburger et des calories pour s'en faire son idée.

- Moi je crois qu'elle nous observe depuis le début ! Elle m'a même exhortée à me dépêcher d'agir pour faire sortir Phoenix de sa cellule à Indianapolis ! Par conséquent, elle nous entendra si on lui demande de nous aider !

- Et si elle reste silencieuse ?!

Je levai les yeux vers le plafond, m'imaginant que je voyais nettement le ciel nocturne.

- Elle ne nous abandonnera pas, conclus-je pour achever de convaincre mon interlocutrice en même temps que j'envoyais un message vers une mère dont je voulais qu'elle sauve d'autres enfants que les siens.

Ysis réfléchit encore, et enfin :

- On va essayer.

Je frémis d'impatience.

- Ok. Comment allez-vous procéder ? demandai-je.

Ysis se leva et me tira par la main dans la foulée pour m'emmener Dieu sait où.

- J'ai dit qu'*on* allait essayer. Tu as ton rôle à jouer, toi aussi.

Ce n'est qu'au bout de six niveaux et d'une dizaine de couloirs qu'elle stoppa notre course, devant un ancien silo à missiles ayant dû être armé lors de la crise avec Cuba en 62.

- Ici, ce sera bien. On sera tranquilles, personne ne vient jamais dans cette partie de la base.

- Que voulez-vous que je fasse ? Je n'ai pas votre don.

Ysis me précéda dans l'imposante installation.

- Fais comme moi et prends mes mains, dit-elle en s'agenouillant.

Je m'exécutai sans hésitation. Elle avait l'air de savoir ce qu'elle faisait, ce qui, dans cette situation, était inespéré.

- Tu es toi aussi connectée à la Nuit. Elle t'a choisie pour sauver les siens de la destruction donc si tu es avec moi, elle écoutera mes prières, c'est certain.

Je la dévisageai, surprise. Je n'avais jamais pensé à prier Léthalée pour lui demander une faveur car même si elle incarnait une puissance surnaturelle, je ne me la représentais pas en tant que déesse omnipotente. Sinon, pourquoi aurait-elle eu besoin de moi ? Toujours est-il que j'étais prête à faire n'importe quoi pour savoir où étaient retenus mes amis.

- Voulez-vous que je prie ?

Ysis avait d'ores et déjà fermé les yeux pour se concentrer.

- Non, mieux vaut un seul interlocuteur, mais ne lâche pas ma main et imagine que tu me donnes ta force. En mêlant nos deux essences, on l'atteindra peut-être plus facilement et je pourrai lui demander de nous aider.

- Très bien.

Je ne connaissais pas vraiment la marche à suivre pour lui donner ma force, mais ma détermination était telle qu'en l'absence d'horloge, je perdis le compte du nombre d'heures qui se succédèrent. Je visualisai dans ma tête mon énergie se déverser de mes doigts à ceux de la princesse égyptienne entremêlés aux miens si fortement qu'on eût pu croire que nos mains étaient soudées. Je n'avais aucune idée de ce qui se passait autour de nous puisque j'avais fermé les yeux tout au long de l'opération, ni de ce qui se passait en dehors du silo à missiles, même si je me doutais que tout le monde devait s'être lancé à notre recherche dans la base. En fait, je m'en fichais, seule comptait la réussite de notre tentative pour supplier Léthalée de manière plus concrète.

Un temps infini s'écoula...

Avant que...

- Une tour de la liberté à la mémoire des migrants cubains, un jardin pour les oiseaux exotiques [12]... un entrepôt abandonné dans la périphérie industrialo-portuaire. Fais-vite, Samantha Watkins, le temps est compté...

La voix caverneuse de ma supérieure hiérarchique m'arracha un frisson nerveux car je savais qui parlait à travers elle. Quant à ce qui venait d'être dit...

J'ouvris les yeux et rencontrai ceux d'Ysis, laquelle venait de retrouver conscience de son corps a priori et c'est ensemble que nous nous écriâmes :

- Miami !

*

Nous nous levâmes d'un seul bond et sortîmes à toute vitesse pour remonter aux niveaux habités. Une fois à destination, nous courûmes à la recherche de nos amis que nous ne mîmes que peu de temps à trouver puisqu'au détour d'un des couloirs, je percutai de plein fouet le mur de briques qu'était Talanus. Je me retrouvai donc sur les fesses et sonnée, mais mieux valait que j'aie subi cette collision avec mon chef de secteur plutôt qu'avec Matthew juste à

---

[12] Jungle Island.

côté, à qui j'aurais certainement brisé des os dans la manœuvre sans le faire exprès.

- Où étiez-vous ?! s'écria Talanus à l'attention d'Ysis, sans se soucier de me relever alors que je voyais encore trente-six chandelles. On vous a cherchées partout !

- Je t'ai dit qu'il fallait que j'aie une conversation avec Samantha ! se défendit Ysis pendant que je sentais deux mains se glisser sous mes épaules pour me remettre debout.

- Et vous aviez besoin de cinq heures pour votre petite discussion ?! Je me suis inquiété et j'ai mobilisé tout le monde !

Effectivement, de nombreuses personnes nous entouraient, le mécontentement lisible dans les prunelles de certaines (pour Blodwyn, ça ne changeait guère de d'habitude). Ce n'était pas si gra… euh… Phoenix me fusillait littéralement du regard. Gloups ! Nul doute que ça allait être ma fête !

Ah non ! Enfin si ! En fait, il n'y avait pas seulement contre moi qu'il était furibond. J'identifiai à l'instant le propriétaire des mains qui m'avaient relevée et qui, posées sur mes hanches, m'aidaient à garder mon équilibre.

- Je vais m'en occuper, Hedayat, dit une voix de velours aux accents meurtriers en se rapprochant. (Puis aussi bas qu'elle pouvait, glissa) Touche-la encore à cet endroit et je t'arrache les deux bras.

Aussitôt, je me retrouvai libérée et aussitôt, récupérée par Phoenix. J'avais l'impression d'être une baballe disputée par deux molosses. Mais peu importe !

- Quelle heure est-il ? m'empressai-je de demander.

- Il est neuf heures, pourquoi ? dit Matthew.

Ysis et moi échangeâmes un coup d'œil.

- On peut le faire ?

- On n'a pas le choix, tu as entendu comme moi. Le temps est compté.

- Mais qu'est-ce qui se passe ?! s'énerva François, dont l'expression hantée me vrilla l'estomac.

- On sait où ils sont !

Un grand silence accueillit mon assertion. Le choc avait soufflé tout le monde.

- Comment ? questionna Phoenix, toujours figé.
- On s'en fiche ! s'écria François. On y va maintenant !
- Pas sans un plan solide, le raisonna Talanus.
- Mon aimé, j'ai bien peur que François n'ait raison. Léthalée a précisé que nous n'avions plus beaucoup de temps.
- Léthalée ? C'est elle qui vous a dit où ils étaient ? s'étonna Matthew, dont le visage était transfiguré par l'espoir retrouvé.
- Peu importe, dis-je. Il faut faire vite, mais Talanus dit vrai, on ne peut pas juste y aller et foncer dans le tas. Il y aura un comité d'accueil assez conséquent.
- Où est-ce ? s'enquit Phoenix.
- Dans un entrepôt abandonné dans la périphérie industrialo-portuaire de Miami. Ce n'est pas loin, on a de la chance.
- Le port est actif, même la nuit. Les douaniers sont partout pour pister les trafiquants de drogue et leur marchandise arrivant d'Amérique du Sud ou des Antilles, dit-il.
- C'est certainement un terrain plus isolé à l'arrière, réfléchit Matthew.
- Je le reconnaîtrai, assura Ysis. Je l'ai vu.
- Maintenant il faut le trouver, trépignait François. Allons-y !
- La zone portuaire est immense ! Tu as une idée de la surface à explorer ? Et je te rappelle que je suis le seul à voler ! … sans me crasher ! ajouta Phoenix à mon intention alors que j'ouvrais déjà la bouche.

Il n'avait pas oublié mes tentatives ratées dans les bois des Appalaches.

- Comment faire alors ?! On ne peut pas rester dans l'immobilisme !

Je sursautai.

- Dennis Obson !
-Quoi ?! s'exclama tout le monde en même temps.

Je ne cherchai pas à m'expliquer.

- Hedayat, amenez-moi Dennis Obson à la salle des opérations. Je vais avoir besoin de ses talents d'informaticien.

L'ex agent secret iranien hocha la tête et partit dans la seconde, tandis que je m'en allais en sens inverse, vers l'endroit où il avait installé les ordinateurs dernier cri qu'il avait volés, sur lesquels je savais qu'on avait installé les logiciels les plus perfectionnés qui soient. Merci Dennis Obson et son souci d'efficacité dans le travail.

Tout le monde m'avait suivie et perdue dans mes pensées, je ne répondis à aucune question pendant que j'allumais tout ce qu'il y avait à allumer.

Dennis Obson entra quelques instants plus tard à la suite de Hedayat.

- Que… Que puis-je faire, Mademoiselle Watkins ?

- J'ai des connaissances en matière informatique, mais mon récent séjour auprès de Finn a quelque peu altéré ma mémoire. Je ne pense pas être en mesure de craquer la base de données du cadastre mais vous, oui.

L'homme se ratatina et bafouilla une réponse incompréhensible. Ça devait signifier qu'il approuvait, car dans le cas contraire, Dennis aurait tellement eu peur de la réaction de Phoenix qui le terrorisait depuis que nous avions intégré la base, qu'il serait tombé immédiatement dans les pommes.

Il fallait vraiment le ménager celui-là !

Gentiment, je tapotai le siège à roulettes à côté du mien pour qu'il prenne place. Il s'exécuta en marchant sur ses lacets et en manquant parvenir à moi dans un vol plané.

- Je… je n'ai pas fait ce genre de choses depuis longtemps, et la dernière fois, la CIA a lancé des assassins à ma poursuite.

Je haussai les sourcils, mais décidai de ne pas relever, ça nous emmènerait trop loin.

- J'ai confiance en vous, Dennis. (Il tremblait tant que ses doigts écrasaient cinq touches en même temps au lieu d'une) D'ailleurs, toutes les personnes réunies ici vont attendre dehors pour nous laisser travailler au calme.

- Mais... commença François.

- Merci de ta compréhension, mon ami, dis-je en lui faisant les gros yeux.

Il sortit de mauvaise grâce comme les autres et à force de patience et de volonté, Dennis Obson et moi mîmes seulement deux heures à obtenir ce que nous voulions, à savoir les plans de l'ensemble de la zone portuaire et de ses bâtiments.

Une fois tous réunis, nous éliminâmes petit à petit chaque zone nous paraissant peu probable pour contenir un immeuble abandonné rempli de vampires assoiffés de sang humain. Il fallait aussi que ce bâtiment soit relativement isolé par rapport au reste de l'espace portuaire afin que les activités qu'il recelait ne soient pas dévoilées.

Au bout d'un temps qui me parut infini, ne restèrent sous nos yeux que trois lieux possibles.

- On ne peut pas se permettre d'aller vérifier dans chacun d'eux, ça prendrait trop de temps, surtout qu'ils sont très éloignés les uns des autres.

- Effectivement, il faudra agir très vite. D'autant qu'ils risquent de les tuer dès qu'ils nous verront approcher. Il nous faut une stratégie.

Ysis prit la parole.

- François, tu prendras une voiture qui servira à l'extraction de Danny et Angela. Samantha Watkins, tu le suivras avec Talanus et vous vous posterez tous à équidistance des trois lieux possibles où ils sont retenus. Phoenix et moi irons en éclaireurs par la voie des airs et je vous dirai lequel des entrepôts est le bon quand je l'aurai reconnu. Phoenix nous déposera chacun sur le toit, je ne pense pas que les gardes regarderont dans cette direction, et nous entrerons discrètement. Si j'en juge les plans des trois entrepôts, ils seront retenus au centre, là où leurs cris auront moins de chance d'être entendus de l'extérieur. (J'eus un haut-le-cœur) Dès que nous serons sortis, Samantha, tu nous couvriras en utilisant tes dons et Talanus, tes armes. Il faudra les ralentir suffisamment pour que François et moi puissions les mettre à l'abri pendant que Phoenix nous survolera en guettant tout éventuel poursuivant. Hedayat et Blodwyn, vous mettrez la base en état d'alerte et vous préparerez tout le nécessaire aux soins à prodiguer aux blessés dès qu'on sera revenus.

Malgré les risques que cela supposait, je faillis applaudir ce plan. Il était parfait.

- Et moi ?

La voix de Matthew, remplie de colère, s'éleva entre nous. Ysis le regardait avec stupéfaction.

- Que suis-je censé faire dans votre plan ? Il me semble que j'ai le droit d'y participer, les vies de mon père et de ma meilleure amie sont en jeu !

Aïe ! La requête de Matthew était compréhensible, mais impossible. Comment lui dire qu'en tant qu'humain, il risquait au mieux, d'être une gêne pour nous, au pire, de se faire tuer ou capturer.

- Matthew… commençai-je.

Phoenix m'interrompit en se postant devant mon ami et en posant une main sur son épaule.

- Tu ne peux pas nous accompagner.

Matthew le foudroya du regard.

- Parce que je ne suis que le boulet humain de service ?! cracha-t-il.

Phoenix resta parfaitement calme.

- Non. Parce que c'est déjà très dangereux pour des vampires, alors pour un humain, c'est complètement suicidaire.

- On parle de l'homme qui m'a élevé et de la fille qui pansait mes blessures quand je jouais les superhéros dans le bac à sable de l'école maternelle ! Je me fous que ce soit suicidaire ! s'emporta Matthew.

- Peut-être, mais ils ne s'en foutent pas, eux ! Qui crois-tu que ton père va vouloir voir en premier en bonne santé en arrivant ici ?! Et qui va annoncer à Angela que son meilleur ami est mort parce qu'il s'est comporté de manière inconsidérée ?!

Là, mon amant venait de marquer des points. Matthew était courageux et n'hésiterait pas à aller au-devant du danger pour sauver les gens qu'il aimait, mais dans cette entreprise, il avait plus de chances de se faire tuer et de blesser davantage des proches déjà sûrement atrocement éprouvés par les mauvais traitements qu'ils avaient dû subir, que de sauver qui que ce soit. Danny était un homme d'exception à l'optimisme et au mental plus durs que le roc, mais sans son fils, il était fini.

- Très bien.

Phoenix lui tapota l'épaule gentiment, puis :

- Allons-y.

- Un instant !

L'élan général vers la sortie se stoppa net quand la voix sombre et autoritaire de Blodwyn nous interpella. Son visage, d'ailleurs, était aussi sombre que sa voix ; visiblement, ce qu'elle s'apprêtait à dire n'allait plaire à personne.

- Il vous faudra vous passer de Talanus et Ysis.

- Quoi ?!

L'exclamation fut collective.

Talanus avança vers Blodwyn, d'une démarche menaçante. Tout autre qu'elle, en le voyant si charismatique, aurait tremblé dans ses bottes. En tout cas, moi, je tremblais dans mes chaussures et ça me frustrait terriblement de voir le visage impassible de la dernière des Grands. Que cherchait-elle ?

François s'avança également, l'air sur le point de lui sauter à la gorge.

- Si vous m'empêchez d'aller retrouver ma femme, je vous garantis que je vous livrerai moi-même à Finn !

Blodwyn balaya cette menace d'un revers de main.

- Crois-le ou non, François Caron, je me soucie du sort de ta femme et de celui du père de Matthew, c'est pour ça que je ne vois aucune objection au plan de sauvetage qui a été mis en place, hormis la présence de tes deux chefs de secteur.

- Pourquoi donc ? demanda Talanus en feulant mortellement. J'ai sûrement mené plus de batailles que vous, je suis parfaitement qualifié pour intervenir et...

- Ce n'est pas de cela dont il s'agit ! le coupa Blodwyn.

Ysis le rejoignit et posa sa main sur son bras.

- Moi je crois que je comprends.

- Je suis désolée, mais ce n'est pas négociable.

Je les regardais, complètement perdue.

- Quelqu'un peut-il m'expliquer ?!

Ce fut Phoenix qui éclaira tout le monde :

- Ysis et Talanus feront partie du nouveau cercle des Grands avec Blodwyn. Ils ne peuvent pas se permettre de combattre en première ligne au risque que les têtes de la Résistance et du futur régime disparaissent.

Un lourd silence s'abattit sur nous tous.

- Ça veut dire que vous les abandonnez ?!

François était dangereusement proche de l'explosion de rage.

- Bien sûr que non, dit Blodwyn. Mais tu dois comprendre que même si la vie de ces personnes est importante, il y a des enjeux qui le sont plus encore !

Talanus eut juste le temps de s'interposer comme le mousquetaire français se ruait sur elle.

- Il faut changer de tactique ! ajouta la vampire rousse, imperturbable.

Il nous fallait une idée et vite ! Mon cerveau refusait désespérément de fonctionner, me frustrant au plus haut point.

- Nous disposons de petites caméras vidéo reliées au réseau de communication de la base. Ysis n'aura qu'à indiquer lequel des entrepôts que Phoenix survole est le bon, puis une fois que vous aurez laissé votre véhicule à l'abri des regards, il reviendra vous chercher un par un comme dans le plan initial. Deux voitures sont plus facilement repérables qu'une seule, et un petit groupe de trois se faufilera beaucoup plus facilement dans l'entrepôt, à l'insu des gardes.

Hedayat s'était exprimé très calmement, les bras croisés sur sa poitrine. À cet instant, je voyais l'homme d'action efficace, l'ancien agent secret que tout le monde respectait.

- Si nous sommes repérés, nous aurons du mal à nous en sortir sans une paire de bras supplémentaire pour tenir une arme, répliqua Phoenix, sans méchanceté toutefois.

Il était parfaitement professionnel, le jaloux de tout à l'heure n'existait plus. Impressionnant.

- Je suis sûre que les talents divers et variés de ta compagne vous seront utiles.

Je levai les yeux au ciel. C'était reparti…

Le prince persan avait si bien appuyé sur la diversité de mes talents en me gratifiant d'un sourire coquin que ce fut au tour de Matthew de s'interposer entre lui et Phoenix, ce dernier prêt à massacrer son adversaire, mais ayant gardé suffisamment la tête froide pour se rappeler que l'humain devant lui n'avait pas des os en acier et qu'un mauvais coup porté par erreur pourrait lui être fatal. Il se contenta donc d'un rugissement bestial qui fit perdre le sourire à ce fou de Hedayat.

- C'est un bon plan, dis-je fortement, pour couper court à la dispute. Il est temps d'y aller.

Angela et Danny ne pouvaient certainement plus attendre que nous tergiversions, les paroles d'Ysis dans le sas de lancement tournaient en boucle dans mon esprit.

- Je vais préparer ce qu'il vous faut, proposa Hedayat. Dennis, tu m'aideras à tout paramétrer.

- D'accord. Je pars devant.

Il s'exécuta.

- Je vais vérifier la voiture. Ce serait bête qu'elle tombe en panne d'essence à un tel moment.

Les vampires que nous avions croisés dans la structure n'étaient pas forcément des combattants aguerris, mais tous avaient l'expérience de la vie, et Matthew, en prenant l'initiative de la révision de notre véhicule avant notre départ, devait lui aussi s'attendre à n'y trouver aucun problème. Cependant, je soupçonnais qu'il avait désespérément besoin de se sentir utile pour cette mission de sauvetage à laquelle il ne prendrait pas part, alors je n'émis aucun commentaire sur le sujet.

- Je vais me servir dans l'armurerie !

François était parti si vite que je ne le vis même pas quitter la pièce. Phoenix et moi nous regardâmes :

- Surveille-le.

Mon ange hocha la tête et me quitta. De mon côté, je saisis mon téléphone portable et photographiai les plans des trois bâtiments pour pouvoir nous diriger une fois à l'intérieur de « l'heureux élu ». Je tâcherais de les mémoriser le temps de notre trajet en voiture pour plus d'efficacité une fois à l'intérieur.

- Je pense que j'ai ce qu'il me faut. Je vais aider Phoenix et François.

J'allais partir quand j'entendis Hedayat :

- Faites bien attention à vous, mon amie.

Il n'y avait plus aucune trace d'humour dans ses yeux, la gravité étant la seule chose que son visage exprimait. Il était vraiment sincère et cela me toucha.

Enfin, pas moins que ce qui suivit :

- Tu ne failliras pas, Samantha Watkins. J'ai confiance, dit Talanus.

Il tenait la main d'Ysis et tous deux me regardaient avec bienveillance.

Je hochai la tête en signe de respect et me tournai pour quitter les lieux rapidement. Seulement, les pouvoirs des vampires ont ceci qu'ils peuvent aussi étonner leurs propriétaires quand l'acuité de leurs sens, auditifs par exemple, surprend des paroles qu'un humain n'aurait pu percevoir…

- Bonne chance.

L'encouragement inattendu de Blodwyn fut peut-être celui qui me galvanisa le plus pour accomplir, je l'espérais vu l'état actuel des choses, un miracle.

*

Le hasard ou une main divine bien intentionnée à notre égard, avait voulu que nos amis soient emprisonnés à seulement une vingtaine de kilomètres de notre quartier général. Il nous était donc plus facile d'intervenir, surtout dans un délai si court.

La nuit n'était pas si avancée que cela quand nous partîmes en direction de la ZIP de Miami et le trajet se fit bien évidemment dans un silence assourdissant. Arrivés à la croisée des chemins, Phoenix nous quitta pour aller survoler les trois prisons potentielles.

En attendant, François rongeait son frein en mettant à l'agonie le volant qu'il broyait entre ses mains angoissées. Quant à moi, je n'arrivais pas à me défaire des visions de mes amis tour à tour horrifiques ou heureuses : soit nous les retrouvions morts, soit ils nous sautaient dans les bras, traumatisés mais vivants. J'avoue que mon esprit me servait plus souvent la première version, avec des variantes toutes plus affreuses les unes que les autres, ce qui me rendait dingue. Heureusement que ce n'était pas moi qui tenais le volant…

La tension dans l'habitacle finit par devenir carrément oppressante.

Je tenais mon téléphone portable dans ma main, et l'attente me tuait. Je ne parle pas de François dont l'expression du visage, totalement indéchiffrable, commençait à me faire paniquer. C'était comme s'il était l'œil du cyclone, me présentant un abord calme et tranquille masquant en fait la tempête à venir.

- François ? Es-tu sûr que tu te sens prêt à entrer dans cet entrepôt ?

L'intéressé m'offrit un regard si réfrigérant que des glaçons métaphoriques perlèrent sur ma colonne vertébrale.

- Je ne resterai pas en arrière.

Ce ton si neutre me faisait vraiment peur. François était un homme discret mais expressif, son attitude avait de quoi m'inquiéter.

- Ce n'est pas ce que je te demande. Je veux juste être sûre que ça ira une fois là-bas.

Il inspira très fort en fermant les yeux. Je ne voulais pas le blesser, mais nous n'avions aucune idée de ce que nous trouverions dans l'entrepôt, et même si l'idée de perdre mes amis m'horrifiait, je me devais de garder la tête froide pour ne pas commettre une erreur qui mettrait en danger la Résistance.

Un grincement caractéristique de volant écrabouillé se fit entendre.

- Ça ira.

Je dévisageai mon ami pour guetter le moindre signe de burn out, puis, rassurée, je me calai dans mon siège.

Dix minutes plus tard, mon téléphone sonnait.

- Option numéro trois. Soyez discrets, il y a des gardes en faction.

Je raccrochai sans attendre, François démarra en trombe. Pendant le peu de route que nous fîmes, je tâchai de revoir les plans de la bâtisse en question pour y jouer les guides.

Arrivés non loin, François coupa le moteur et à nous deux, nous portâmes la voiture à bout de bras pour la cacher à l'abri des regards indiscrets, mais suffisamment près pour pouvoir y accéder au plus vite avec les otages.

Phoenix atterrit juste à côté de moi et passa un bras protecteur sur mes hanches.

- On a de la chance que les nuages soient bas ce soir. On va pouvoir atterrir sur le toit sans problème.

- Y-a-t-il des caméras de surveillance ? demandai-je.

- C'est très vétuste, donc c'est sûrement une installation temporaire. Ils ne prendraient pas le risque de les retenir dans un tel lieu s'ils comptaient les garder longtemps en vie. Léthalée a raison, ils ne serviront pas de monnaie d'échange, le temps est plus que compté.

- Combien de gardes ? s'enquit François, le visage toujours aussi neutre.

- Une trentaine. C'est beaucoup pour deux personnes, mais c'est compréhensible ; ils doivent bien se douter que nous faisons tout pour les retrouver.

- Peu importe, on y va, tranchai-je.

- Tu m'ôtes les mots de la bouche, renchérit le mousquetaire français.

- J'ai vu une fenêtre cassée par où nous engouffrer. Maintenant, une fois à l'intérieur, ce sera la surprise totale. Il faudra être invisible le plus longtemps possible pour éviter que ceux dans le bâtiment ne donnent l'alerte à ceux qui sont dehors, ce qui signifie temporiser au maximum l'utilisation de nos armes. Sam, je compte sur toi pour nous ouvrir la voie et pour nous protéger si un garde se présente devant nous.

Phoenix montrait encore une fois ses talents de tacticien militaire et de meneur d'hommes, sauf que là, ce qui m'impressionna le plus, ce fut sa façon de passer outre ses craintes quant aux conséquences de mes dons sur ma santé, afin de mettre toute les chances de notre côté pour la réussite de cette mission de sauvetage. Il me faisait confiance.

- Je ne vous ferai pas défaut, dis-je avec conviction, certaine au fond de moi que mes capricieux pouvoirs ne me feraient pas faux bond cette fois-ci et qu'au contraire, ils m'aideraient à pulvériser nos ennemis…

Car il était clair que je décapiterais ou réduirais en cendres de ma simple volonté le premier sbire de Finn qui tenterait de donner l'alarme.

- François, tu la suivras pendant que je fermerai la marche.

- Oui.

- Une fois qu'on les a trouvés, on ne perd pas de temps et on s'en va aussi vite que possible. On se servira des armes dans la voiture pour semer nos poursuivants. Des questions ?

Le silence lui répondit. Phoenix me dévisagea, l'anxiété jusqu'ici absente de son visage faisant soudainement son apparition sur ses traits parfaits.

- Prête ?

Je pris une grande inspiration avant de saisir sa main et celle de François.

- On va les sauver, dis-je, plus déterminée que jamais, l'air crépitant entre mes doigts pour me signaler que la bête sombre en moi s'était réveillée pour me prêter sa force.

Phoenix m'emporta en premier à travers la vitre cassée donnant sur le dernier étage inusité du bâtiment, puis ce fut le tour de François. Préparée à toute éventualité, je sondai les lieux jusqu'à ce que notre trio soit de nouveau réuni.

Puis, avec la plus grande précaution, nous nous mîmes en marche.

L'endroit était relativement vaste avec ses quatre étages et ses couloirs étroits, par conséquent je remerciai le ciel de m'avoir permis de récupérer ma capacité à mémoriser un plan à défaut d'avoir récupéré celle de me souvenir de ma vie d'avant comme je le voulais. C'est ainsi que je savais quel escalier prendre pour accéder au centre du deuxième niveau, celui qui, par déduction, abritait nos amis, vu qu'au troisième, nous n'avions rencontré personne.

La situation se gâta ensuite quelque peu pour nous puisqu'il nous fallut plusieurs fois nous cacher dans un renfoncement pour éviter les vampires faisant leur ronde en binômes. Nous avions pu ainsi échapper quatre fois à la vigilance des geôliers, mais la chance finit par tourner et en empruntant l'un des corridors qui d'après le plan, menait à une succession de petites pièces ayant dû servir de bureaux pour un personnel administratif réduit, nous tombâmes sur quatre gardiens.

J'eus heureusement le réflexe de déployer mon énergie vers eux et leurs cendres s'éparpillèrent au sol après une décapitation éclair qui, bien que parfaitement réussie, eut pour conséquence de me faire voir le monde tourner comme une toupie pendant quelques secondes. Je n'avais pas su doser et y étais allée trop fort d'un coup ; j'en payais le prix.

- Sam ! chuchota Phoenix en me soutenant.

- Je... Ça va. C'est juste que... je n'ai pas bien dosé. Je me sens déjà mieux, on peut y aller.

C'était la pure vérité. L'épisode de la toupie cessa soudainement et je me sentis de nouveau apte à avancer. L'air ondulait toujours entre mes doigts, signe que je ne m'étais pas vraiment affaiblie, toutefois, je ne pouvais pas ignorer l'avertissement qui venait de m'être donné. Si mes pouvoirs étaient si difficiles à maîtriser, c'était qu'ils nécessitaient d'être utilisés de manière très précise. Un afflux de puissance trop soudain pour un tout petit objectif comme la décapitation simultanée de quatre ennemis n'était pas adapté... ce qui avait de quoi m'inquiéter sur ce qui serait adapté comme objectif de destruction pour l'exploitation de l'ensemble de mon potentiel. Un potentiel dont j'ignorais tout et que cet avertissement me présentait sous un jour vertigineux. De quoi étais-je vraiment capable ?

Je n'eus guère l'occasion de réfléchir sur la question car deux autres gardes surgirent et cette fois-ci, je m'astreignis à opérer de la bonne manière, avec succès.

Qui aurait pu croire qu'une bibliothécaire timide d'une petite bourgade sans histoire se transformerait un jour en une créature surnaturelle capable d'arracher des têtes par la simple force de sa volonté pour sauver ses amis ? Enfin bref, encore un corridor et nous arriverions aux bureaux.

- Nom de...

Ce qui devait être un couloir était en fait une pièce assez large assortie de vieux fauteuils et d'une télévision. Des travaux avaient dû être effectués depuis l'envoi des plans au cadastre et nous étions tombés sur une salle de repos… où sept hommes armés jusqu'aux dents étaient réunis et discutaient en sirotant pour certains une tasse de sang frais.

- Quand penses-tu que le maître doit revenir ? demandait l'un d'eux à son complice. Il est encore parti sans nous dire quoi que ce soit !

- Tu sais comment il est. Bah ! Il finira par revenir ici achever….

Il y eut un blanc, ou un bug cérébral si vous voulez, le temps que l'information de notre face à face ait accès à nos cerveaux respectifs, puis, ce fut le branle-bas de combat.

Phoenix fut le premier à réagir et fonça sur deux hommes qui venaient de saisir leurs AK-47 et en un éclair, il les poignarda chacun leur tour en plein cœur. Je compris aussitôt qu'il cherchait encore à éviter d'ameuter toute la garde au-dehors, c'est pourquoi je pris une brusque inspiration, mes pupilles virant à l'écarlate, et visualisai toutes les armes présentes voler jusqu'à moi ; ce fut un succès puisque plus d'un de nos ennemis glapit de surprise en sentant son outil de mort lui échapper des mains. Ne restait plus à François que la tâche de s'occuper d'eux ; et il ne se fit pas prier, opérant un véritable carnage.

Phoenix achevait de se débarrasser d'un grand type tatoué quand je dus lui venir en aide en carbonisant d'un jet de flammes un autre qui s'apprêtait à lui sauter dessus avec un couteau. Non mais !

Notre mousquetaire en avait presque terminé lui aussi car il tenait le dernier gardien encore en vie et s'escrimait à réduire son visage en bouillie à coups de poings délivrés à une cadence et une force insupportables, même pour un vampire. Apparemment, la rage l'emportait et il la libérait à pleine puissance en cet instant.

- François, dit Phoenix. Il faut qu'il nous dise où ils sont. Arrête !

- Tu as entendu ? PARLE ! s'écria-t-il en tenant toujours sa victime par le col.

Malheureusement, le traitement qu'il lui avait infligé l'empêchait de nous fournir la moindre information.

- Ils sont forcément par là, dis-je en pointant la porte métallique derrière laquelle devait se trouver notre zone de recherche, les bureaux des anciens locataires.

À peine avais-je prononcé ces paroles qu'un craquement sonore retentit quand François arracha la tête du type en un tour de main. La seconde suivante, il se précipitait sur la porte qu'il envoya voler derrière lui lorsqu'il se rendit compte qu'il l'avait arrachée également.

- Suis-le, Sam, je vous couvre.

Je m'exécutai. L'espace des bureaux se présentait sous la forme d'un long couloir avec de chaque côté, de lourdes portes empêchant toute vue et toute communication avec les bureaux voisins. Bonjour l'atmosphère professionnelle ! Pas étonnant que plus personne ne travaille ici ! J'accélérai pour rejoindre François qui défonçait toutes les portes à coups de pied avant de se précipiter à l'intérieur en appelant sa femme et en vérifiant si un cœur battant ou mort-vivant y occupait l'espace. Jusqu'ici, nous avions eu beau tendre l'oreille, nous n'avions rien entendu. Je pensais que ce devait être en raison de notre état de stress qui nous empêchait de nous concentrer normalement, je refusais de croire que seuls des cadavres nous attendaient.

Je n'étais pas la seule.

- ANGELA ! hurla encore François en s'engouffrant dans l'un des derniers bureaux.

Il ne se rendit pas compte de l'arrivée de deux vampires ennemis sûrement attirés par ses cris et qui s'apprêtaient à nous tirer dessus avec leurs mitraillettes.

Je réagis instinctivement pour protéger mon ami.

Je me précipitai en avant, usant de ma télékinésie pour faire s'envoler leurs armes puis, une fois assez près, je fis sortir de mes paumes deux jets de feu qui les enflammèrent avant même que ces dernières ne soient retombées au sol.

L'instant d'après, quand le calme fut revenu, je l'entendis...

Très faible et erratique mais... réel.

- FRANÇOIS ! Il y a un cœur battant ici ! m'écriai-je.

Je n'attendis pas qu'il accoure et par un violent coup de pied, je fis tomber la lourde porte qui me barrait le passage.

Ce que je vis alors me retourna l'estomac au point que je fis un pas en arrière, le choc me réduisant au silence et à l'immobilisme.

- Noon ! Oooh noooon ! Mon Dieu, je vous en prie, non ! gémit François en me bousculant pour se précipiter vers son épouse.

Phoenix m'avait entendue également et venait d'arriver, son juron se perdant dans la fêlure de sa voix. Nous avions tant espoir d'arriver à temps pour sauver les êtres qui nous étaient chers de la barbarie de nos ennemis !

Pour Danny, en tout cas, nous avions échoué.

Cet homme adorable, si prompt à répandre la joie autour de lui, avait été enchaîné comme un chien et visiblement maltraité en plus d'avoir subi de multiples morsures de la part de ses geôliers. Les hématomes et les plaies couraient sur ses avant-bras que son tee-shirt sale et trop court pour un temps si froid et une pièce si humide ne pouvait couvrir. Ses pieds nus avaient bleuis et associés à la crasse dessus ainsi que sur son pantalon déchiré en plusieurs endroits, cela me laissait supposer qu'on avait été jusqu'à lui refuser le minimum de la dignité. Tout cela était déjà insoutenable, mais mon cœur se soulevait plus encore en voyant la large entaille dans son cou, qui n'avait pas été faite pour que son meurtrier s'y abreuve, mais par pur sadisme, pour le voir se vider de son sang et laisser son cadavre s'y baigner. Je ne reconnaissais même pas l'homme qui gisait mort devant moi, le teint gris, les yeux exorbités exsudant la terreur et la souffrance absolues ; Danny souriait certes, mais pas avec sa bouche. Le boucher qui l'avait taillé avait parfaitement réussi son œuvre et j'eus soudain la certitude que si nous n'étions pas venus délivrer nos amis, nous aurions de toute façon retrouvé leurs corps atrocement mutilés afin de nous transmettre le message de Finn comme quoi nous tomberions tous entre ses mains un jour ou l'autre et que ce jour venu, il jubilerait.

La fureur la plus noire qui bouillonnait déjà dans mes veines depuis que j'avais ouvert la porte s'accentua quand enfin mon esprit accepta d'analyser ce que mes yeux avaient vu d'Angela en entrant. J'eus l'impression très nette que j'allais vomir en regardant François tenter désespérément de lui faire boire le sang s'écoulant de sa blessure au bras pour amorcer le processus de guérison, du moins suffisamment pour la transporter sans risque vers notre repaire.

Sa chevelure dorée d'habitude si lumineuse était poisseuse de sueur et de sang, son visage était gonflé et violet en raison de tous les coups qu'elle avait reçus à cet endroit et sur l'ensemble de son corps d'ailleurs, un corps de rêve aujourd'hui dévasté par les traces de violences et offert à la vue de tous par l'unique culotte qu'elle portait.

- Je t'en prie, mon amour. Bois ! Il faut que tu vives !

Malgré l'horreur de ce que ça représentait, je me précipitai sur Danny pour le détacher dans l'optique de ramener sa dépouille à son fils. Manipuler le corps sans vie de mon ami était affreux, mais c'était préférable à rester plantée là, à regarder Angela et imaginer le calvaire qu'elle avait dû subir. Elle avait été torturée, c'était l'évidence et on avait pris plaisir à la mordre au niveau des seins et des cuisses. Avait-elle pour autant été violée ? Rien que le fait de me poser la question me soulevait l'estomac. Finn ne reculait devant rien en matière de torture, je le savais, mais Phoenix m'avait expliqué qu'il avait néanmoins des limites dans ce qu'il considérait relever de l'acceptable : le viol n'en faisait pas partie. Toutefois, avait-il donné des instructions précises concernant Angela ou avait-il laissé ses hommes agir à leur guise avec elle ?

Sa beauté était sans pareil, nul doute que la tentation devait avoir été là, comme le prouvaient les marques sur sa poitrine.

- François, dit Phoenix d'une voix douce mais ferme, depuis l'encadrement de la cellule d'où il faisait le guet. Il faut partir ou ils nous submergeront avec des renforts.

- Elle ne boit pas ! répliqua celui-ci, totalement désespéré. J'ai peur qu'en la transportant, on la perde pour de bon !

Je tenais à présent Danny dans mes bras et j'échangeai un coup d'œil avec mon compagnon. Il n'y avait maintenant plus qu'une solution.

- Quand son cœur lâchera, tu la transformeras.

Notre mousquetaire fixa d'abord son meilleur ami, bouche bée. S'apprêtant ensuite à l'abreuver d'injures, il se reprit pourtant pour finalement hocher la tête. Pour Angela, la vie s'achevait, c'était un fait. Restait à espérer que ce ne soit pas de manière définitive.

*

Après que François eût pris lui aussi son fardeau, nous avions rebroussé chemin pour retrouver l'accès aux escaliers menant aux niveaux supérieurs, mais au détour d'un couloir, nous dûmes brusquement faire demi-tour vu que d'autres ennemis venaient de débarquer et qu'à notre vue, ils commencèrent à tirer de tous les côtés. Tenant toujours Danny, je nous emmenais à toute vitesse vers une autre issue quand là encore, des hommes armés se ruèrent vers nous.

Avec nos amis dans les bras, il était hors de question de mener un combat de front, par conséquent la fuite était notre seule solution. Mais par où ?

- Je ne sais pas par où passer pour sortir d'ici ! m'écriai-je en trébuchant quand une balle au poison argenté, heureusement inefficace, se logea dans ma jambe.

Phoenix passa immédiatement derrière moi et mitrailla tous ceux à sa portée. Puis il me rattrapa :

- COUREZ DROIT DEVANT VOUS !

J'écarquillai les yeux en comprenant ce qu'il voulait que nous fassions. En théorie, c'était tout à fait faisable pour nous, mais avec deux blessés dans les bras, c'était plus que compliqué, d'autant que nos poursuivants gagnaient du terrain et que nous ne savions pas comment allaient nous accueillir ceux devant qui nous arriverions.

Je cessai cependant de me poser des questions quand je vis mon ange sortir deux objets ronds facilement identifiables de son manteau, dont il retira les éléments métalliques détachables avec ses dents…

Gloups !

Il lança les grenades derrière lui sans regarder où il visait (pas besoin) et hurla :

- COURS !

Je me ruai en avant si vite que j'avais rattrapé François quand celui-ci sauta le premier à travers la vitre nous séparant du vide quelque peu impressionnant entre le sol et nous. Le souffle de l'explosion me grilla quelques cheveux et alors même que j'amorçais une chute de plusieurs mètres pour le moins dangereuse, mon esprit était tourné vers l'homme qui avait été derrière moi et qui lui, n'était pas immunisé contre le feu.

J'atterris lourdement sur le sol en béton en raison du poids de Danny qui me déséquilibrait. François était à côté de moi, et je n'eus pas le loisir d'être soulagée de voir Phoenix se poser près de nous car aussitôt, mon attention, comme celle de mes compagnons, se porta sur la vingtaine d'individus décidés à nous empêcher de quitter les lieux, quitte à nous trouer comme des passoires pour s'assurer de notre coopération. Nous étions cernés et même si Phoenix pouvait encore s'échapper en volant, je savais qu'il ne le ferait pas.

- RENDEZ-VOUS ! VOUS N'AVEZ AUCUNE ISSUE ! cria le chef de la meute qui nous visait sans pitié (surtout moi) avec toutes les armes qu'on peut imaginer.

- APPROCHEZ QUE JE VOUS DÉMEMBRE TOUS JUSQU'AU DERNIER ! vociféra François, désormais en mode furie totale.

Ses crocs étaient si longs que c'en était presque étrange, quant à ses yeux... inutile de vous faire un dessin quant à la promesse de mort affreuse qu'ils recelaient.

Il se battrait jusqu'au bout.

Je me battrais à ses côtés, c'était un fait, mais comment ne pas ressentir cette immense frustration qui vrillait toutes mes terminaisons nerveuses alors que je prenais conscience d'à quel point notre mission de sauvetage était un échec complet. Danny était mort de ses blessures, Angela, sans le recours au sang de vampire, ne tarderait pas à le rejoindre et quant à nous, nous serions livrés en pâture à mon ancien mentor.

Ah non, j'oubliais, moi je serais purement et simplement éliminée pour éradiquer la menace absolue que je représentais.

La menace absolue que je représentais...

La fureur qui m'enveloppait depuis que nous avions trouvé Danny et Angela si atrocement torturés, laissa tout à coup la place à une véritable rage face à ces visages dont plusieurs en étaient certainement responsables et y avaient sûrement pris du plaisir (l'image des morsures sur les seins et les cuisses de mon amie me frappa au ventre avec la violence d'une batte de baseball).

Mon cœur fantôme s'emballa subitement, mon souffle s'accéléra, et mes crocs s'allongèrent plus que jamais tandis que la lueur écarlate de mes pupilles s'intensifiait à un degré infernal. Je devais faire un effort surhumain pour canaliser mes émotions et garder un minimum de contrôle.

Je m'exprimai alors très bas, de sorte que seuls mes acolytes m'entendent.

- Phoenix, changement de plan. C'est toi qui prends Danny et qui conduis François et Angela à l'abri. Je serai juste derrière vous.

Ma voix était rauque, si bien qu'elle dut être perçue comme un grondement dans le silence qui venait de s'instaurer en attendant que l'un de nous commence à tirer, déclenchant ainsi un massacre en bonne et due forme. L'intéressé me jeta un regard inquiet.

- Qu'est-ce que tu racontes ?
- Fais-moi confiance, je te suivrai.
- Tu m'as déjà dit ça.

Je lui mis d'autorité Danny dans les bras.

- Je reviendrai dès que j'en aurai fini ici.

Il me fixait durement.

- DÉPOSEZ VOS ARMES OU CE SERONT VOS CENDRES QUE NOUS RAMÈNERONS AU MAÎTRE ! cria de nouveau le vampire en face alors que les survivants restés dans l'édifice refermaient le cercle en apparaissant derrière nous. VOUS NE POUVEZ PAS VOUS ÉCHAPPER !

L'homme eut un sursaut de recul quand il avisa l'expression sauvage sur mon visage après qu'il eût prononcé cette phrase. En effet, la bête sombre en moi exultait, impatiente de passer à l'action pour prouver à ses ennemis qu'on ne la menaçait pas sans en payer le prix. Enfin, l'hôte que j'étais allait pouvoir lui laisser faire la démonstration de sa noirceur.

Phoenix l'avait bien compris.

- Je ne suis pas sûr que ce soit une bonne idée. Si tu laisses l'obscurité te consumer, tu pourrais tout aussi bien t'y perdre.

Ma bête gronda, mais je la dominais encore et la fis taire pour achever de convaincre mon ange. Sans quitter des yeux les hommes dont notre tergiversation accroissait la nervosité sans pour autant les décider à passer à l'action, je posai ma main sur son bras.

- Angela est en train de mourir, moi pas. Aie confiance, je t'ai dit que je ne te quitterai plus jamais, c'était une promesse.

Il fronça les sourcils, je devinai la nature de son contre-argument.

- Et celle-ci, je compte bien la tenir.

Il scruta mes prunelles à la recherche de la moindre trace de duperie.

- Phoenix ! cria François, à bout de nerfs, les ratés dans les battements de cœur de son épouse faisant craindre le pire à venir.

- On y va, répondit-il, simplement.

C'était tout ce que j'avais besoin d'entendre.

Vengeance ! hurla mon côté obscur en se frottant les mains.

Pour la seconde fois depuis mon réveil, je lui laissai les rênes de mes actions pour accomplir ce pour quoi il était fait.

- À NOUVEAU, BAISSEZ VOS…

Le porte-parole adverse n'eut pas l'occasion de finir sa phrase, il s'embrasa purement et simplement après qu'une boule de feu l'eut atteint de plein fouet. Ce fut le signal pour que Phoenix et François s'en aillent d'ici après que ma télékinésie leur eut ménagé une issue, en écartant violemment tous ceux qui se trouvaient sur leur passage. Ignorant les balles qui ne m'atteignaient de toute façon pas grâce à mon champ de force, je déployai mon ouïe afin d'entendre la voiture démarrer puis accélérer, pour quitter les lieux du drame à venir. Je me doutais bien que mes amis étaient poursuivis, mais pour l'heure, je devais me débarrasser des troupes amassées devant moi.

Dans un premier temps, je m'arrangeai pour que la plupart de ceux qui me visaient avec leurs pistolets ou leurs mitraillettes se voient dépossédés de leur engin, avant que ceux-ci ne se retournent contre eux pour leur administrer un traitement bien trop rapide et pas assez cruel à mon goût. Pour ceux qui tentaient une approche directe, je me contentai de les faire griller en leur lançant boules de feu et jets de flammes qui les transformaient en cendres plus sûrement que s'ils avaient pris un bain dans un fleuve de lave. Toutefois, je n'avais pas le temps de m'amuser, même si l'idée d'exterminer ces hommes un à un pour venger les souffrances de

Danny et Angela me procurait un plaisir intense. Non, mon côté sombre ne pouvait occulter le fait qu'il fallait que je retrouve les gens que j'aimais ; j'avais fait une promesse.

Je sentis une puissance énorme monter en moi, à mesure que se créait autour de mon corps une aura rougeoyante de plus en plus imposante et de plus en plus tourbillonnante. Les derniers vampires alentour ne s'y trompèrent pas et commencèrent à reculer, les plus rapides ayant déjà pris leurs jambes à leurs cous, soit pour se réfugier dans la bâtisse, soit pour tenter de gagner le parc où stationnaient leurs voitures.

- Où croyez-vous aller comme ça ? murmurai-je d'une voix dédoublée, la mienne et celle, rauque et terrifiante, de la bête qui me prêtait toute la force de sa haine.

Lentement, comme hors de moi-même, je m'élevai vers le ciel jusqu'à ce que je puisse embrasser du regard l'ensemble de la structure où mes amis avaient été retenus en otage. Phoenix avait dit lors de nos retrouvailles que j'étais capable de voler et j'en avais la preuve à l'instant, mais je m'en fichais royalement, tout ce qui m'intéressait, c'était de rendre justice contre tous ces barbares désormais lâches si empressés de fuir, apparaissant comme de vulgaires points sur le sol humide. Je fermai les yeux pour concentrer ma puissance et inspirai.

En expirant l'instant suivant, libérant ainsi ma rage le sourire aux lèvres, je n'eus pas besoin d'ouvrir les paupières pour savoir que tout ce qui se trouvait en contrebas était en phase d'anéantissement. Plusieurs explosions retentirent et je ressentis même la chaleur intense qui s'en dégageait depuis mon poste en altitude. C'était délectable…

Je savais bien que j'aurais dû culpabiliser, et je savais bien que mobiliser ainsi mon don, en utilisant ma colère comme Finn me l'avait enseigné, ne ferait que m'entraîner vers l'obscurité. Néanmoins, si Phoenix était parti sans insister davantage pour me dissuader de ce qu'il avait deviné être mes intentions, c'était sans doute parce que si les rôles avaient été inversés et que c'était lui qui avait eu mes capacités, il aurait également mis entre parenthèses sa conscience le temps de faire payer à ces bourreaux leur monstruosité.

Alors je n'eus aucun remords à ouvrir les yeux et constater l'annihilation totale de mes ennemis, à l'exception de cette ordure de Finn. Dire que nous l'avions peut-être croisé sans le savoir !

Peu importait.

Le vertige n'ayant aucune prise sur moi dans l'état où j'étais, je filai à travers les nuages dans la direction que mon amant avait empruntée et parcourus en un temps record la distance qui nous séparait. Mes sens exacerbés par ma transe, je reconnus la voiture en survolant l'autoroute à sa recherche au seul battement de cœur à bord. C'était un soulagement puisqu'il battait encore malgré sa faiblesse, seulement, ce sentiment eut vite fait de laisser de nouveau la place à la colère quand je compris que les deux pick-up qui suivaient la petite *Ford* de mes amis tentaient également de la faire sortir de la route. Je poussai un rugissement bestial, le monde se colora en rouge.

En atterrissant sur le toit de la première voiture, j'enfonçai la carrosserie par la violence de l'impact. Puis, sans laisser le temps à ses passagers de réagir, je plaquai mes mains sur la tôle et carbonisai en une seconde ce qui, dans un incendie ordinaire, aurait dû mettre des heures pour finir en épave calcinée sans plus aucun reste humain identifiable à l'intérieur.

Je m'envolai ensuite pour rejoindre le second pick-up qui faisait de sévères embardées pour m'empêcher de lui faire subir le même sort. Qu'à cela ne tienne ! Je me contentai de pulvériser ses occupants par la pensée en faisant en sorte que leur véhicule devienne leur tombeau. Ils poussèrent tous des cris d'agonie quand leurs os finirent broyés dans ce qui, quand j'en eus terminé, ressemblait plus à une sculpture compressée de César Baldaccini qu'à une voiture.

Satisfaite du résultat (plus personne ne nous suivait), je mobilisai de nouveau ma télékinésie sur moi-même, au mépris du sang qui s'écoulait de mon nez, mes yeux et mes oreilles, pour me faire planer jusqu'à la *Ford* qui n'avait pas décéléré. Le petit moteur qu'elle contenait ainsi que le cœur mourant qu'elle recelait me donnèrent la force d'accomplir un ultime exploit, et pas des moindres, celui de saisir le véhicule par le toit et de le soulever dans les airs pour l'emporter au plus vite vers notre lieu de repli. Étant donné l'heure tardive, je n'avais pas à craindre d'éventuels témoins, le risque le plus élevé étant que mes capacités me lâchent d'un coup et que je nous fasse tous crasher. En effet, je n'entendais plus rien à part le bourdonnement de plus en plus croissant m'indiquant que j'allais bientôt payer tout ce déchaînement de puissance, c'est pourquoi je ne compris pas un traître mot de ce que me hurla Phoenix quand il passa la tête par la vitre ouverte pour me parler et qu'il me vit dégoulinante de sang.

De toute façon, une seule chose comptait pour moi maintenant, sauver Angela, quitte à ce que je me vide de mon fluide vital pour y parvenir.

Arrivés enfin sur le parking de l'ancienne base militaire où nous avions élu domicile, j'eus juste la force de déposer délicatement mon fardeau avant de m'écrouler au sol, mon hémorragie à son seuil critique.

Plein de choses se passèrent alors en même temps.

Phoenix fut à mes côtés un quart de seconde après ma chute, François arracha la portière de la *Ford* pour en extraire une Angela agonisante, et une vingtaine de vampires, Hedayat et Steve en tête, sortirent en courant du complexe arme au poing, sûrement alertés de notre présence par les alarmes et les caméras de surveillance, avant qu'ils ne comprennent qu'ils ne subissaient pas d'attaque.

- AMENEZ-MOI DU SANG ! beugla Phoenix.

- POUSSEZ-VOUS DE MON CHEMIN ! vociféra François en emportant sa femme à l'intérieur.

- PREVENEZ MATTHEW ! m'égosillai-je en tentant de repousser les points noirs qui gênaient ma vision, signe d'un malaise en préparation.

Il dut survenir juste après car en ouvrant les yeux, j'étais dans les bras de Phoenix à avaler malgré moi le sang qu'il me déversait dans la gorge. Je toussai et en recrachai la moitié sur lui.

- Arrête ! grognai-je, écœurée d'être ainsi gavée comme une oie.

- Ferme-la, Sam ou je te jure que t'enfoncerai de force un tube jusque dans l'estomac pour te forcer à boire ce putain de sang !

Je fixai Phoenix, éberluée. Il irradiait à ce point la fureur qu'il aurait tout aussi bien pu embraser la base comme je l'avais fait tout à l'heure s'il avait bénéficié du même don que moi, mais ce n'était pas tant cette aura terrible que son vocabulaire qui me réduisit au silence. Pour qu'il perde à ce point son sang-froid, c'était qu'il avait vraiment eu peur pour moi. Je ne pouvais guère lui en vouloir. Je me laissai donc faire et avalai tout ce qu'il me donnait, recouvrant peu à peu grâce à lui les forces que j'avais perdues.

Ce fut quand je parvins à rester assise sans tourner de l'œil que Matthew arriva, complètement livide.

- Sam ! Qu'est-ce que… ! J'ai vu Angela et… mon père, où…. ?

Ses yeux balayèrent la scène et s'arrêtèrent sur la silhouette d'un homme qu'on venait de mettre sur une civière et de recouvrir d'un drap.

Matthew chancela.

- Non… Non… NON !

Se ruant vers son père, il repoussa les hommes qui s'en chargeaient et tomba sur lui plus qu'il ne s'agenouilla à ses côtés pour vérifier son identité.

Le glapissement désespéré qui lui échappa en voyant l'horrible réalité… Ce fut trop pour moi. Je m'écartai vivement de Phoenix et me mis à vomir une grande partie de ce que j'avais accepté d'ingurgiter. Ce dernier ne fit aucun commentaire et me tint simplement les cheveux pendant que mon corps était agité des derniers soubresauts de mon malaise. Quand j'eus fini, il me demanda si ça allait et je répondis par la positive bien que pensant évidemment le contraire.

Il fit alors quelque chose d'impensable.

- Hedayat !

L'intéressé venait de terminer de distribuer ses ordres et se dirigea vers nous.

- Oui, ange ?

- Porte Sam à l'intérieur et veille personnellement à ce qu'elle reçoive encore du sang.

Je devais avoir les oreilles blessées, j'avais mal entendu. Phoenix, laisser Hedayat me prendre dans ses bras ? Ce dernier aussi paraissait complètement déboussolé par cette requête ubuesque de la part de celui qui l'aurait étripé il y a peu s'il m'avait touchée.

- Je reviendrai après pour la conduire auprès d'Angela et François.

Il partit avant que je puisse lui demander ses intentions et là encore, il me surprit totalement en se dirigeant vers Matthew.

- Je vais t'aider à le transporter dans une salle où tu seras au calme pour le pleurer.

Matthew, dévasté par la mort de son père, considéra tout de même son ancien rival avec étonnement.

- J'appréciais beaucoup ton père. Laisse-moi t'aider.

Une larme unique roulant sur sa joue puis un hochement de tête et Phoenix s'empara du corps de Danny avant de précéder Matthew dans la base. Ils disparurent tous les deux de ma vue assez vite.

- Eh ben…

Hedayat en avait perdu son sens légendaire de la formule. J'eus moi aussi quelques difficultés à reprendre mes esprits, mais la situation imposait de vite revenir sur terre.

- Peu importe ce que dit Phoenix, conduisez-moi auprès d'Angela, Hedayat.

Son air hébété disparut soudainement et il me foudroya du regard.

- Certainement pas. Je ferai ce qu'il a demandé.

- Certes, mais vous pourrez tout aussi bien me donner du sang dans la pièce où j'assisterai François pendant qu'il sauve mon amie.

- Ce n'est pas vous que l'ange étripera s'il ne vous trouve pas là où vous êtes censée l'attendre !

Je levai les yeux au ciel.

- Cessez donc de jouer les poules mouillées ! Phoenix comprendra !

Il me montra les crocs.

- Il *vous* comprendra, mais il *me* le fera payer ensuite !

Quelques bribes de mon ancienne vie avaient depuis quelques temps commencé à remonter à la surface et je me rappelais que j'appréciais Hedayat. Toutefois, ses craintes me tapaient sur les nerfs.

- Écoutez, c'est simple, si vous ne me conduisez pas immédiatement auprès de la sœur que je n'ai jamais eue, je vous jure que je dirai à Phoenix que vous m'avez pelotée !

Mon porteur perse me considéra, outré.

- Vous n'oseriez pas ! Il me tuerait !

Je lui offris un sourire carnassier.

- On parie ?

Ce fut au tour de Hedayat de lever les yeux au ciel. Il murmura même ce que je supposais être un juron en iranien. Toujours est-il qu'il me souleva dans ses bras et m'emporta vers l'entrée de la base souterraine en distribuant de nouveaux ordres au passage, notamment celui de débarrasser la *Ford* des lieux.

En chemin, nous croisâmes Valérie et Ginger, escortées par Steve.

- Oh mon Dieu, Sammy ! s'écria la seconde en se précipitant vers nous. Mais vous êtes couverte de sang ! Et les autres ? Personne ne veut rien nous dire !

J'aurais préféré ne pas tomber sur elles parce que je ne me voyais pas être celle qui leur annoncerait la nouvelle. Je ne savais pas comment l'aborder.

- Steve, emmène tes amies voir Matthew, il va avoir besoin de soutien.

L'initiative de mon porteur me soulagea même s'il n'apportait aucune réponse.

- Quoi ? Du soutien, mais pourquoi ?! C'est Danny, c'est ça ? Samantha !

- Maman, intervint Valérie. S'il s'est passé quelque chose, nous devons être présentes auprès de Matthew pour l'épauler ; Hedayat a raison. Sam a besoin de soins, allons avec Steve.

Une seule personne sur terre était capable de modérer les élans de Ginger Wood : sa fille. Heureusement que lors du coup d'État, elle passait ses vacances d'été chez sa mère et que de fait, elle avait dû tout quitter pour vivre dans la clandestinité avec une bande de vampires hors-la-loi. Sa présence discrète mais apaisante avait été cruciale quand Ginger, un peu comme Danny parfois, partait au quart de tour. Par ailleurs, la main protectrice de Steve sur ses reins quand il leur demanda de l'accompagner laissait supposer que Valérie avait su toucher d'autres cœurs, battants ou non, que ceux de la villa des Appalaches.

Mais pour l'heure, seul un cœur comptait et il était sur le point de s'arrêter de battre.

*

Hedayat s'informa auprès de l'un de ses subordonnés de l'endroit où François s'était installé pour commencer le processus de transformation d'Angela. Il nous indiqua un couloir sur notre gauche et mon porteur nous y dirigea rapidement. Tout au bout, il ouvrit une porte donnant accès à une petite pièce garnie de bancs et d'un autel derrière lequel se dressait la croix du Christ ; la chapelle. François avait-il choisi cet endroit pour donner une chance supplémentaire à son épouse de lui revenir ou n'était-ce qu'une coïncidence ?

De toute façon, toute aide était la bienvenue, qu'elle vienne de Dieu, Léthalée ou peu importe qui ; la situation était désespérée.

François avait installé sa femme sur l'autel et était déjà en train de lui prendre le peu de vie qui lui restait et le voir ainsi, à devoir assassiner celle qu'il aimait le plus au monde pour la faire revenir en tant que créature de la nuit me fit de nouveau avoir un haut-le-cœur. Jusqu'ici, je n'avais jamais osé imaginer ce que Phoenix avait pu éprouver quand il avait dû avoir recours au même traitement pour me sauver après que je me sois égorgée, mais à présent, je savais qu'avec la meilleure volonté du monde, j'en serais de toute façon incapable. C'était trop affreux…

Tout comme les derniers battements de cœur de mon amie sonnèrent affreusement à mes oreilles avant qu'ils ne laissent la place au silence.

- Je vais vous chercher du sang, Sam.

Je n'avais pas compris les mots de Hedayat ni même réalisé son départ après qu'il m'eut déposée sur l'un des bancs, j'étais obnubilée par le spectacle qui se jouait devant moi et auquel je n'arrivais que très difficilement à accorder une certaine réalité. François s'était profondément entaillé l'avant-bras et pressait dessus pour que son sang s'écoule à flots dans la gorge d'Angela.

- Dans combien de temps saurons-nous si ça marche ? dis-je d'une voix blanche.

C'était encore trop tôt, mais je guettais déjà le moindre signe de convulsion ou de déglutition indiquant une quelconque réaction.

- Je pense que mon sang est correctement passé dans son corps. D'ici quelques minutes, son corps s'arc-boutera de lui-même pour combattre la transmutation.

- Et s'il ne se passe rien ?

Je connaissais la réponse, mais il fallait que je l'entende.

- Alors j'aurai perdu ma raison d'être…

La voix de mon mousquetaire s'était brisée au milieu de sa phrase. Il n'avait pas besoin d'expliciter, je savais ce qu'il avait voulu dire.

- François…

Hedayat revint au même moment avec un grand récipient surmonté d'une paille. Rien que l'idée de manger par un moment pareil me donnait la nausée.

- Vous ne les aiderez pas en restant dans cet état, Sam.

Je levai les yeux vers mon ami perse. Son regard d'habitude si confiant et si séducteur était empli de compassion.

- Vous avez raison, soupirai-je en prenant mon dû.

Sans appétit, je me forçai pourtant à boire tout le contenu de mon « assiette », ce qui fut bénéfique vu que mes forces me revinrent petit à petit. Hedayat, satisfait de voir que j'avais terminé comme une bonne fille, prit l'initiative d'aller me chercher une « rincette » et ce ne fut qu'à la fin de cette deuxième dose de sang que sans retrouver une forme olympique, du moins sentis-je que je serais capable de tenir sur mes jambes.

À peine avais-je tenté l'expérience que je me dirigeai vers Angela.

Son mari avait ôté le linge disposé sur l'autel et en avait recouvert son corps quasi nu afin de lui accorder la dignité que ses geôliers lui avaient refusée. Toutefois, son visage atrocement tuméfié ne pouvait nous faire oublier, ne serait-ce qu'une seconde, qu'on l'avait torturée.

François embrassa tendrement son front et sans un mot, s'agenouilla, joignant les mains et fermant les yeux pour prier, devinai-je. Je n'étais pas une fervente chrétienne, mais pour une fois, j'étais vraiment tentée de l'imiter. Angela comptait énormément pour moi au même titre que Danny, Matthew, François et tous mes autres amis, néanmoins, je lui accordais une place spéciale dans mon cœur parce qu'elle était tout ce qu'on peut rêver d'une sœur. Nous n'étions peut-être pas de la même lignée (mon Dieu, heureusement pour elle !), mais nous étions vraiment sur la même longueur d'onde, nos modes de pensée étaient identiques et je savais que je pouvais tout lui dire. Si elle n'avait pas été là, je ne savais même pas où j'en serais aujourd'hui. Combien de fois m'avait-elle réconfortée ? Combien de fois m'avait-elle exhortée à me bouger l'arrière-train pour enfin accomplir mes rêves ? Combien de fois avait-elle su me faire retrouver le sourire quand je pensais que c'était impossible ? Alors qu'elle gisait devant moi, inerte et déjà froide, je n'arrivais tout bonnement pas à me faire à l'idée de sa mort. La perdre était inconcevable.

Je pris sa main dans la mienne et l'amenai vers mes lèvres.

- Je t'en prie, Ang', reviens-nous, murmurai-je en succombant à l'appel de la prière moi aussi.

C'est ainsi que Phoenix nous trouva tous les trois un peu plus tard, Hedayat s'étant éclipsé quand l'un de ses hommes lui avait demandé de régler quelques détails. Ayant contourné l'autel, il alla directement prendre l'autre main de notre amie, mais au lieu d'y déposer un baiser, il la tâta en fronçant les sourcils.

Un mauvais pressentiment m'envahit.

- Cela fait combien de temps que tu lui as donné ton sang, François ?

Je jetai un œil à l'intéressé. Il ne répondait pas et je ne l'avais pas remarqué, mais les jointures de ses phalanges étaient anormalement blanches, comme s'il les serrait de toutes ses forces. Quelque part c'était logique vu la situation… mais son visage…

L'angoisse du mauvais pressentiment se transforma en début de panique.

- Que se passe-t-il ? m'enquis-je auprès de mon compagnon.

L'expression de tristesse infinie et de résignation qu'il affichait déclencha un bourdonnement assourdissant dans mes oreilles.

- Phoenix ? dis-je d'une toute petite voix, en essayant de ne pas prêter attention à François qui venait de se plier silencieusement en deux pour reposer son front contre le sol, son visage livide n'exprimant que la douleur la plus absolue.

- Elle aurait déjà dû réagir au sang de vampire.

Je secouai la tête, repoussant ce qu'il me suggérait.

- Il faut peut-être attendre encore un peu, elle est forte, elle va se réveiller !

J'étais partie dans les aigus sur la fin de ma phrase. Un drôle de bruit, entre le gémissement et le raclement de gorge s'échappa de mon ami à terre.

- Non…

Je suppliais Phoenix du regard afin de le pousser à me révéler une autre vérité que celle qu'il venait d'asséner.

- Je suis désolé, dit-il simplement.

Sous le choc, je reculai jusqu'à sentir le premier banc des fidèles derrière mes genoux tremblants. Je m'y affaissai, totalement muette, mon esprit n'arrivant plus à aligner deux pensées cohérentes.

Ce fut ce moment que choisit Matthew pour entrer.

- François, je viens voir où vous en êtes. Comment va… Angela… ?

Je mis immédiatement de côté ma faiblesse pour rejoindre mon ami. Dans la même soirée, il avait perdu son père et sa confidente dans des circonstances monstrueuses. Jusqu'ici, je ne l'avais pas vraiment soutenu, il fallait que j'y remédie.

Phoenix se chargeait déjà de relever François pour l'emmener hors d'ici, où la mort de cette femme si innocente et si lumineuse rendait l'atmosphère insupportable.

Je rattrapai Matthew juste avant que ses genoux ne touchent le sol et passai un bras sous son épaule pour le faire asseoir. Il était aussi choqué que moi, ce qui le rendait très lourd à porter ; je n'y serais pas parvenue si j'avais encore été humaine. Ce n'est qu'une fois assis qu'il craqua en sanglotant comme un bébé sur mes cuisses.

- Pas elle… pas elle… pas elle…

Je fermai les yeux, incapable de verser la moindre larme et incapable d'affronter ce qu'il me faudrait pourtant bien accepter.

Phoenix parvint à traîner un François apathique hors de la chapelle plus par la force que par ses encouragements.

Je n'entendais plus que les bourdonnements dans mes oreilles et les sanglots étouffés de celui dont je caressais sans y penser les courts cheveux noirs. J'avais l'impression d'être aspirée dans un gouffre, de me sentir chuter, de sentir le vent me fouetter le visage et pourtant, d'être dans l'impossibilité de hurler ma détresse.

- François… il va se suicider…, n'est-ce pas ?

Mes mâchoires se contractèrent, une douleur fulgurante me transperça l'estomac. L'interrogation de Matthew était légitime, il savait comment fonctionnait l'Amour Absolu chez les vampires.

- Oui.

J'eus quelques difficultés à reconnaître le son de ma voix tant elle était rauque. La question de mon ami venait de me faire enfin ouvrir les yeux, dans tous les sens du terme. Angela était morte et François allait la suivre dans l'au-delà parce que pour lui, le monde n'existait que dans le sourire de sa bien-aimée. Il avait fait allusion à cette éventualité tout à l'heure, mais tant que le cœur d'Angela battait encore, j'avais refusé de lui accorder la moindre importance. Ç'avait été une erreur. Il fallait maintenant que j'envisage la perte non plus d'une, mais de deux des personnes qui étaient les plus chères à mon cœur. Allais-je le supporter ?

Allais-je l'accepter ?

À mesure que la vague de fureur pure enflait en moi, je me mis à trembler de tous mes membres au point que Matthew se redressa pour m'observer. Ce qu'il vit le fit sursauter et s'écarter prudemment.

- Sam ! Qu'est-ce qui t'arrive ?

Pour toute réponse, mes yeux virèrent au rouge écarlate au moment où un rugissement de rage retentit dans toute la pièce, se répercutant sur les murs en un écho terrifiant. Matthew se leva d'un bond, hésitant à s'enfuir ou à rester, sachant que dans les deux cas, je pouvais le massacrer si l'envie m'en prenait.

Ce ne fut toutefois pas dans sa chair que mes crocs se plantèrent, mais dans la mienne quand je me mordis sauvagement le bras pour le lacérer complètement et créer ainsi une hémorragie massive que je m'empressai de faire couler dans la gorge d'une femme dont je ne permettrais pas que la mort soit définitive.

- Aide-moi, m'écriai-je violemment quand j'estimai qu'il était temps de passer à l'autre bras.

Matthew, jusqu'ici occupé à rester planter là à me fixer d'un air éberlué, finit par secouer la tête et se précipiter pour tenir la tête de notre amie.

- Mais Phoenix et François… commença-t-il.

- Ont arrêté leur décision d'abandonner sur ce qu'ils pensent de l'ordre du possible et de l'impossible d'après leur expérience de plusieurs siècles. Je ne suis peut-être qu'un bébé dans le monde des vampires, mais je détiens une puissance suffisamment grande pour détruire celle du plus vieux vampire existant. Alors si d'après Léthalée je peux faire ça, je me dis que je peux au moins essayer d'utiliser cette puissance pour autre chose que la destruction. Je vais la sauver, Matthew. Je n'ai pas d'autre choix. Je n'ai pas réussi avec ton père, mais je peux au moins tenter le coup avec elle !

La perplexité et le chagrin disparurent subitement de son visage, remplacés par une détermination inflexible.

- Alors fais-le !

Je me déchirai la peau de mon autre bras encore plus violemment et Matthew s'arrangea pour tenir la bouche d'Angela ouverte afin de récupérer la plus grande partie du fluide vital qui s'échappait de ma blessure. Bien sûr, sans phénomène de déglutition, du sang ressortait de son orifice buccal pour s'écouler sur l'autel, mais cela ne m'inquiétait pas. Phoenix avait bien réussi à me transformer malgré ma gorge tranchée !

Cela me donna une idée.

- Prends le couteau dans ma ceinture et égorge-moi !

- Quoi ?!

Le teint de Matthew, déjà blême, vira au gris. Je grognai et me servis de ma télékinésie pour lui envoyer directement l'arme dans la main.

- C'est comme ça que j'ai sauvé Phoenix quand Bruce Abard lui a tiré dessus. Il faut un afflux de sang plus important encore ! Fais-le, je te dis, on n'a pas beaucoup de temps et mes bras sont trop mal en point pour que je le fasse moi-même !

Trop sonné par ma demande, mon aide de camp s'était transformé en statue.

- Matthew !

Il manqua faire un bond quand je criai son prénom, mais c'était un homme courageux et surtout, il croyait en moi. Je ne m'étonnai donc pas de l'étincelle farouche qui brilla dans ses yeux noisette quand sans crier gare, il fit un large mouvement circulaire avec sa main droite.

Je ressentis une vive brûlure, mais rien de désagréable. Ce qui était plus inquiétant, c'était la quantité de sang qui sortait à torrent de mon cou pour se déverser furieusement sur le visage d'Angela.

- Allez, Angela ! Reviens-nous ! Tu peux y arriver. Pour François ! s'écria Matthew.

Des points noirs dansaient devant mes yeux, mais je m'en fichais. Je ne savais pas si mon sang serait suffisant pour que mon amie se réveille d'entre les morts alors je voulais mettre toutes les chances de mon côté.

« *Donne-moi ta force* ». Les paroles d'Ysis dans le silo à missiles me revinrent en mémoire. Sans avoir aucune idée de l'efficacité de ce que je m'apprêtais à faire, je me concentrai et fouillai en moi à la recherche du cœur de mon pouvoir. Dans le même temps, j'invoquai le souvenir de ma meilleure amie, repensant à nos fous-rires, à nos confidences et à notre entraide. Je laissai couler dans tous mes membres l'affection que je lui portais comme pour m'en draper tout entière. En d'autres occasions, la colère avait été plus qu'utile pour atteindre ma puissance à des degrés extraordinaires, mais mon instinct me soufflait que là, ce n'était pas le bon déclencheur.

Quelques secondes s'écoulèrent... L'odeur de sang humain, frais et entêtant, me chatouilla les narines et c'est seulement quand j'entendis... :

- Sam, bois ou tu vas y rester toi aussi.

... que je compris que je commençais à me détacher du monde conscient au point d'en oublier la présence de mon ami.

Il avait raison. Je ne pourrais pas continuer sans avoir repris quelques forces.

J'ouvris les yeux et dus me concentrer pour que ma vision s'éclaircisse.

- Crie pour me dire d'arrêter, croassai-je, mes cordes vocales abîmées mais non sectionnées.

- Prends ce qu'il te faut.

Il me tendit son bras, déjà bien entaillé. Le fumet délicat qui s'en échappait balaya mes scrupules et je me jetai dessus. Bien qu'il retint son hurlement, il eut d'abord le réflexe de retirer son bras mais se reprit vite et cessa toute résistance. L'entraînement à la douleur qu'il avait eu dans les Appalaches avait porté ses fruits.

En tout cas, son calme me permit de retrouver ma concentration, et son sang, à ma gorge et mes bras de retrouver rapidement, si ce n'était une apparence normale, au moins une consistance musculaire suffisamment importante pour arrêter les saignements. Sans cesser d'aspirer, je me recentrai donc sur moi pour retrouver le centre de ma puissance et l'exhorter à faire quelque chose pour mon amie.

Quelques secondes plus tard, une étrange sensation me prit, comme si une force s'écoulait en et hors de moi.

- Mon Dieu... Sam...

Je lâchai Matthew immédiatement, pensant qu'il arrivait à ses limites, et ouvris les yeux. Je hoquetai de stupeur en constatant l'aura rougeâtre qui m'enveloppait comme un cocon, et qui, suivant la direction de la main que j'avais posée sur l'épaule d'Angela, l'enveloppait également.

- C'est… quoi ? se risqua Matthew, ignorant complètement la blessure bien visible que je lui avais infligée.

- Je ne sais pas.

L'aura rougeâtre se mit à grésiller puis disparut aussi vite qu'elle était apparue.

- Qu'est-ce que…

Matthew n'eut pas le temps de terminer son interrogation. Le corps d'Angela se contracta tout à coup si fort qu'elle se redressa quasiment en position assise avant de retomber lourdement sur le bois dur et d'entrer dans une série de convulsions de plus en plus violentes.

- Aide-moi à la maintenir ! m'écriai-je, comme je m'étais jetée sur elle, à moitié couchée sur ses jambes pour l'empêcher de rouler au sol.

Malheureusement, la force avec laquelle elle ruait était presque égale à la mienne, d'autant que je n'avais pas encore complètement récupéré de mes multiples hémorragies.

- Qu'est-ce que tu crois que je fais ?!

Je risquai un œil vers Matthew et me trouvai bête en constatant qu'il était déjà à l'œuvre et qu'une pellicule de sueur s'était formée sur son front sous l'effort.

- On va avoir besoin d'aide ! Je ne vais pas tenir bien longtemps !

Effectivement, un rugissement de fauve enragé me vrilla les tympans en même temps qu'il résonnait jusque dans la moelle de mes os juste avant que je ne me retrouve catapultée dans les airs et que je ne m'écrase sur une rangée de bancs que je pulvérisai au passage.

Je ne perdis pas de temps à faire état de mes égratignures bénignes et me relevai plutôt, inquiète :

- Matthew ! m'écriai-je pour couvrir les grondements infernaux s'échappant de la furie qui se débattait encore sur l'autel alors qu'elle n'était même pas consciente de ses gestes.

- Je suis là ! Je vais bien.

Son nez était tordu et aurait besoin d'être remis dans le bon angle, mais à part ça, il semblait ne pas être blessé. Sonnés tous les deux, nous titubâmes plus que nous courûmes vers Angela pour tenter de la maintenir en place.

Nous inversâmes les rôles ; Matthew se chargeait des jambes tandis que je concentrais tous mes efforts sur ses épaules, mais je compris vite que la tâche serait trop ardue pour nous deux lorsque mon ami roula une nouvelle fois au sol après un coup de pied dans le ventre qui lui coupa le souffle. J'allais lui dire d'aller chercher de l'aide quand les portes de la chapelle s'ouvrirent brutalement et que tous ceux qui venaient de s'y précipiter, François et Phoenix en tête, couteaux et pistolets en main, freinèrent des quatre fers en réalisant ce qu'ils avaient sous les yeux.

- Mais ne restez pas plantés là ! vociférai-je, à bout de forces. Venez m'aider, nom d'un chien !

François courut si vite que son déplacement éclair, même pour ma vision affûtée, fut quasiment invisible, et il se plaça là où était Matthew pour tenir les jambes de sa femme, laquelle recommençait à ruer dans les brancards en rugissant comme une lionne prise de folie meurtrière.

- Des chaînes ! Allez chercher des chaînes en argent ! criai-je en reculant, le nez en sang après avoir reçu un coup de boule à vous fendre le crâne.

Je manquai la marche de l'estrade où nous étions et partis à la renverse, mais heureusement, j'atterris dans des bras puissants, que je n'eus pas besoin d'identifier.

- Sam, mais dans quel état tu…

- Pose-moi et va aider François !

Ce n'était pas le moment de se lancer dans des explications interminables, François avait plus besoin de Phoenix que moi.

Heureusement, celui-ci n'insista pas et sauta carrément sur Angela pour l'empêcher, difficilement, de bouger. Comme je ne pouvais rien faire de plus en attendant les chaînes en argent, j'allai voir Matthew qui était allongé sur un banc, la peau de son visage ayant adopté cette fois-ci des teintes verdâtres. Valérie était à ses côtés.

- Je venais vous voir quand a retenti ce bruit terrible. Ça a fait sursauter tout le monde et on a cru que vous étiez attaqués. Phoenix et François sont passés devant en trombe. Je suis restée en arrière et puis Steve est ressorti en courant pour aller chercher quelque chose. Il était livide alors je n'ai pas réfléchi, je suis rentrée...

- Tu n'as pas besoin de te justifier, Valérie. Merci de t'occuper de Matthew. Comment va-t-il ?

- Je vais bien, croassa-t-il. Ne faites pas comme si je n'étais pas là.

- Désolée, dit Valérie. Mais tu ne vas pas bien.

Un grondement assourdissant nous fit hoqueter de stupeur et en me retournant, je vis François voler contre le mur derrière lui et Phoenix manquer être désarçonné. Hedayat se jeta à son tour dans la mêlée et écrasa de tout son poids le bas du corps de mon amie en attendant que son époux, sonné, revienne lui prêter main forte.

- Laisse-moi une place, Valérie.

Elle se décala pour que je puisse me positionner à la hauteur du visage de Matthew. Dans le même temps, je me mordis à nouveau le bras droit, dont l'aspect était encore à faire peur.

- Bois mon sang, ordonnai-je à Matthew en m'asseyant.

- Hors de question. Tu en as déjà perdu beaucoup trop. En plus, Phoenix m'étripera s'il apprend qu'on a fait un échange de sang.

- Cesse de faire ta tête de pioche et bois ! Ça n'a rien à voir avec un échange de sang. Tu préfères qu'il apprenne que je me suis vidée par terre pour rien ?

Matthew glissa un œil vers son ancien rival et je l'imitai juste à temps pour voir celui-ci rugir furieusement en plaquant le buste d'Angela sur l'autel comme elle tentait une nouvelle fois de se débarrasser de lui.

- Bon d'accord.

Il accepta le bras que je lui tendis et bus mon sang pendant quelques secondes. L'avantage avec mes origines douteuses, c'était la puissance que je recelais en moi. Si j'avais pu réveiller une morte quand tous les espoirs s'étaient éteints, ce n'était pas un petit nez cassé et quelques organes internes abîmés qui allaient poser problème. Effectivement, quand Matthew me libéra, son visage redevenu parfait n'exprimait que l'hébétude après un repas gargantuesque assorti de champignons hallucinogènes.

Steve arriva dans la foulée avec une masse de chaînes impressionnante et les donna à Phoenix, Hedayat et François pour qu'ils en recouvrent le corps d'Angela.

- Valérie, si tu pouvais demander à ton prétendant de m'amener une pochette de sang frais avant que je ne tourne de l'œil, tu serais très aimable.

Elle rosit, j'en étais à peu près certaine, mais mes sens me jouaient des tours puisque le monde commençait à tournoyer et que je voyais tout en double.

- J'y vais.

- Merci.

Comme Matthew s'était finalement assis sans cesser d'arborer cette expression légèrement abrutie sur le visage, je m'allongeai, la tête sur ses genoux et fermai les yeux.

Avec un peu de chance, je n'allais pas m'évanouir ; avec un peu de chance, les hommes de ma vie finiraient par parvenir à enchaîner Angela sans se prendre trop de coups de pieds ; avec un peu de chance, cette nuit s'achèverait si ce n'est bien, peut-être un peu mieux que ce qu'elle avait commencé…

*

J'avais dû en fait m'endormir du sommeil du nouveau-né car quand je m'éveillai, l'esprit encore embrumé, je constatai que j'étais toujours dans la chapelle, mais plus la tête sur les genoux de Matthew. Non.

J'étais installée confortablement sur les genoux de Phoenix, ma tête reposant contre son épaule, ses bras autour de mon corps pour me maintenir contre la chaleur du sien. J'étais propre, on m'avait lavée, et je portais un jean, un pull et des mocassins que je ne me rappelais pas avoir enfilés. Ce n'était pas vraiment ce à quoi je m'attendais en guise de réveil, mais j'appréciais.

Je déposai un baiser léger dans son cou pour lui signaler mon retour conscient et lui aurais bien susurré un gentil « Bonjour » à l'oreille, mais je ne pus mettre mon projet à exécution vu que ma tête bascula brusquement en arrière et que j'eus juste le temps de voir celle de Phoenix, dont les yeux luminescents irradiaient une émotion aussi étrange qu'intense, avant de me retrouver prisonnière de sa bouche avide sur la mienne, comme sa langue s'y glissait pour me faire de nouveau voyager dans l'oubli.

Je répondais tant et si bien à son baiser que l'odeur du sang perlant à travers de petites coupures me parvint après que j'eus planté mes ongles à l'arrière du crâne de mon compagnon pour le revendiquer comme ma propriété exclusive. Loin de calmer mes cellules en ébullition, cela eut pour effet de les enflammer au point que je laissai échapper un grondement primaire d'intense excitation qui eut pour réponse un grondement identique, suivi d'une main se glissant sous mon pull.

- Hum Hum…

Je frôlai l'apoplexie en entendant ce raclement de gorge et surtout en me remémorant pourquoi j'étais ici.

Angela gisait toujours sur l'autel, entièrement recouverte de chaînes visibles sous la grosse couverture qu'on y avait superposée, et qui semblaient avoir avec succès limité ses mouvements. Elle ne bougeait plus.

Elle ne bougeait plus…

Je me levai brutalement, complètement paniquée, et enjambais le banc devant moi pour aller la rejoindre quand je fus tirée en arrière pour un retour à la case départ.

- Du calme, mon amour. Pour l'instant, tout est sous contrôle.

Je me retournai vivement et regardai autour de moi, hagarde, les visages épuisés mais emplis de fierté qui me contemplaient. Ils étaient tous là : Phoenix, François, Talanus et Ysis, Valérie, Ginger, Matthew… Une boule se forma dans ma gorge en réalisant qu'il manquait une personne à notre assemblée. Danny nous avait quittés pour toujours et son absence se ferait cruellement sentir pendant longtemps, tant son âme juste avait été un baume sur l'ensemble des nôtres.

- Combien de temps ai-je dormi ? Qu'est-ce qui s'est passé ?

Ce fut François qui prit la parole en venant s'agenouiller devant moi.

- Tu as dormi tout le jour, il ne fait nuit que depuis quelques heures. Tu as perdu beaucoup de sang, ce qui explique que tu ne te sois pas réveillée au crépuscule. (Il me prit les mains, ses yeux étaient zébrés d'éclairs jaunes). Ce que tu as fait…

Sa voix se brisa et je doutai qu'il finisse sa phrase. Il me prit donc au dépourvu en m'attirant violemment contre lui pour me serrer de toutes ses forces.

Je crus que je me mettais à trembler jusqu'à ce que je me rende compte que ça ne venait pas de moi.

- Si elle survit, ce sera uniquement grâce à toi. Je te dois tout.

Aussi gênée qu'émue, je ne sus que lui tapoter le dos.

- Où en est-elle ? Elle ne bouge plus, j'ai eu peur que…

- C'est la deuxième étape après les convulsions. Elle va rester immobile jusqu'à ce que…

Il se raidit et m'écarta doucement.

- Jusqu'à ce que ?

- Jusqu'à ce que ses cellules entrent en mutation. Là, la douleur la submergera comme ce fut le cas pour toi et pour nous tous.

Je frémis. Dans le brouillard de ma mémoire enfin déverrouillée, je ne me souvenais que trop bien de l'horrible souffrance que j'avais éprouvée quand j'avais été transformée. C'était un des souvenirs les plus nets qui m'étaient revenus d'ailleurs, comme si aucun pouvoir sur Terre n'était capable d'effacer ça.

- Je comprends. Mais... la façon dont elle s'est débattue... Est-ce normal ?

Quelque part, je connaissais déjà la réponse à cette question. Je ne fus pas déçue.

Je vis François échanger un regard avec Phoenix, lequel arborait une expression assez sombre. Il prit la parole :

- Non, Sam. Tu as ressuscité Angela alors que le sang de François n'avait fait aucun effet et qu'on croyait tous l'avoir perdue pour toujours ; c'est une première je crois. Quant à ses convulsions, je ne crois pas avoir jamais vu ça... Sauf pour une personne.

Un frisson me parcourut le dos. Ma mémoire ne m'était pas entièrement revenue, loin de là, mais je me doutais qu'on n'avait jamais pris le temps de parler de cet épisode tous les deux ; trop douloureux.

- Jusqu'à quel point cela va-t-il l'affecter ?

Il haussa les épaules.

- Je n'en sais rien. Matthew a dit que vous étiez enveloppées dans une aura de pouvoir ?

J'acquiesçai.

- Alors on ne saura ce qu'il en est que lorsqu'elle se réveillera.

Il se tut, mais je devinai qu'il avait préféré écourter sa phrase en omettant le « si elle se réveille ». La transformation en vampire était un processus long et dangereux, dont l'issue n'était jamais assurée à l'avance.

François me prit la main.

- Peu importe, Sam. Ce qui compte c'est qu'elle soit saine et sauve. Pour le reste, nous verrons bien.

Je lui offris un maigre sourire et me tournai du côté de mes autres amis.

- Matthew ?

Ses traits tirés par le chagrin me comprimèrent le cœur. Il avait l'air d'avoir récupéré sur le plan physique mais moralement, c'était une autre affaire.

- Ne t'inquiète pas, Sam. Je vais mieux, également grâce à toi, et savoir qu'Angela a une chance de s'en sortir me réconforte.

Valérie, assise à côté de lui tout comme Ginger dont l'affliction profonde se lisait facilement sur son visage, lui prit la main et la serra. Matthew avait perdu son père adoptif, l'homme qui lui avait tout appris, et cette épreuve serait terrible à surmonter compte-tenu des liens qui les unissaient tous les deux, mais au moins, ses amis étaient là pour lui. Il ne serait jamais seul.

- Où est Blodwyn ? demandai-je à Talanus et Ysis, restés un peu plus en retrait par rapport au reste du groupe.

- Elle continue de superviser la transformation de cette base en quartier général avec Hedayat et a déjà repris contact avec les autres cellules de résistance pour les informer que Finn n'a pas réussi à nous attraper.

Je n'aimais pas cette femme-enfant tyrannique, mais je devais reconnaître qu'elle savait prendre les choses en main dans les situations critiques. De toute façon, je n'aurais pas voulu l'avoir au chevet d'Angela si c'était pour l'entendre dire que j'avais créé un monstre à mon image. D'un autre côté, on n'avait aucune idée du vampire qu'elle deviendrait…

Je frémis une nouvelle fois et balayai cette crainte de mes pensées. Ce n'était même pas sûr que ce soit moi qui serais considérée comme la « créatrice » d'Angela ; après tout, elle avait bu le sang de François en premier.

Je fis part de cette observation aux gens qui m'entouraient.

- C'est effectivement une interrogation d'importance, déclara Ysis, pour autant, cela ne sert à rien de spéculer sur quelque chose d'inédit. Il va falloir attendre que l'épouse de François reprenne conscience comme l'une des nôtres. Là, nous saurons à qui va son allégeance et également s'il est nécessaire de la mettre à l'écart des humains.

Je déglutis. La soif de sang du nouveau-né ne m'avait pas un instant effleuré l'esprit. Peut-être que finalement Blodwyn aurait raison ; la nouvelle Angela pourrait s'avérer être un monstre, du moins pour un siècle…

Je me repositionnai confortablement contre Phoenix en soupirant. Ils avaient raison. Cela ne servait à rien de s'agiter de corps et d'esprit pour le moment, il fallait « simplement » patienter… Ce que nous fîmes encore trois heures…

Jusqu'à ce que le premier hurlement nous fasse tous bondir sur nos sièges…

François se précipita près d'Angela pour lui murmurer des phrases d'encouragements et d'autres plus intimes, mais même avec la meilleure volonté du monde, je n'aurais jamais pu comprendre un traître mot de ce qu'il disait. Les cris étaient trop affreux.

J'avais l'impression que mes organes étaient descendus dans mes chevilles, et tout en moi me hurlait de fuir ce lieu de désespoir.

Angela se débattait si fort en même temps qu'elle poussait des cris tellement déchirants ! Je ne savais pas si en Enfer les âmes damnées persécutées par les hordes du Diable hurlaient aussi forts que ça. Aucune pause, ne serait-ce que pour prendre sa respiration, aucun signe d'amélioration, juste une agonie effroyable qui me glaçait jusqu'aux os.

Dix minutes plus tard, Ginger rendit les armes et s'évanouissait, rattrapée de justesse par Matthew avant qu'elle ne s'effondre sur le banc. Valérie et lui, blêmes comme la mort, s'excusèrent rapidement en quittant les lieux pour installer la doyenne humaine à l'écart dans une autre pièce du complexe.

J'aurais voulu être plus courageuse pour honorer mon amie, surtout qu'elle l'avait été pour moi, mais je ne rêvais que d'une chose, suivre Ginger à l'extérieur de la chapelle et me couper des hurlements qui me rappelaient trop les miens quand j'avais vécu la même situation.

Je devais rester... mais mon courage s'arrêtait là.

Je plaquai mes mains sur mes oreilles et me retournai vers Phoenix pour enfouir mon visage dans son cou. Ses bras se refermèrent automatiquement sur mes épaules et il me serra contre lui, toutefois, j'avais beau respirer son odeur rassurante, et me blottir contre lui, les sons terribles qui me parvenaient encore de derrière moi me firent trembler des pieds à la tête.

- Si tu veux, on peut sortir, me proposa mon compagnon, conscient de mon trouble.

- Non ! Je dois être là. Pour elle.

Il déposa un doux baiser sur le haut de mon crâne.

- Je n'ose pas imaginer ce que ça a dû être pour toi.

Ses muscles se contractèrent et il me serra davantage contre lui.

- Fais comme moi, essaie de ne pas y penser.

- Mais comment fais-tu ?

Il me força à le regarder.

- Comme ça.

Il se pencha et m'embrassa tendrement. Ce n'était pas du tout le moment pour ça, mais entre un baiser de l'homme de ma vie et le spectacle atroce de ma meilleure amie en train de subir les pires tortures imaginables, le choix était vite fait et je m'abandonnai entre ses bras. L'espace d'un instant, je parvins même à faire abstraction du bruit ambiant... l'espace d'un instant...

Comme il n'y avait rien que nous puissions faire, nous nous réinstallâmes en silence sur notre banc, observant François tenir la main de sa bien-aimée pendant qu'elle se débattait avec ses propres démons, lesquels la rongeaient petit à petit de l'intérieur sans qu'aucun remède ne puisse soulager sa souffrance.

Cela dura trois longues nuits et trois longs jours où nous ne quittâmes la chapelle que pour nous doucher et nous changer. Assister à ce supplice était horrible, et ce malgré la disparition de toutes ses blessures physiques : Angela avait retrouvé son visage d'ange, seulement, celui-ci était trop déformé par la souffrance pour que ça soit une consolation.

Matthew venait le plus souvent possible mais Ginger, Valérie et lui s'occupaient d'organiser les funérailles de Danny qui eurent lieu après le troisième crépuscule. Nous nous étions tous réunis hors de la base pour l'enterrer dignement, dans un petit coin d'herbe sous un grand aulne. La cérémonie, simple et rapide, fut néanmoins très émouvante et je tins la main de Matthew tout du long. Il ne devait pas sentir qu'il m'écrasait les phalanges au point qu'il me les aurait sûrement broyées si j'avais été humaine, mais comme je ne l'étais plus, cela m'était égal. Il fallait juste que je fasse attention à ne pas broyer les siennes tant j'étais envahie par la tristesse. Un membre de notre famille nous avait quittés et il allait falloir que nous supportions cette absence, une nouvelle fois... parce que c'était ce que nous étions, une famille... et parce que la première fois, c'était ma disparition qu'ils avaient dû accepter.

Le souvenir du jour de ma rencontre avec Danny s'imposa doucement à mon esprit tandis que le cercueil était progressivement recouvert de terre et mon cœur se serra quand je revis son visage se fendre de ce sourire si jovial et si accueillant qui faisait de lui l'âme de cette chère Scarborough. Y retournerions-nous jamais ? Et si la prophétie de Léthalée se réalisait, comment revenir y vivre et tenter d'y être heureux en sachant que sans Danny, plus rien ne serait comme avant ?

Un sanglot se fraya un chemin hors de moi. Immédiatement, je fus attirée contre le torse musclé de mon ami, lequel me serrait de toutes ses forces. Je passai mes bras autour de lui pour lui rendre son étreinte. Il pleurait en silence, seules ses larmes chaudes coulant parfois sur ma peau le trahissant.

- Je serai toujours là pour toi, murmurai-je si bas que je doutai que les vampires autour de nous m'aient entendue.

Son emprise se fit plus forte et il enfouit son visage dans mon cou.

- Merci, souffla-t-il de la même manière.

À mon réveil de mon coma forcé, je n'avais plus aucun souvenir. Tout semblait avoir été perdu dans le néant, cependant, James avait, je ne sais comment, fait en sorte qu'en retrouvant Phoenix, mon véritable amour, et qu'en m'unissant à nouveau à lui, mes souvenirs affluent petit à petit pour me permettre de me reconstruire et ainsi accomplir ma destinée. Le processus était long et je n'avais pas encore retrouvé la mémoire de tout ce qui faisait ma vie d'avant (loin de là) mais comme l'amitié d'Angela, celle de Matthew fut l'une des choses qui était revenue le plus facilement, s'accompagnant d'autres révélations embarrassantes, mais qui expliquaient pourquoi depuis mon retour à la villa, ce dernier m'observait de temps en temps avec un regard chargé de regret. Je m'en étais ouverte à Angela un soir et c'est elle qui s'était chargée de m'expliquer la passion non réciproque qu'il nourrissait à mon égard. Je m'étais sentie gênée parce que je respectais Matthew et que ce ne devait pas être facile de vivre en permanence avec la femme que vous aimez alors que celle-ci n'a d'yeux que pour un autre. Angela m'avait rassurée en me disant que notre ami commun avait fini par accepter la situation, se réjouissant même pour Phoenix de m'avoir retrouvée après l'avoir vu vivre l'enfer absolu quand il m'avait crue morte.

Les choses étaient donc claires : j'aimais Phoenix et Matthew, mais chacun de manière différente. Mon cœur appartenait au premier, le second savait qu'en tant qu'amie, je ferais n'importe quoi pour lui venir en aide.

Ce jour-là, il s'agissait simplement de le serrer dans mes bras et de l'encourager à être fort pour surmonter cette terrible épreuve.

C'est donc ensemble que nous regagnâmes l'intérieur du complexe et qu'à sa demande, au lieu de retrouver nos camarades pour rendre hommage à Danny lors d'un repas de funérailles, nous retournâmes dans la chapelle, autant pour qu'il puisse s'y recueillir que pour veiller sur sa meilleure amie depuis le jardin d'enfants.

De son côté, François priait lui aussi, agenouillé devant l'autel où reposait toujours sa femme, qu'on avait habillée et à qui on avait ôté les plus grosses couches de chaînes depuis qu'elle avait cessé de hurler et de se débattre. À la place, on lui avait refermé des entraves sur les chevilles et les poignets, reliées à des piquets fermement plantés dans le sol par des chaînes en argent ultra-épaisses.

Bien qu'il nous avait entendus entrer, il ne bougea pas ni ne nous salua. Je n'en conçus aucune amertume et me dirigeai plutôt vers lui pour m'arrêter à ses côtés et poser simplement une main sur son épaule en guise de soutien. Sans que nous nous soyons concertés, Phoenix arriva et se plaça debout près de son ami.

Notre famille avait besoin que nous soyons tous solidaires et notre devoir était de préserver celle-ci. Nous devions être unis pour sauver ceux qui restaient, nous devions être unis parce que ces liens d'amour et d'amitié étaient ce qui nous différenciait de ce monde froid et violent que Finn avait instauré, celui-là même qui finirait par causer sa perte, j'en étais convaincue. En attendant que ce jour vienne, nous devions prendre soin les uns des autres…

En attendant que ce jour vienne, il allait falloir que nous guidions les premiers pas nocturnes de la femme devant moi qui ouvrit les yeux subitement pour nous laisser entrevoir un regard où l'affolement lié à sa situation ne concurrençait que très difficilement une détresse abyssale lisible dans chaque éclair lumineux traversant ses prunelles bleutées ayant perdu, pour toujours craignis-je, l'azur éclatant du désir de vivre…

*

Je me crispai si fort tout à coup que sans le vouloir, je broyai l'épaule de François. Il se tourna d'abord vers moi, mais en suivant mon regard, il bondit sur ses pieds et s'écria :

- Angela !

Un bruit de cavalcade nous parvint aussitôt de derrière nous et en trois secondes, Matthew nous avait rejoints.

- Angela ! s'exclama-t-il, un gros sanglot rendant incompréhensible la dernière syllabe du prénom.

Le bras puissant de Phoenix lui barra pourtant le chemin pour l'empêcher de venir trop près, l'incitant plutôt à garder ses distances. Un peu dérouté d'abord, Matthew hocha la tête en signe de compréhension. Un cœur battant et des veines palpitantes sous le nez d'un nouveau-né, ce n'était pas la meilleure des idées.

L'intéressée avait d'ailleurs commencé à se débattre à peine sortie de l'inconscience afin de se débarrasser de ses entraves, mais elle stoppa net en entendant son prénom pour la deuxième fois et se mit à nous observer chacun notre tour, s'arrêtant finalement sur le visage de celui qui était le plus proche. Ses sourcils se froncèrent tandis qu'elle le scrutait intensément, puis, ce fut comme si une digue venait de céder dans son esprit, libérant ses souvenirs :

- François ?

Ses traits se tordirent par le flot d'émotions contrastées, mais son geste hésitant de vouloir saisir ce dernier avait été correctement interprété. La bouche de François pris possession de la sienne avec une ardeur et une sauvagerie assez surprenante pour quelqu'un d'aussi doux et policé, et elle répondit à son baiser avec autant de brusquerie si ce n'est plus en l'écrasant contre elle, au point que Matthew et moi échangeâmes un regard quelque peu embarrassé d'assister comme des voyeurs à un tel spectacle. Phoenix n'avait pas l'air gêné le moins du monde et se contentait d'attendre, parfaitement neutre, que les démonstrations d'affection aient cessé.

De mon côté, je mis un point d'honneur à regarder mes chaussures.

J'en étais à compter le nombre de lanières sur les pompons de mes mocassins quand ils finirent par se séparer.

- François… J'ai cru ne jamais…

Angela n'acheva pas sa phrase et éclata en sanglots. Je sentis mes pupilles devenir rouges sous l'effet de ma colère.

- Chut, mon adorée… Tu es en sécurité, plus personne ne peut te faire de mal.

François préféra dissimuler la montée de sa propre fureur, visible dans la lueur mortelle illuminant ses prunelles, en embrassant une nouvelle fois son épouse.

Quand il se redressa, Angela sembla enfin vraiment se rendre compte de ce que les chaînes qui l'emprisonnaient impliquaient.

- Mais… Non… et… Mon Dieu… où est Danny ?!

Mon cœur se fendit. C'était typique de l'ancienne Angela de s'enquérir d'abord de la santé des autres avant de se pencher sur la sienne. Peut-être que finalement, mon sang ne la transformerait pas en monstre.

Enfin…

Cet espoir fut vite balayé quand elle regarda avidement autour d'elle pour trouver celui qu'elle cherchait et que, par dépit, son attention se reporta plus précisément sur Matthew.

- GROOOOOOAAAAAARRRR !!!!!!

Dès que son moi vampirique avait été activé quand elle avait pris conscience des choses, il avait dû renifler l'odeur musquée et entêtante de la proie que constituait son meilleur ami. À partir de là, c'en fut fini de la gentille biche effarouchée, elle avait laissé définitivement la place au prédateur absolu, celui contre lequel un lion ou même un grand requin blanc n'avait aucune chance, en cas de combat, d'en sortir victorieux.

De fait, elle tenta littéralement de se jeter sur lui, tous crocs dehors, prête à le vider de son sang en quelques instants. Les chaînes l'empêchaient de l'atteindre, mais elle ne cessait de vouloir s'en dégager, sans jamais perdre une seconde de vue l'objet de sa mortelle convoitise.

- ANGELA ! cria François pour couvrir ses grondements de fauve tout en lui attrapant les poignets. ARRÊTE ! JE T'ORDONNE DE TE CALMER !

Quelque chose la déconcentra puisqu'elle secoua vivement la tête comme pour se reprendre, puis, elle revint aussitôt à la charge.

- ANGELA !

Elle se prit la tête entre les mains cette fois-ci, comme en proie à une vive douleur, mais au lieu d'obéir, elle envoya plutôt son poing en plein dans la figure de son époux, lequel partit à la renverse.

Mon instinct me fit réagir spontanément.

En une fraction de seconde, je me retrouvai nez à nez avec elle, la clouant de mon regard écarlate, lui dévoilant par mes lèvres retroussées la pointe acérée de mes canines.

- Il est hors de question que tu touches à un cheveu de Matthew ni à quiconque ici. Tu vas te calmer et tout de suite.

J'avais parlé simplement, calmement, mais l'autorité perçant dans ma voix et émanant de tous les pores de ma peau, je le sentais, était incontestable.

L'effet fut immédiat.

- Oh mon Dieu… mais qu'est-ce que j'ai fait ?! Sam ?

Elle s'écroula dans mes bras en pleurs et je la réceptionnai tant bien que mal. C'était si bon de la retrouver !

- Tout va bien, Angela. Tu es un nouveau-né, il va te falloir apprendre à te contrôler. François sera un excellent professeur…

- Je ne crois pas, non.

Nous tournâmes la tête de concert vers l'origine de cette opinion négative, à savoir Phoenix. François s'était relevé et restait étrangement en retrait.

- Matthew, approche-toi de moi, dit le premier, son regard azuré braqué impitoyablement sur nous.

- C'est une plaisanterie ?! répliquai-je sèchement, sentant Angela se raidir immédiatement entre mes bras, à l'évocation de son ami ou bien de l'humain qu'elle aurait bien voulu égorger pour le boire complètement.

Matthew s'était instinctivement reculé quand la gentille libraire qu'il avait toujours connue s'était subitement transformée en fauve essayant de le dévorer, alors sa voix me parvint de l'autre bout de la pièce.

- Il vaut peut-être mieux que je reste à l'écart.

Le grondement bas qui émana de mon amie m'assura qu'effectivement, c'était une bonne idée.

- N'aie pas peur, elle ne te fera rien.

- Tu étais sur quelle planète quand elle a essayé de me sauter dessus ?!

Phoenix leva les yeux au ciel, je lui adressai un regard d'avertissement qui lui fit hausser les épaules.

- Les chaînes en argent l'ont retenue et au besoin, nous sommes là pour l'empêcher de te faire du mal.

Un grognement plus sonore cette fois fut dirigé vers Phoenix. Angela n'appréciait pas la façon dont il parlait de la maîtriser ; moi je n'appréciais pas sa façon de le regarder comme si elle allait le découper en morceau. Le feulement d'avertissement que je lui envoyai fut on ne peut plus clair. Elle me dévisagea, surprise, puis se renfrogna en silence.

- Matthew, s'il-te-plaît, fais ce que te dit Phoenix.

Ce fut à mon tour d'être surprise par l'intervention de François et sa façon toute scientifique de nous observer, sa femme et moi.

- Très bien, mais je décline toute responsabilité.

Les dix premiers pas n'eurent aucune conséquence notable, Angela scrutait les moindres mouvements de Matthew avec un œil acéré, mais sans plus. Les dix suivants déclenchèrent chez elle de nouveaux tremblements et l'apparition de la lueur jaune dans ses yeux. Quant aux derniers…

- GRRRROOOOOAAAARRRR !!!!!

Elle bondit si vite que je n'eus pas le temps d'anticiper et qu'elle manqua me renverser dans la manœuvre. La longueur des chaînes lui permettait de se tenir debout devant l'autel mais pas de s'en écarter de plus d'un mètre, par conséquent elle se débattait comme une diablesse pour se départir de ses entraves et enfin avoir accès à la gorge tant convoitée, dont le propriétaire restait pétrifié derrière son ancien rival.

- J'avais bien dit que c'était une mauvaise idée ! s'exclama Matthew par-dessus le bruit ambiant.

Phoenix ne se donna pas la peine de répondre et François ne semblait pas motivé pour réagir. La situation commençait sérieusement à m'énerver et pour démêler tout ça, j'avais besoin de calme.

- GROAAAR !

Tous ses rugissements me donnaient mal au crâne et comme personne ne se décidait à interrompre ce concert, je me postai devant la musicienne principale et plaquai mes poings sur mes hanches.

- Non mais franchement, Angela, tu vas LA FERMER ?! MATTHEW EST TON AMI ALORS ARRÊTE DE VOULOIR L'ASSASSINER !

- Groar ?

- VA T'ASSEOIR ET NE BOUGE PLUS !

Elle fit une moue de petite fille mécontente, mais s'exécuta néanmoins sans pour autant lâcher Matthew de ses yeux luminescents.

- J'en étais sûr, déclara simplement Phoenix.

- Matthew, tu ferais mieux de sortir et d'aller prévenir Hedayat que nous allons avoir besoin d'une grande quantité de pochettes de sang ici, dis-je.

- J'y vais.

J'attendis qu'il ait refermé la porte puis me tournai vers mon compagnon, furieuse.

- Bien sûr que c'était évident qu'elle allait l'attaquer mais toi, tu as quand même voulu tenter ta petite expérience ! m'enflammai-je. Et d'ailleurs, qu'est-ce que tu essayais de prouver ? C'est clair qu'elle n'est pas émancipée ! Il va falloir la mettre à l'écart des humains le temps qu'elle passe l'étape de la soif de sang !

- Et qui a été la seule capable de la stopper alors qu'elle voulait se jeter sur Matthew, *Einstein* ?

Son ironie me hérissait le poil, toutefois, il avait soulevé un fait important.

- Euh…

François me prit la main et y déposa un petit baiser en esquissant un sourire vrai, mais teinté d'amertume.

- Félicitations, Sam. Te voilà sans conteste la créatrice d'Angela.

Je restai coite quelques instants.

- Hein ? Sûrement pas ! Et puis quoi encore, elle va m'appeler « maman » aussi pendant qu'on y est ?! Je ne suis pas prête pour ça ! Je n'ai qu'un an à peine en âge vampire, c'est ridicule !

- Tu n'as peut-être qu'un an, mais ton sang est plus puissant que celui d'un vampire multi-centenaire. Tu es donc prête pour ça, intervint Phoenix.

- Mais François lui a donné son sang en premier et c'est son mari !

- Je crains que ce ne soit pas suffisant. J'ai remarqué qu'elle réagissait à ses ordres, mais comme pour toi avec moi, elle a trouvé le moyen de s'en affranchir. Tu es la seule à qui elle obéira aveuglément, même si elle ne le veut pas, et ce jusqu'à ce que tu décides qu'elle est apte à évoluer dans ce monde comme une vampire responsable.

Vaincue et dépitée par la justesse de ses arguments, je serrai la main de mon ami mousquetaire.

- Je suis désolée, François, ce n'est pas ce que je voulais.

Il me prit totalement au dépourvu en me serrant encore contre lui.

- Ne t'avise plus jamais de t'excuser devant moi de lui avoir sauvé la vie. Je te dois tout.

- François ?

L'intéressé me lâcha immédiatement et alla embrasser son épouse. Puis :

- Mais qu'est-ce que j'ai encore fait ?!
- Peut-être qu'il vaut mieux qu'on vous laisse seuls.

Même si je rechignais à quitter mon amie, il n'en était pas moins normal de la laisser parler avec François, maintenant qu'il n'y avait plus d'humain pour lui faire perdre la tête, alors je glissai ma main dans celle de Phoenix et le laissai m'entraîner vers la sortie.

- Et maintenant, que fait-on ? demandai-je.

Il fendit la foule des curieux qui n'avaient pu s'empêcher de stationner devant la chapelle, me tira vers notre petite chambre et en guise de réponse une fois à l'intérieur, il m'arracha mes vêtements en même temps qu'il dévorait ma bouche. Après toutes les émotions de ce début de nuit et toutes celles qui ne manqueraient pas d'arriver par la suite, je ne réfléchis pas plus d'une minute sur le bien-fondé de cette étreinte et m'y perdis avec soulagement.

En quelques secondes seulement, je ne portais plus rien et mes vêtements lacérés gisaient en lambeaux par terre. J'aurais bien voulu prendre mon temps pour soumettre Phoenix au même traitement, mais il n'avait pas l'air d'être sur la même longueur d'onde que moi, de fait, il me poussa brutalement contre le mur et se chargea de se dévêtir en arrachant sa chemise et en baissant son pantalon et son boxer avant que j'ai le temps de dire « ouf », me révélant sa nudité et son excitation déjà à son paroxysme.

Je me mordis la lèvre en frémissant d'impatience, ce qui eut pour effet de déclencher l'embrasement de ses pupilles et l'allongement de ses crocs. Son feulement acheva de m'amener moi aussi au comble de l'excitation et j'étais plus que prête à l'accueillir quand il fonça sur moi, qu'il attrapa mes cuisses pour me soulever et les écarta afin de me pénétrer juste après. La froideur du béton contrastant avec la chaleur de sa peau contre la mienne me procurait des sensations extatiques, mais sans aucune mesure avec celles de ses va-et-vient brutaux en moi.

- Tu... es... extraordinaire, Samantha Watkins... et tu es... à moi.

Son murmure rauque me bouleversa, mais j'oubliai tout dès qu'il me mordit dans le cou et décollai. Ce n'était pourtant pas suffisant pour mon partenaire, qui m'emporta à la vitesse de la lumière vers le lit pour me couvrir de baisers des pieds à la tête et me murmurer à l'oreille combien il m'aimait. Je ne reconnaissais plus l'ange guerrier, le vampire impitoyable meneur de troupes dans la grande résistance à l'oppression d'un tyran, ce personnage dont il avait revêtu le costume depuis si longtemps qu'il avait encore du mal à s'en détacher en privé. Là, j'avais avec moi un homme... qui m'aimait.

J'oubliai tous les soucis des derniers jours, toutes les inquiétudes pour Angela, tout le chagrin pour Danny et lui saisis le visage pour le regarder droit dans les yeux et lui dire aussi combien je le vénérais. Quand il m'embrassa avec douceur, je crus un instant mourir de bonheur, puis de plaisir quand il s'enfonça de nouveau en moi et qu'il reprit ses mouvements de bassin à un rythme qui me fit perdre totalement conscience du monde qui m'entourait. Plus rien n'existait hormis nos deux corps entremêlés et quand il jouit en moi, son cri d'extase déclencha la mienne en un tsunami si puissant que l'espace d'une seconde, je perdis connaissance. Quand je rouvris les yeux, j'étais allongée sur Phoenix qui avait roulé sur le dos et me tenait serrée contre son torse.

Nous restâmes ainsi un certain temps, pendant lequel je revins doucement de mon extraordinaire voyage aux confins du plaisir. Le chagrin et la peur m'avaient tellement écrasée depuis notre départ des Appalaches, que je me rendais compte qu'ils avaient fini par instaurer une distance entre Phoenix et moi, que ni l'un ni l'autre n'osions abolir pour ne pas nous blesser davantage sans le vouloir. C'était ridicule, comme il était ridicule de culpabiliser à l'idée de chercher le réconfort et la jouissance dans les bras de l'être aimé alors que notre famille était endeuillée. Unis, nous étions forts et capables de traverser tous les obstacles. La mort de Danny et la nécessité de transformer Angela en vampire après les sévices qu'on lui avait fait subir auraient pu nous dévaster au point de nous faire baisser les bras, ce que d'ailleurs Finn aurait voulu... Mais de ces deux drames pouvait éclore une détermination encore plus farouche de combattre notre adversaire avec toute la puissance de notre unité.

L'unité. C'était ce qui nous ferait obtenir la victoire finale, j'en étais persuadée. Finn avait peut-être des légions de vampires à son service, mais d'après ce que j'avais pu voir à Indianapolis et ailleurs, ses sujets lui obéissaient plus par crainte que par respect. C'était une faille qu'il fallait exploiter.

- Je sais comment gagner cette guerre.

Phoenix cessa subitement de me frôler le dos de ses doigts et se raidit.

- Que dis-tu ?

Je me redressai et lui donnai un baiser sauvage qu'il me rendit quelques secondes plus tard, le temps qu'il se remette de l'effet de surprise. Il passa ensuite ses mains dans mes cheveux et les tira en arrière pour me faire basculer de sorte qu'il se place sur moi et que je me retrouve à sa merci.

- Répète ce que tu viens de me dire, gronda-t-il à mon oreille.

Je souris.

- J'ai dit que je sais quoi faire pour déstabiliser le pouvoir de Finn et nous permettre ainsi de l'affronter sans craindre ses sbires.

- Je ne demande qu'à t'écouter, mon amour, dit-il en glissant sa main sous ma cuisse pour la relever contre sa hanche.

- Jusqu'ici, toutes les informations qu'on a pu glaner nous montrent qu'une fois que Finn a obtenu le pouvoir grâce à ses soutiens en Chine et dans les autres pays non encore soumis au Grand Changement, il a très vite fait le ménage dans les rangs de ses alliés en éradiquant toute velléité de concurrence. Je ne suis pas sûre que dans les accords qu'il avait passés avec le chef de secteur de Beijing, il était inclus que ce dernier se retrouve exposé au soleil en punition de s'être montré trop exigeant quant à son rôle dans le futur gouvernement de notre espèce, tout comme je ne suis pas sûre que la population vampire amie ou ennemie, voie d'un très bon œil toutes les lois liberticides qu'il impose chaque jour pour garantir la sécurité de tous et surtout celle du Secret. Les humains ne sont pas stupides et tous ces meurtres et ces disparitions trouveront très vite une explication si on n'y met pas le holà. Finn a compris que nous ne sommes plus en 1905 et que les technologies actuelles ne nous laisseront pas beaucoup de temps avant d'être découverts, c'est pourquoi il tente de réguler la férocité de certains de nos congénères en les assommant sous des lois pire encore que celles du Grand Changement : des lois qui leur ôtent leur liberté de mouvement. Quelle est l'une des premières choses à savoir concernant les vampires et leurs désirs ?

Phoenix avait froncé les sourcils dès le début de mon exposé, signe d'une intense réflexion. Il répondit :

- Les vampires aiment le sang, mais plus que tout, ils aiment leur liberté.

Je hochai la tête.

- Maintenant je me souviens que quand je suis arrivée dans ton monde, j'ai été frappée par la dureté de vos lois, mais en y regardant bien, malgré leur sévérité, elles n'étaient pas si contraignantes. Vous demandiez à vos sujets de payer un impôt, comme le font les États humains ; vous leur demandiez d'être loyaux, ce qui n'a rien d'extraordinaire ; et enfin, vous leur demandiez en échange d'une vie de confort, de cesser d'assassiner des gens, chose très sensée. La majorité de ceux qui ont suivi Finn l'ont fait par peur du Grand Changement, persuadés qu'il les priverait de leur liberté de se nourrir de la façon dont ils l'entendaient. Mais qu'ont-ils gagné au change ? Une dictature effroyable qui, certes, les autorise à s'abreuver aux cous des hommes, mais qui, à côté de ça, les brime au point que je ne doute pas que ce sang frais si chèrement voulu doit désormais avoir un goût de rance dans leur bouche. Il faut être réaliste, la Résistance, à l'heure actuelle, n'a pas les forces suffisantes pour s'attaquer à Finn, que ce soit de front ou par des actes de guérilla. Mais si nous parvenons à retourner ses sujets contre lui...

Mon amant saisit une mèche de mes cheveux et l'enroula autour de son doigt. En un éclair, j'eus une vision de nous deux, assis sur le lit de ma chambre du château de Scarborough, moi parcourant de mes mains la ligne de sa colonne vertébrale à travers le tissu de sa chemise, lui jouant avec une de mes mèches tandis que son autre main irradiait ma peau là où il l'avait posée.

- Comment comptes-tu procéder ?

Je lui offris un sourire coquin et relevai mon autre cuisse. Il me communiqua son frisson, ce qui me procura une intense satisfaction et une impatience grandissante.

- Tu connais déjà *Google*, mais tu as déjà entendu parler de *Youtube* ?

Son expression perplexe et frustrée me fit fondre et je m'esclaffai. Toutefois, je ne lui laissai pas le temps de prendre ombrage du fait que je le taquine à un tel moment et l'embrassai follement tout en nous faisant basculer pour qu'à califourchon sur lui, je puisse nous unir à nouveau.

- Tu es désespérante... me glissa-t-il tandis que je prenais possession de son corps sous mes doigts et de ses lèvres entre les miennes.

Ce ne furent toutefois plus les mots qu'il employa par la suite quand je m'employai à ma façon à faire renaître l'espoir dans son cœur comme il avait, on ne sait comment, dans toute cette noirceur ambiante, refait surface dans le mien.

Fin de la première partie.

Prochainement

SAMANTHA WATKINS OU LES CHRONIQUES D'UN QUOTIDIEN EXTRAORDINAIRE

<u>Tome 4 : GUERRE</u>
(2ème partie)

Extrait

Le silence s'éternisait, tout le monde semblait réfléchir à mes paroles, augmentant ma nervosité. Seule Ysis affichait une expression de confiance tranquille ; je n'osais pas regarder du côté de Blodwyn.

Enfin, sur les écrans, je vis le géant roux dirigeant la cellule de Bucarest, un certain Traian, se lever, irradiant un charisme impressionnant de chef de guerre chevronné.

- Je vais parler au nom des nombreux vampires d'Europe de l'Est qui rejettent l'autorité de Finn l'usurpateur. Jusqu'ici, nous n'avons fait que surveiller l'ennemi et voir quel serait son point faible... Nous avons attendu longtemps...

Ses yeux s'embrasèrent subitement et sa voix devint plus forte.

- Aujourd'hui, il est temps de cesser notre quête, car la réponse est là !

Il montrait sa webcam donc je ne voyais pas à quoi il faisait allusion : j'attendais la suite mais il aimait ménager le suspense entre ses phrases.

- Samantha Watkins, vous êtes la faille dans la toute puissance du tyran, c'est par vous qu'il tombera, cela a toujours été dit et ce sera ainsi ! On m'a rapporté que Léthalée a prévu que vous seriez celle qui précipiterait cette chute et jusqu'à ce soir, j'avais quelques difficultés à y croire, mais en vous écoutant présenter votre stratégie, je comprends maintenant que votre vision du conflit et de notre monde en général, vous qui l'avez intégré il y a si peu de temps, va nous permettre de retrouver non seulement la paix, mais aussi notre grandeur passée. Vous avez mon soutien, vous avez ma confiance.

J'aurais dû répondre à son hochement de tête appuyé si respectueux, je le savais, mais j'étais tellement assommée par ce discours que je n'arrivais qu'à béer comme une idiote en me dandinant maladroitement d'une fesse sur l'autre comme un fakir sans ses pouvoirs de lévitation. Mais ce qui acheva de me stupéfier, ce fut surtout la façon dont tous nos interlocuteurs imitèrent comme un seul homme Traian en inclinant la tête aussi bas que le protocole le permettait, à savoir en présence d'un... Mon Dieu, cela voulait-il dire... ?

Découvrez la suite dans
Samantha Watkins ou Les chroniques d'un quotidien
extraordinaire,
Tome 4 : Guerre – 2ème partie, de Aurélie Venem.

Remerciements

À Aurore Aylin pour sa relecture et ses précieux conseils.
À Rachel Berthelot pour la création de la couverture.

Table des matières

ISBN : 978-2-9543721-6-7
Imprimé par Amazon Createspace
Dépôt légal : mars 2016

www.ingramcontent.com/pod-product-compliance
Lightning Source LLC
Chambersburg PA
CBHW070354260626
47161CB00001B/142